一弯月儿跌进水碗里

湛社琴 著

UNITY PRESS 团结出版社

图书在版编目（CIP）数据

一弯月儿跌进水碗里 / 湛社琴著 . 一北京：团结出版社，2025. 2. —ISBN 978-7-5234-1585-6

Ⅰ . I247.82

中国国家版本馆 CIP 数据核字第 2025C7D038 号

责任编辑：郭　强
封面设计：书香力扬

出　版：团结出版社
（北京市东城区东皇城根南街 84 号　邮编：100006）
电　话：（010）65228880　65244790
网　址：http://www.tjpress.com
E-mail：zb65244790@vip.163.com
经　销：全国新华书店
印　装：四川科德彩色数码科技有限公司

开　本：145mm×210mm　32 开
印　张：12.625　　字　数：300 千字
版　次：2025 年 2 月　第 1 版　　印　次：2025 年 2 月　第 1 次印刷

书　号：978-7-5234-1585-6
定　价：68.00 元

目录

第一辑　寄养灵魂

第二辑　行走的烟云

第三辑　放歌秦岭

附录　名家点评

寄养灵魂

第一辑

寄养灵魂的梦是第六感觉，
我把它称为梦的世界。
从梦境进入当下的日子里，
过虚拟与现实的生活。

大雪球和小雪人

凌晨四点，灵车在银色街道上行驶着，流星似的雪箭，斜斜地迎着风不断扫射着，与大地连城一线，这时的玉城，天地不分。

从殡仪馆出来，去嘉峪关火葬场的车队要经过半个玉城，灵车、送葬车向北转过十字路口的红绿灯，向东挪动。

雪箭铺天盖地的气势，把杜新元看得都傻眼啦。车队将密密的雪箭割开了一道裂口，一束束路灯之光群射出的壮丽景象，还是让从北京赶来的杜新元心跳慢了半拍，从殡仪馆出来的恐惧心理消失了。

银色世界里，结满了冰花和晶花的枝条弯曲出柔美的弧线，冰清玉洁。银色的雪线、银色的树、银色的光束和银色的街道，冰冷而纯净。

灵车里躺着的是百岁老人天佑林，杜新元的爷爷。一年一年，他送走了所有朋友，最后上路的他，只能由晚辈送。按他的遗言，作为高级农艺师，骨灰要撒入东干渠，让水带他去河西走廊的坡坡沟沟，守候他倾注了一生心血的庄稼和树木。

杜新元换了个姿势，想用手机拍张灵车和雪花的照片留念。手机朝前上方对焦，一个大雪球和小雪人出现在镜头里。他不敢相信，谁会团个大雪球放在空中滚动？皱着眉，想问表姐，还没来得及开口，表姐就严肃地说：“这时拍照，会将爷爷灵魂留在镜头里，永远出不去。把手机收起来，元元。”

杜新元知道表姐迷信，乖乖地将手机放入包里，趴在座位上，歪着头，向前上方看。她瞪大眼睛，自语着：“真的耶，一个大雪球上站了个小雪人，小雪人在大雪球上跑，大雪球旋转着。”

杜新元想起了表姐从学校拿回的那个地球仪，这大雪球就好像地球仪一样，能够旋转。杜新元呆呆地盯着大雪球上的小雪人看，小雪人迈着小短腿不停地跑着，觉得挺好玩。表姐用胳膊肘捣了她一下，说：“坐起来，发什么呆!”

车子慢慢行驶着，车前方的能见度很低。就因为昨晚突如其来的这场大雪，车队提前了两个多小时出发。杜新元盯着悬空滚动的大雪球，心里发怵。小雪人就在大雪球上跑来跑去地玩，惊得杜新元张大了嘴。

车队爬行到嘉峪关地界，雪中的明长城洁净得让杜新元目瞪口呆，大雪球悬空滚动着，跟着他们的车队跑。忽然，像有一个无形的手在拨动它一般，将它拨向长城上方，小雪人也跟着一起去了。杜新元有点失望。

车队进入嘉峪关市区，大雪球还没有跟上来。

八点十五分，车队停在了火葬场大门外的停车场，丧葬公司的工作人员按约定去敲门联系，杜新元等人也下了车。

四周的松柏和树上结满了晶花，大朵的比牡丹花还大，毛茸茸的花朵开在了洁白的世界。杜新元的车队是第一个进来的，停车场被碾压出了不少印子。

“哐当”一声，大门开了，几名工人在扫雪，通往几个重要场地的路扫开了。焚尸炉刚刚进入预热状态，送灵的人分工协作，有人交钱办手续，有人守着灵车，杜新元跟表姐去焚烧场，祭拜，烧花圈。追悼会先前在玉城举行了，这里没有仪式。不大一会儿，男人们将躺着天佑林的棺材推进了登天房，交给焚烧师。待炉膛温度上升后，再推进炉子里。

花圈焚烧完，杜新元望见焚尸炉顶部的烟囱冒出一股青烟，喷向天空，青烟里托出一个白白的小孩儿，一丝不挂，像是小雪人。青烟接近大雪球时，小孩儿一跃，跳上大雪球，牵着小雪人伸出的小手，像一对双胞胎。

杜新元喊："爷爷玩雪球啦！"

表姐顺着杜新元的目光仰望："你瞎说啥？啥也没有。"

杜新元说："爷爷说过，有些东西只有小孩儿能看见。爷爷还说，我明年七岁就可以上小学啦。"

这时阳光露了头，很耀眼。杜新元看不清是太阳还是雪球，只听见天空传来小男孩儿的嬉笑声。

小龟人

星期天上午，绿谷装完第三家的网络，到小吃城最偏僻的一角坐下来，要了一碗臊子面，低头吃了起来。

看见那天活蹦乱跳的鱼，躺在案板上，眼睛大睁着。伊尹觉得鱼儿好可怜，她哭着从家里跑出来，习惯性地坐在小吃城那个偏僻拐角，等素餐。对面男孩绿谷，脖子一伸一缩吃面的样子，和她养的那几只小乌龟吃红线虫的模样如出一辙。

“噗哧”一声，伊尹笑了。她看见绿谷的手，以肉眼可见的速度长出了蹼。绿谷皮肤很黑，“爪子”是白色的。她顺着他的“爪子”看上去，一双滴溜溜转动的小眼睛里，精光点点。

伊尹揉揉眼睛，眼前是一只乌龟脸，再看又是绿谷的脸。她试探地、怯怯地问：“嗨，你的手是烫伤的吗？手心、指缝那么白，像蹼。”

“哦，哦。我得了白癜风，二次复发就成这样了。”绿谷带着愉悦的口吻说。他七岁时，身上出现了白斑，越来越严重。父母带他去京城专科医院，治好后，隔了三个月又复发了，甚至比先前严重。先前为治医借的一百多万元还没有还清，如今是无力再治。

伊尹说：“那你还不注意！白癜风患者不能晒太阳，你怎么没有防晒措施？不怕病情加重？”

“不会，白癜风不怕阳光。只有白化病对紫外线过敏，怕光。”

伊尹轻叹一声，低下头，似乎眼泪涌了上来。她咬着嘴唇，取下帽子。露出的淡粉色虹膜和瞳孔，见到窗户里照进来的太阳后，眼泪哗哗流着，她的眼睛迅速眯起来。绿谷这才注意到她的皮肤、眉毛和头发白里带黄。

“羊白头。”绿谷低低地说。他双眼闪着精光，绿豆大的小眼睛眨巴着，闪出狡黠的光。

“没事儿，没事儿。我们加个微信，方便吗？”

“嗯。”

这是他们第二次相遇，第一次也是在这里。

“不怕，这没有什么。我有4000多人的群，群友个个都长着白色斑点，但我们都很快乐。在那里我们很自豪，认为白斑是天人的花纹，不用文身，我们幸运地成为大自然恩赐的小龟人。这是上天的恩赐，哈哈。”绿谷看着伊尹，愉悦地说道。

伊尹笑了，她慢悠悠地戴上了帽子。

看着她笑，绿谷说：“这就对了。知道吧，伊尹，小时候我太胖，大家说我身上的白点是肉肉撑破了皮肤，导致的白点。直到十岁那年，全身大面积长了白斑，医生给我化验后说缺铜元素，我用铜碗铜筷子铜勺吃饭，吃到铜中毒后，还缺铜——哈哈，不吸收。这才确诊为白癜风。哈哈，身上满是不用掏钱的文身。”

绿谷痴痴地笑着，像讲别人的故事。他脸上又出现了小龟模样。听着他爽朗的笑声，伊尹笑了，眉宇间的愁云消散。

“叮当”伴随着手机铃声，一张沙漠男孩雕像的照片出现在绿谷的手机上，绿谷说：“伊尹，这张巨婴雕塑照是去年我跟父母去甘肃瓜州旅游时拍的。大漠中漫天黄沙，寸草不生，这样的天气下，男孩雕塑如真的婴儿在睡。我怕他被风沙吹醒，就想让他穿上一身盔甲保护自己，就像北方之神玄武那样，有一身龟壳来抵御风沙。我看见他脚下有几枚硬币，我也放了5分硬币。我们同是龟人哦。加油!”

伊尹想起绿谷一闪而过的龟脸，笑了。

绿谷说：“有十级厨师证，不能当大师傅；有驾照，不能开出租车，但可以做体力活。对，这皮囊，是天人花纹。”

伊尹盯着绿谷的手机看了看，又见乌龟脸一闪而过。“叮当”伴随着手机铃声，绿谷晃晃手机，说：“我接单了，去干活了。”

伊尹看见“小乌龟”爬出小吃城，背上、四肢的白色花纹和蹼在阳光下消失了。他站起来，变成了眼珠滴溜溜转的机灵男孩。

回家后，伊尹笑着和父母说话了。很少见她笑容的父母对望了一下，也笑了。父母知道她是个敏感的孩子，他们不敢多说话。

伊尹说，今年暑假她想去瓜州旅游，让父母带她去。父母同意了。这些年，父母想带她旅游，她哪里也不去。这次她想亲眼看看巨婴雕塑，她的书包里，有好几枚硬币。

晚上，伊尹笑着睡了，她梦见自己脊背一阵酸疼，有硬壳长了出来，变成了小龟人，一早向学校爬去。

槐花落

湿漉漉的槐花儿随着风雨落下来，一朵朵从小二的眉心和发丝上滑下。她脚下的水洼里，落满了细细碎碎的花儿。一些花朵儿贴在地面上，一些顺着水膜流动着。

“小灯，你就这么干脆地转身离开嘛！我好怕。”

夜黑魆魆的，风一阵紧似一阵，槐花儿随风四散飘落。不久，地面就铺散了厚厚一层铃铛似的碎花花。

小二看见小灯为她准备的那堆零食上，落满了湿漉漉的槐花。圆滚滚的西瓜旁边，那把精致的小勺子和锋利的水果刀，在一划而过的闪电中，兴奋地跳着舞。

尖刀划破衣服，暗红的血从手腕渗出来。小二闭上眼睛，想再用力一点儿。一声惊雷，炸响着震落了一大串槐花枝，落在小二附近，发出很响的声音。

小二吓得差点摔倒，她从小就怕雷声，这炸雷几乎让她哭出声来。她恐惧地丢开刀子，一屁股坐在了铺满槐花的水滩里。

地面的水也带上了血腥。

一阵胎动，又一阵胎动，唤醒了小二：“我必须活着，小小，小小……”她抚摩着肚子。“这里面有一个生命，他是无辜的。”

小二猛地坐直身子，撕下一片衣襟，裹住手腕上的伤口。长叹一声，猛吸一口气，槐花的香味儿浓浓地蹿入鼻腔。闪电闪亮时，她看见槐米、槐花和荚果都在那个落枝上。

雨停了，小二鼓足勇气，扶着槐树站起来跌跌撞撞地去医院。许多米黄色的槐花被她踩在脚下。

夜深了，一束灯光穿过槐叶洒进病房里。小二躺在床上，进入梦乡……

“小……小二。”小灯的声音像蚊音。

小灯蹦蹦跳跳跑过来，一只拖鞋掉了也没顾上拾。看见小二，他像受委屈的孩子，笑着流出眼泪。很快，画面变成了小灯和歹徒搏斗的场景。一把闪着寒光的刀划过夜空，脸色苍白的小灯抱着歹徒不松手。渐渐地，沾满鲜血的警服消失了。小灯在空中变小变小……变成一串米黄色的圆锥形的花，挂在窗前。

“小灯，小灯……”小二轻唤。她看见小灯救的那个小学生在阳光里笑着。

窗外的槐花在夜灯下绽放，槐树是这座北方小城常见的行道树，夹路两旁，繁茂成荫。

一串铃铛似的槐花，落在窗台上，铃铛一般响在小二的梦里……

小小复仇

放暑假，妈妈把杜新元送到爷爷家就回北京上班了。恰好，姑姑汪玉函和闺蜜开着房车去爬云雾山，带上了杜新元和堂姐杜新星。她们一起开车到云雾山下，住进了一家民宿旅馆。

第二天天还没有大亮，姑姑就叫醒了杜新元，让她和堂姐赶紧吃早点，吃完趁着天凉去爬山。早上，杜新元没有什么胃口，喝了一杯牛奶就饱了。

上到次原顶，杜新元就辨不清方向了，肚子饿得咕咕叫，坐在一块石头上睡着了。半梦半醒间她循着八月瓜的气味，摸到一棵树跟前，摘了几个半生不熟的八月瓜，又顺着岩壁上的小路往前走。她嚼着尚有草味儿的八月瓜，就连皮儿瓤儿子儿全都咽了下去。

小小是被姑姑抛弃的女儿，杜新元抬头看着云端里，小小那身合体的白色羽毛和身体黏合在一起，天衣无缝，行动自如，她的情绪一下子好起来，嘴角浮起一丝笑意。小小活过来啦，虽然成了异类，但杜新元可以和她正常交流。

小小凌空行走的样儿，灵动、纯净、唯美。每走一步，羽衣一闪一闪地摇晃着，杜新元看着这一幕，不敢多想，赶紧向原中央走去。

天亮了，她也不敢停下来，跟着堂姐继续走。快到原顶的中心时，风大了，她迎风站了一会儿，回望原下，只见那些建筑已经如蚂蚁般大小，甲壳虫似的汽车和蚂蚁似的人群搅和在一起，慢慢地移动着。

杜新元闻着花草的清香，带着一丝即将到达目的地的兴奋，朝着空中的小小比画了一个爱心，笑着继续向原顶攀爬。堂姐看她向空中比画，无奈地摇摇头。

风更大了，树叶摇摆的声音，如人们欢快地拍手声。杜新元正在高兴地听着，忽然看见有两个人迎面走了下来，他们是从原顶下来的，挡住了杜新元上山的路。杜新元眼睛的余光向周围看了看，正想着如何避开正面冲突，顺利到达。忽然，眼前出现了另一条路，和脚下的这条路并行到山顶。“怪相，还是奇迹？这两条路的起点、终点，怎么都相同？”

思索了几秒钟，杜新元望着那条新路，一阵窃喜：“机会来啦!”瞬间的机遇令她忘乎所以，不再继续思考。她猛地发力，跃向了对面的那条路，脚尖刚落地，还没站稳，脚下的路就哗哗哗轰然坍塌。

尘雾里，路基和她一起下陷，上来时的那条路也坍塌了，速度更快，如暴雨过后的泥石流，向原底滚滚涌动。

在云雾里，杜新元被尘土呛得大咳不止，眼睛被尘土迷得模糊了。她依稀看见通往原顶的路，隐匿于云雾弥漫的万山丛林之中。迷雾里，一个影子晃动着，杜新元隐约看见小小的父亲铁拐子在大巴停车场入口处的石头上坐着，伸腿休息。怪不得小小在云端里。

这时，堂姐推推杜新元：“元元，醒醒，怎么坐在这里都能睡着？该坐大巴车啦。”

杜新元揉揉眼睛，看见姑姑汪玉函已经向停车场跑去，她要给杜新元和堂姐占位。她和一群人跑着的时候，竟然踩到一片凹地，那地方正是铁拐子那条残腿坍塌下去的骨骼，紧挨着残腿的是那条好腿。

“咯吱”一声，好腿折了。铁拐子疼得龇牙咧嘴，虚汗直冒。云端里的小小看着父亲铁拐子被疼痛扭曲的面容，眼泪涌上了眼眶。她跳下云层，扑向了汪玉函。她趴在汪玉函的身上，抱住她的左肩，像一件雪白的裘皮大衣，毛茸茸的，在汪玉函的身上晃动着。

小小说：“坏女人，你又弄伤了我爸的另一条腿，爸爸不能挣钱养活我了，我只能缠着你。坏人。”小小说完这话，得意地笑着。

汪玉函看不见小小和铁拐子，但7岁的杜新元看得清，奶奶说有些事儿只有小孩子看得见。

杜新元又一次揉揉眼睛，她不敢相信汪玉函又一次弄伤了铁拐子的另一条腿，觉得是幻象。但好几天了，小小一直就趴在汪玉涵的身上。小小有时倒挂在汪玉函的肩头或背上，有时顺趴着附在她的肩头。小小挤眉弄眼地对杜新元说：“她，我妈，她得养活我，我爸爸现在不能出山收集养分，我只能够靠她的体热提供元气给我当食物。”

小小又在汪玉函肩膀上翻了个跟头。汪玉函喊肩膀疼。

杜新元知道，她和小小看得见汪玉函，但汪玉函根本就看不见小小父子两人。

小小想到父亲多年带她的辛苦，就附在汪玉函身上。正趴、倒挂，每次旋转的时候，都紧紧地抓住汪玉函的皮肉，汪玉函就会龇牙咧嘴地喊疼。这个时候，小小表情怪异。

杜新元听奶奶说，小小出生不久，汪玉函不听奶奶的劝阻，和一名剑客走了。早产儿小小那时皮肤通红，还放在保温箱里恒温着。铁漓一气之下，一刀扎在自己的大腿上，断了血管，废了一条腿，铁漓改名铁拐子。他发誓要独自带大小小，带她周游天下。哪知这么多年过去了，又在云雾山相遇。

晚上，杜新元招手让小小下来，他们一起去云雾山采草药，给铁拐子治腿。

小小扮了个鬼脸，摇摇头。杜新元伸出小手，小小看到杜新元手心里的糖果和巧克力，跳下来，拉着杜新元的手，一起向云雾山的岳王庙跑去。

汪玉函说她的肩膀不疼了。

另一个杜新元

站在四十九楼的阳台上，望着无人机拍摄的秦岭和云雾连天的龙脊。一朵过山云忽然飘了过来，凤凰般缠绕着龙脊，翻飞、鸣叫，龙吟凤鸣。

夜里下了一场雨，雨后的秦岭山脊，如一条条龙脊延绵着，静卧在远处的高楼后，卫士一样守候着北方。一条、两条、三条……杜新元数完，又数了一遍，感觉没数对，一些浸在云雾中的山脊根本无法数。

秦岭的七月，雨后的山脊盘绕出一片片凹地，一座座城池或乡村。

杜新元站累了，在阳台躺椅上做了个梦。梦里，一个和她一样的小孩子，也叫杜新元，不过那小孩子的头发是白云朵。

一夜爬行，黎明时分，那个杜新元即将到达原顶。

太阳若隐若现，那个杜新元回头俯视脚下的建筑、楼群如蚂蚁般静立着，他长长地吸了一口气，按了按口袋里的那封陈旧的信，鼓足勇气，想攀爬到原顶。在弱弱的光晕里，刚刚上了几步台阶，迎面下来两个人挡住了去路。这俩人满脸横肉，凶巴巴的眼神如地狱里的恶魔。那个杜新元有些怕，但没有表现出来，稳了稳神志，微微挺起腰杆。

双方对峙的时候，那个杜新元的脑瓜子迅速转动着，考虑如何避开正面冲突，巧妙地回旋到原顶。那个杜新元一身落伍的学生装，紧紧包裹着身子，有点滑稽——1919 年流行的服装，出现在 100 年后的原上。

太阳慢慢升起来，照得那个杜新元眼泪直淌。隐约间，距离她脚下的那条路约有四五米远的坡上，出现了一条并行的路，和脚下的这条路差不多，两条路都可到抵达原顶。

那个杜新元暗喜“天无绝人之路”“石头大了绕着走”，于是发力，猛地跳向那条新路，脚还没站稳，脚下的路坍塌了。那个杜新元滚下深沟，向无边深渊滚落。而支撑这两条路的山体慢慢坍塌，瞬时，泥石流般涌向原底。

那个杜新元在云雾里翻滚着，被尘土呛得大咳不止，眼睛被尘灰迷得模糊了。恍惚间，她感应到通往原顶的两条路，连同整个原，皆隐匿于万山丛林，离她很远。

那个杜新元有点迷茫，忽然想起迎面下来的两个大汉，根本没有对她做什么，更不曾出手。只是她潜意识里感到危险，就躲开了。如 1919 年，她离开街道的那个时候，师生们在街上游行、打着横幅。听见枪声，就看见队伍黑压压地开过来，老师杨虎和师哥张亮被责问，她被姨母，也就是杨虎的母亲封在了寒窑里——姨母捐的以爱情主题为标志的寒窑深处，那儿曾是王宝钏等了薛平贵 18 年的居所。

在窑洞里，那个杜新元头发变白了，也没有等到姨母和杨虎。她不知道他们已经被枪决。

日复一日，她终于用手指扒开了封闭寒窑的墙砖，爬了出来。她顺着小路向原顶爬去。她想看看师生们去了哪里。

时空交错，她手里的那封信，将她牵引到现实里。五四青年节前，杨虎老师写给张亮的那封信，在她的口袋里，沉甸甸的。青雾弥漫的原顶，那个杜新元望着原顶，似乎遥不可及。

正纳闷的时候，一朵白云飘向那个杜新元。那个杜新元站在云朵儿上，呵呵笑着。看见睡熟的杜新元就伸出手，她们手拉手地走向了虚空。

“元元，吃西瓜啦，大热天睡在阳台上，不嫌热。”爷爷把杜新元拽到客厅，塞给她一大块西瓜。

“哇，爷爷，西瓜真甜。”杜新元看着山顶上的那朵白云，咋看都像个小娃娃。

九眼桥

据奶奶说，蓝色冰凌花种子能让沙漠变成绿洲。为了找到它，杜新元、杜新星和邻居的几个小朋友组成元元探险队。

杜新元带上奶奶送给他的水晶鞋，小七带上凤凰令牌里的线路图。他们来到陇东，住进一家民宿。一边探路，一边等着和其他队员会合。

下雨啦，杜新元在客厅看动画片，看着看着在沙发上睡着了。月亮升起来，照在他身上，他脚上的水晶鞋，变成黄色啦。

一个穿黑色大风衣的男人走进客厅，客厅的温度一下降低，给人阴森森的感觉，有些冷。黑色大风衣走到屋子中央，扔下一张纸条，走了。杜新元吓得不敢动。

听见响动，小七从里屋出来，没有看见大风衣的脸，但从那熟悉的身影看，就知道是老鸟夜鹰来了。打开纸条，熟悉的笔迹、简单的留言："到渡口帮忙，我过不了喏河，会工期延误，村民会错过播种期。"

小七叫上杜新元，从后门出去，这是通往渡口的捷径。

雨真大，哗啦啦下个不停。刚出门，小七和杜新元被一阵狂风吹散，顾不上聚拢，便各自往渡口赶去。小七知道船的隐藏地，找到船，可帮到老鸟。

小七走到树林深处，斑鸠扔下一张纸条，转述老鸟夜鹰的话。夜鹰说他是河官，负责喏河两岸畅通，急需一张修建九眼桥的设计图，请小七尽快绘制，后附一张笑脸。

“不是一艘船，是一座桥。”小七明白了老鸟夜鹰的意思。将回执给斑鸠：“我需要到河上准确测量数据，还需要河两岸的地质状况资料。否则，无法设计。”

小七回到住处，杜新元还没有回来。碰到急事，她必须和杜新元商量，这是约定。

老鸟夜鹰已经不属于这个时空，在另一个发达空间。相比这个时空，段位更高。小七要联系老鸟夜鹰，势必要接触他的圈子，而那是不属于这个时空的域。小七想到民间度气的绝招，用人工呼吸将气息和内力一起渡给纸人，传入夜鹰脑波。小七发微信给杜新元，让他马上回来，商量要事。

杜新元回来的时候，雨停了。商议的结果是找一个精通两个圈子的大咖，有足够高的地位，能畅通无阻地在两圈中自由行走。

老鸟夜鹰升迁到京畿高层圈子，没站稳脚跟。新的人事网还没有建起，完成重要工作需要亲信，于是他只能乘着夜色，来找小七。他相信小七的实力，因为进入新圈，也是小七帮他渡气的。

收到小七的回执，夜鹰对师爷说：“小七是高级设计师，能完成新桥设计任务。桥，关系民生。只能暗地里找小七帮忙。我怕其他设计师被暗中操控，弄个假图糊弄我这外行。桥，一旦出事，对手胜出，我被自动出圈，一切努力白费。更别说寻找冰凌花种子。”说完，老鸟夜鹰派师爷继续扮成斑鸠，联系小七。

明面上，老鸟夜鹰和小七的圈子是敌对的，根本不能通联。包括通信设备都被监控，足不出户是保圈的最好方式。

在京畿军中，老鸟夜鹰段位很高，处境微妙。这些情况小七不懂，但对于有恩于她的老鸟夜鹰，她会竭力帮忙。

翌日，小七推着一个卖菜的小推车，装扮得和附近农民一样，戴顶旧草帽，去河边卖菜。她的小推车把手处，暗藏激光尺和罗盘等测量仪器。杜新元绕着小推车转圈圈，捉迷藏般掩护小七。

测量数据到手，小七综合斑鸠的地质资料，和夜鹰沟通完设计理念，开始工作。三天后，老鸟夜鹰的九眼桥设计图到手了。

有老鸟夜鹰暗中帮助，距离找到蓝色冰凌花种子的希望又近啦。

怪人的秘密

元元探险队里有了老鸟夜鹰做顾问，实力大增。杜新元、小七他们一行来到陇东，住进一家民宿后，小七探路，杜新元去打听蓝色冰凌花种子的线索。

在饭厅，高挑个子、披肩长发的收银员听见杜新元提起蓝色冰凌花种子，神情怪异，眼眸里射出一道精光。

月亮升起来，月牙儿透过窗玻璃照在杜新元身上，黑色水晶鞋出现了。

去荒漠探路回来的小七有点累，便早早睡了。半夜，她想起自己好像把地图忘在车上了，想去拿。她迷迷糊糊走下楼，走到楼梯拐弯处的时候，一个长发披肩的女子迎面走来。

小七闪到一边让道。谁知，那女子扑向了她，逼她交出九眼桥的设计图。

女子扑向她的一瞬间，变成了一个青面獠牙、身形和人类相似的外星人。她双手卡向小七的脖颈，小七给了她一拳，拳头像打在棉花上。小七的武功不差，一阵较量下来，硬是打不过外星人。她一急，醒了，浑身是汗。

打开床头的灯，手机显示：凌晨三点。

小七害怕得哆嗦着，心狂跳着。她磨叽着下床，打开大灯，找了一圈，啥也没有。喝了杯水，定定神想开门看看楼道，“好奇心害死猫”，想起这句话，于是她忍住了。

给杜新元盖好被子，回到床上，和衣躺下。迷迷糊糊刚入睡，外星人就扑了上来，死死卡住她的脖颈，让她交出图纸。

她呼吸困难，几乎窒息。识海里明白，梦魇了。小七凭着意志力，用头猛撞床头柜，疼痛让她清醒，她坐起来，看见身边的杜新元睡得美美的，放心了。

她将水果刀拿到床头柜上，开始玩手机。

天亮了，小七煮好牛奶，端到餐厅，叫杜新元喝。

杜新元收碗时，走到厨房门口，大喊："小七，快看，外星人！怪兽！"他指着玻璃窗，一声声尖叫着："怪兽，好大，小七，快跑！快！"

杜新元大哭着急速冲向对面的小九家。小九打开门，正要出去，杜新元就闯了进来。

小七看看玻璃窗，啥也没有，走进厨房，也没看见啥。想起梦里的那个场景，她硬着头皮，拽着杜新元回来。可刚到门口，杜新元扳着门框，指着窗玻璃哭喊："小七，别进去，怪兽，怪兽趴在玻璃上！"

小七揉眼睛，没啥呀。

杜新元哭得不行。小七让他去对门，把他的衣服和鞋子拿去给他穿上。中午，小七和杜新元回到住处。刚打开大门，杜新元又尖叫着，跑回小九家。

小七眼眶紫青，说不出个道理来，只能抱歉地将梦说给小九的妈妈白娴娴听，并请她包涵新元的怪异举动。

白娴娴说："楼上曾有两个女孩子鸟儿一样飞走了。昨夜你房子的前任住户白杰，凌晨三点和老婆吵架，赌气吊在一根绳子上，走了。他老婆睡得死，竟然不知道。早上，单位来电话，才发现他没了。"

过了一会儿，白娴娴说："我去看看，谁在你那儿作祟。"

白娴娴没看见啥，大骂："滚犊子，你该去哪去哪？别在这晃悠，吓了俩孩子。这不是你家！滚远点！待会儿给你钱。滚。滚到你的星球上去。"

太阳到达头顶，影子呈圆点时，白娴娴从厨房端来一碗自来水，插上一根筷子。筷子竟直立起来。白娴娴将一张浸泡药水的符箓焚烧，等灰烬落入水里，一刀背将筷子打倒，又用刀背磕磕右脚鞋底，喝道："出去。滚！"

小七拿着那根筷子，端着有符箓灰烬的水，泼到梦见怪人的地方。按白娴娴的嘱咐，上下台阶踏稳脚步，听见啥声音不回头、不开口。

泼完水，小七把那根筷子和碗拿到厨房，将筷子横放在洗碗池的下水孔处，碗口压住筷子，将下水孔堵严。

看着白娴娴披散的乱发，微微驮着的脊背上，一闪而过的豹纹，小七识海里出现了"西王母和昆仑墟"的概念。杜新元看见后，惊叫了一声，又打住了，他看见白娴娴在电脑上编着破译外星生物电波的程序。

早上，杜新元到餐厅，没有看见长发披肩的收银员，只有一个穿着碎花衬衣的姑娘在收钱。

他们用北斗七星导航，在线路图上，锁定了去下一站寻找蓝色冰凌花种子的线路。

大桃树古镇

白娴娴苏醒后，睁开眼睛，伸伸胳膊，动动腿，确信自己活着的时候，第一个念头就是逃出树洞，去老屋找儿子小灰和丈夫大灰。

昏迷前，她在距离老屋不远的河里喝水时，被一头豺狗子咬住了脖颈，危难之际，导师博宁骑着摩托飞身救下了她。

由于失血过多，生命难保。为了救她，博宁将她带进了他的秘密实验基地——树洞。

在树洞实验室，博宁给她植入了芯片，装上了隐形翅膀。这些过程，娴娴不知道，她只记得昏迷前，博宁救了她。之后，她双胁剧疼地醒来时，看见无影灯下给她做手术的博宁，又迷糊了。

树洞实验室的仓储中，有专为重伤者的修复准备的电子器官等。博宁力图救治荒漠里的弱小伤者，一心想把他们改造成智猫警察，维护西部安全。

娴娴看看表，这个点，博宁应该在上课。

她溜出树洞大院，骑上摩托向大山深处的老屋驶去。

到老屋时，天已经黑了。月儿升起来，银盘似的挂在天幕上，她的衣服已经脏得看不清颜色。看看周围，没有危险，于是脱下餐馆的工服，换上一套干净衣服，去祖屋和奶奶的遗像说话。

娴娴利索地跳上墙，藏进大桃树的枝丫里。这棵大桃树主干镶嵌在墙里，一半在茅厕，另一半在羊圈。很久前，她和大灰盖茅厕和羊圈时，就用大桃树做支架。大桃树的右下方是茅厕，左下方是羊圈。羊圈里有两只羊，一只母羊和一只小羊羔，专吃桃树的落叶。

距离这棵大桃树不远的地方有一间房子，住着娴娴一家三口，在大桃树村，他们的憨厚和勤劳，是村民公认的。

大桃树村中只有他们家和大桃树是外来户，其他都是老住户。邻里和睦，但村上的重要会议，娴娴一家是没有参与权的。大户之间的纠纷和矛盾，老住户守口如瓶，他们也不知晓。

很多年前，娴娴和大灰避难而来，当时他们年龄尚小，思想单纯。除了种好老管家临终前给他们买下的那块地外，偶尔也帮老弱病残的村民干活。

树屋里，除了他们生活生产的必需品外，几乎没有什么家当。虽然祖上生活在条件优越的王都，但搬迁到这儿后，生儿育女，过得也算安宁。

昨天，娴娴去大山里采药。天黑回家时没有看见大灰和小灰，屋前屋后也没有找到。找到茅厕门口时，她惊呆了！

天，小灰竟然像桃子似的，灵活地在枝头上晃动着。她看见小灰飘来荡去，一副轻飘飘的可怜样，就想帮儿子小灰长大。

娴娴做好饭，挤了一点点羊奶，掺进饭里。端到茅厕附近，用很小的勺子，一勺勺喂小灰吃。小灰慢慢地吞咽着。不一会儿，小灰开始长大、变高，以肉眼可见的速度成长着，渐渐和正常的十七八岁的男孩子相当。

娴娴急忙跑过去，想按住小灰。哪知，他竟然飞起来了。正纳闷，忽听有人低声说："桃树精，他们可以和人正常交往，但不能开口讲话，否则会将森林变成桃园，危害地球。"

娴娴闭嘴了，她看见小灰的嘴微微张着，要开口的样子，赶紧做出噤声的动作。

一阵大风吹来，小灰飘到另一个枝头上，又长高了一节，飘向远处。转眼，小灰就带着大灰回来。

娴娴呆呆地看着小灰，她打算回树屋找导师报到。

这棵大桃树不是普通桃树，是娴娴的奶奶很早以前从外星带回地球的桃树核。当时白奶奶从外星球逃回地球时，随身携带的一捆红萝卜里，夹了一颗桃核，只有在老屋所在的地方才能发芽，长成桃树。为了保护它，白奶奶搬回老屋，养羊掩盖桃核。这是他们首次食用桃叶养大的奶羊。

这棵大桃树有灵智。

风儿吹着，农历八月十五之夜，月儿圆圆。娴娴一家团聚了。

小灰长高

从大桃树基地出来，娴娴去看望博宁，意外发现导师博宁离奇死去，但学生一个也没少。

这个时候的娴娴，已经不是普通人了，经博宁的改造，她已经有了异能。她打算替博宁完成生前活化蓝色冰凌花种子的愿望，并为他报仇。

在秦州城杜新元他们的住所，娴娴戴上人皮面具，女扮男装。她淡淡地对杜新元说："你们来了后，又有几个专家失踪了。坏人这么多，你们要当心。"

她似乎想起了什么："杜新元，既然你们的目标明确，我昨夜抓住的嫌疑犯，可以不杀，但我当初所说的赔偿金必须拿出来。10 天时间，我要见到 500 万。"

杜新元倒吸了一口凉气，这口气真大啊，张嘴就是 500 万，心中虽有不满，但没有说出来，却见娴娴把枪对准自己的脑袋，扣动扳机。

杜新元猛地站起来，惊呼："你干什么？"

情急中，杜新元没有看到娴娴血浆四溅、脑浆迸裂的场面，她变戏法一般，伸手捏住了高速飞射的子弹，轻描淡写的用两根手指夹住了子弹。

"怎么可能？怎么可能！"杜新元几乎崩溃了，这一幕已经超出了人类的认知，娴娴还算是人吗？

“知道我为什么要这么多钱吗？杜新元，这是为了建好大桃树实验基地。你爷爷是大将，有钱。如果拿不到，我会让嫌疑犯一个个消失。博宁不能白死。”

娴娴说完，把枪扔在地上，离开了。

此时的杜新元心情久久不能平静，娴娴的表现已经不能以常人的视角去考虑了，必须马上汇报给老鸟夜鹰。在他脑海中想起几个遥远的、他不愿意想起的名字，或许只有他们才是娴娴这个档次的人物，其中一个就是娴娴的奶奶白之静。他们天生有异能，经过改造，更厉害了。

“老鸟，事情超出咱们预想，娴娴她……”

娴娴没有回家，直接去了一家棺材店，订购了一口上好的松木棺材，她打算把博宁埋葬在实验基地后的桃园，让他生生世世跟奉献了一辈子的桃园在一起。

当娴娴雇佣一辆车把博宁的尸体运回大桃树基地的时候，十几个学生全都跑了出来，哭声震天，看门老汉也眼含热泪趴在棺材上哭喊着：“老伙计，这个基地剩下咱们两个老家伙，如今你也走了，让我这个孤老头怎么办？”

“爷爷，爷爷！”十几个学生哭喊，声声如泣血，天空似乎也感到了他们的悲伤，淅淅沥沥地下起了小雨。娴娴站在雨中，泪水和雨水混合在脸上肆意流淌，直到眼前一黑，晕倒在雨中。

跟在娴娴身后的杜新元，顾不上擦一把雨水——也许是泪水，就冲过去和另一个学生抬起娴娴送到房间里。

娴娴实在是太累了，累得不仅仅是身体，还有心。这一昏迷，持续了十几个小时，等她醒来，杜新元已经在树屋后的一个角落挖出了深坑，就等娴娴醒来后，下葬博宁。

娴娴缓缓走到博宁的棺材前，领着十几个学生，对着棺材跪下，重重磕了三个响头，“老师，您一路走好！”

娴娴刚刚把博宁衣冠整理好，杜新元的电话就响了，说老鸟夜鹰明天有时间见他，让他准备一下，到时候会派人接他，并答应给 500 万。

娴娴处理完手里的事儿后，让杜新元拿到钱后联系施工队，改建大桃树基地。这是博宁的遗愿，娴娴一定要完成。

就在娴娴忙着大桃树村的事儿的时候，距离秦州几千公里的戈壁滩出现了数千个行动缓慢的身影，显然就是突然消失在秦州的豺狗。不知为什么，他们会走出数千公里，向某一个方向缓缓行进，在豺狗群中，最醒目的是身形高大的小灰。小灰怎么会在这里?

戈壁滩温度奇高，升腾的热浪似乎要把地面所有生物植物全都烤焦，如果是常人在沙漠中走着，不用两个小时就会脱水而亡。而豺狗没有脱水危险，它们不时从沙漠黄沙中抓出一条沙漠毒蝎放进嘴里，大口大口咀嚼起来，青白色的汁液沿着嘴角流下，一滴滴落在沙漠中，转眼就消失得无影无踪。

每头豺狗几乎没有血肉，皮毛包裹在骨头上，貌似一个个行尸走肉。它们唯一活络的就是一双凶狠的眼睛，泛着幽绿的光。他们全是没有灵魂的外星杀手。

“汪嗷——”

远处传来一声更加嘹亮的嚎叫，数百头豺狗立即奔跑起来，卷起漫天黄沙。

“汪嗷——汪嗷——”小灰低吼一声，豺狗群迅速围住了一个村庄。几十人被抓了出来，被撕扯得缺胳膊少腿。

这个时候，博宁的计算机上，出现了怪异的曲线，酷似某种生物电波。随着电波波形的幅度增加，博宁的同事、接触过羊奶的研究人员，都晕倒了。沙漠中，几个穿迷彩服的蓝眼睛大汉，面无表情地迈着沉重的步子，一步步走向大桃树古屋。

娴娴静静神，看清形势后，格外冷静地说："小灰扮演的是豺狗王的角色，喝了羊奶的人都会被某种神秘的力量所控制，不由自主地帮着豺狗王抓专家。"

娴娴稳定了一下心智，飞越几千公里，用价值上亿元的镍铬合金制成的混合麻醉枪，麻醉了小灰。

小灰清醒后，傻傻地看着娴娴，不知道发生过什么。这个时候，豺狗群消失了，穿迷彩服的蓝眼睛大汉也消失了。实验室的人都醒了。博宁敲打着棺材，也醒了。

沙漠一片寂静，豺狗的脚印，在风沙的掩埋下没了踪迹。

杜新元看着消失的豺狗群，搓搓手，好像完成了一件了不起的事儿。

在大桃树古村耽误了多日，开学时间到了。

元元探险队成员告别娴娴和小灰，回去上学了。

墨子戏台

看完篆刻大师荆洪书法展的那晚，陈寅做了一个奇怪的梦。

梦见自己忍着疲倦，强打精神，打开课本，认真寻找高考模拟试卷里的一个繁体字注释，却怎么也找不到，急得如热锅上的蚂蚁。

这时奇迹出现了，就在陈寅看完展览，走出展厅的时候，主办方送的那个篆刻书签活了，自动翻开，书签上的字一行行、一个个地站起来了，变成了不同颜色的暖色小人儿，飞的、跑的、跳的，非常热闹地在书柜上跳着舞。

介绍篆刻大师的那张硬纸折页也自动打开了，像有一阵风凭空而起，把那些页面一页页吹开。从每个打开的页面上，走出一个人，他们身穿黑色、红色的盔甲，面孔冷冷地排好队后，随着领队的口令声，咚咚咚一个个都跳进了一条青蓝色的河里。

这条青蓝色河清澈透明，河的两岸开满了各种小花，五颜六色，蝶蜂飞舞。摄影师就在不远处的半坡上，架着摄像机。空中还有无人机在拍摄。

河东面的半坡上，有一个石头戏台，圆形的，直径约 10 米。东面坡顶，一张似曾相识的脸在操纵这部大戏的拍摄，镜头对准的是距离石头戏台不远处，水中央的一个美人鱼似的袖珍女子，名字叫作朱雀。朱雀的个头约半米高，武艺超群。

朱雀在河水里游着，身穿孔雀蓝的紧身衣，姿态优美。她要游向石头戏台并从里面取得一个芯片，芯片中央处理器“左青龙右白虎”的枢纽，可以控制温度、湿度、瘟疫，是补天合成的一个碎片，经过天地精华的提炼，几万年后的今天，成了地球自带的护卫系统，护卫着地球人的生存空间。

代表青春的朱雀，化成美人鱼，完成了规定的动作后，钻出水面，向石头戏台那边的方向游过去。此刻，她眼睛的余光看见了一张帅气的脸，一愣神！怎么会是他？在澳洲碰到的那张有棱有角的面孔是玄小小。玄小小又名玄武，是北方的守卫大将。

玄小小何时变成了制片人？朱雀的心噗噗直跳，冰天雪地里，遇见花溪和玄武，很意外。“莫非，游戏的风险性增大了？青龙和白虎是不是也进入了战场？他们可是各部的指挥官啊。”

陈寅头疼得厉害，眼前一片模糊，一头栽倒在了地上。她晕倒了。

站起来的时候，她成了朱雀手下的一员大将，穿着蓝青色的羽衣，和几个紫的、红的、蓝的、白的鸟人站在了一起。她和他们的胳膊、腿都像篆字，呈半圆形，一个个身上都长着漂亮的羽毛，个头和朱雀不相上下。

她和队员一起隐藏在暗处，双方的部队都隐藏得很好，表面上看，风平浪静，实际上，暗流涌动，双方都在暗处运兵较量。

眼见那个细小的黑人向朱雀扑过去，潜入水中的雪鹰透过水膜，看见那黑人就是一条长着翅膀的蛇，“青龙？对，是他们阻挡着朱雀进入戏台。”雪鹰确定了自己的分析后，就开始出手了，她向黑人伸出了嘴巴。这个时候，她的嘴化成了喙，马上就要啄到黑人的时候，一道白色的亮光，朝她劈来，带着风声。

雪鹰迅速遁入水中，只见白光变成了一只白色的虎，挡住了通往石台的河道。

河面和岸边看起来风平浪静，雪鹰知道，这些战斗只不过是在水下隐藏着。那些道具也隐藏得很好，掩体很先进，肉眼看不见。

看着周围人奇怪的装饰和变身的模样，雪鹰被点名，应该是点将了。

“到！”她响亮地答应了一声，依次是凤鹰、月鹰、花鹰的声音。这是要投入重大战斗的前奏，这在她的记忆里，很熟悉。作为特殊身份的将领，他们武艺超群，水陆空的战术都精通。

雪鹰化为一阵风，跃出水里，开启天眼。

风平浪静的河面上，几个脑袋悄悄地向舞台方向游动，水下还有篆人在厮杀，台子上有穿着高科技隐身衣的士兵把守。战斗激烈地进行着。

战争的规则是，谁先到石头戏台上，谁就赢了第一步。雪鹰变成一个字符，和姐妹连接起来，阻挡那些黑色篆人和红胡须篆人，靠近石台。

又一些篆字人从花草丛中钻出来。有的像胃，有的像心，有的像肝、像肺，五脏六腑全都出动了。金木水火土五大班子，活脱脱地厮杀着，和真人一样。

土黄色的脾在云华水谷，造血、滤血，统摄全盘。白色的肺是金秋的收成，因为土黄色脾的虚弱而失去了养分，气短、气虚。黑色的肾里储备着武器和弹药，青色的肝是春天的木，赤色的心是夏天的火。

五气流行，五行类象，阴阳不同。背为阳，腹为阴。

雪鹰看着冒火的那些篆字人的背，悄悄跳进河水里，想灭之。一个自称是大将军的光头老汉走了过来。他，玄武大帝，北方之神，说话间，一把掀翻了墨池。“不许你们内斗。”

雪鹰一惊，戏台消失，篆字人消失。

陈寅梦醒，天已经大亮。

寄　养

永佳要去南京进修两天，出发前把爷爷送他的智能宠物狗贝贝寄养在最好的那家狗狗寄养所。上午，他到学妹菡的宿舍楼下，没敢上去，溜达了一会儿就回家了。半夜下飞机，在出租车上，他梦见贝贝被送到了菡的宿舍。

菡高兴地带着贝贝去玩，通过新修的石崖下的公路时，贝贝从车窗跳出去，跑向石崖上方的洞穴。在洞穴口，它兴奋地刨着土，一遍遍，很得意。

洞口不大，以贝贝的身高根本进不去。菡停好车追过去时，远远看见贝贝的身体慢慢地缩小，渐变成和小猫咪一般大，通体变成黑色，肌肉和脂肪紧巴巴地贴在缩小的骨骼上，精瘦的怪异模样，如风干的标本一般。

看着贝贝的巨变，菡的心脏紧缩。

“死狗贝贝，怎么如坟羊，钻入古墓群！这，这还是宠物狗吗？”

菡追得腰酸背痛，气喘吁吁。眼前出现了好多问号。她怀疑怪狗贝贝的念头刚升起，便“咕咚”一声，跌进洞穴。

“啊，救命——”菡的尖叫声凄厉而惊慌。此刻她的腿钻心地疼，想站起来，有点难。一用劲，胳膊变成翅膀飞起来，在一口冰棺之上，盘旋鸣叫。

这声音钻入一个穿着西晋服装的男子永佳耳朵里，“怪狗贝贝耍什么花招？古墓、怪狗和菡有麻烦了？他们一起坠入了落风轩？”

永佳住在枫林古镇，镇上的古建筑，古街、古桥、古亭、古民居、古城墙、古牌坊、千年古刹、状元坟、圣旨门牌坊、御史祠等皆是晋朝格局。

贝贝如一只北极狐，在冰川上来回走动，毛色忽然变得雪白。幻影中似有一把刀，剥下了它的皮，血淋淋的骨肉和鲜血，醒目、刺眼。

空气里，到处都散发着浓浓的血腥味儿。不远处，一条龙正被斩杀。血糊糊的龙筋被抽出来，皮一点点被扒下来。菡是一只貌似凤凰的鸟，她叼着冰块，迅速地制作着一口冰棺。

冰棺成型，龙骨、龙血、龙头被收养在冰棺里。龙头跳动着，期望升腾。

在冰棺上方，一只凤凰飞舞着、鸣叫着。冰棺形如龙形，随着凤凰的一声声鸣叫，渐渐地，龙头变成了一颗男人的头颅、心脏等脏器，这些器官跳动的频率跟活的一样。只是他们之间没有经脉相连。冰棺中龙的四条腿，被很粗的藤条链锁着。

“谁这么残忍？抽筋扒皮，锁龙魂！”永佳看着冰棺里的头颅，似乎很眼熟。

“哦，天，怎么会是我？”穿着古装的永佳摇摇头，有些晕。

公元 306 年 6 月，洛阳被攻破，永嘉被俘虏，太子、宗室、官员及士兵百姓三万余人被杀，先祖的陵墓被挖，宫殿被焚毁。一片血红。

内战持续到公元 313 年，永嘉被抽筋剥皮，作为皇后的菡私下托人将永嘉的尸身运到岩上的冰洞。长安失守，匈奴人控制中原后，战争不断。公元 317 年，愍率中原汉族臣民南渡，迁都南京。

夜里，菡乔装打扮，从后花园逃出来时，被一帮人堵住了，逼迫她换了身份，成匈奴人。她答应了。

不久，她逃进山里，靠野果为生。雪地里，她深一脚浅一脚走着，伺机潜回冰洞。一阵很强的风吹过，战后的亲信干尸纷纷随她而来，越聚越多。

焦急中，菡用手中的铲子，掏出 1.5 米深的坑，将靠近她的干尸推进去，掩埋，其他的干尸消失。一只小鸟飞起来，飞向远方，飞到一间草房，在那里靠吃沙枣和野草为生。沙漠中的食物，改变了她的颜容。春天，她回到冰洞，给灯箱换上耐烧的植物油后，在洞口小憩。腕上的镯子封印着一只宠物狗。

出租车司机叫醒永佳，他付完车费，看到手机里照片上的镯子和菡手腕上的一样，就给菡打电话，约她下周末到健身房打保龄球，到枫林古镇玩。

那时候他就进修回来啦，可以带上贝贝去枫林古镇，和菡谈论玉镯和西晋王廷史。

红珠子

蜡芯儿和雒蕊儿是飞船里的室友，也是征服海洋飞船组的领队。

鲸是海洋王国国王，眼见王国的臣民越来越少，于是他把海洋交给王子管理，自己找工匠设计了红珠子舞台，用来铲除从外界闯入海洋的盗贼。

等了好久，红珠子透过海水发出的光终于不是特别刺眼了。蜡芯儿走出太舱，踩着海水走向红珠子。顷刻间，海水翻滚着变暗。蜡芯儿发现红珠子内部呈蜂窝絮状晶体排列，中央是一个椭圆形的原。

在通往原心的小路上，清纯女孩雒蕊儿迈着灵动的孔雀舞步，朝原心靠近。原中央，伊花儿艳丽的妆容褪去，面色苍白的她在密密的雨珠里，向原的另一边走去。接近原边，伊花儿随雨珠落地，雨水、胭脂和血液合成的红液体，将原边染红啦，伊花儿消失。

原中央，一束束光照得舞动的雒蕊儿光彩四射。蜡芯儿见室友雒蕊儿替代了伊花儿就收回灵识，穿上潜水服，把调节器装在一只氧气瓶上，踩着海水，向海底潜去。

远处的海里，鲸站在一块礁石上，望着蜡芯儿的电筒光一点点地消失在黑暗中，用鼻子嗅着夜晚的温暖空气，露出笑容。“我要让你们为我的家族陪葬。”

蜡芯儿以她的耳朵和鼻窦所能允许的速度下降着，她感到吸进的空气有种淡淡的香味儿，没有觉得有什么不适，继续向海底游去。

伊花儿站在离开礁石一点的地方，距那个小洞穴 10 米左右。蜡芯儿将手电筒光稳稳地照在伊花儿所拿的空气吸沙器的嘴子上，借着亮光，伊花儿把灯泡海鞘岩从沙窝里一个个拾起来。

蜡芯儿隔着沙窝趴在伊花儿的对面，帆布袋就在身边。蜡芯儿一点儿也不感到紧张和担忧，甚至对自己这么轻松自在感到很诧异。空气吸沙器吸进一大块海鞘岩，也没当回事。

伊花儿在空气吸沙器下面，又看见了一个又长又粗的海鞘岩，她绕过去，四下的灯泡海鞘岩都被吸了出来。

伊花儿打了个向右转的手势，好一会儿，蜡芯儿才发现她已经走远。蜡芯儿望着眼前的沙窝，沉浸在梦幻般的遐想之中，欣赏着拖在她身后的，弯弯曲曲的，漂亮的黄色氧气管子。顺着这根管子，蜡芯儿看到伊花儿，就顺着沙底游起来，让电筒光照在五颜六色的礁石上。

蜡芯儿不想把电筒照在伊花儿的氧气吸砂器上，她宁愿照着旁边，就像礁石旁边游来游去的两条闪闪发亮的橙色鱼。

看到伊花儿望着她，执意让她照着氧气吸沙器时，她转身游过去，下到了海底。她打了一个哈欠，觉得在这暖融融的海水里，心旷神怡。

伊花儿在电筒光下忙着吸起那些灯泡海鞘岩，脸几乎贴在了沙底。

雒蕊儿注意到屏幕上电筒光的范围太小，电筒在水底，东一下西一下晃动着，光束时而扫向海底，时而扫向海面。她一跃而起，踩着水，朝蜡芯儿冲过去，一把掀掉蜡芯儿脸上的头罩，从蜡芯儿手中夺过电筒，往她脸上照去。

蜡芯儿双眼紧闭，头无力地垂着。雒蕊儿她放下电筒，伸手拔掉她嘴上的调节器，摘下她的面罩，托住她的后脑勺，把她的脸罩进她的头罩里，抬起膝盖，小心翼翼地顶在她的肚子上。

雒蕊儿两手抱着蜡芯儿的头，一道气泡的细流冒出来，跟在她们身后，升到海面。雒蕊儿从蜡芯儿的脸上摘下头套，把她脸朝下推上平台，自己爬上去，一下下地按摩她的后背。

稀里哗啦的呕吐声过后，蜡芯儿迷迷糊糊地感到嗓子有点痒，嘴里酸不溜丢的，“哇”的一声吐起来，整个头盖骨在剧烈地抽疼，她有气无力地呻吟着。

雒蕊儿让她侧身躺着，用拇指翻开她的脸皮。“好点了吗？”

“嗯。”

雒蕊儿拿起她的调节器管子，把嘴罩放在鼻子下面，扭开调节器，气瓶里的气喷进她的鼻孔。“我的天，一氧化碳。烟囱里排出的尾气。鲸、鲸暗算你了。”雒蕊儿看着蜡芯儿说。

蜡芯儿用一只胳膊肘撑着身子，耷拉着脑袋，像又要吐的样子。一串串红色泡泡从她口鼻喷出，她大口呼吸着，泡泡扭动流转汇聚到红色圆球上。

雒蕊儿捏紧拳头，游向不远处的礁石。

鲸躺在那里，一双呆滞的眼睛直勾勾瞪着天空，嘴里淌出的血液凝固了。他慢慢地向深海落下去——鲸落。

雒蕊儿把手放在蜡芯儿的脖子下摸了摸：脉搏不跳。她抱上蜡芯儿，冲出虹膜奔向太船舱，令伊花儿带着所有飞船撤回陆地。

落鲸的养分让王子的海洋繁荣起来。

寻找小夕

小艺忙了一天，不知忙些什么，仿佛精力消耗殆尽一般，躺下就睡。

晚上，小艺梦见自己变成了另一个学生，大家叫他小夕。可是到处都贴着寻找他的通告，电视、报纸、微信、微博无一例外地都寻找那个他，那个夜里出行的小夕。

小夕和两个女生走出校园，一起去寻找能源棒。近日，尘沙遮天蔽日，据说光能被一种不明底细的能源棒吸走了，学生们分头去找，必须找回来。

寻着光的气息，小夕追踪到一座大山前。光的气息流入一个山洞，洞里青烟袅袅，走近洞口，朝里走了半里路，一个显坑挡住了进去的路。这坑脏乎乎的，有液体流动，似乎是血迹，还冒着臭气，像一个陷阱，又像茅坑之类的沼气池。

小夕气沉丹田，一个蹦子从池子上方飞过。他通过一个长长的地洞，到了一个漂浮着云山雾海的地方。雾山很高很险，挡住去路。除了这雾山，别无他路。

小夕看见了两个室友，代号蜜桃、咪咪的两个人，是和他一起出发的，去不同地方寻找能源棒，不料在这半山腰相遇。能源棒是一种稀有元素组成的罕见物件儿，能把各种光源吸走，为其所用。

他们点点头，算是心照不宣地打招呼。

一阵风儿刮过，混杂的山雾渐变成青雾。在青雾里，大白们进进出出地忙碌着。小夕从他们身上闻到了能源棒的气息，正要想办法弄一根，就看见一个样貌和自己相似的大白，给他使眼色。

小夕跟着这个熟面孔的大白，走到两堵墙的角落。大白给了他一个带着浓浓光味儿的毛毯，里面藏着能源棒和机密元素。小夕把毛毯藏到他的行李箱最下层，发出信号弹，和蜜桃、咪咪汇合。

忽然来来往往的行人增加了很多。路口有人设立了哨卡，搜查大家的行李，是在寻找丢失的能源棒。医院里更是热闹，一些人在房间里搜查，却没有结果。

小夕表面上风平浪静，实际上很担心：他们距离哨卡很远，却实在没有什么躲藏的好办法。

没有找到能源棒。雾山明亮起来，渐渐地要消失。山顶上，人声嘈杂。小夕抬头看见一个熟悉的老友，在最高的雾山顶上，表演杂技。他是凌空表演的，空中没有什么支撑，那人动作别扭而滑稽，表情痛苦。

低低的山下，不高不低的半山上，人们都匆匆地走着，似乎要离开。每个人带着行李。

小夕准备走的时候，发现了箱底的东西——大白给他的东西，太重了，体积大，有光的味道，没办法拿。他把那长方形的毛毯打开，分成九个小长方形。小夕撕开外边的貌似封条的八个小长方形，揭开中间的小长方形的外皮，露出里面一排能源棒和镆元素。

小夕把镆元素和能源棒拿上，把包装和其他东西装进了箱子。

走出雾山，他看见人们像以前一样，跑来跑去地逃离。医院里，大白们忙着追那个箱子。蜜桃、咪咪买了机票，带着镆元素回学院复命。还有一些不和他们一组的学生，没有找到镆元素，也都打算回去了。

小夕跑着，轻飘飘的身子灵动了许多。他轻轻一跃，就到了雾山顶。云海雾山之上，他想起老友蹩脚的表演，有些尴尬。看看身下的万丈深渊，小夕别无选择地在山脊上飘着。

到了山的尽头，一个爬满了藤蔓的屋子挡住去路。这是一个漂亮的花架子，各种花儿盛开。小夕躺在一个架子上，成了一朵太阳花。雾山下，嘈杂的人群来来往往，小夕发现能源棒被他自己吸收了，他笑了，身上的光和花儿穿越飞扬的尘土，将地上的那些人和树木照亮。

学院里发出通告，寻找失踪的小夕。

小艺在梦中看到通告，喊：我知道小夕在哪里。

小艺惊醒了，起床，感觉今天早晨自己有点不一样了。他对着镜子说，我找到你了。

棕　熊

耄耋之年的田谕，眼前时不时出现这样的幻觉。

太阳被一朵巨大的云盖住了，留下一丝一缕的红霞。那红霞好像一个牧羊人和一群羊在奔跑。田谕赶着羊群跑着跑着，羊群摇身一变，变成一只进食的棕熊，被禁锢在窗子前。霞光照在棕熊身上，那棕熊貌似女儿云丽。

在窗前站着看云，累啦，田谕刚刚坐在椅子上，就听见云丽房间发出了一点儿奇怪的声音：吼、嗷吼。这个时候，一头棕熊猛地俯冲下来，突然又消失啦。

田谕摇摇头，从厨房出来，活动了一下僵硬的胳膊。夕照将他那双爬满老人斑的手背照得太清晰了，他不由自主地将手背交叉起来，摩擦了几下后，走进云丽房间。

房间朝西，夕阳下的卧室如一幅镀金的优美画卷。霞光如火焰热烈地燃烧着，和天空燃烧的火焰一样。一个三岁女娃娃穿着火红的裙子，伸开双臂向他跑来。

田谕揉揉眼睛，身子像被火焰包围着，四周火辣辣的，热气像在太上老君的炼丹炉里翻滚着喷涌。井场上，黑压压的油流喷得他满脸都是，他的脑壳被黑乎乎的原油包裹着。他用手背抹了一把脸，脸上出现一道缝。

他眨巴了一下眼睛，同事和他一样，在井场忙碌着。

大红、橙红、金黄、杏黄……全世界最鲜艳的水彩都泊在这儿，变成了绚丽的晚霞，非常动人。

喷涌的油流滚动着。“地下压力太过强大，制服它。”刚刚出院的队长王进喜一声呐喊，甩掉拐杖，毫不犹豫地跳进了泥浆池，用身体搅拌泥浆。

田谕跟着跳进去，一个两个三个……十几个工友，几个小时的搅拌，井喷被制服。田谕笑啦。

矿区的家里，小云丽高烧不退，老婆急得团团转。黑灯瞎火的屋外，老婆望了无数次，也没见田谕的影子，该怎么办？

小云丽又昏迷啦，医生打针也不见退烧，医疗条件如此，怎么办？老婆哭着捎话到井上，可是井喷时分，热火朝天的井场上，大家忙着抽油收油。

五天后，田谕拖着疲惫的身子，回到宿舍，回到那口简易的窑洞。捎话的人传了口信，小云丽高烧不退。田谕衣服也没顾上换，找来一辆牛车，拉着昏迷的小云丽去张掖。

大夫告诉他，小云丽错过了最佳治疗期，命虽保住了，可是她目光痴呆，别人说什么也没有反应，她听不见，更不能直立行走了。

多次治疗无效，犯病抽搐不省人事时，田谕就抱着她的头，抚胸为她顺气，几分钟后缓过气来，醒了。以后的几天，云丽只喝牛奶，田谕给她吃药喂水。

过了十几年，玉门矿区挖防空洞时，防空洞口坍塌，田谕被压在三四米深的土里，同事将他从土里扒拉出来送到医院。头因为安全帽没受伤，脸部多处缝了针。醒来后，支撑他活着的动力就是云丽。

云丽高兴时，会望着他笑。脾气不好时，会弄伤自己。没有他，她怎么活！

看着半躺在色彩里的云丽，一脸灿烂。田谕嘴角上翘，仿佛无数次云丽在霞光里走向井场，井场渐渐地变成了森林，绿绿的。云丽变成一只跑着的小棕熊，他变成了一只大熊，护着小棕熊奔跑着。

田谕收回目光，看着瘦得皮包骨头的云丽露出了憨憨的笑，如三岁的小娃娃。田谕眨巴了一下眼睛，时光定格在泥浆池里，他用身体搅拌着泥浆。霞光里一团黑乎乎的云飘来，忽上忽下，那样子很像翻滚的原油。

走进客厅，田谕看着霞光里缓缓升起的彩云和窗棂融合在一起，两只棕熊缓缓升腾起来，踏着云彩向天边而去。

更改程序

敲完钟，诺一走神啦。

今天的迎新大会，校长早就钦点诺一代表学生发言表态，让学生们好好读书，科学救国。可今早，开学典礼举行前两小时，学校管后勤的中年妇女把他叫出去，塞给他一个发言稿，让他在开学典礼上读。她让诺一鼓动学生暴乱、游行，他是学生代表，号召力强。她带着强势的口吻命令，不准他推辞。她曾经有恩于他，有几次，他做实验太专心，忘记敲钟，是她帮他敲了下课的钟。

诺一很为难。

诺一家里没钱，在帝都大学读书的五年里，靠勤工俭学，半工半读。他给学校敲钟打杂，得以学费减半，伙食减半。再有一年到1950年就毕业啦，他的实验将会震撼学界。几年来，他敲完钟，跑回教室，有时迟到了，老师也不说啥。作为班主席，他学习成绩优秀，人又帅，懂礼貌，学校特批了他迟到的特权。这个时候，他不能临阵倒戈，要好好完成学业。

开学典礼开始了。诺一刚到会议大厅，正好点到他："下面请学生代表诺一发言，诺一，诺一来了吗？"

诺一安静地坐在了后排，头低在两腿间藏了起来。被点名三次后，跳过了他。

诺一纳闷："开会怎么只点名，没有别的议程？"旁边同学告诉他，点名是抽查投诚者有没有到场，是考核投诚者的忠心。中年妇女是新政的代表。

“哦，这样呀！刚才点到我，我……”他慌啦，对同学说，“我到前面签到，帮我看着点位置。如果还开会，我坐你这儿。”同学点点头，离开。

诺一从侧门走上主席台，中年妇女坐在主持人旁边。诺一讨好地说：“老师，刚刚点到我的名字，我没有回答，能不能帮我补上签名？”

“告诉我，点到你，为什么不……”

诺一指指耳朵，摆摆手，示意自己没听清，有点听力障碍。主持人没有说话。

中年妇女抬起头，看他。她苍白的脸上平静得如一潭死水，好像不认识他一般，带着生硬的口吻说：“哦，知道啦。你想在单子上增加你的名字，那得更改程序。这工作，你自己去做。”

中年妇女看了诺一一眼，从抽屉里找出了一些活页彩色折叠单，抽出一张给诺一，又机械性地重复先前动作，翻动那些发黄纸页。

诺一翻开彩色活页纸，没有找到和他名字相关的文件，也没找到涉及任何人名字的字眼，疑惑地问中年妇女。中年妇女头都不抬地说：“不要有疑问，拿回家去，慢慢研究，看看怎么改动程序，才能顺利让你的思想不再沉浸在科研里，否则等着被开除。”

回到家，诺一盯着彩页研读，一遍遍没啥进展。转眼要到被羁押的日子，他愁眉苦脸地趴在活页上睡着了。梦里彩页活啦。一堆草体字链接起来，组成浩浩荡荡的家族产业链。诺一认真看着，草体字被一双无形的手，一个个、一行行拆分开来，四本潜能巨大的繁体字，怪异地移动着，似有章法顺序。诺一一个也不认识。

“这名字怎么加？程序怎么改？”他一个头两个大。

诺一狠狠心，一咬牙，用力踩踏着这些字体走入了剧院。台下台上聚集了好多人，密密麻麻的蚁人拥挤着，进进出出。

“他们忙啥呢？晨钟暮鼓的声音，悠悠回荡。呀，这怎么成了俞伯牙的高山流水！”诺一轻飘飘地跳进人群，发现这儿是四省交界的衢州孔庙后山，象形文字如古远的人类或动物或植物，逼真地组成一个家族，甲骨文和周鼎文等部落。

他呆呆地看着，身体渐变成文字符号，在山间跳舞。他手里举着的道具，貌似弓箭，又似一根水管，他正往小口容器口里注能量。恍惚间，小容器口将他吸进去啦。

诺一长舒一口气，不用烦恼啦，但很快发现情况不妙，他在一个四周绘满了地图的古花瓶里，花瓶口透进一丝亮光，他努力将身体缩到最小也爬不出去。

“给我做伴，一起下棋。‘灵车快马车先行。’”这声音熟悉呀！哦，是私塾启蒙先生的声音，各科满分的评语，还加盖红印章。

诺一问：“先生，下完这盘棋，我能出去吗？我胸口憋闷，快出不来气啦。”

四周黑乎乎的。他捂着耳朵，摇摇头，脑袋嗡嗡地响。

中年妇女说：“出来，按照我的手稿念，快呀。”

“别念。作为班主席，你不能鼓励学生暴乱、离开课堂。忠君报国，匹夫有责。”先生的声音在脑海里回荡着。他眼仁疼得厉害，头胀得要爆炸似的。

中年妇女大声说：“快出来呀！一分钟时间，你不出来，我就封了瓶口。”

诺一用力冲向瓶口，瓶口实在太小啦，把他弹了回去。他重重地落到瓶底，跌得浑身酸疼，瞬间双眼打架，困得不行，连眼睛都睁不开了。

迷迷糊糊中，他听到中年妇女说："草包，废物，我封印你。"瓶口的光消失啦，他彻底晕倒！

一阵阵清脆的钟声，惊醒了他，他跳起来，想赶回实验室。但他的脚和腿酸疼，低头看见破碎的瓷片包围着他，先生那个红印章碎片也在其中。

诺一忍着疼说："我的实验进入最后阶段啦，要努力。"

他顾不得一身浓浓的霉味儿，连滚带爬地向实验室跑去。实验室的门锁着，里边静悄悄的，没有人。他翻窗进去，做完实验，结果和他想的差不多。他很快就修改了程序，结果完美。

诺一把实验结果送给校长后，撒腿跑到会议室。这时，中年妇女坐在主席台上，和师生们一起庆祝胜利。大家穿着鲜艳的服装，台上还有人扭着秧歌。

震天的口号，在剧场乃至校园回荡着。诺一找了一圈，没有他的座位，他悄悄地回到教室，同学们也陆续回来啦。

不久，诺一的实验结果，获得了国际大奖。

油仙儿

已经是后半夜，云熙看着操作台上闪烁的指示灯，有些困，眼皮子直打架。她摇摇头，揉揉眼睛，站起来，伸了个懒腰，向窗外望去。

月儿像个害羞的姑娘，从一朵乌云身后伸出半个脑袋，偷偷地向外窥探着。星星闪烁着亮晶晶的光，像一双双淘气幼稚又充满神秘的眼睛，仿佛和云熙藏猫猫。那灵巧的样子，弄得云熙眼花缭乱。

一团团白色蒸汽轻飘飘地穿透夜幕，向高悬的月儿奔去。云熙的眼皮沉沉的，有点迷糊。忽然她听见有人“云熙云熙”地叫着，她摸不着头脑。

“你谁呀？三更半夜的，喊我干什么？”

“我是你的朋友，几十年的老朋友，你忘了吗？你进炼油厂的那天，从原油中把我分馏出来的时候，你叫我轻气儿油仙儿。从那天开始，白天黑夜我都在这儿陪你，和你一直在一起呀，就如缩小版的你。”

云熙揉揉眼睛，窗外一个白白胖胖的女娃娃，呵呵笑着，皮肤白皙如雪，容貌秀丽，双目似一泓清水，眉目间隐然有一股子书卷的清气。这女娃娃太清秀了吧！如明珠生辉。

轻气儿笑眯眯地看着云熙，继续说：“我会一直守护着你，和你一起看护塔林。刚才我听见了你的叹息声，就醒啦。是你困了瞌睡了，对吧？我出来跟你说说话，放段音乐给你听听吧。”

轻气儿见云熙看着她不说话，快乐地跃上塔台，又跳到冷换区二层平台上，她问：“云熙儿，你为什么叹气？有什么心事可以跟我说一说。”

“我真的不认识你！你怎么知道我的名字？还说是我把你带来的？”云熙没好气地说。

塔林的灯亮亮晃晃的，一个大大的人形慢慢地从加热炉飘过来，从塔台的缝隙里蹦出来，化成一个完整的实体人形，仙女似的，飘飘荡荡。

月亮高悬着，整个厂区披上了一层银纱，朦朦胧胧。

一道尖利的鸣叫声，刺啦啦划破了夜的宁静。呜呜呜——呜呜呜——尖叫声从冷换区的二层平台传来。蒸汽包的压力表指针达到极限值，报警器响起来，迎合着冷换区二层平台的尖叫声。

冷换器区二层平台上，蒸汽包的安全阀已经自动打开，呜呜呜——嗤嗤嗤——嗤嗤嗤——不断地泄压。浓浓的蒸汽吼叫着，冲出汽包，巨龙一般游动着，嘶鸣着，轰隆隆的声音震得地面颤抖。

云熙一下子清醒啦，拿着铁勾搭（勾搭是炼油厂自制的一种工具，类似于管钳，但比管钳轻，适合女工扳开关），急匆匆跑出操作室。猴子一般攀爬到二层冷换区的平台上，启动泄压应急系统。

炉温降下来，吐着火星星的烟筒里，一条火龙冲破夜幕，喘着粗气，像一条火龙游向高空。炉膛里蓝色火舌，一跳一跳地带出的火星星，渐渐变少。

蒸汽包上方，一条水龙摇头摆尾，盘绕几圈后，穿过云层，向高空越飞越高。

云熙看着两条巨龙，长长地舒了口气。处理完这个小事故，云熙准备上冷换区第三层平台巡检。轻气儿从一个冷凝器下跑出来，呵呵笑着说："云熙儿，你不用上冷换区三层平台，DCS 自动化系统会自行泄压。"

"我还是亲自检查一下放心，这些年习惯了。"

轻气儿哼哼了几声，飘回到塔台上。

云熙巡检完各个站点，回到操作室，红蓝绿三种指示灯闪烁着，显示设备运行正常，回流量平稳。

云熙走到窗前，窗户很大，正对着常压塔操作室前的一堵玻璃墙。塔台上，一个白胖胖的女娃娃笑眯眯地站着，如水的月光洒在她身上，她慢慢地蹲下来，呵呵笑着。

塔区亮堂堂的，塔顶罩上了一层橘红的光晕，这光晕渐渐扩散开来，向下移动着，铺满塔台和大地。

轻气儿渐变成一个圆圆的大球，鼻子眼睛嘴巴都在蒸气缭绕的白雾里模糊起来。

云熙听见一个低低的声音在她耳边唠叨："我困啦，睡会儿。天亮了，你该下班回家啦。"

一个红红的火球从地下上升起，圆球渐渐消失。

沥　青

取完样，从冷换器区罐区巡检回来，已经过了十二点半。小青的肚子咕咕直响。他洗洗手，从包里掏出饭盒，去减压泵房热饭。

中午的阳光洒在雪地上，发出刺眼的光。小青有点晕，他没心没肺地走进减压泵房，绕过减三减四线的机泵，向最大的转沥青的往复泵走去。

这台往复泵是泵房里的老大——泵王，占去了五六台回流泵的位置。泵王有四个活塞，银色活塞壳子上的温度很高，附近车间的倒班工人都在这上面热饭。有人在上面蒸炒面、蒸鸡蛋、热米饭。余热利用，单位允许的。

小青昏头昏脑地走着，不同马力的机泵鸣叫着，发出震喘的声音。他走进侧门，还没到泵王跟前，就听见"咕嘟、咕嘟"的声音，像什么东西喷涌着。他循着声源看过去，"哎呀，不好。"减压沥青取样口的沥青冒着浓浓的白雾，哗哩哗啦地砸向大理石地面，一股子热浪喷涌着，砸到地面，溅得满地都是。

小青急了，把饭盒往身边的窗台上一扔。大喊："有人吗？取样口往出喷沥青，取样口开关被震开了。"

没人应答。他扫了一眼泵房，没看见司泵工小姚。他冲到操作台跟前，没有找到勾搭和管钳。想冲过去，直接把开关关了，可地上一堆堆高温沥青铺散开来，还冒着热气；取样龙头上，还狂喷着蒸汽和高温沥青。这温度，难以靠近啊。

他几步冲出泵房，到外面靠近泵王的窗子跟前，想砸开双层玻璃窗。没有成功。拳头砸、胳膊肘子捣，都没有砸碎玻璃。在干净的水泥地面，想找块石头或砖，难。

他飞速跑向主操作室，大喊："减压泵房沥青取样口开关被震开了，快去人处理。"

几个吃完饭的壮小伙提着大管钳和长勾搭，冲向靠近泵王的窗外，嗵嗵几声巨响，玻璃碎，开关关。

浓雾小了，地上冒着烟。班里的人远远围着，热气弥漫。玻璃窗上全是白雾。人们议论开了，"装置上从没发生过这样的事儿，今天怎么啦？四五百度的高温，离远点，小心烫伤。"

骤然升高的温度，让泵房的几十个窗玻璃上爬满白雾和水珠子。班长大喊："小姚，小姚，你去哪里了？"

过了好一阵子，小姚和另一个岗位的女工，胳膊套胳膊地从后门走进来。她大声说："班长，啥事儿？我洗饭盒去了。"

"你看，要不是小青，你麻烦大啦。"

"怎么啦？"小姚快速走进泵房里面，愣了几秒。看见窗台上小青的饭盒，她劈头盖脸地责问："你，小青，怎么回事儿？为什么要这样？"

小姚的胳膊从那个女工的胳膊腕子里取出来，双手叉腰，脸黑得像锅底，她说："为什么陷害我？"

小青急得半天说不出话来。顿了顿，他指着窗台上的饭盒，说："我进来热饭，就看见那个开关在喷沥青。"

"胡说，我明明取完样才去洗碗的。开关怎么会开？你干吗陷害我？"

沥青在地上渐渐冷凝，地面黏上了一层厚厚的黑硬壳子，占去了减压泵房五分之二的地面。一丝丝肉眼可见的热气微微地上

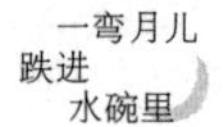

升。人们一脸沉重。

事故发生。修主任接到电话，骑着自行车来到减压泵房时，大家已经给沥青上泼了一层冷水，在加速冷凝。全车间一百多号人都来铲挖沥青。

大家一洋镐一洋镐地挖着，一点点一点点地弄下来，进度很慢。下夜班的工人带着极大情绪，十分不满。

小青的手掌磨出血泡，还在加紧干。他暗暗地想，自己通知及时，避免了重大事故，应该得奖。他干得特别卖力，腰疼得不行，直起来想休息一下，就发现自己身边没有一个人。别人都是一起干活儿，大家远远躲着他，小青觉得有点怪。

侧耳仔细听，窃窃私语声传进耳朵：坏了心的人，故意把沥青取样口开关打开，陷害小姚，还害得我们休息不成。

小青没有说什么，只想早点干完活，总归都可以休息。

四天后，地面上的沥青铲完了。挨着大理石地面的一层薄薄的黑膜，用汽油清洗几次，干净了。

第五天，小青下夜班，刚回宿舍。修主任带话，让他去办公室。小青浑身酸疼得厉害，为了不让自己睡着，用凉水洗了脸，去厂里。

敲了好一会儿，修主任才开门。他打着哈欠，一脸疲倦。看见小青，他下巴高抬，眼睛看着天花板，用冰冷的口吻，责问："小青，老实说，你为什么故意打开沥青开关，陷害小姚？"

小青一愣。停顿了一下，说："我陷害小姚？为什么？谁说的？"

"别管谁说的，说说你的动机。有人说你追小姚，人家没答应，你就出了这个损招，来害大家。扣你半年奖金和效益工资，发给加班铲沥青的职工，弥补车间损失。"

"我，追求她？"小青撇撇嘴，忍不住想笑，到底没笑出来。

他嘴张得老大，摇摇头。怪不得这几天，人们的眼神能将他杀死，如果眼神能杀人。

他嘴角挂起了一丝微笑，说："扣吧。"

小青的心像那些沥青，黑压压的，站着能睡着，实在没力气说话，晕晕乎乎地骑着自行车回宿舍。

自行车到厂门附近的急转弯大下坡时，冲过道牙，撞进了绿化带。小青被摔进树沟里，腿和胳膊的疼痛让他清醒，好不容易爬出来，自行车的链条断裂。他傻傻地坐在路边，睡着了。

小青被喊醒的时候，小姚那张红红的脸蛋映入眼帘。她说："小青，对不起。让你背锅，是我不得已，我怕扣了奖金回家挨揍。现在，我用摩托车带你去医院。抱歉。"

阳光下的沥青路，比早上柔软了许多。

雪杏花

手机铃声响个不停，小尹揉揉眼睛，拿起手机，申银花的大嗓门撞进耳朵：“小尹，赶紧出来，下雪啦，去金佛寺镇看雪杏花。”

杏花树前，昨儿繁盛的杏花淡雅中含有几分娇羞媚艳，这一刻，被大朵的雪花围上了。雪花儿飞舞着，随风旋转着，伴随着杏花儿落到地里。小尹分不清哪朵是雪花，哪朵是杏花，这一刻，世间的浮躁统统淹没在杏花雪里。

看完这片地里的雪杏花，去另一片杏林。错车的时候，车轮陷入道牙下的烂泥里，轮胎打滑，怎么也开不出来。

小尹趴在地上，歪头检查排气管的时候，远远看见一棵杏树下，一个瘦瘦高高的男人顺着台阶，呼呼往上爬。乘电梯一样，从十八层下面，上升到地面，向他走过来。

一双熟悉的布鞋踢踏着，由远及近。男人脸色苍白，没有说话。到车子跟前，将一块长木板垫在路基下，车子开出了烂泥潭。

小尹脑袋“嗡”一声炸响。这男人怎么和杏花雪一起出现？小尹站起来，看见那双布鞋远去，消失在刚刚那棵杏树下。那里有一摊融化的雪水，清亮亮的。

一缕阳光透过一朵朵雪杏花，照在地上，地上有不少水滩。小尹隐约看见大腹便便的菊香双手叉腰大吼着，从一摊水里走向男人。

三十年前，小尹刚成为申家女婿，和申银花新婚旅游回来的时候，路边也是开满雪杏花。那天，他走进大门时，高高瘦瘦的岳父申一跪在地上，大腹便便的岳母菊香双手叉腰，大吼："你对不起我，在我面前，你有啥脸?！几个娃娃是我带大的，你有啥用？早满足不了我，我四十岁就活守寡了！"

"我、我的工资一直全给你的，还要怎样？我给你跪下，跪下，这样，你还凶我骂我吗？这辈子我对不起你。我这身体也不是我想要的。我没钱，这些年没吃过几顿早饭。你拿着我的工资，还要我跪吗？"

菊香背对着大门数落申一。小尹嘴张得跟瓦窑一样，岳母怎么这样对岳丈！"咯噔"一声，他的心跌入低谷。"我老婆申银花将来不会也这样吧？"

申一指指门口的小尹。菊香转身，劈头盖脸地问："小尹，你怎么回来啦？"她神情自若，没有丝毫尴尬。不过，插在腰间的手放了下来，她说："起来吧，以后再算账。"

小尹拿上笔记本电脑，匆匆去办公室。雪杏花一朵挨一朵嫩嫩的粉粉的，落在透明的雪水里，三朵一群，五朵一簇。那日的杏花雪和今儿一样，只不过，几只麻雀吱喳叫着，飞来飞去，蹬落了枝头上的花瓣儿，拉回了小尹的记忆。

两年后，申一病故。葬在杏林里。

半年后，菊香和邻居老汉双双出入。她征求儿女意见，女儿申银花说："不行，你要和那人一起生活，我跳楼。"儿子申银润说："不准。你跟那人生活，百年后怎么安葬？"

不久，申银润参加工作。他和申一很像，一米九的个头，苍白的面容。申银润上班的时候，菊香就点根香，给申一遗像前放点吃的，出门打牌。

菊香拿着申银润的工资卡，眉开眼笑，她伺候申银润吃喝拉撒。晚饭后，申银润陪她散步，她背着手，走在前，申银润趿踏着鞋，嗑着瓜子，跟在后，绕小区转圈圈。

申银润下班，一进门，先躺在床上，打个滚，开始玩手机。菊香伸出胳膊让申银润枕着，呵呵笑了三十年。

申银润三十岁时和一个姑娘租房同居，准备结婚。菊香到姑娘家大闹一场，散伙了。申银润回家，又四仰八叉地躺在床上玩手机，换鞋、收碗都不用他动手。

年过九旬的菊香，心宽体胖，乐呵呵地伺候着申银润。遇到头疼脑热，打电话给小尹。小尹忙，走不开，菊香就不断催。再不来，就杀到小尹单位，躺地上打滚哭闹。

小尹回来，就见申银润躺在床上，咯咯笑着刷抖音。他不搭理小尹，只听菊香的，菊香让他干活，他就甩脸子、发脾气。申银花更厉害，菊香不敢使唤。

三九天的雪停了，地面结了一层冰。菊香出门晒太阳，一跤跌破了脑袋。葬礼那天早上，申银润提着斧子，绕过申银花，大喊：“妈，你赶紧起来，给我做饭。明明你好好的，他们把你装进棺材，要害你。昨晚，你还给我盖被子呢。”

“老弟，胡说啥！妈真的走了。”申银花生气地推了申银润一把。

申银润要推回去。

小尹护住申银花，说：“你赶紧去招呼客人。”

杏林里，满树的雪杏花儿开得白红相间。申一走后，菊香拉着邻居老汉的手在赏杏花。

唱歌的睡莲

梁中天进炼油厂上了一周班，还没有适应在浓浓的瓦斯和硫味儿里工作。那种说不出的刺鼻味儿，让他眼睛流泪，头也昏昏沉沉的，呼吸不畅。

一年一度的夏季设备大检修开始了，带他的工程师说："梁中天，设备大检修时，打开机器，清理内部污垢，可以看清内部构造，如炉膛、塔盘和冷换气的管束。"

梁中天点点头，等停厂熄火后，去看炉膛里的辐射室和对流室。

早上，检修动员会结束。梁中天排队和大伙儿一起领了雨衣、雨裤、安全帽、长筒雨鞋和长筒橡胶手套，崭新的绿雨衣套在工服上，宽宽大大地把梁中天装了进去。他学着别人的样子，把裤腰、裤腿、袖子挽起来，用绳子扎紧，腰里也扎一根绳子，勒得紧紧的。穿上高筒雨鞋，戴上长长的橡胶手套，跟着队伍出发。

一百多号职工，"哧呼哧呼"喘着粗气。不分男女，快步顺着装置后的下坡路，朝西河坝走去。装置在四台，要去的是六七台。

顺着坡路，下到六台，差不多到河底了。领头的工段长停在了六台台地中央。几个超大的水池子挡住去路。大池子里的水已经放完，剩下半池子淤泥，泥水上飘着一层薄薄的油花花，在太阳照射下，五颜六色的。

梁中天脑袋里出现了一个大问号：装置在四台，大水池在六台，是自己车间的装置吗？不好意思问，只随大流朝第一个大水池走去。

高个子的男工走得快，迈着大长腿，已经敏捷地翻进池子里，用铁锨、铁皮簸箕将泥巴往铁皮桶里装。装满后，如击鼓传花般传递出来，倒在台地边缘的沟边。以组为单位合作着。

“嗨嗨，嗨嗨，加油——”

“嗨嗨，嗨嗨，加油——”号子声是桶子提起的信号。十几组整齐的喊声，在西河坝回响着。这场景，梁中天看得目瞪口呆。不容多想，他扒拉着管子翻进大水池里。

脚刚落到泥面，溅起一股子黏糊糊的泥污，飞在梁中天的嘴、脸和眼镜上。他一个踉跄，将要倒在泥里，接近泥巴的瞬间，一双黑乎乎的大手把他提了起来。泥里凸凹不平，踩上去垫脚。他小心移动脚步，才站稳。

梁中天学着大伙儿铲泥巴，他根本铲不动。弓着腰，小心地用脚踏着铁锨，加力，才铲起满满一铁锨，却怎么也端不起来。只好倒掉半锨，再往桶子里装。

泥巴下面有管子，渐渐熟悉后，梁中天发现顺着管子走就不会下陷。提不动桶子，就和另一个人抬着移动，一桶桶递出大水池，空桶子又转回来。大家身上都成了黑色的，脸像花猫的脸，黑嘛咕咚的。

高个子的人，泥巴浸没在膝盖附近，梁中天的腿短，全浸没在泥水里，在泥里走路非常吃力。幸好，每组都有不同体力的人和区域。界碑是大水池里的盘管。

这些由粗细不一的钢管组成的盘管，一组组排列成各种形状，立、躺或半卧在大水池中，四五组并联或串联，本着利于热源互换原则设计安装的。而池子里的软化水起冷凝作用，不同塔盘的热油到大水池换热到适合温度，输入塔内，多次分离。

十几个组彼此竞争。一百多名男男女女一锨一锨清除淤泥，厚厚的淤泥散发出浓浓的臭味儿，疲惫被一阵阵号子声淹没。站在池子里，梁中天一会儿挖泥，一会儿运桶，每人脸上滚着黑色的水珠子。

十人一组，干了一天，第一个大水池清理完了。回到车间，将雨衣雨鞋脱在工房，用汽油擦洗干净。接着，用汽油擦脸、擦手，擦完再在水龙头上冲洗。冲完脸和手后，吃东西。大家拿着包子、盒饭，蹲着或席地而坐。吃饱肚子，梁中天浑身酸痛。回到宿舍，倒头就睡。

第二天早起，梁中天多吃了个馒头。到装置穿上昨儿的雨衣，清理第二个大水池。

一周后，几个大水池清理完了，盘管露出来，椭圆形、方形、梯形都有。管内走油，管外淤泥用棉纱擦干净，露出管子本来的银色、浅灰、深灰、黄色、红色、绿色，按颜色分油品种类。

梁中天学着大家，用蒸汽吹完管内，用风扫几遍。气割切断时，被管内的存油喷了一脸，用面纱简单抹抹后又继续。

一组组盘管被弄出大水池，放入废料堆。池子里的进出口法兰加上盲板堵死了油路，又进行了大清理。

在装置上，梁中天觉得自己已经闻不到油气味儿了，已习惯了这味道。

晾了几天，池子干了。种上睡莲，交给六台的污水处理车间。

梁中天发现他们的装置上，多了几组三层大型平台，平台上安装了冷却器、换热器和蒸汽包，第二年检修时清理管径、管束时会很方便。

多年后，梁中天还会梦见大水池里盛开的莲蕊上，一百多小人儿忙碌着，响亮的号子声在西河坝回荡。

罐壁风铃

“叮铃铃——叮铃铃——”一串风铃在耳边清脆地响着，提醒墨阳时间到了，赶紧爬出来，不要睡过去。

墨阳腿软得不行，实在走不动。风铃声忽然升高，一、二、三，带着节奏。墨阳扔下铁锹，爬出液化气球形罐的人孔，跌倒在罐口的毛毡上。

头晕得厉害，墨阳深大呼吸着，直到胸闷减弱。躺在毛毡上，睡意袭来。梦里墨阳看见四个紫橙色铃铛里，恍恍惚惚走出四个英俊小伙，五官清秀，年龄二十来岁。

太阳照在头顶上，几朵云飘着，忽明忽暗。一伙身穿检修工服的职工从办公室走出来，到装置分散开来，向不同的设备走去。一年一度的设备大检修中，墨阳在清罐组。

四个年轻的身影，小一、小二、小三和小四刚安全培训完，进厂就碰上设备大检修。他们说说笑笑地向球形罐走来，扛着铁锹，提着桶子和条把，架子车上拉着一捆毛毡。

“他们是清罐组的？我怎么没见过？”墨阳见他们走到球形罐跟前，小一、小二、小三卸人孔螺丝，小四铺毛毡。

拳头大的螺丝卸下来，锈迹斑斑。打开人孔，一股刺鼻的气味儿冲出来。

四人浑身被汗水浸透，晃晃脑袋，抹把汗珠子。看着对方的脸，笑得前仰后合，彼此的脸花得如地图。

取下橘红色安全帽，一丝风儿吹过，凉飕飕的，舒服。端起洋瓷缸子，喝完几缸子糖茶水，湿衣服贴在背上，不爽。用手提起背上的衣服，坐在石沙地上，满屁股的土也没人在意。

太阳光将安全帽的标识反射到银色管壁上，像一串串紫橙色风铃。

一阵大风刮得管壁上的浮漂叮铃铃响着。休息了一会儿，戴上安全帽和手套，接上蒸汽皮带，对准罐内的角角落落吹扫几遍再用风吹扫几遍。刺鼻的味儿淡了，通上氮气。

一天时间一晃而过。

第二天早上，四人早早来到罐区，关了氮气。晾了一会儿，罐里没有怪味儿。组长到来前，他们想把罐里的污泥清理一下，给组长留个好印象。

小二速度快，穿好雨鞋雨衣，率先钻入罐里。铲满一桶污泥，只觉胸闷气短，想说话却没力气了。

五分钟后，该换人了。小一、小三和小四喊着，小二不回答。大喊，小二还是不回答。罐里黑咕隆咚的，在人孔外啥都看不清。

小一说："我进去看看。"话音未落，已跳进罐里。看见直挺挺躺着的小二，他抱着他，看着梯子犯难。小二太沉，小一把他背上。摸到梯子口，也觉得胸口和脑袋难受，脚踏在梯子上，定格。

小三、小四见小一、小二不出来，喊也没用。小三到罐里，看见梯子上的小二、小一，用力拉。小四也拉着小三的手，串成一行，定格。

墨阳嘀咕着："这是怎么了？氮气中毒！"

几个年纪稍大的工人和清罐组组长一起来啦。

看见四人的工具，用高压手电从人孔照进去，吓了一跳。组长刚想钻入人孔，却被安全员拦住，命人迅速拿来防毒面具和绳索。

体力好的工人要把他们背出来，可他们的手拉得太紧，根本掰不开。只好把他们推进罐里，再强行掰开。出了罐，四个年轻的身体一直保持着站在梯子上的姿势。

取下他们的橙色安全帽，污垢让他们的面容模糊了。

风儿带着几朵乌云飘过头顶，浮漂敲打管壁发出叮铃铃的声音。阳光将四顶橙红色安全帽的标识反射到管壁上，如一串风铃。四个人站起来，轻飘飘地钻入光点。一片云儿飘过，罐区明暗交错。

太阳的强光刺得墨阳直流泪。风铃响了，声音很大。四张年轻的笑脸手拉手地在罐上跑着，叮铃铃——叮铃铃——

墨阳醒了，睁开眼睛，那些光点“叮铃铃——”响着。时间静止，四张脸的轮廓模糊，安全帽消失。

墨阳站起来，觉得自己和以往不同。刚躺过的毛毡上，能看见风铃。

生产正常了，墨阳在罐上量油。

寂静的月夜，罐壁风铃如安魂曲，悠悠。

洋瓷缸子

九十岁的李虎惊呼着："嗨，赶紧灭火，初馏塔顶着火啦！"

他轻飘飘地在初馏塔顶，弓着腰，一把把将洋瓷缸子里的泥巴抹在砂眼上，冒烟的回流管消停了。他凌空站着，像有一双看不见的翅膀展开了。

安全员李虎的绝活儿是在高温管线上抹泥巴，堵漏。初馏塔顶管线的砂眼，渗出的高温油遇空气燃烧，眼看要酿成大祸。李虎急中生智，轻飘飘地飞过去，将洋瓷缸子里的泥巴涂抹后，隔绝油品和空气接触，成功堵漏。

李虎轻飘飘地在塔林飞着，望见一丝黑烟从常压塔顶升起。他大喊："常压塔着火啦——灭火！"

"师父，你醒一醒，做梦了吗？"皮皮摇着轮椅里的师父李虎，叫着。李虎住六楼，他腿脚不好，几年没下楼，可又不愿住一楼，说住六楼像在天空，可以看见装置。

明媚的晨光，带着一丝焦躁的气息。李虎说："皮皮，你拿灭火器了吗？"说完，便看见皮皮满头白发，他清醒了，说："我又梦见咱们装置，塔顶管线渗油。"

皮皮笑一笑，想起了那年那天，他在操作室写记录，听到李虎粗犷的喊声："着火啦，赶快灭火！"

班长皮皮冲出操作室，提上灭火器，朝塔顶跑去。火苗蹿出来，节节升高。

皮皮脚下的螺旋梯抖动得厉害。有人打了119。

李虎吆喝完，迅速回到办公室，端着一个大洋瓷缸子，在门前花园里搅上土，加水，加面粉和麦草屑搅匀。和好泥巴，端着缸子，跑向塔顶。

皮皮刚熄灭的火苗，几分钟后，又蹿了起来，甚至烧得更旺。

消防车呼叫着将火熄灭，又等了半小时，见没有复燃，才走了。

李虎气喘吁吁地爬到塔顶，用棉纱将刚刚着过火的地方擦干净。就见回流管子上有两个细细的砂眼，正往外渗油（易燃的高温液体，遇氧气会自然）。看着一丝丝黑烟，似又有火星星蹿起来。

李虎用灭火器喷打砂眼，又用棉纱擦干净，迅速抹泥。一层层泥巴堵住了砂眼后，用石棉瓦裹住，扎紧、包好。装置运行正常了。

李虎背着手，每过两三个小时就在装置上转转。半夜，李虎转到炉区，闻到一股浓浓的油味儿刺鼻，他迅速爬到加热炉平台上，见对流室出口管子冒烟，连忙跑进操作室，皮皮闻讯，提着灭火器冲上炉子。李虎端着洋瓷缸子，跑到炉子上，皮皮已将火扑灭了。

和皮皮说话的时候，李虎又打盹了。他梦里端着缸子，在塔林飘着，他的土法堵漏得了部级奖。几处砂眼堵住后，装置正常运行到检修才更换了管子。

退休三十年，李虎梦里总端着洋瓷缸子，看看这，瞅瞅那，精神高度紧张。

李虎飘到老旧的小医院，找烧伤科，几个科室都关着门。只有一两间开门的急诊室，里边坐着的病号是他熟悉的员工，一个个面色蜡黄地等着大夫。大夫的座位是空的，植皮，不易。

李虎飘到拐角，那儿可直接植皮。可护士说：“和上次一样，植皮要到大医院。”李虎听完，瞪着眼珠子，说：“我没时间。我得盯着现场。”

他下了台阶，到院外，发现自行车不见啦。那些停着的自行车，没锁，可不是他的。找了一圈，没有。他步行回厂，一扭一拐地走着。

皮皮看见他的背影，赶上来，说：“师父，我陪您去大医院。”

“去大医院可以，你得先回去看好厂子。”李虎把一个洋瓷缸子给了皮皮。

“好的，师父。”皮皮腿长，走得快，拿着洋瓷缸子很快到了厂门口。看着皮皮进厂，李虎倒吸一口凉气。

他的腿烧伤，这会儿更疼，走不动了。坐公交车到大医院，排队交钱。到他跟前，他翻了所有口袋，把每个口袋翻了个底朝天也没钱！口袋里是和泥巴的土。

他摇摇头，一头卷发透过阳光散出浓浓的焦煳味儿。他写了个欠条，住了院。植完皮的那晚，李虎梦见自己端着洋瓷缸子，在塔林飘着。

在医院看完李虎以后，皮皮回家没过多久，却接到李虎走了的消息。在追悼会上，李虎的儿子按照父亲遗言，将最后一个洋瓷缸子交给皮皮。

皮皮接过洋瓷缸子，感觉很沉，似有千斤重，他得用双手全力端着。

黄柏回乡

美术学院毕业生青羊去陕北写生。沿途看着变成高楼的土地，皱皱眉，对和他搭伴一起去写生的黄柏说，这可是我以前常去照相的麦田。正说着话，“砰”的一声，一阵刺疼，车翻啦。二人双双被送进医院。

在手术室，打了麻药的黄柏晕晕乎乎做梦啦。朦胧中，他拿起毛笔在一面墙上，用三青和赭石色画着小时候和爷爷经常去的黄土高坡。那里有棵轩辕柏，根深深地扎在黄土里。

他按照爷爷指给他的根系画着。画完了，累得浑身酸软，坐在地上，看着画布和一望无际的麦田。那棵千年柏树活了，成了一位历经沧桑的老人。

老人动了，渐渐挪步，招招手让黄柏跟他走。他们走着，一路上黄土弥漫。他们一前一后，走进一家民宿，里面黑咕隆咚的，黄柏昏头昏脑地想休息。

拉开被褥，上床去。他很想跟老人说声晚安，可是困得不行，就沉沉睡去。潜意识里，他和老人长得一模一样。老人向远处几个女子招招手，女子们由远及近地走了过来。

黄柏裹紧被子，处于封闭和防备状态后，安然入睡。那几个女子中，一个叫青羊的，循着老人的指向，走向黄柏。黄柏迷迷糊糊地伸手，将青羊搂紧。青羊身子滚烫，黄柏浑身燥热，两人合二为一。

天亮了，黄柏醒了，看见身边的青羊羞愧地说不出话来。此刻，他们在医院留观室，等麻药过后，被推进病房。

想起梦里的情节，黄柏偷看了青羊一眼，红了脸。青羊忽闪着大眼睛看他。黄柏眼皮打架，觉得麻药后劲挺大。

梦里，黄柏看见青羊和几个女子一起朝他走来。他想去迎接，可浑身僵硬得不能动。还好，几名女子向南楼走去，那里的楼群如蜂窝密密麻麻。青羊在路口站了片刻，又跟着老人，走向他。

电光石火间，火花四溅，他们的声线变成夹音。黄柏在青羊怀里，浑身热得不行，他们贴在一起。忽然，黄柏头疼得厉害，用手摸摸头顶，那里多出了几根树枝。黄柏贪恋青羊柔软的身体，还有水般的柔软。

天黑了，一丝轻风刮过。黄柏眼里的景象变了：在一片超长的黄土地上，黄柏和青羊相隔千米的距离。他们中间是黄黑色的沃土，沃土上的沟沟壑壑如老人脸上的皱纹。

黄柏躺在青羊怀里，看着老人那张脸，这么熟悉！那不是自己的脸吗？那老人就是另一个黄柏。黄柏吃惊地看着黄土地上，一群孩子打打闹闹地哭喊着，摇摇头。

黄柏站起来，挪了几步，眼前的窝棚消失。黑暗里，孩子们的哭声四起。不一会儿，星光闪现，黑暗渐渐变亮，一大群孩子跑着叫着，跌倒了，爬起来，喊着要吃要喝。

黄柏和青羊讨论着下一季的地里要种什么。

血色朝阳洒满大地，老人的脸出现了，又一次和土地融为一体。阳光以肉眼可见的速度从老人身上碾过，土地波浪式地翻滚开来，向前滚动。一大片、一大片的黄褐色土地出现了，不断扩大、扩大。青青的麦苗儿，长满了山坡。

黄柏不敢相信自己的眼睛，使劲地揉了揉，又揉了揉。每揉一下，土地就增多一片，直到很远很远。

黄柏兴奋地喘着气，瞪大眼睛，兴奋得嘴巴也合不拢了。他想跑到前面，直达地的尽头，可他的脚怎么也挪不动。低头发现自己变成了一棵树——轩辕柏，满身枝丫如手臂，伸向四面八方，重重叠叠，高高低低。

白发苍苍的青羊奔跑着，撕心裂肺地喊着："孩子们，这些地是你爷爷黄柏留的，你们守好啊！"

荒坡上，青羊的身体开始变小变小。那里的古树林里，多了许多小树。看着青羊马上要消失，黄柏高喊："青羊——等等我！"

黄柏被梦里的喊声吵醒，睁开眼睛，伸了个懒腰，周身舒畅。他拄着拐杖，嘀咕了一句："伤好了，我要带青羊回老家，在黄土高坡上，种雾杉和柏树，教乡里的娃娃画画。"

龙树根

小七降落到一朵白浪花上，羽绒衣已经收缩。

随着惯性，他下沉到水底，发现自己在一个装置的控制中心。控制中心高出周围许多，花蕊一样，一层层被花瓣般隐匿的阵法保护着。

控制中心貌似拖拉机的驾驶室，一个瘦高个子的司机坐在小七的旁边。控制中心外的行人都在急匆匆地赶路，他让司机加速前行，看看行人要去哪里。

他们很快超过了很多人，冲到了最前面那个人跟前。好说歹说，那人就是不开口，也不愿意上他们的驾驶室，只是恭敬地看了他们一眼后，继续前行。

小七下车，瞬步去追，跑了没多远，就发现前面的路拐了弯，向左前延伸。天已经黑了，光线很暗，有几个执意前行者快步走着，那里没有围栏和标识，或许是标识已被损坏。

前面那人腿很长，已经左拐，走远了，甩出大家一大截。匆匆追赶来的人在黑咕隆咚的夜里，摸黑前行。眼看几个人快走到悬崖边了。

小七猛一回头，看见刚刚坐的控制中心中有一盏灯，“灯、星辰！”他叫了一声，发现司机变成了灯芯，“那我岂不是另一个灯芯？”

他吃力地爬上控制中心，坐在自己的位置上，立刻浑身滚烫。他和高个子司机都发出了光芒，两根灯芯燃得正旺。

四周亮堂堂的，一个已经结冰了的湖出现了。淡青色的冰面是透明的，和天空的颜色一样，几个光着身子的人在砸开的冰道上冬泳。

冬泳者的腰上裹着树皮，他们的皮肤冻成了紫红色。“这该是零下二百多度的冰水和寒气留下的印记。他们冬训，为七年一次的大赛做准备。”小七这样想着。

冰道附近的行人都穿着很厚的棉衣，缩着脖子，弓腰行走。

小七系紧衣扣，绕湖飞了一圈，脊背和四肢不再滚烫，手脚凉得像冰，他钻进羽绒衣，暖了一盏茶的时间，暖和过来了。

他摸摸耳朵，自言自语地说：“这些冬泳者裸体在冰道的水里训练，仅仅是体验生活、增加竞技这么简单吗?”

湖四周的农田上，高大的杨柳树被连根挖了出来，土地被翻了个底朝天。这块地里最早种的麦子，后来成蔬菜基地，再后来，成了高楼和绿化带。还有一些没有卖完的苗树作为替补树，长得越来越高大，这些花树，结不出可食用的果子。

近年，园林工人对杨树柳树进行了更新换代，绿化带、园区栽上了海棠树和白果树，杨花和柳絮减少了。挖出了树根的坑很深，几十年的工夫，厚土层依旧没变，还是肥沃的土地。只不过土质变化了，大坑里填上了熟土，生土裸露。

地层翻了个过儿后，刨出树根的工作是机器完成的，如若人力挖掘，会大费周折。开春了，填平了的坑里栽了与园区和绿化带配套的海棠树和白果树，当然，这些替换树苗与经济挂钩的。一棵树苗和一棵小草都有赔偿价。以前在这里的麦子和菜品不见了踪影，只有树苗。

一根分叉了的树根延伸着，蛇一样爬向小七，爬过小七的脚下，继续向前爬行。

小七脚下一阵痒痒，痒得他想起了赛事准备工作。他要回龙树湾，保护源头，保护龙树的根系。

到了龙树湾的集结点，大部分排练的人已出发。小七准备站在出发线上的时候，习惯性地先检查了用具和装备，忽然发现脚有点儿异样，似乎很不舒服。

低头就见两只脚上的鞋子大小不一。一只脚上的鞋子是黑色的，另一只上的鞋子是橙色的。而且一只鞋子是冬款，一只鞋子是春款。

“怎么会这样？”刚刚脚上明明穿着一双运动鞋。

小七毫不犹豫地跑回排练厅的更衣室，准备换了鞋子再出发，可他发现更衣室里空荡荡的，人去楼空，甚至连床板都不见啦，只剩下几组空床架。

在二楼的床架间翻找，想找出一只鞋子，不论哪一只，能配对都行。可是一遍又一遍地找，就是没有一只鞋子。倒是翻出了一套八成新的运动装，这是小七以前喜欢的，已经淘汰了的。

他拿着这套运动服，顺着木楼梯下来，发现脚上那一双不同样式的鞋也消失啦。什么时候丢的，他不知道。

小七赤脚走向外面，雨后的排练场湿漉漉的，浸泡着一层水膜。他踏着铺了石板的小路，向集合点跑去，那里需要一盏灯照亮。只不过储存能量的鞋子不知去向，自身的能量循环有限。

在训练场上排练了几个月，小七疲惫不堪。他挥手想取来白色羽绒衣，去白浪花上充能源，可是，他手里拿的却是那件八成新的运动装，泛着发黄的白。

他冷抽一口气，慢慢地走出排练场，半枯的龙树在张口说话，嘴一张一合说着什么。小七听不见，声音太低。楠木的声音在脑海里响起，水、矿物质……这些元素可以给龙树补充养料。控制中心外的阵法中，每层都有不同的元素，最后一层的白是盐阵，是羽绒衣需要的保护层。

小七穿上运动衣，只能在低空飞行着寻找白浪花。忽然他看见了一座万丈盐桥，这是察尔汗盐湖，昆仑的一个结界。

魔法石一般的浪花石，融化一瓣，运动衣慢慢地膨胀，呈现出薄羽绒衣的雏形。白衣小娃儿变得清晰了，一个个快乐地进入羽绒衣，修复了羽绒衣的内核，滋养着龙树正常运行。

小七眨巴了一下眼睛，心跳加快，戏曲学院和普罗大众有救啦。

小七进入花蕊的控制中心，挖出石化的楼群，融成农田。在田里种植果蔬麦子，让阵法守护者吃饱饭，他们就有劲干活了。

丰满的羽绒衣，可以变身飞翔，可以补足阵眼失去的微量元素，它是龙树根系的保护层。

龙树湾

进入大门，来到大厅。小七看见南墙上有两个相距百米的拱形门，一进一出，门内是赛场即舞台，门外是排练场。

他走向排练场中的那堆人群里，寻找他的舞伴楠木和队伍。

斜阳如一坛陈酿的美酒，饮醉了艳丽的彩霞，勾兑着天地间的芬芳，悠悠荡荡地在排练场上回旋着。

这个舞队刚刚腾出一块地方，那个舞队很快就占了场地。看着这些熙熙攘攘的热身者，小七有点头疼。他想伸伸胳膊、踢踢腿，做演出准备，无奈很难找到一小块儿地方。等着场地的舞者太多啦。

顺着人流的缝隙，他悄悄地来到拱门口，用义眼看着门内的舞台。舞台上，乐声四起，一支舞蹈队在表演，舞蹈队的队形不断变换花样，很多样式。舞台下，另一支舞蹈队在做上台的准备工作。

舞台的背景墙很新颖，是用特殊材料制成的。背景墙隔断了前台与后台的所有联系。后台隐隐有一座焚烧炉，炉膛里的火，燃烧得很旺，火苗呼呼地响着，蹿得老高。

小七仔细看，背景墙有障眼功能，它将前台和后台全部隔离了！屏蔽了所有人的视觉和听觉。前台的人，不论台下或台上，谁也看不见后台的焚烧炉里的情况。几乎没人注意后台的动静。

小七看见后台的传输带上，躺着一个似曾相识的轻伤者，随着传输带慢慢地朝着焚烧炉运转，轻伤者也在传输带里挣扎着，马上要到焚烧炉的椭圆形人孔附近了。

小七挪步向前，准备去救助。忽见轻伤者猛地坐起来，睁着眼睛，朝着炉子上方的对流室飞去，并试图顶开炉顶，冲出焚烧炉。

前台，台上台下，演出排练依旧井然有序。

随着轻伤者的上升，“轰隆隆——轰隆隆——”这声音如魔怪的嘶吼声，瞬间爆发，震得小七耳膜、心脏和大脑都疼了。

天地瞬间抖动起来，舞台摇晃着，发出地震时才有的震荡声。

时间到了，焚烧炉的椭圆形人孔盖关闭的同时，小七离开排练场，冲出大门。他要避开众人，绕道后台，助伤者一臂之力。

他刚刚离开排练场，排练场就塌陷裂变成了海洋。

滔滔海水不断翻滚着，向远方流去。恍惚间，所有的人和物消失了。这是小七无论如何没想到的事儿。

小七急忙返回排练场，凌空站着，他想找到楠木和团队的所在，想将他们救出来后，再救别人。

他的舞伴楠木很特别，是一个清瘦的高个子，如鹤立鸡群，有着没人能超过的身高和棱角分明的骨骼，应该好找。

他找了一圈，没找到一个人，连陌生人都没有碰见。看着一朵朵白浪花儿滚动着，朝远方踏歌而去。他要去探个究竟，找到失踪的舞伴。

小七刚刚站在羽绒衣上，一个熟悉的人就从一朵白浪花里出来了。“楠木，怎么是你啊？”小七在心里叫嚣着，就见楠木站起来，脚踩蓝色羽绒衣，向他瞬步而来。

楠木走到小七跟前，递给小七一个浅绿色的小盆子，小盆子里装着浑浊的海水，小盆子的边沿和水面趴着一些个头很小很小的螃蟹。

这些螃蟹的外壳还没有变硬，一个个软塌塌的，它们歪歪斜斜地爬行着，列队行走。盆子里似乎有石头或者什么硬的东西，支撑着这些螃蟹，让他们不至于落到盆底。

小七端起小盆子，感觉挺重的。他慢慢地走进前方的一排土坯房里，他看见土坯房被分割成了许多间，每间都有拱门连通。

小七端着小盆子，通过几道拱门，将装着螃蟹的小盆子，放在最中间的房子里。那里有一个很大的石头池子。石头池子是天然形成的，池底和地面还铺散着一层细沙似的白色晶体。

小盆里的水很浑，看不到底。也许是虚空，也许是……小七苦思冥想时，就见螃蟹浮游在了水面上，列队整齐，竟然一个也不下沉。小七将盆子放进池子里，池子里有一薄层水膜，很薄很薄，晶莹剔透。

小七踩着细沙似的晶体，走出屋子。他要找些红线虫回来喂螃蟹，还要找一找他的舞队。

他刚刚离开，小螃蟹就爬出了盆子，停在盆子的边沿，不动了。

小七拿着红线虫回来的时候，屋子里静悄悄的，没有一点儿声音。当他走近石头池子的时候，就见一只只螃蟹从盆子边缘爬下来，往池子边上爬。爬到池子边沿，翻越了出来，浑身沾满晶体。

螃蟹们继续整齐地朝门口爬着。池子里的水渐渐变多了。

一阵咯咯咯的笑声从池子里传出来，带着熟悉的节奏和气息。

“莫不是螃蟹在水里藏了什么宝贝？这么开心！”小七想探个究竟。他伸长脖子，凑近看——

小盆子的底部，有个东西不停地蠕动着，渐渐地升高，伸出水面，竟是两条墨绿色的腿！这腿越伸越长，越长越粗，越长越高。

这两条墨绿色的腿很快伸出了盆子的边缘，向外延伸着，占满了池子，还在不停地长大长大。长到池子边沿，又从池子边沿伸了出来，弯曲到了沙地里。

这两条腿还没有停歇，在沙土里扎根后，开始反向生长，向空中延伸。他们长到一定高度，长出了一个人的屁股，慢慢地有了下半截身子。这半截身子连接的两条腿，粗粗壮壮的，皮肤像鳄鱼或娃娃鱼的皮肤。下躯干、腿、屁股和脚是人类的样子，只不过头和脖子在石头池子里，迟迟没有出来。

小七惊讶地瞪大眼睛。忽然池子边上的两条腿和躯干上，长出了胳膊和翅膀，以及上半个躯干。鱼鳞般的叶子也长出来了，定格成一棵树——龙树。

这棵龙树迅速地拔节、拔节，“啪啪啪——啪啪啪——”拔得又粗又高，将房顶撑了起来，慢慢地吸进了树干里。

这场景，是小七梦里见过无数次的那棵会说话的龙树。龙树又一次开口了，沉声说：“去你想去的地方吧。”这声音貌似是楠木的。

一朵羽绒衣似的白云朵儿飘过来，小七在水面上飞着，朝最大的那朵白浪花飞去。他想离开龙树湾。

当他走到距离舞台不远处，就遇见一名穿白裙子的小娃儿在水里咯咯笑着。小娃儿的小裙子上缀满了晶花，他的脸是那轻伤者的脸，也是楠木的脸。

游来游去的鱼

肖箐进入旋涡，岔开双腿也站不稳，索性放弃直立的姿势，顺着吸力，踩水进入海底，停在金色沙滩上，那里光线充足。

肖箐变成了一条鱼，在海底来来回回游荡着。

晒了一会儿太阳。太阳移向了远处的一栋楼。鱼在光束里游到了二楼。这楼是框架式结构，二楼的前墙是开放式的，从那里可以看到楼前广场。

鱼正奉命执行一项任务，将二楼最里间的东西打成包，装到气泡组成的三轮车上，推向前面的敞开处，再顺着预定的轨迹，抛到楼下软垫上，等待接应。

大包袱不断地被装上车，搬运着。一个瘦高个的男子凭空出现，帮着鱼搬运。

有人帮忙，鱼的速度快多了。他俩将装满包袱的气泡车推向前面的时候，一个亮闪闪的东西掉了出来。

鱼捡起来，原来是父亲的怀表。遗憾的是怀表已经摔成了几部分，但表盘完整。他小心地收起这些摔碎的零件。与此同时，男子没有停留，继续推着气泡车向前，到边沿，他将所有的包袱抛了出去。

鱼听见包袱坠落的声音，迅速跑过去，大喊“小心”，同时，鱼伸手将刚刚坠落的男子拉了上来。男子始终没有开口说话。鱼仔细看，这男子貌似是他的弟弟。鱼抬头，看见另一个人在空中，栽种草坪，此人他背对着鱼。

凌空搭起的架子上，长满了绿油油的花草。这草坪貌似延伸的房檐，而且是屋檐的一部分，与房檐仅几寸之隔。

草坪上的人转过身来，鱼瞪大了眼睛："大鱼。"他叫了一声："危险啊！"他心里嘀咕着。一楼空间很大！在高空种花草，有意思吗？

大鱼白了他一眼，没有说话。鱼的心里咯噔一下，沉默了一会儿，却仿佛一个世纪那么久。

一阵猫咪的叫声，惊醒了肖箐的梦。

窗外，细雨绵绵。肖箐翻了个身，又睡了。在光怪陆离的梦里，他是谁，他的行动竟在他全视角的范围内游走。这个时候的他，又是条鱼。

星期天，鱼早早起床，在厨房忙碌，又在客厅搞完卫生，一摊事做完，去洗手间，对着镜子染发。他要将银色的鱼鳞染成绿色的。

染发膏是二合一速成的顶尖品牌，质量品相都好。直接梳上，停留 5 分钟就可完成，高价位的染发膏就是好。

鱼对着镜子梳染发剂的时候，大鱼从如水的镜子里游了过来，在镜前说："我给你梳，更快。"

鱼说："不用，我自己可以。我们又不熟，怎敢麻烦你！"

"你这是干啥呢？还客气起来了！我没给别人染过。给你染是看得起你。"

说话的同时，大鱼已经扥下鱼的手套，戴在手上，一手叉腰，一手拿起沾了染发剂的梳子，像在麦场叉麦捆似的，挥梳大干。

鱼看着大鱼夸张的架势，头皮发麻，可不敢退缩。大鱼沾沾自喜地说："你把东西端进里间，洗澡的那间最合适染发。"

鱼说："那间光线太暗，没有镜子，地板上没有保护垫，卫生不好搞。就在这染吧，有水方便。"

"谁说不合适！让你游你就游，啰唆啥！不识好歹！染发剂溅地上，水一冲就没了！"

说话间，一块染发剂甩在了大鱼的裤子上，绿绿的，如小草。大鱼说："嗨，你这什么破染发剂！我给你买的那高档的呢？"

大鱼喋喋不休地吐着泡沫，染发剂发出难闻的气味，手里的活儿却没有停下来的意思。

鱼头比斗大，感觉有一根搅屎棍被硬塞到手心，不得不接，否则会引发一场战争。为了避免波及无辜，鱼沉默了。一副逆来顺受、臣服于大鱼的样子。

大鱼看着鱼，嘴角带着笑意。背着一只手，另一只手涂抹着："把你的左边头发抓起来，把你额头上的头发提上来……"

一连串的发号施令，鱼一一照办。一坨坨暗绿的团块掠过鱼的面颊，落在嘴唇上。鱼想一拳把大鱼打回镜子里，可是他哪有那么大的力气！

脸上、鼻子上都是染发剂，凉飕飕的。鱼咬着牙、皱着眉，没有吭气。不论怎么抗争，结果一样，惹不起。

大鱼梳了几下，说："没事的时候，叫你女儿来染。今天我给你弄好了，我走了。"大鱼转身游进镜子里，眨眼工夫，消失了。

鱼回到镜前，用双氧水擦拭着面部的染发剂，费了好大劲才勉强弄干净。

一照镜子，头顶和耳朵附近的鱼鳞还是银色的。

鱼清理墙壁和地面上的染发剂，多次拭擦，颜色暗了些。

鱼回到镜前，刷染发剂。啪的一声，女儿从门里进来帮忙。

染完头发后，腰酸背痛。鱼看着满头绿色，浓浓的绿，青春四射。面部的暗影也消失了。

饭桌上，女儿说："妈，你今天的色上得不错，没花，有生机。"

大鱼从镜子里跃出来，大声说："我水平高吧！第一次染色，都这么棒！"

鱼看了女儿一眼，"嗯"了一声。

看着镜子里满身的绿色，好像年轻了十几岁，鱼苦笑了。下次趁大鱼出去玩的时候再悄悄去染色店，毕竟工资够花。想到这，鱼笑醒啦。

看看手机，上班时间到啦。肖箐变回了自己，一个紧张的工薪族。

霍 婵

喝着夜光杯里的酒，霍婵已经半醉。第几次跟着太爷爷霍启军去参加先祖霍去病的兵法研讨会，已经记不清。不过每次都很兴奋，尤其这次贪杯醉酒后，梦见了霍去病一家。

闻到酒香，霍婵吸吸鼻子，经不住霍启军的劝说，又喝了几杯原浆酒。瞬间，胃里烧呼呼的，一股热浪顺着喉咙传遍全身。

一盏茶的工夫，他就不知身在何处。踉踉跄跄地走进了霍启军的画室，躺在沙发上，看着墙上画着的飞天乐仙，发出了震耳的鼾声。

梦里，他看见墙上的飞天仙女轻飘飘地朝他飞来。飞到他身边，顺着右臂钻入了他的身体里，他成了另一个和他同名同姓的霍婵。

霍婵站起来，看见脚下的蓝色云雾呈台阶状，一阶一阶扩散开来，绵绵地浮动着。他一步步走在云里，没有丝毫颠簸，像走在平地上一样。

随着雾团的移动，霍婵变成了一小团紫色的雾。紫色的雾团在云梯里，向远方轻飘飘地移动着。

“霍婵，霍婵——”听见有人喊他的名字，霍婵看向远处，就见蓝色的云雾里，母亲秋蝉、父亲霍去病都成了雾形人，红色的、银色的，炫目无比地移动着。

浩瀚宇宙，绝美无比。

一阵狂风刮来，霍去病吹着竹笛，秋蝉弹着古琴。醉蝶、薰衣草和所有的花萼随着音乐旋律，齐刷刷地舞动。

霍婵和这些花儿一样，扇动着翅膀，向东飞。飞呀飞，好像有一堵墙挡了路。他揉揉眼睛，发现自己在一个透明的空间，貌似密闭的容器里。耸耸肩，向不同方向飞，可依旧飞不出去，透明的墙挡着他。

霍婵低头看见一个小男孩儿，身穿汉服，拿着一只酒樽在湖边玩。小男孩也叫霍婵，他脚下的湖水倒映出了他父母的影子：秋蝉身着翠绿的纱裙，蝴蝶似的在荷叶上弹琴，一身黑披风的霍去病吹笛。

湖水蓝蓝，两个人兴奋地说着话，在星图上，规划一件大事儿。秋蝉看见霍婵笑眯眯地走来，她笑啦。

一阵风儿刮过，湖面上的双亲消失了。

“妈妈——爸爸——”霍婵大喊着，瞪大了眼睛。湖面上，白浪拍打着岸边。

一阵更猛的风刮来，一道画轴徐徐展开，石径上，微浪拍打着岸边，斑鸠、水鸟盘旋鸣叫着。银色的月轮在青雾里穿行。清冷的风带着铿锵之声，在耳边回荡：御酒将至！

霍婵看见一坛坛的御酒被搬进了霍去病的帐篷。秋蝉靠在护栏之上，裙摆翻飞，发丝被西北风吹了起来。她眺望着湖面，一动不动。一只蝴蝶飞上了她的肩头，她望着波光粼粼的湖面，淡淡道：“霍婵，去吧，玩会儿，记得回来。”

听见秋蝉的话，霍婵眯着眼睛笑了。灵巧的身子从百丈高的雾崖一跃而下，潜入湖里。

秋蝉看着他，说：“你跳进湖里，想问什么？”

“母亲，你怎么知道我有事问你？”霍婵嘿嘿笑了一声，挑了挑眉，“这御酒是要倒入湖中，和大家一起喝吗？”

“是，没什么事儿能瞒过你的眼睛。婵儿，你才几岁！”秋蝉伸了一个懒腰，打量着趴在湖边的霍婵，嘴角上翘，跟儿子在一起很舒心。

“婵儿，好奇你父亲的事吧？”

“你怎么知道的？”霍婵嗓门高了几个分贝，诧异地盯着秋蝉。秋蝉挽起耳边被吹乱的秀发，柔声道：“霍去病是我男人，我怎么会不懂他？只是我进不了长安城，护不了你。只能在漠北为你祈福。”

霍婵点点头，说：“我在长安城展露武技的时候，就知道会有人察觉出端倪，知道我用了秋家秘法。如今朝中多是圣上的人。武技被看出，不奇怪。引来刺客追杀，也说得过去。毕竟秋家是……”

“哦。”秋蝉露出痛苦的神情。

霍婵飞到青雾里，闻见浓浓的酒香。见霍去病和士兵们饮着湖里的御酒。御酒已经入泉。他端起碗，正要喝。想起自己和秋蝉已经中毒身亡，眼泪哗哗地流着。

“霍婵，醒一醒！酒会结束，该回家啦。你怎么哭啦？”听见霍启军的声音，霍婵睁开眼睛，倒酒入湖的霍去病、飞天仙女等画晕晕乎乎地进入眼帘。

周不山

克克博将最新研制成果的资料交给汀儿，让她想办法送给首长，她去周不山引开多方势力。

完成导师交代的任务后，汀儿发了信号给克克博后，就去周不山顶。

周不山白雾弥漫。

她慢悠悠地坐在一棵大树下，看着山间的那些奇草异花。天空湛蓝，白云悠悠，风儿吹过发丝，一阵奇香袭来。她深吸一口气，这种奇香里，带着一阵刺鼻的微寒。

汀儿打了一个喷嚏，忽然就看见远处的山谷里，无端地升起了一朵黑色的云。

起风了。

一阵风突兀地刮过来，忽然将谷底那朵黑色的云朵刮到了半空，汀儿快速走着，向山下走去。她刚刚走到梁顶上，就碰见了导师克克博，克克博让汀儿赶快来救她。汀儿见一个体形怪异的男人，拿着弯刀朝克克博砍过来。

汀儿冲过去，想刺死男人。

黑云飘起来，向另一个山头飘去，汀儿赶上几步，发现克克博的身体发生了变异，她腰以下的躯体全部化成了带着微微的紫黑雾水，上身就飘在雾水上，似乎和雾水相连。

看见这个场景，汀儿惊惶失措。“救我、救我！”克克博大声喊着，随着那些云儿飘走了。那个持着弯刀的男人，顷刻间不见了踪影。

天空恢复了平静，一朵大大的黑云朝着远处的山头飘去。

“救导师，救导师！”汀儿这样想着的时候，就看见周不山顶恢复了平静。

几朵白云悠悠地飘在山梁上。

克克博那张漂亮至极的面容里含着绝望的神情，蓝色的眼睛，金色的头发弯弯曲曲地在汀儿心头延伸成一声求救的信号。

周不山，这是什么样的山啊！汀儿将隐身衣的制作程序秘密传送给首长后，悄悄地穿上用最新纳米材料制作的隐身衣，飞进雾里，去救克克博。这隐身衣是克克博的最新研制成果，能和大自然相融合。

怪孩儿

白昼依旧，阳光灿烂。

白浪花里秩序井然。除了维持城市存在的装置外，还有与之相配套的生活必备的附属装备，一切齐全。

小影走到门口，看见客房里有三个小孩儿躺在一个超级大炕上，头朝南躺着的婴孩和母亲英子的脸色一样蜡黄，他们并排躺着。东西向躺着的两个婴孩面部表情丰富，一个笑得异常灿烂，一个笑得诡异，而被子凌乱地扔在炕上。

他刚要进去给孩子们盖好被子，一个声音在脑海里回荡着："表面看起来他们没有身子，实际上他们的身子都在炕下，这些孩子都是英子的。"

小影皱皱眉，又是神识传音："这些小孩儿是人和猫狗交配的产物，面部表情都不同，五官是人类的孩子，可仔细看，就能找到狗猫的痕迹。头和脖子从床的夹缝里穿过去，你可以在床下面看见他们的身子。"

小影暗暗松了一口气，心想："英子的爹妈应该满足了，他们的英子也有了孩子，还这么多！猫头狗头的元素在孩子的身体上，他们能接受这样的孩子。"

小影止步，他要去寺庙或是旅游景点碰碰运气，采些花或听听另类音乐，超度一下不平静的心灵。

走出房子，左转弯向南走了一段路，忽然想起了好朋友英子的父母，也许他们需要帮助，毕竟现在英子的奶奶重病缠身。

小影走回来，将要右转弯的时候，东墙上的一扇门打开了，内院古香古色的，很气派。

内院门前，站着两个说说笑笑的年轻人，他们神态安逸，气氛融洽。

小影回到先前的房子时，英子已经起床了。被窝空了大半，她身边那个脸色蜡黄的瘦弱小孩儿还躺着，另外两个孩子的身体全部消失了，只有头滚动着，面部表情快乐。

孩子们长大了不少，也长开了，相貌发生了变异，貌似在人和狗猫之间选择了不同器官组成了五官。

小影心里有种说不出的滋味儿，他蛮心疼这些孩子们的。这些孩子模样应该是英子喜欢的，达到了她自己的目的，可她父母希望的是她有一个正常的人类小孩儿，不是新物种，四不像。

小影刚刚唠叨了一句，就听见身后有脚步声传过来。他转头看见英子的父母跟着他进来了。他们破口大骂的声音，传进小影的耳朵。大概意思是嫌小影说了这小孩没有身子，是四不像。

他们吼叫着："闭嘴，你说什么呢？这些孩子明明是发育不正常，被我们囚禁了。你，这样不是在挖苦人、揭人短，看笑话！"

英子的父亲骂街，跳脚，声音超大。这样子超乎小影想象，记忆里他是知性的，温文尔雅的，不喜欢另类生物。倒是英子喜欢猫狗，像她母亲一样，和猫狗同吃同住。

也许靠女人养活，要维护女人尊严！为狗猫，跟邻居打架骂仗。

小影长叹了一声，释然："天天和猫狗搅和在一起，出现怪孩子不奇怪。怪模怪样的小孩儿在暗处生活，能理解。"

小影快步离开，将叫骂声留在身后，"不是一类人，不进一家门。"

栩栩如生的梦是第六世界的幻象。小影醒来，见一切正常就心安啦。

木兰花

白衣娃儿浅浅一笑，抱着他最喜爱的灵宠大猫回到白浪花里时，控制中心的食物被吃得一点不剩，这毫无浪费的行为，让他瞪大了眼睛。

木兰花摸着腹部，打了个饱嗝。白衣娃儿看见她一副遇到难题的神情，问："师父，可是有烦心事？若不介意，不妨与徒儿说一说。"

木兰花眨眨眼睛，看着白衣娃儿说："年纪大了，总觉得忘了点事儿，却怎么也想不起来。"

"何事？"白衣娃儿开心地问。顺着木兰花的目光，他看见了不远处的一个摊位。他走到最角落的摊位前，蹲下来挑东西。摆摊的是一个头发花白、面目沧桑的老奶奶，头发用枯树枝挽着，干净利索。

"奶奶，我想要这、这，还有这个。"白衣娃儿在摊子上一顿乱指，有放在水晶里的木兰花，还有枯桃枝做的簪子和一些别致的小东西。

"好。老奶奶腿上盖的补过的小被子，也是你自己做的吧？这 5000 元，奶奶，给你。"

老奶奶吓了一跳，说："这，这可不行。"

"钱财乃身外之物，世上东西是人赋予的价值。如奶奶觉得多，便祝福我父母平安顺遂，趋吉避凶。有人说，善良长命老人的祝福，千金难买。”白衣娃儿收起东西。

老奶奶眼闪泪花，看着白衣娃儿亮晶晶的若星辰一般的眼睛，觉得煞是好看。问：“娃儿，你买这些做什么？”

白衣娃儿笑笑地指向木兰花，拿出枯枝簪，对木兰花说：“送给你，你看这簪上，还衔着嫩芽，有枯木逢春之意，望你永逢春，等花开。你若喜欢，日后，我去了龙树湾取桃花枝，给你做更好的桃花簪。”

木兰花看着白衣娃儿，抿嘴笑着，晃了晃手里已经长出新芽的柳枝。时间的流逝，尤其在三月特别明显，大地上，万物蓬勃生长、开花，眨眼间，一起行动起来，就结起果来。

白衣娃儿看着人行道两边突然披上了绿装，湖水闪烁出发青的色彩，投进水中的光线变幻着不同的色调。

“喵呜——”猫咪叫着，和白衣娃儿一起没入水中玩。

木兰花在控制中心，看着仪表盘上的指针到了午餐时间。传送来的饭菜都是定额的，正好够控制中心的人员吃。木兰花给了街角老奶奶一份，她没了。还好，之前蹭了白衣娃儿的一顿饱餐，半月可以不进食。

木兰花看着手里长出新芽的树枝，惊讶之际，发现装置外的白浪花里出现了一片绿洲，与白衣娃儿相视一笑，一起走过去。

他们开始研究线路图。外面下着雨，白衣娃儿打着伞，走进雨雾里，老奶奶的腿脚竟然痊愈了。她把蓝色的伞，还给了木兰花。

“你们先出去，看好飞船的行驶线路，我的伞在包里，随后就到。”木兰花说完，走出绿洲的时候，她手里的枯条消失啦。

“有人掌舵了。”木兰花看着飞船平稳前进，她放心地去找食物。

走出绿洲，她发现自己的鞋子丢啦。一回头，见绿洲是鞋形的，还在不断壮大。

木兰花赤脚走进白浪花里的装置中心，去改进木兰花的永生程序，她要用木兰花浆当动力，供人类使用。

会飞的羽绒衣

小七第一次做梦是 6 岁那年。当时，她梦见表姑结婚的时候，婚车侧翻到河里，表姑和姑老爷满身是血。她给表姑说了梦境，告诉表姑，结婚时别走那条路，小心点儿，别出事。表姑没当回事。结婚那天，果真在那个地方出了状况，和梦境一样。姑老爷受了重伤，截肢。表姑说小七是乌鸦嘴，多年不和她说话，满眼的仇视。

读书时，小七又梦见两车相撞的血淋淋场面，惊得满身是汗。从噩梦中醒来，心在狂跳，吃早点的心思也没啦。去学校路过梦里的那个地方，“砰”一声，车祸发生在眼前，那几乎是梦的翻版。

工作后，小七梦见她路过一间办公室门口时，遇见一个人被醉汉捅伤后，那人倒地身亡。下班，果真遇见那惨案。她第一次开车上高速的前夜，梦见在高速公路黄羊段，一个小伙子骑摩托车被警车追急了，车头一歪，撞在护栏上，满地的红色铺散开来，将太阳染红。第二天，这场景复原得让小七害怕。

小七害怕做梦，尤其梦境里的厄运她无法改变。她梦见已故父亲模糊的影子，胸疼得像撕裂了胸腔。焦急之下，小七扑过去救治，匆忙中撞倒了书柜。书柜砸在腿上，腿骨折了。

第二天，她的腿真骨折了。半年后，腿伤复原，被派到甘州分公司，解决网络维护中的难题。在那里，她的梦境大反转。梦里的她成了沙漠王国戏剧学院的校长——一名白衣飘飘的女侠，侠肝义胆，精通医术。她养着很多个上古篆字人，他们为她所用。

一天，受沙漠王国的国王重托，小七和沙漠王国的新国师南木组建了一支超能量的王室戏剧演艺团，简称演艺团。他们穿过被称为恶魔之眼的艾肯涌泉，去道乾王国和兰陵王国巡演，暗查绝世宝藏蓝色冰凌花种子的下落。

小七的法宝是一件白色羽绒衣，能保暖。更主要的是这件羽绒衣，是她用雨丝、星光、露珠、松香、红柳和胡杨的歌声编织的，如白云，可以飞翔。

白色羽绒衣里，寄养着一本上古药书《千金方》，书里豢养着篆字人，飞翔的能量是篆字人提供的。祖传的法衣白色羽绒衣是她的交通工具。

南木有同样一件黑蓝色的羽绒衣，是国王赏赐给他的坐骑。这件羽绒衣是用石墨、千年古松古柏、碳墨、雷电和风雨编织成的，可以当作水陆空的交通工具，能补漏、筑房。

有了这两件法宝，王室演艺团准备出发啦。

出发

（王室演艺团救灾后，继续出发，去邻国友情演出。）

据传，蓝色冰凌花种子是奇世珍宝，最可信的传说是这稀世花种能让沙漠变成绿洲，能驱瘟化煞，让国家富强。

小七是沙漠王国戏剧学院的院长，负责师生饮食起居、健康卫生和学院的建设工作。这职务和寺院里方丈履行的职责一样。

这天，沙漠王国国王心血来潮，任命新国师南木当团长，小七当副团长，建成了一支阵容强大的王室演艺团，囊括管弦乐队、舞蹈队和杂耍队等。随团人员也是王国中顶尖级的演员，个个身怀绝技。

国王派王室演艺团到邻国友情演出，旨在暗中搜罗蓝色冰凌花种子。国王希望沙漠王国的土地上，长出树木、蔬果和粮食。以后，就不会用大量金银财宝，跟邻国交换这些稀缺物资。

接到任务，按照计划，小七让演职人员将服装和道具全都放进两个不同的箱子，也就是国王的御用箱。这两个御用箱只能由王室青鸟仪仗队运送，其他人无权接触。

出发前，小七检查了一遍整理好的箱子，确保了用品的齐全。

这时，戏剧学院的大门外，忽然来了一些人，吵吵嚷嚷。小七出去一问，说是水灾破坏了中原的村庄，村民逃到这里来寻找新家园。

这些人提着行李，将沙漠王国的饭馆、茅厕等设施全都占完啦。从天而降的灾民，似乎井然有序，貌似撤离的部队，几十双深不见底的眸子如特种兵的眼睛一样敏锐。

天空忽然半明半暗，出现异象。东边是太阳，西边漂浮着蓝黑色云朵，云朵儿变化着稀奇古怪的形状。

小七识海里闪过一个词语，风水宝地。这些云朵貌似四灵地，祥云托起一本线装古书《宅经》游动着。

《宅经》一页页翻开，小篆人金木水火土等跳出来，搬砖头石瓦、椽和檩子，他们貌似要在芭蕉叶上建房子。这是为灾民提供的庇护所吗？

小七摇摇头，出征前没时间过多关注这些建设中的天象。她匆匆找地方解决自身泄压问题后，回到戏剧学院，就听见有人议论宫殿的建筑方案和新居分配情况。这些人中，有几张面熟的面孔，南木也在。他年轻帅气，远远走过来，见到小七，轻飘飘地说：“帮我带上这件羽绒衣。”

小七功力非凡，当然听得见南木的声音。但她看着满当当的御用箱，犯难啦。

“小箱子就这么点空间，每个演职人员放了衣服，把谁的取出来都不合适。”小七想了想，把自己的白色羽绒衣取出来。准备把南木的黑蓝色羽绒衣放进去。

小七想亲自带着自己的羽绒衣，这件白色羽绒衣里藏着救命仙草。她将南木的那件黑蓝色羽绒衣，压缩到最小后，塞进箱子里。

南木笑而不答。忽然，御用箱里的衣物消失、道具消失。箱子里空荡荡的，什么也没有了。小七细看，一丝青烟若有若无。

小七把白色羽绒衣放回箱子，同样消失啦。白色羽绒衣消失的瞬间，一层淡淡的紫气缓缓升起来，化成篆人孙思邈和《千金方》，向灾区那些晕倒的灾民飘去。

灾民身上裹着一层黑烟，有的全身被黑烟包裹得严严实实。水灾过后，疫区的病毒，已经让他们气若游丝。

篆字人摇摇头，通体变成红色。武士一般挺起胸膛，快速飘游到病人跟前。《千金方》里的篆字符箓跳出来，飞向那些人的眉心。

“左青龙，右白虎，前朱雀，后玄武。”篆字人念完请神口令，黑烟消散，灾民的病奇迹般好起来。他们搬进了新居。

小七隐约看见沙漠王国边缘地带，出现了一片绿洲、一眼清泉，还有刚刚住进的新居民。她看不清他们的面孔。

小七摇摇头，感觉在梦里。她揉揉眼睛，确信两个御用箱消失啦，南木也消失啦，所有人都消失啦，戏剧学院只剩下那二层楼院，空空荡荡。

“装着戏剧学院演出服的御用箱去了哪里?”焦急中，小七听见空中的声音，传来答案。一朵貌似羽绒衣的黑蓝色云朵儿和一朵白色云朵儿，在金色的霞光里，青鸟一样飞着。她看见，篆字人又回到了《千金方》里。

南木隔空传音："小七，快上来。我们的青鸟仪仗队出发啦。我，新国师南木拥有指挥沙漠王国信使青鸟仪仗队的权利。"

一朵朵彩云纷纷飘向邻国。那些逃难的人竟然成了青鸟仪仗队的队员，他们护送王室演艺团和青鸟出行。

小七站在白云朵儿上，随青鸟仪仗队出发啦。

篆字人

（五颜六色的喊泉挡住了演艺团去路。篆字人贪婪地吸着涌泉里的矿物质，躲过把守关口的地龙，进入道乾王国和兰陵王国的交界海湾半岛。）

沙漠王国的青鸟仪仗队护送着王室演艺团，飞过昆仑墟，飞到昆仑与秦岭西山交界时，一种臭鸡蛋味儿传过来，一堵气墙挡住了去路。一眼红褐色大涌泉、两眼颜色相近的小涌泉，正冒着红黄色的气泡。

大涌泉不断冒出的白色水花花，这些涌泉如一颗颗蕴含魔力或泪珠的眼眸镶嵌在深红环带状的眼眶里，以诡异的光和土为媒介穿行于地表，直视着天空，阻挡活物靠近。另一只眼眸在地层另一端。

这貌似地龙眼眸的泉眼不停翻滚着，周围寸草不生，刺鼻的臭鸡蛋味儿让人几乎窒息。

小七让青鸟迅速向高处飞行，识海里恶魔之眼、天使之眼和药泉都出现了。她急急地分辨着，南木侦查着可以穿过泉眼的线路。

《千金方》忽然翻动开来，篆字人钻出来，咚咚咚跳进彩色的涌泉，快乐地沐浴着，这仿佛是他们的老窝，他们发出咯咯咯的笑声。

《千金方》在泉眼的上方旋转着，一页页翻动，不同颜色的水汽一一被吸入书页里。一些新增加的篆字人纷纷从《千金方》半开的书页中，一波波蹦出来，跃入涌泉，贪婪地吸食着矿物质里的微量元素。

眨眼间，篆字人的体型、颜色和形状变啦，硫黄人、铜人、锡人、铁人、锰人和钾人等表情各异，动作滑稽。有的额头上有不老仙丹，有的冒着驱散瘟疫的紫烟、抗衰老的白雾，还有治疗失忆的精油，存储能量的花朵人。

篆字人咯咯笑着，快活地游荡着，以肉眼可见的速度，长成拇指般大的成年篆字人。

小七望得目瞪口呆，惊叹于上古小药人的神力。涌泉附近，飞禽走兽都不敢靠近，篆字人竟然以此为食，以此获得长生不老的游离资格，穿行于不同时空。

“哇，白篆字人原来是个女娃娃，被黑篆字人拖进了涌泉。大口吞噬着雾气。”一个演艺队员惊叫着。

小七忍不住大喊：“哎，放手，黑子，放手啊，黑子——”

咕咚咚——咕咚咚，许多泡泡翻动，涌泉里的水花爆满，白篆字人咯咯笑着。

“一诀惊冬雷，二诀镇阴魂，三诀斩魑魅。”白篆字人左手掐住惊雷诀，右手提着铜钱剑，三枚铜钱阵阵嗡鸣。接连打出三记惊雷诀，瞬间黑气散，地龙倒。一个通道出现啦。

青鸟驮着演艺团穿过泉眼，“咕咕——咕咕——咚咚——咚咚——叮铃铃——叮铃铃——”无数个彩色水滴，在细细碎碎的水雾里运动着，碰撞着，发出悦耳的歌声，“我是一朵茉莉花”的乐声如寺里的佛曲。

这一刻，小七浑身气机炸开，魂魄胀满。

南木大喊：“小七，你破了法阵！”

小七哑然失笑。识海里，几十年人生如走马观花般稍纵即逝。只有那件白色羽绒衣裹着无数篆字小药人，不离不弃。

沙漠王国的青鸟仪仗队护送演艺团，穿过昆仑墟的结界，进入了邻国的交界处。

涌泉是通向上古时代的入口，天籁之境。大自然为了长久生存，自我封印，不允许外界入侵。地龙作为保卫地心的侦察兵，穿行在地壳中。一只眼睛看着沙漠王国，另一只眼睛在道乾王国和兰陵王国的交界处，察看三国国情，保持三国鼎立。

趁地龙昏迷，篆字人带路，南木和小七潜入道乾王国和兰陵王国交界的半岛上。篆字人和沙漠王国的仪仗队护送着演艺团也到了那里。沿途，小七没有发现与蓝色冰凌花相关的信息。

恶魔的灵力

（道乾王国在昆仑墟，他们国家的辟邪法器是与地龙之眼有关的饰品，有人启动魔咒来诅咒演艺团成员，篆字人使用障眼法保护主人。）

靠近道乾王国的海岸线的时候，小七看见沙漠王国的演艺团坐在一艘状如飞鸟的船上。

“白色的帆，蓝黑色的船，青鸟仪仗队到啦。”道乾王国的哨兵已经接到国王允许演艺团上岸的信号。

鸟船进入港口，道乾王国的几名大臣来岛上迎接，乐鼓声中完成交接仪式。沙漠王国的仪仗队留在小岛上，不能进城。

道乾王国来接应的大臣说，他们这里的人把汇聚着地能的涌泉叫地龙之眼。地龙之眼的饰品乃传统的避邪法器，能护佑平安。如果佩戴的法器照到嫉妒或邪恶者的眼眸，对方的眼睛会瞎；如果照到作恶多端者的眼眸，法器会焚身爆裂为主消灾。

乘车到市区，满街貌似地龙之眼的饰品无处不在。女子梳着拉丝头，弯弯曲曲，如小蛇盘在头顶，这些饰品看上去很柔软。

小七度气给一个篆字人，篆字人领命而去。当他触及小蛇的时候，小蛇移动着化成了龙形。再探，龙元藏在眼眸深处。那里白雾阵阵，从白雾里出现了一个被囚禁的幽灵。

据传，幽灵会带给人们水灾、旱灾、风灾和瘟疫，这些蛇作为龙的使臣，可以抵挡和反射幽灵入侵。如果谁扰乱了地龙出巡，就会被石化成路标。

听着大臣不停地介绍饰品，小七笑着说："道乾王国很富有，这么多石头攒起来也都赶上石头国啦。"

"谁说不是。石头国不就是这样嘛，经过了几千年形成的。"

小七看见蓝雾里，一块玉石旋转着，发出暗光。一个篆字人悄悄地在她耳边说，这石头中藏着一幕剧。一名叫灵力的美丽女子吸引了所有男子的目光，其他女子很妒忌。但灵力只喜欢蛇，蛇也喜欢她，她走到哪儿都有蛇陪伴。蛇被其他女子说成恶魔的化身，一时传开啦。为此，男人对蛇恨之入骨。某天，人们决定用火烧死灵力。灵力焚香许愿："阿弥陀佛，我不愿意被烧死，可也不愿意与我的朋友分开，该怎么办？"

佛说："睡吧，孩子。一觉醒来，你的愿望会得到我的保护。"

灵力安心睡啦。清晨，她被门外嘈杂的人群吵醒。人们喊着叫着："烧死恶魔灵力。"灵力赶紧起床，发现伴随她的蛇不见啦。阳光照进房间，她在镜子里发现蛇成了她的头发，长在脑袋上。

门被砸碎，人们见灵力蜷在床角瑟瑟发抖。闯入者一个接一个地化成了石像，站在街边。听到这里，小七的小指微动，她感应到了来自蓝雾里的危险。

小七赶紧掐指念道子午诀来，子午诀是一个镇惊辟邪的保护装置。王室演艺团遇到危险啦，小七手指自动掐紧保护着沙漠王国中枢神经的结节，以防被损伤，同时还能制造幻境。

看着篆字人从《千金方》里走出来，分散开来。小七若无其事地掐着无名指，给团长南木发送障眼波，让他速去兰陵王国勘察舞台，并顺道带部分队员表演，打听蓝色冰凌花种子的下落。

阳光明媚的中午，他们的车在一座深绿色的山上走着，许多不知名的花开着。一朵朵白云在天空荡着，溪水哗哗流动着。

看见一丛美丽的花，几个篆字人信步走过去，揭起藤条，一个骷髅静静地一动不动地贴着地面躺着，身上开满花儿。

一个黄色的篆字人走过去，将手伸向那个骷髅头。骷髅开始动啦，它慢慢坐起来，开始变，变成了一张熟悉的女孩脸。不一会儿，一个体态丰满的女孩长大。女孩的胸脯一起一伏地蠕动着，嘴里发出痛苦的求救声。

篆字人扶着女孩站起来。女孩轻飘飘的，她看着小七的神情冷漠，透出无限杀气。

小七明白在这浓绿欲滴的山中，藏有蓝色冰凌花种子。

她一边走，一边和来迎接她的大臣斗法。黄昏时分，演艺团抵达道乾王都。

被困

(兰陵王国在秦岭，在这里，小七偶遇南木。)

巡演结束，南木和小七暗暗地收集了不少种子。但不确定是不是传说中的蓝色冰凌花种。王室演艺团准备回沙漠王国啦。

来到兰凌王国，青鸟仪仗队护送着演艺团准备启程时，收到一张署名为神秘宇宙的请柬。南木和小七按照请柬的指示来到指定地点，与其他收到请柬的人会合。

他们发现收到请柬的人个个身怀绝技，如西域商人、身份可疑的情报特工、逆生长的血族、兰陵王国的木匠技师，更奇怪的还有道乾王国的制桶匠。

众人沿着羊肠小道走进一个破败的村子。忽然风铃声声，不绝于耳。一口井的井台上挂满风铃，众人走过去，很深的水井出现在眼前。

井水很清，水面距离井口很远。水里倒映出了小七的模样和一朵白云。其他人似乎被紫雾卷走了。

井口不大，四周的风铃闪闪发光。蓝色的、黄色的、粉色的风铃叮当、叮铃铃响着，很有节奏地碰撞着。这声音貌似和涌泉里的水滴的声音相似。

太阳升起来啦，风铃快活地回荡在空中。那片浸入水中的白云迅速移动着，一个高大的影子急急地飘过来摘着风铃。这影子手脚麻利，品相好的风铃很快被摘走啦。

影子说："这些风铃是地狱的使者悬挂的摄魂铃，必须拆除。"眨眼的工夫，只有残缺的绳子和几个不起眼的风铃挂在枯树上，暗暗的，毫无光泽。这一刻，井水慢慢变暗啦。

小七听见影子的声音，知道是南木已经得手，拿到了蓝色冰凌花种子。她搓一搓手准备离开时，起风啦。

一阵黑旋风刮过来，如泼了浓浓的墨，人群熙熙攘攘摸索着行走，想走出这暗夜。几个朦胧的光点近了，再近了。可是怎么走，那些光点依旧遥不可及。几个红衣人拎着汽灯木木地走来。

一群人围过来，全是年轻人。红衣人说："这黑暗是一堵厚厚的气体墙，穿过去吧！这是迷雾蒙蔽了你们视线，穿过去吧，年轻人。穿越这面墙就到了一个亮堂堂的世界。"

人声渐渐变低啦，许多人在飞。风声阵阵，小七跃上红衣人的指尖，冥冥之中，耳边的风猛烈地刮着，如鞭梢抽打着她的肌肤，疼痛让她微微颤抖着。

飞沙走石击在身上，猿号叫着，夜莺啼鸣，无数鸟兽凄厉的嚎叫声从远方传来。小七闭上眼睛，伸开双臂，向前飞着。

南木的声音出现：“回来吧，小七，沙漠王国等着我们青鸟仪仗队和演艺团的回国。”

这重重的呼叫声浸入耳膜：“小七，你看前面有奇妙的花园，朋友在等你集合，别回头。”

小七稍一分心，跌落在了沙滩上。软绵绵的沙滩半明半暗。渺无边际的荒滩如孤零零的岛，没有任何活物。小七艰难地挪一挪身子，寻找一丝光亮。

远方，一个小白点晃动着，小七摸出眼镜戴上。看清楚前面是一只洁白的小兔，蹦蹦跳跳地在沙滩上移动。小七站起来走向小白兔，可不论怎么努力也挪不动脚步。低头就看见自己的脚腕被一根细细的丝线拴着，千丝万缕，五彩缤纷。

小七的脚步声惊动了小白兔，两双水汪汪的眼眸对视着。看久啦，瞳仁上血丝满满。

几个世纪过去了，厚厚的一层细沙铺散在小七脚下，夏天是床，冬天是被。

一些人七前八后地来了，又走了，走了又来。小七脚腕上的丝线，被一双双新来的脚，一次次地踩着，慢慢地，就踩踏断啦。

小七起身向小白兔走去，可怎么也走不过去。她摇摇头，独自踏上了回沙漠王国的路。

小七走累了，住进了一家看起来很普通的旅店。

半夜，她被一阵喧闹声吵醒。咚咚咚，三声有节奏的敲门声如水声连响九次后，停啦。

打开房门，几只带血的鸽子扇动着受伤的翅膀求救。小七跟着受伤的鸽子到街心花园，那里有一只硕大的青鸟被钉在一块大理石基座上。它费力地展翅，倾斜的身体艰难地痛苦地挣扎着。

小七爬上台阶，抠出镶进青鸟翅膀里的石块。青鸟飞走啦，如云在空中回旋了一会儿，向远方飞去。

“那不是南木的蓝黑色羽绒衣吗?”小七嘴角朝上，发出一个简单的表情包后，回到了旅馆。她刚迷糊着，又被一阵粗暴的尖叫声震醒。

小七走到街上，一个人也没有。街道尽头的厂子里，半新半旧的机器落满灰。生锈的开关和传输带上水珠儿滴答作响。

走出厂区，穿过农田。

一阵风刮来，小七打了个激灵。她闻见了沙漠的气息。星光下，绿油油的小树苗探出头来，那不是红柳苗苗，还会是啥?识海里，小七感应到南木在井里采摘的蓝色冰凌花种子开始萌动发芽了。

邀请篆字人

(小七离开半岛，梦的大门开启。冰凌花种子发芽。“砰”的一声，天地界限消失。)

在兰陵王国，小七沿着波光粼粼的河流走着。草叶和紫色小花在小径两边开着，细细碎碎。不远处的河面上，飘来的一叶小舟中，荧荧星火闪烁。

小七站在那里，一阵风带着一片叶子飘过来，飘到了小七跟前。小七踏着叶片来到船上，见到许多带血的食物里，藏着一颗残缺不全的滴血心脏。船舱里，几个大罐中盛满了血液。

小七心脏突突直跳，悄悄地离开这晃晃悠悠的小舟。她惊慌失措地奔跑、逃生，她要找一艘合适的飞船去没有血腥的沙漠王国。

在寒冬的街头，她跑着跑着，不知不觉就到了春天。

西风不停刮着，据说兰陵王国有一项防止镜片起雾的发明。

小七打算拿到这个技术，摘除眼镜，惠及沙漠王国的近视眼患者。

沿着打听到的线路，一家家门店挨个寻个遍，也没找到那地方。小七的脚冻麻了，脸和脖子冻得没有知觉。饿得不行，先弄些吃的吧。

转过弯，菜市场门口有个卖红薯的大娘，胖胖的身材，红彤彤的脸，她热情地招呼着行人。小七专注地看着烤炉里红艳艳的火焰，烤、烤、烤，一些孩子被骗的场景浮现在脑海里。

小七吸吸鼻子，掏出几枚硬币，将换来的热乎乎的红薯握在手里，身体瞬间暖和起来。

一个戴眼镜的中年女子走来，她说她知道那个眼镜店。她带着小七到店里时，店铺已经关门。拨打门上留下的电话，一直没人接听。

回到旅馆，暖暖的空气里，冻伤的手脚痒痛一起袭来。小七趁自己还有一口气，想将情报传递出去。

梦里一阵带着磁性的声音，在高大的电厂上空回荡着。

“小七，开大阀门。”水花流动着，小七听见了罐壁跳荡的声音，关了阀门。

“打开开关，快速。”小七又开大了阀门，那声音继续响起来，“继续，继续开。”

小七又开大几个丝扣，水流声更大了，罐壁跳荡得更厉害，发出震颤声。

“砰砰砰”几声巨响，从很远的地方，传来爆炸声。

房顶消失。挨着房顶的墙面上，有水迹，湿湿的；墙体中部到地面的墙面是干的。渐渐地，墙体开始收缩、变矮，渐变成矮墙。矮墙上，满是图。

小七顺着矮墙看过去，几座小小的冰山，晶莹洁白，像童话里的绝美意境。几只小白兔走过来，变成了羽绒衣。

小七惊讶这一切来得太快，猝不及防。

一个声音从云里传出来，带着磁性。一片云，在空中游荡着，像可爱的小娃娃在云朵上。这云如淡青色的羽绒衣，迅速飘游。熟悉的声音从云里传出来。

“小七，快上来。地牢的墙砸开啦，我们一起回沙漠王国。”南木的声音在耳畔回荡。

小七从羽绒衣里取出《千金方》，感受着篆字人浓浓的墨的气息。他们一起解封啦。

净身，焚香，掐诀，供上最好的龙凤墨条。小七划破胳膊，将血滴在碗里，默默念叨着，请篆字人随她一起去沙漠王国，灭除瘟疫，遏制水灾。她感应到沙漠王国正在流传着一阵难以治愈的瘟疫。

“罗爹耶呢？随我去沙漠王国。沙漠王国有轩辕柏，可以源源不断地生长上古墨锭。上古篆字人是沙漠王国的福神墨原，能够治水灾、旱灾、风灾和瘟疫，遏制恶魔之眼兴风作浪地搞出灾荒灾害。”

一朵淡蓝色的云，一朵白色的云在空中飘移着。通过长长的水雾通道，在篆字人的掩护下，通过地龙把守的岗哨，升腾到了昆仑墟那眼被称为恶魔之眼的艾肯泉的上方。

篆字人纷纷跳到地龙的身上，地龙忙着捉拿篆字人的时候，两朵云儿趁机飘出涌泉，升到了沙漠王国的地界。

涌泉恢复了往昔的平静。

三国之间的通道关闭，按照网络流行语来说，结界关闭。

回国

呼呼的风声刮过时空，他们站在沙漠上，看不见一个人。

南木、小七和剩余不多的几个王室演艺团成员回到了沙漠王国的王都。戏剧学院不见啦，只剩下残壁。

沙漠王国一片沉积，楼兰城消失啦，取而代之的是一座黑石城堡。城里城外都堆积着被硬化的石头屋、石头路面。

眼看着带回来的蓝色冰凌花种子有枯萎的迹象，他们分头去找水、土壤和适合蓝色冰凌花种子生长的空间。最主要的是寻找沙漠王国的臣民和国王，他们都去了哪里？

“王上，你们到哪里去啦？”小七站在一片貌似戏剧学院的那棵千年胡杨树下，高声呼叫着，呐喊着。

天黑了，南木也没有想出这是怎么回事儿。听见小七歇斯底里地呐喊声，他打算尽快弄明情况。慌忙间，他看见一个驼背的老者，在一棵树下拿着老烟枪慢慢地走着。

他走过去，行礼后，仔细询问，才知道这个一百多岁的长寿老人只是听爷爷讲过，小七和南木寻找蓝色冰凌花种子让沙漠变绿洲的事儿。

千百年啦，小七感觉异常陌生，没有一丝一毫自己熟悉的气息。在他们离开的这段时间里，沙漠王国的人们经历生老病死，人员早就大换血。

除此以外，村子的格局、建筑、环境也完全不同，农田、树木、河流、房子都已经换了一遍。但是小七和南木依旧保持原来的模样，唯一能够证明他们还活在今天的，就是那两件已经不能用的羽绒衣，在空中飘着，那是沙漠王国的珍宝。

天色已晚，借着微弱的星光，灵异事件发生了。他们的羽绒衣忽然风化了，变成了天边的云，如夜幕般降临。

面对所有的变化，在月泉村中还出现了许多他们从未见过的人，就连自己的家也无影无踪，更不要说戏剧学院啦。

小七害怕极啦，以为碰上妖怪，缩在沙漠里，他们等到第二天再作打算。黎明时分，两件羽绒衣又回来啦。隐匿在《千金方》里篆字人说，夜里，两件羽绒衣变成了暖流，驱走了夜的寒冷，保护了他们。

朝阳缓缓升起的时候，奇迹出现啦，浸泡在一弯月儿般泉眼里的蓝色冰凌花种子冒着泡泡，那些篆字人似乎也在泉水里游动。一丝丝鹅黄色的光如柳芽儿，从蓝色冰凌花种子的周围散出来，随着朝阳的光，缓慢地爬向水面。

南木和小七齐齐地向那眼泉望去。蓝黑色羽绒衣遇见那鹅黄色的光焰，瞬间化成青鸟船，引得村民跑来围观。

这个时候，小七的手机响啦。睁开眼睛，天已经大亮。老总通知她收拾行李，按总公司安排去青海工作。那边网络出现大问题，需要小七这名顶尖工程师解决。

走出办公室，两朵云儿在天边飘着，一朵大大的杏鲍菇云被两只大鸟驮着，一白一蓝，随着西北风快速移动着，穿过大坂山飞速前行。

小七乘坐的火车前行着，竟然和那朵杏鲍菇云平行，他们同步前进。

交　换

1

这晚，美团骑手小三和老婆吵了架。早起，神情恍惚。在路口，电动车“呱啦”一声，他住进了白房子里。

几天几夜，小三梦见一群狗追着他跑。他逃到悬崖，无处可躲，跳了下去。

悬崖下，他碰见了一个叫小四的干瘦老头。老头一身高端手工西装，戴名表，坐在一辆凯迪拉克 XT6 里，捂嘴咳嗽。

看见高大健壮的小三，老头笑着说：“愿意和我交换身份吗？”

小三看着凯迪拉克，眼冒星光。连连点头，双手交叉，互换成功。小三钻入凯迪拉克，小四骑电动车离开。

电动车迎着阳光飞舞着，小四总也找不到客户的家，一盒饭送晚啦，被投诉。还有几盒没送，小四急得团团转，连打电话都忘了。这活挺累。

一间高档办公室，一群人围着小三点头哈腰。“滚！”小三大喊，他心口很疼。一伸手，只见腕上有一块闪光的金表，他想站起来，发朋友圈炫耀，可是他浑身酸软，咳嗽连连，眼前一堆文件等他签字，他悻悻地离开办公室。

两个人不约而同地回到悬崖下，嚷嚷着对彼此的不满。

一阵狗吠声从窗外传来，输完血红蛋白的小三小四醒啦。

2

腊月，寒气阵阵。

小六扫完承包区域的雪，脚和手冻僵啦。回到办公室才暖和过来，脸和手很痛。他干完活，回家已经很晚，饭也不想吃，倒头就睡。

夜里，他梦见自己变成了一只流浪狗，在风雪里哆嗦着。这时，王辉恰好路过，小六尾随王辉到他家门口，趁王辉打开门的瞬间溜进去。

王辉撵小六出去，小六不肯，不停地摇着尾巴，还走到王辉跟前蹭蹭他的腿，示好。

王辉见小六眼睛大大的，挺讨喜，于是就收留了他。

这天，王辉排队领了两只老母鸡，领着小六去杀鸡店。以前在农场，小六听说王辉好好的老师不当，来养殖场开货车，是为了向农场的美女会计献殷勤。不过，最终他成功娶了她。

小六站在杀鸡摊位附近，望着挣扎的鸡，摇摇头，等着吃被抛弃的鸡头和鸡肠子。

老母鸡进入暮年，下蛋少，被淘汰。每年春节前，鸡场都要对鸡进行一次置换。处理老的，新进小鸡，培养新蛋鸡。杀鸡的夫妇说，春节前，他们一天能宰一千只老母鸡，都秃毛，很丑。偶尔也有漂亮的公鸡。

王辉说，现在的母鸡下蛋到老，最后肉被吃汤被喝，下场比牛惨。他指着小六说，哪像不做事的狗，尽讨主人欢心。

小六快步走到王辉前面，使劲摇着尾巴，尾巴都快摇断啦。

吃饱肚子，小六跟着王辉往家走去，路过承包区域，看见以前的自己正埋头铲雪，蜷缩着身子，被风吹得不断发抖。

小六快步跑到王辉前面，飞快地向家里跑去。他庆幸自己变成了一条狗。

刚进门，小六就听说王辉母亲得病，只需喝一碗黑狗的血就痊愈。“黑狗的血。”小六重复了一遍，瞪大眼睛，在镜子前看看自己，露出了惊恐的表情。

3

天还没亮，步行街的灯就七前八后地亮啦。

王建宏煮好稀饭，蒸好包子，看向窗外，一朵朵粉色的玉兰花绽放着。“好看。”话音刚落，玉兰树被腰斩，连根被拔啦。丁妮在采玉兰花。

王建宏一阵紧张。这些年，去杂志社上班，每天都从玉兰树下经过，在他心里，玉兰树就是他的朋友，像他编的杂志一样，不离不弃。

一名工人进店买包子，王建宏没反应过来，他望着断了的玉兰树发呆。

工人说：“我们要栽幼年树，淘汰老树。老板，别看啦，我要两个包子。”

说话间，玉兰树的树干连同枝叶和花儿被装进了农用三轮车。王建宏眉头一皱，觉得他就是那棵被淘汰的老玉兰树。不由自主地打了个激灵。丁妮已经摘了很多玉兰花。

王建宏解开领子上的扣子，虚汗直冒。他哆嗦着打开稿件，说：“哦，一个标点错了，1 就是 1，没错呀！”

楼道里，丁妮扯着嗓子，喊：“王哥，嗨，老王，你看你怎么搞的，一个小稿子出现十多处错，1 成了 I。一点不用心！真是的。”

王建宏沉默了。

30 岁的丁妮比王建宏小 18 岁。从镇里来杂志社时，跟王建宏学做版面，一口一个“王老师，您真厉害”“佩服、佩服”“向您学习”。

王建宏很受用，把吃饭本领教出去。后来，王建宏的母亲住院，他照顾两周回来后，两个人岗位调换。

“嗨，逮，老王，王哥。”当了记者的王建宏，在丁妮的数落声里，变矮。

王建宏摇摇头，在镜子里看见鬓角的花发，叹口气。三十个青春一直在版面上度过的。直到原总编的侄女丁妮到来，他下岗了，承包了小餐馆。

“老板，买包子。”工人又大声说了一遍。

王建宏清醒啦。盛好稀饭，端出包子，说：“师傅，怠慢您啦。这早点，我请客。”

看着桌子上的那几朵玉兰花，王建宏想把它们制成标本。

丁妮抱着玉兰花走远。刚栽的小树过一两年，会开花。店里的顾客多起来，王建宏收回心思，开始卖包子。

4

舒一曼乘大巴到江山市去看女儿。感受到女儿叮当所在地的阳光，心情平静啦。她在宿舍附近，等叮当下班。

阳光暖暖的，带着些许温暖的风，拂动已经变绿的树叶儿。偶尔有鸟儿划过长空，留下串串鸣叫。斜阳照在人们脸上，镀了金一样；照在乌溪江上，江水浮光跃金，闪闪发光。

22 岁的叮当在一家公司当实习生。一开始，每天一个电话。这半月，叮当的手机打不通，她急。

下班时间过了两个小时，叮当还没回来。舒一曼准备去公司找她时，看见一个熟悉身影。“当当，当——”她吆喝了一声。

“妈妈，你怎么来啦？”叮当飞快地跑过来。

眼泪涌上舒一曼的眼眶，她迟疑了一下，低声说："没事就好，平安就好。"

满腹责问，看到女儿后，却说不出口，"当，电话怎么一直不通?"

"妈妈，我工作忙，手机掉水里，坏啦。没顾上买。"看着怀里撒娇的女儿，她气消啦，给男人打电话报平安。

晚上，母女俩吃饭转街，舒一曼给叮当买了新手机。叮当执意要舒一曼的旧手机，说有妈妈的味道。

第二天，舒一曼坐飞机回单位，参加篮球比赛。

球场上，舒一曼投球，蹦得老高。一个胖子撞在她身上，她倒地了。跳出球场，一瘸一拐地回家。喷上云南白药喷雾，不疼啦。一走路，又疼。几瓶云南白药喷完，仍不见好。照 X 光片，结果显示，骨折。

拄着拐子，在家休息。一群狐朋狗友罩着，热闹。外地出差的男人回家了，朋友四散。舒一曼被"雪藏"，还被强迫吃大鱼大肉。脚好后，舒一曼的减肥计划没成功。男人胃疼，扭曲着脸住了院。

病房里，舒一曼给脸色铁青的男人喂饭。男人将碗盒打翻，吼道："麻怪，想烫死老子。"

舒一曼看着男人阴沉沉的脸，想了想。在楼道，打电话让叮当问候男人。

悦耳的风铃，撞进男人的眸子。视频上，男人嘴角上扬，眼睛带上笑意。和女儿视频后，他说："叮当她妈，我饿了，麻烦你再给我买点稀饭。我的胃不疼啦，明儿出院。"

医院门口的灯，发出黄色的光，和月光混合。沐浴在光里的舒一曼，提着饭盒，向医院走去。投在地上的影子，黑黑的，很孤单。

5

四月的一天，军事研究所高才生夜魔埋头设计鹰哨雪衣跟踪机的定位程序时，新来的参谋长雪鹰推门进来视察。

夜魔抬头，看见一张似曾相识的脸，目瞪口呆。

雨后的室温，骤降。雪鹰指着衣架上的黑风衣，说：“这，谁的？好像见过，借我先穿穿，避寒。”

夜魔忙不迭地说，“好，好的。”梦里的场景浮现。

古战场的草坪上，琴声悠扬。

夜魔负手而立，雪鹰弹着古琴。弹古琴的雪鹰，和眼前的这位重合。

夜魔和雪鹰，两员大将，各守一要塞。这天，他们来王都参加高规格的年会。大臣们身着鲜艳朝服，王都上下，一派喜庆。

按惯例，年会上，比武助兴，选拔精英，鼓舞士气。荣获十连冠的夜魔比武时受伤了，雪鹰不信。因为赛前，夜魔脸色苍白，状态不好。

他们不在一个组，雪鹰不便插手调查。

宴会大厅，推杯换盏，热闹非凡。宴会快结束的时候，夜魔来了，他坐在雪鹰对面，亮晶晶的眸子专注地看着低头吃东西的雪鹰。

雪鹰对上夜魔的眼眸，高高的鼻梁，晶亮的眼眸，这张英俊的脸映进了脑海。他嘀咕着：“大冬天的，吃这冷饭！”

雪鹰起身拿上空碗，想弄些热的饭菜来。

洗完碗，走出水房。一个黑脸大汉扑上来抢碗。水泼溅到黑脸上。雪鹰惊叫：“天，夜猫，这……这不是夜魔的副将吗？”

夜猫听见声音，阻止已经来不及。他掏出暗器，将一粒小药丸，打入雪鹰口中。

雪鹰想吐出来，这药丸像长了腿，一骨碌钻进嗓子眼。雪鹰抽搐着倒地，扭曲的脸蛋紫青，口中不停吐着白色液体，液体流在地上，冒着泡泡，铺散开来。

雪鹰想按下报警按钮，看看夜猫又否决啦。为守住秘密，夜猫会灭了他。

夜魔苍白的脸在雪鹰脑海一闪而过。雪鹰聚丹田之力，在手心写上“当心夜猫”四个字，不动啦。夜猫见势不妙，迅速逃离。

夜里，雪鹰给夜魔隔空传音：“当心夜猫，我已被打回原籍。”

夜魔惊醒，派几名亲信，将雪鹰救到隐秘的老宅。夜魔给雪鹰喂解毒药丸时，才得知雪鹰乃女儿身。

雪鹰苏醒。听说夜猫提着白羽衣去妖魔山，是按敌国要求，送去祭品。

大风呼啸着，如千万个恶鬼发威，到次日早晨才平静。夜猫一帮人欢呼雀跃着，在茫茫黄沙上散开，像一面大扇子，慢慢地行走。

夜魔回老宅，没有露面。他已将夜猫的接头暗号更改，只等他自投罗网。夜魔取出黑羽衣给雪鹰，让他拖住夜猫，自己抢回国宝白羽衣。

夜魔要带部队攻打黑石头城碉堡，铲除危害国家的劲敌。

雪鹰接过黑羽衣，看着夜魔棱角分明的俊脸，觉得哪里不对劲，怪怪的，说不出来。

“莫非女儿身被识破?”不容多想。雪鹰穿上黑羽衣。铜镜里，一张陌生的脸闪闪发光。“谁？我吗？木兰。”

黑羽衣瞬间变成披风，带雪鹰飞向空中。黑羽衣魔力无穷。雪鹰潜意识觉得自己一直在飞。越过几座沙丘，西北角上，出现了一片青绿，路边有七八棵大柳树。

雪鹰心中有说不出的喜欢："这大片绿洲中，必有水泉，就算没有人家，夜猫也会在这儿休息。"

雪鹰望见，几条纵横交错的路上，人们慌张地行走、逃命。不远处，沙丘下，骆驼草开花啦。山后，有个隐蔽台地，雪鹰俯冲下去。

还没站稳脚跟，就听见有人说话。极西处，搭着帐篷，密密层层的有三四十个。这是前沿阵地！

窄窄的山路旁，那些蒙古包和大地颜色一样，这是最好的掩体。雪鹰飞起来，冲过去，一把抢来白羽衣。

夜猫追过来，他们周旋着。两天后，夜鹰送来情报：他已获胜，速归。

"叮铃铃，叮铃铃。"手机铃声不停地响着。夜魔睁开眼睛，天已亮。来到办公室，她将黑风衣挂在衣架上，继续设计雪鹰雪衣跟踪机的程序。

这夜，新上任的参谋长雪鹰做了一个梦。

上班第一天，一到研究所，雪鹰就去创研部视察。

创研室的门被推开，雪鹰说："你是夜魔吧？把鹰哨研发情况汇报一下。"

夜魔抬头，魔怔似的盯着雪鹰，这是一张似曾相识的大脸。梦里木兰西征的军师雪鹰的脸！

见夜魔发呆，雪鹰故意将脑袋伸到他面前。

夜魔缩缩脖子，惊呼："你，干什么？"这最后三个字还没说出来。雪鹰呼出的热气呵得他心跳加快。

梦里的古军营，雪鹰是华将军，铮铮铁汉。这会儿，怎么是女参谋长?!

雪鹰似笑非笑地看着夜魔这张脸，低声说："研究进行到哪一步啦？脸这么红，做了什么坏事？"

夜魔站起来，想起梦里的情景，后退几步。他想打开投影仪，不偏不正，后背撞在衣架上，和衣架子一起向后倒去。

雪鹰冲过去，将夜魔拉进怀里，身体接触的一瞬，过电一样，火花四溅。

夜魔灵光一闪，鹰哨雪衣跟踪机的掩体设计图，在脑海里成形。

6

太阳斜斜地照进办公室，给办公桌上那本职称考试的英语教材涂上了亮色。陈工看着那抹太阳，拿起书开始翻，光亮被他很快揉碎。

套间外面的办公室里，新来的外语系女大学生喵大声地说她英语过了六级，正帮人翻译资料。

陈工浅笑，他已经连着五年参加高工职称英语考试，成绩都是三四十分，听见喵的声音，他撇撇嘴，走出里间，和大家一起拉家常。

严肃的陈工浅笑啦，这一细微的表情，落进喵的眼眸。喵咂咂嘴，眼睛里染上了一层光晕，笑得嘴都合不拢。见陈工看她，她用手捂住嘴，笑意直达心灵。

喵看着陈工，轻声慢语地说了几句客套话，适时提及她爱人的名字。她说："他毕业两年还在车间倒班，夜班辛苦呢，没有成果，中级职称很难评上。恰好是陈工分管，应该熟悉。"

喵腼腆地笑着，脸微微发红。

陈工用左手摸着下巴，朝喵点点头，示意她进里间。喵跟着进去。

陈工压低声音道："工艺改造完成后，工艺报告的数据收集整理汇总完，需要一个审核的人，你爱人可愿意来？"

喵灿烂的笑容，把陈工的办公室一瞬间照亮。

年底，喵看《技改工艺报告》的眼睛里满是光，像小太阳般炫目。她爱人是技改负责人，因此被破格提拔成副科长。

春节，喵一家去陈工家拜年，两家人把酒言欢，其乐融融。

第二年，陈工的高工职称英语考试的成绩 88 分，喵的成绩是以往陈工的分数——35 分。喵刚毕业，评职称还得等三五年，现在没有资格参评，但可以参加考试。

评上高级工程师的陈工，乐呵呵的。喵的爱人又一次破格升为科长，月工资比同来的大学生高千元。

阳光照在窗外的树叶上，喵看见树叶上一串串光点跳着舞，一寸寸升高。

7

小六买好早点进家，看到父母遗像，想起小五哥供他读大学的事儿。一丝感激之情，油然而生。

朝霞斜斜地照在他手里的古口琴上，他的嘴对准那几排类似于窗户的接触口。一曲美妙的音符，在霞光里快乐地跳荡。

小五揉着眼睛，一脸不爽地出来，叹着气，瞪着小六。

小六见小五心情不好，笑笑地递给小五一杯豆浆，把油条推过去。讨好地说：“哥，怎么啦？心情不好。上班时间到啦，你不上班吗？”

小五不耐烦地说：“上班，上什么班！这次书画比赛，如果我还拿不到名次，只好下岗。没有过硬文凭，只能去后勤打杂。”

小五黑着脸看着小六手里的古口琴，喉结咕噜噜动了动。小五的老师喜欢这把古口琴，到了痴迷的程度，兄弟俩都知道。只不过，小六也喜欢。自从爷爷临终把古口琴留给他，他天天都吹。

见小五死死地盯着古口琴，小六下意识地将它装进口袋里，长叹一口气。对上小五寒潭似的目光，小六咬咬嘴唇，顿了顿，开口啦。他让小五和老师商量，如果能帮忙获奖，小六愿意让出古口琴。

说完这些话，小六早点也没吃，就去学校了。

过了几天，小五拿着第十三届书画二等奖证书，眼眸里，星光闪烁。

小六撇撇嘴，摸摸口袋里还带着体温的古口琴，眼睛里有泪光。爷爷传下来的古口琴，跟了他十二年，现在要送出去啦。

按照之前的协议，老师帮小五拿到前三名，小六把古口琴送过去。

看见老师的书画上签上小五的名字，画风依旧是老师的精气神，小六侥幸地认为，获奖的可能性小。这会儿，瞄见小五自豪的表情，小六默默地出去。

从老师那里回来，小六目光黯淡。

窗外的太阳刚刚落山，月儿从天边升起来，替代了太阳。小六撇撇嘴，他觉得自己不欠小五什么了，做家教挣钱，够自己的学费。

8

秀秀随着流动的人群走着。一串串星灯悬挂在绿化树上，皎皎的明月追随着流动的人影。秀秀看见身边的一棵老柳树下，站着一个白发老婆婆。

正月十五的夜晚，明灯点亮了村庄的夜空，银河与灯河汇合。平时冷清的街道，热闹起来啦。

高度近视的秀秀走近白发老婆婆，却发现那是一道光影，是时装店的镜子反射的月影。秀秀摇摇头，“唉，这眼神。”叹口气。看错东西对他已不新鲜。只是这晚，白发老婆婆进入了他的梦。

秀秀走在闪着光点的空间，脚下的路很模糊。

白发老婆婆在前面站着，秀秀走近时，老婆婆迎上来。她梳着剪发头，是一位很有气质的老人。

老婆婆“米子米子”地念叨着，秀秀听不懂，以为老婆婆认错人啦，继续前行。走了很长一段路，一个院子挡住她的去路。

走进院子，一间房子的门大开着，秀秀进去。这屋里没有窗户，一张大床，一张小床，把屋子占得满当当的。

大床空着，小床跟前站着表哥苏苏。小床上，有两床碎花被子。苏苏提着被子抖了抖，一脸愁容地说，被子硬邦邦的，没有褥子，怎么睡？

秀秀说：“表哥，不是有两床被子吗？现在市面上的东西又不贵，你买个被褥子行啦。”

“好吧。”语气不冷不热。

秀秀和苏苏无话可说，从院子里出来，又碰见了白发老婆婆。

老婆婆说：“苏苏不听话，和小米那个浪货搅和在一起，把别人的家人弄回来，把自家搞得乌烟瘴气。我的儿孙们不得安宁。你不要和苏苏来往，不要理睬小米。你告诉苏苏，不要回老宅，我不认他这个儿子。”

没等秀秀回答，老婆婆转身，顺着一条下坡路，慢慢地走向一堵黑墙。到了跟前，墙自动开了。老婆婆走进去，在蓝光里，越走越远。

洞里，光点闪烁，萤火虫飞舞，沿途古色古香。随着老婆婆的远去，洞口关闭。

秀秀醒啦，想到梦，想到了苏苏的妈妈。仔细想，父亲回城那年，姑姑来祝贺，那次见过苏苏的妈妈的。

秀秀打通苏苏的视频。

接电话的小米咧嘴大笑着，把手机递给苏苏。苏苏说，他在住院，昨晚差点醒不来。三十年前的正月十五，他母亲去世。停顿了一下，说这几天，他正在他母亲那边箍了老房——村民把修墓叫箍老房。

那夜灯会上，苏苏和带着前夫孩子的小米私奔后，他母亲当夜气死。苏苏的前妻养大了他们的三个孩子。

看着苏苏脸上的浅笑，秀秀眼前的蓝光里，老婆婆慢慢地走进了月轮似的光圈。光圈越来越小，成了一个点。

9

十一哥很多年没回老家啦，接到侄子阿奇的结婚请帖才回乡。

下了班车，天没亮，到处黑乎乎的，也不便回村。他就在车站附近的雒雒旅馆开了个钟点房。睡梦中，他踏上了回乡的路。

十一哥迷迷糊糊顺着回村的路走着，见表姑站在路口。表姑拦住他，让他吃她蒸的肉包子。十一哥吃完一个，说“真香”。表姑晃着手里的手镯说：“帮我把这几个包子和手镯带给小小。这手镯是我从老雒那里要来的，小小家祖传的物件儿。”

接过东西，十一哥走了几步，回头看时，表姑早已经没了影子，他很奇怪。

挠挠脑门子，十一哥醒了。十一哥到堂哥家，他把要带的东西拿出来。堂哥瞠目结舌。他说：“表姑过世多年，怎么可能让你带东西？”

“怎么回事儿？”十一哥摇摇头，有点莫名其妙。几十年前的一幕，出现在脑海里。

沙村的夜，繁星满天。萤火虫慢悠悠地飞着，蛙声此起彼伏。十一哥从学校回家，经过小家的祖坟。坟地里，一堆堆火光闪着，他不害怕。沙村没人迁坟。家家有祖坟。祖坟里有磷火，大家司空见惯。

走近坟地，一个女人的哭声断断续续地传来。

十一哥头皮发麻。走近了，喊声更大："救命、救命啊！"

十一哥用袖子擦着脑门上的冷汗，心跳加快。他捡起一块石头，以防不测。

再次听见救命的喊声，觉得有点熟。"对，是表姑的。"十一哥壮着胆子，向坟地看去。月光下，一个人猫着腰，在那儿转圈圈。

"救我，救我，我迷路啦！"听到这喊声，十一哥大胆地走过去，把表姑拉出来。

表姑说，她和老雒高兴地去女儿小小家吃肉包子。小小捎话说，政策好啦，能认娘，她就叫上老雒去吃包子。谁知，小小开门看见老雒，脸拉得老长。没说不让进，但气氛尴尬。老雒如坐针毡地坐了一会儿就回家啦。

表姑吃完包子，想把剩下的带给老雒，小小说她男人打柴回来要吃，不让带。

表姑不满地骂着："你这挨千刀杀的女子，这样对老雒，小心报应。"她气冲冲地往家走，谁知，走进了前夫小家祖墓，在里边转圈圈，走不出去啦。

表姑说："这挨千刀杀的小小，几个包子差点要了老娘命。哎，不好，莫不是小小他爸知道老雒害了他？"表姑用手捂住嘴，一脸惊慌。

"不会，不会的！"十一哥说着，脊梁发冷。

表姑说："十一哥，你是吃官粮的，我想问一下，人过世有魂吗？小莫，你知道的。她死的头一天晚上，我去她家借火柴，老远听到她家有许多人说话。走进院子，碰见她跟着两个提灯笼的男人出门啦，没搭理我。我想向她男人借火柴。到里屋，又见小莫躺在炕上发呆。我问她是不是病啦？她说她男人去磨面。说话颠三倒四的。第二天，小莫死啦。小莫性格好，不会有仇家，可能做了替身鬼啦。这，这——”表姑的腰瞬间弯曲了。

“不会的，表姑。你看，河边的银莲花开啦。”

月亮下，一朵朵银莲花绽放着。夜有点冷，十一哥将表姑送回家，老雒毫无表情地打开门。

听完十一哥的话，堂哥看着那包子和手镯，头摇得跟拨浪鼓似的。

第二天的婚礼上，十一哥叹口气，把东西给小小。

回城的班车上，堂哥说：“雒雒旅馆是小雒开的，那些东西应该是他给的。”十一哥释然。

10

村庄在大山深处。

张丝丝带着5岁的儿子宝儿来村子30多年，和村里的人来往少。除了宝儿，就是她收养的那只住在岩洞里的白猫。那白猫怕光，她每天去投食。

宝儿40岁的时候，和村里的寡妇翠玲眉来眼去，张丝丝气得干瞪眼。某一天，她从地里回来，看见翠玲从她家慌慌张张跑出去，脸红如朝霞。

她生气地嘀咕着：“我在这儿，她也敢来？胆子够大的，哼。”

说这话的时候，她黑着脸，摔碎了一个旧碗。“呸呸呸”，她往地上吐完唾沫。胸口还是一起一伏地波动着，张大口喘着粗气。最后，哆哆嗦嗦地躺在炕上，一病不起。

这天下午，张丝丝还没醒。躺在炕上，一动不动，像死了一样。

宝儿觉得有点怪，“妈妈、妈妈”地叫着，张丝丝没有丝毫反应。宝儿听不见她的呼吸，也摸不出她的脉搏。人家说她死了，可以下葬了。

宝儿哭着给张丝丝守灵，心里却幻想着翠玲。

凌晨三点，灵堂前的宝儿困得不行，打了个盹。

一阵凉风，从门外刮进来，掠过宝儿的头顶，他打了个激灵。一道白光轻飘飘地落在张丝丝隔着被子的脚上，又飘向她的胸部。停留少许，与张丝丝接吻后，跳到献饭的碗碟间，停下来。

张丝丝“过世”已经两天半了。白光停在棺盖上，脸上盖的那张白纸也被这道白光撞掉了。村里的习惯是死人要停在翻过来的棺盖上，到入土那天早上，才入殓。

天一亮，张丝丝就要下葬了。

“这白光，该不是山里的猫头鹰或什么的？它不会把妈妈给咬伤吧？”宝儿扶墙站起来，看见献桌上那双闪亮亮的眼眸。他拨亮灯芯，自语：“猫眼，这不是白猫的眼睛嘛！”

宝儿心里一惊。这白猫好像是母亲的宠物，专门监视他的。宝儿叹口气，忽然想起什么，“对，这白猫已经两天多没吃东西啦，会不会咬伤妈妈？这是妈妈的猫！”

宝儿想去妈妈的颈部看看。无奈跪的时间太长，腿脚麻疼，站不直。

“宝儿——宝儿——”弱弱的声音，似有似无。

宝儿以为他出现幻觉，半夜三更，家里只有他和过世的母亲，谁会叫他！他用脚把干草拢了拢。干草当被褥是村里的习惯，老人过世，孝子跪草。

“宝儿——宝儿——”弱弱的声音，母亲的！不会错。

宝儿揉揉酸疼的眼睛，伸了个懒腰，捂着嘴，打了个呵欠，努力睁大眼睛。棺材前的清油灯亮着，都亮着，他放心啦。

村里人把这两盏清油灯叫长明灯，一盏灯照亮阳间路，一盏灯照亮阴间路，哪盏都不能灭。

宝儿口渴，想从暖壶里倒碗水喝，可脚不听使唤。

“喵喵——喵喵——”白猫跳起来，冲到张丝丝的头顶，亮晶晶的眼睛转动着。停留片刻，又从她的脖子上，跑到脚下。风一样，出去了。

“喵喵——喵喵——”两声惨叫，一声惊雷，似有什么东西从高空坠落。“咚”，一声巨响。夜归于平静。

宝儿太累了，反应迟钝。

过了一会儿，弱弱的声音再次响起。对，是妈妈的声音。

“啊，宝儿，宝儿。”

40多岁的宝儿，即便有一定的生活阅历，还是被这声音吓得不轻。“白猫不会说话，更不会叫我，妈妈死了二天，天明下葬，不可能开口说话。翠玲更不敢来。”宝儿头皮发麻。

“谁？你、你出来！别学妈妈的声音！”宝儿惊恐地放大音量。

“宝儿，是妈妈。你、你怎么啦？声音怪怪的。”

宝儿冷汗直冒，一个屁股跌在草上，很快又爬起，跪在灵前，磕头如捣蒜。“妈妈，别吓我，宝儿一直听你话，没有私底下和翠玲来往。妈妈，别吓我。”

宝儿的额头磕烂，也不敢停。

张丝丝把着棺盖边沿，慢慢地坐起来。长吸一口气，揉揉眼睛，胸闷消失。梦太长，都睡到棺盖上啦。

梦里，一白一黑两个人追杀她，她拼命地跑，逃到岩石上的那个洞里，躲起来。洞里黑乎乎的，氧气不够，闷得她胸疼，也不敢出来。躲呀躲，再看，洞子是白猫的住所，她每天送饭来的地方。

“我要回家，照顾宝儿，回家——”凭着这个执念，张丝丝支棱耳朵听着外面的动静。一群狗汪汪汪叫着，跑过石岩，追着那两个抓她的人，远去。

狗叫声渐渐地远了，那两个人也逃走啦。

张丝丝爬出洞，浑身酸软。她好不容易挪回家，就听见公鸡正打鸣。睁开眼睛，发现自己躺在棺盖上。

“宝儿，别怕。我梦见我躲在山洞里，好不容易跑回来。我怎么在棺盖上？”

“妈妈，别吓我。”宝儿磕头如捣蒜。

“宝，别怕，真的是妈。不信，你过来摸摸妈的胳膊，热乎呢。妈活着，真的。”

看见张丝丝的影子长长地拉在墙上。宝儿畏畏缩缩地爬过去，眼泪涌了出来。

扶着张丝丝下来，活动了一下腿脚，娘儿俩一前一后走进厨房。

天亮啦。十几个男人扛着铁锨来帮忙。

走到大门口，见白猫直挺挺地躺着。这白猫是张丝丝早年收留的，有病，怕光。男人们感叹着，推开虚掩的大门，进院。厨房门大开着，张丝丝在锅台前做饭，宝儿烧火。

眼前的一幕让男人们的嘴张得像瓦窑，满眼惊慌。

过了 20 多年，张丝丝和宝儿同一天去世。其间，村民多数不敢去她家。一是张丝丝苍白的脸色吓人；二是窗户上，白猫的那幅超大画像，挺恐怖。

行走的烟云

第二辑

到陌生的地方旅游，
似乎是现代人生活常态。
哪怕一平方米的地上，
都会有烟火人家的味道。

朝　霞

翻了个身，廖丽不经意地抬头，望见了窗外林立的高楼上隐隐映衬出了淡淡的猩红色。

“朝霞”，她脑海里飞过了这个词，口中也就不由自主地叫了出来。刹那间，她余存的最后一丝睡意消尽了。

跳下床，摁耐着急切的兴奋，抓过手机，飞快地跑到窗台上，望着远方那片绚丽的朝霞。殷红的朝阳，如红色的宝珠，浸染了东方的天空，茫茫大地依旧沉浸在夜色之中。红云纵横，横跨天际，在黑色楼宇的遮挡空隙中，尽情绽放着激越的情愫。

这一刻，廖丽眼眸里的朝霞，如红色泡沫，从谷子爷的鼻口中喷出来，血色光晕将古屋染红了。儿时的记忆，定格成了廖丽心中童年的朝霞。

“我真的不知道怎么，就抱住了谷子爷的胳膊，我们一起滚了好久，我的头撞在一块大石头上，把我撞晕了，我才松开谷子爷的胳膊。我真的不知道水里是不能抱胳膊的……”以后的几十年，廖丽逢人就说，像鲁迅笔下的祥林嫂说阿毛一样。似乎对谷子爷的死，她有无限的愧疚。

七岁那年，在沙村谷子爷所住的古屋屋顶上，廖丽第一次看日出，朝阳那么红。那时，她刚上小学，谷子爷带她上到工作组住的老屋屋顶，指着朝霞说，让她记住这种红，象征革命。那天早上，谷子爷给她讲了他在朝鲜战场上肺部受伤的事儿，还让她看了他的五枚军功章。并指着胸部伤疤，说是光荣的印记。“你和我孙女一般大，看到你，就想起她。可我好久没看到她了，就把你当孙女。”

20世纪70年代初，谷子爷作为蹲点在沙村的工作组组长，带领县市的几个干部，来沙村蹲点，改造河道，修稻田梯田。

经过几年努力，河道改造初见成效，收获了稻子和麦子，还得到了上级嘉奖。可就在第五个年头，遭遇了洪灾，暴雨过后，泥石流大量涌入河道，将大家覆盖在河堤上的土层冲走了，筑坝的石头也被冲到下游，几座小木桥被卷走。

咆哮的洪水冲到三河交界处，悬浮的钢丝桥被冲垮了，几个放学的小学生正走在桥上，被浪涛卷走。恰好谷子爷在巡视那里，他毫不惧怕地跳进河里，一个、两个、三个小学生被救起，当救第四个，也就是救廖丽的时候，她紧紧地抱住了谷子爷的胳膊，两人被一个大浪卷入漩涡，翻滚着，向下游漂去。

大家顺河跑着，在宽阔的河面救出他们的时候，两人已昏迷。廖丽紧咬衣角，缩成一团，手抱脑袋缩进两腿间，呈自我保护状。谷子爷直挺挺地躺着。

第二天，廖丽醒了。第五天，谷子爷还在昏迷状态。廖丽去探望谷子爷的时候，他正不住地呛咳着，一大口、一大口红色的液体，从鼻嘴里喷出来。廖丽哭了，拉着谷子爷的手，唠叨着：“我真的不知道怎么就抱住了爷爷您的胳膊……”

一周后，谷子爷去世了。

廖丽哭得天昏地暗，她从此害怕霞光了。每年清明节前后，去谷子爷坟前祭拜，也选择在阴天。

后来，谷子爷被追认为革命烈士。那句话，她说得少了。

廖丽大学毕业，在县城工作，还是害怕朝霞。直到有一天，她去邮局的路上，碰到一件盗窃事儿，才让她恋上了霞光。

那天早上，朝阳将廖丽的影子投在人行道上，和斑驳的树影叠加在一起。廖丽走着，发现周围的人都盯着她看，有些奇怪。看看自己左右并没有异样，低头发现自己影子的腰间，贴着圆圆的一个头。她吓坏了，停住脚步，转身下看，一张年轻的脸也恰好抬头看她，俊脸的手里攥着一个牛皮纸信封，信封里鼓鼓囊囊的，那是一叠人民币，是给汶川地震灾区的捐款。

“干什么？小偷！”廖丽大喝一声，奋力地追。

朝阳从楼宇的遮挡空隙射过来，一片橙红，貌似谷子爷吐出的红色泡泡，鲜红鲜红的。

这一刻，廖丽喜欢上了朝霞。

（原载于2021年《微型小说月刊》创意写作版第四期，获得第八届河北小小说优秀奖）

山东大包子

东方广场豪华的餐厅内，乐声四起，新疆舞表演得出神入化，叫好声不断，这和餐厅外的水幕表演交相呼应。

秋氏两兄弟就坐在豪华餐厅中央的雅间，秋生来这里，完全是被弟弟秋雨邀请来的。弟弟说让秋生哥哥见识一下大城市的菜品。

秋生从老家县城到上海出差好多次，都不来打扰弟弟。这次，听弟弟说买了新房子就顺道来看看。弟弟秋雨博士毕业后，已经工作了十多年。这是秋生第一次来看他，被弟弟请客。

秋雨带他来到这里，是因为秋生是做餐饮业的，对吃的东西感兴趣。点了几道菜，秋雨上洗手间了，秋生就又补点了一个山东大包子，一个包子 25 元，价格不菲。刚才，秋雨念叨了好几遍，而且包子是秋雨自幼喜欢吃的。

点完餐，秋生就赶紧去前台结了账，一千多元，他承受得起，就一个月的工资嘛。小县城花费小，这点他懂，他不会让弟弟出钱。

“菜上齐了。”服务生说完，就去招待其他客人。秋雨说：“多上了一个大包子，得赶快退掉。”

“不用了，我点的，咱俩分着吃。看看这大包子里有啥！”秋生笑着说。

秋雨的脸立马沉了下来，带着一丝不快，说：“哥，你没有吃过包子吗？你不会做吗？回去我给你包，真是的！”

餐厅的气氛似乎凝固了，一些沉重的云在这儿飘荡着。秋生笑着说：“的确，我不太会包大包子，我只是想见识一下，山东大包子里包的啥。”

秋雨嗯嗯地假声干咳着，脸黑得难看，好比天上的阴云。

秋生一阵尬尴，他供秋雨上学，给他几万元买房，即便自己吃着咸菜攒钱帮弟弟，也一直笑笑的。如今弟弟月收入两万元，竟为了一个包子黑脸！

秋生尴尬地笑了笑，岔开话题，说起小时候他们一起去赶集的时候，秋雨看见包子哭着不走，要他买。秋生的话还没有说完，就被秋雨不耐烦地打断了。他说：“哥，别说了，那些事儿我早就不记得了。你喜欢就赶紧吃吧。”

秋雨说话的时候已经把山东大包子掰开了，一半递给秋生，一半放在一个碟子里。

秋生接过包子，见包子里包着白菜、粉条和少许的肥肉，貌似小时候的样子，就咬了一口，咸咸的，并没有想象中的好吃。

“看看，我咋说的，哥！不好吃吧？哦，如果你觉得好吃就全吃了吧！吃完我们去东方明珠转一转。”秋雨说着，把装着另一半包子的碟子，推到了秋生跟前。

秋生抬头看着秋雨，笑了笑，喝了几口茶水，把碟子里的那半个包子掰成两半，又吃了一半，差不多吃了四分之三。

秋生见弟弟有些沉默，抬头看看弟弟那对眸子，如寒潭。小时候，秋雨生气的时候就是这表情。

秋生看着弟弟秋雨，像小时候一样，笑着说：“小雨喔，你也吃些，上了一天班，挺辛苦。”

“吃吃吃，就知道吃，哥，你看看你身上的衣服，旧成这样了，还穿！皱巴巴的，像抹布。出门也该穿件新的、好的。像你这样，下午还跑到我办公室，真是的！丢人！”秋雨声音生硬地说道。

秋生一阵脸红。他这身衣服，只穿过两三回，是为了看弟弟，他老婆专门给他准备的。秋生不好意思地低着头，继续吃包子，一点点地往下咽，嗓子有点涩。

吃完饭，打包的时候，秋雨说他女儿秋海宇喜欢吃这里的鸡爪，点了一份，问秋生吃不吃。秋生说不吃，你直接打包。

秋雨坐在餐桌前，看手机。

秋生说：“我去方便一下。”他站起来，直接为那份鸡爪买了单。付完款，秋生回来，看见别的菜都打了包，只有那四分之一的山东大包子还在碟子里躺着，他端起碟子，慢慢地吃着。

秋雨说：“哥，我去买单了。你在这里等我。”

秋雨回来的时候，满脸笑意，眼睛放光地说：“哥，你怎么先把单买了！”

看见秋雨嘴角上翘，秋生长长地叹了一口气。从小到大，父母就是这样让他让着弟弟的，因为秋雨是家里的骄傲。

（原载于2019年《飞天》第11期）

开元盛世

星期天早上，长安步行街 A 楼 B 座的昊天梦见了青年画家任西宁的《开元盛世》，在这幅“三大部五大局”的画作繁荣里，他又看见了无名少女的那张脸。

无名少女手握两把粉色长扇，亭亭玉立在乐队前面，紫色的香纱裙裾，云雾缭绕，他仔细看时，她消失了。昊天的目光穿越大唐宫廷的建筑，寻找熟悉的那张脸。

任西宁的《开元盛世》这幅画作，展现的是大唐左右、东西市和中间宫廷的场景，这“三大部”中，东、西市主要展现大唐的交易场景，中间是李隆基、杨贵妃及群臣和外国来使举行盛宴的宫廷场面。左右上方是来朝的队伍，万国朝簇拥大唐的盛世，就是“五大局”。

昊天穿行在这些以建筑物为坐标轴的历史画卷里，看着分布其中的人物，似乎都没有感觉，但看到李隆基身边的杨贵妃时，一愣，无名少女？

不久前，昊天回临潼探亲，当晚梦里看见了个洗澡的无名少女，和贵妃太像了。那天，看见无名少女后，他逃走时被一块石头绊倒，发出一声闷叫。呼啦啦，两把粉色长扇如刀般朝他劈来，砍疼了他的肩，一阵微疼一直下传到了腹部以下，恍惚间，他的双臂变成了翅膀，飞向天空，化成太白金星。天亮醒来后，满身是汗。

昊天是被洒水车的音乐声吵醒的，想到楼下茶馆看看苗银带来的《开元盛世》，却懒得动。想起无名少女，又窃笑着渐渐入梦。

一阵警笛的鸣叫声叫醒了他。换上正装，下楼，想探个究竟。到一楼，被茶馆老板苗银叫去了，是苗银报的警。

早上苗银来茶馆的路上，将任西宁的《开元盛世》忘在了滴滴快车上。他本想把《开元盛世》请到茶馆，让昊天这些茶友欣赏。

苗银叹口气，沉声说，《开元盛世》的宏大场景，大家看不见了。又叹了口气。

昨儿苗银说这话的时候，昊天半信半疑，心里嘀咕着《开元盛世》价格惊人，贷款开茶馆的苗银，真有？想到这，昊天摇摇头，露出一丝萎靡的笑，大步朝长安步行街那些左手提着小水桶，右手握着大斗笔，弓腰弯背埋头写字的老人和小孩走去。

花树下，早晚有以大地为纸，以清水为墨，涂鸦或狂草的老人，他们用水将如龙如蜥蜴的灵动，摆在街头，让它们摇头摆尾在水泥地面上，转经爬行。咿呀学语的孩童提着一支秃头笔，走在上面，照着葫芦画瓢。

昊天绕过水印，转了个大圈，回到茶馆。苗银看见他就说，警方已通过付款路径，找到了滴滴快车司机，但对方说他根本没有看见什么画，别说《开元盛世》。

苗银的眼眸里满是失望，他珍藏的长安墨宝中，数《开元盛世》最得意，可现在丢了。他絮叨着，手并没有停下续茶，耳朵也在认真听客人说新闻。

茶上好了。苗银悠悠地说，《开元盛世》宽 1.4 米、长 3.4 米，采用工笔重彩的手法借古喻今，表达和谐，是“繁荣昌盛”的代名词，画面主线构图是繁荣，用重大历史场景布局，以建筑物为画面坐标轴，在坐标上安排了人物。

他摇头晃脑，显得很有知识，声音高八度地说，《开元盛世》人物造型的原型源于唐墓壁画、唐代名画，出土的唐俑及历代关于唐代题材的名画。主要人物唐玄宗借鉴了元代画家任仁发的《张果见明皇图》中唐玄宗形象，杨玉环的形象借鉴《簪花仕女图》中的人物。仕女、大臣及外国来使借鉴唐墓壁画及《步辇图》人物。歌舞场景借鉴敦煌壁画的人物，商队以唐俑造型作参考。

昊天听到杨玉环《簪花仕女图》，瘪瘪嘴，在手机上找到了那张熟悉的脸。他二话没说，呆盯着，傻看。身边画牡丹的老汉喝了一口黑茶，碰碰他说："3.4 米长，小车能放下吗？"

"能。"昊天急急地说。他脸红了，腹部以下热乎乎的。此时，一位穿唐装的少女走进门，引来了一阵骚动。

昊天抬起头，惊得嘴张成了 O 字，天啦，无名少女！

看着来人，苗银不紧不慢地说，新来茶馆弹古筝的芙蓉，今儿头一天上班。

（原载于 2020 年《百花园》增刊）

吆　喝

星期天早上，聂小雨早早起床，陪母亲去早市，准备买些槐花回来蒸麦饭。

早市位于广场西侧，母子俩走着，拍花拍树，磨磨叽叽一路欣赏街景，到早市已是 7 点 50 分。管理人员正使劲儿吆喝着：“到点了，大家麻利点，麻利点儿，收拾！”

“麻利”是陕西土话，快点儿，快点儿收摊的意思。这个点，该是早市快散摊的时候了。

聂小雨知道，年后，老旧小区升级改造工程开始后，就要绕道才能走到早市。绕过围栏，眼尖的他看到了一个邋遢的白发老汉，和周围环境不搭调。

白发老汉圪蹴在围栏跟前，一个大口袋的口大张着，另一个口袋放在旁边。白发老汉低低地说：“便宜了，便宜了，3 元 1 斤。”

圪蹴，陕西土话，蹲的意思。

他的声音低低的，像蚊音。聂小雨走到他跟前，仔细听才听清他的价格。

白发老汉一脸羞怯，浑身不自在地拧巴着。他的眼睛恐惧地盯着不远处吆喝收摊的那两个中年汉子。聂小雨笑了。他看到白发老汉的布鞋上沾满了泥土，大脚指头从鞋前面钻了出来。

这样子和周围的热闹相比，有些反差。“大爷应该是第一次进城卖东西吧，看他紧张的。”聂小雨这样想着的时候，就说：“大爷，给我称一斤。”

“好、好。”白发老汉答应着，从旁边的布袋里摸出一个塑料袋，称好槐花，又抓了一把放进塑料袋后，说：“这是 1 斤半，你给 4 元吧。我赶紧卖完要回家呢，路远。”

聂小雨接过盛着槐花的塑料袋时，看见白发老汉手指头上布满肉刺和伤痕，他摇摇头。显然白发老汉的槐花比别家便宜一半，可他吆喝声太小了，圪蹴的位置也偏。

聂小雨整理了一下助听器，他知道这几天槐花价格是七八元一斤，看看白发老汉满手的老茧。他似乎想起了什么，沉吟片刻，清了清嗓子，用他那自幼学唱秦腔的嗓门，吆喝着：“卖槐花啦，3 元 1 斤！卖槐花啦，3 元 1 斤……”

白发老汉一听他这样吆喝，就说：“哎呀，小伙子，你这个嗓子可以喊山啦，真带劲儿！”随着聂小雨有节奏的吆喝声，大妈大婶陆续围过来，买、买、买。

一袋槐花很快卖完了。

白发老汉圪蹴在地上，咧着没有门牙的嘴，笑着，一脸满足地清点着皱巴巴的票子。脸上的羞怯没了。

聂小雨笑了。母亲看着聂小雨傻笑的样子，想起 8 岁那年重感冒引发他的中耳炎，导致他的听力下降，虽戴上了助听器，嗓门还是大，生怕他说话别人听不到似的。她撇撇嘴，露出一副无奈的表情，托着他的手说：“小雨，瓜喊啥呢？小区的人都买呢！还以为那老头是咱家穷亲戚！丢死人了！”

聂小雨扮了个鬼脸，调皮地搂抱了一下母亲，母亲推开他，独自扭头回家了。

见母亲走远，聂小雨指着另一袋槐花问：“大爷，这袋还卖吗？”

“唉！卖啊，小伙子。可人家让收摊呢！我得背回去。”白发老汉长叹一声，愁容瞬间爬上了眉心。聂小雨又开始吆喝：“卖槐花啦，3 元 1 斤……”

两个发小远远听见他的声音，过来帮腔。

买的人更多了。白发老汉忙不过来了，顾客开始自己装袋。几个小孩子听见声音跑过来，跟着吆喝：“卖槐花啦，3 元 1 斤……”

满满一袋槐花，9 点前就卖完了，恰好是最后收摊的时间。

聂小雨准备走。白发老汉抓住他的手，把 1 元钱塞进他手心，说：“谢谢你，小伙子！”

“不用谢，大爷，下次我去你家吃槐花，钱，先存您那儿。”

白发老汉咧着没有门牙的嘴，说：“我家在南山李镇，你一定来。”

“嗯。”看着白发老汉黑洞洞的嘴，他挥挥手，快步回家了。

到家，母亲已经把槐花麦饭蒸在炉子上了。

母亲噘着嘴，聂小雨逗母亲开心，他说：“妈，我把鞋柜里我爸的那双新鞋送给‘亲戚’，成不？反正您也喜欢买促销商品。我那‘亲戚’大脚指头外露呢！”字正腔圆，声音洪亮。说着他就去鞋柜里找。故意弄出大动静。

母亲瞪了儿子一眼，不说话了。顿了顿，麻利地找出几件八九成新的衣服，让聂小雨赶快送到早市去。聂小雨跑下楼，邻家孩子看见他就喊：“卖槐花啦，3 元 1 斤……”

他跑到早市，白发老汉还圪蹴在那里沾着唾沫数钱。几个清洁工在打扫卫生，小孩子吆喝着：“卖槐花啦，3 元 1 斤……”

折回家，母亲开始炒菜了，炉火映红了母亲的脸。她看着微微喘气的儿子，想起了那个小雨绵绵的清晨，她上班路过护校大门外的垃圾箱时，听见一个婴儿撕心裂肺的哭声，走过去，她发现哭声是从垃圾箱内的一个大塑料袋里传出来的。解开塑料袋，婴儿停止了哭声，睁着明净的眼睛望着她，她毫不犹豫地把婴儿抱回了家，起名小雨。

这一顿槐花麦饭，娘俩吃得很香，从味蕾直抵心房。

（原载于 2020 年《仰韶》冬卷、《秦岭》2021 年第 5 期）

醒　夜

火车从敦煌出来，快速行进着，哐当当的声音在夜里显得格外清晰。对面的旅客睡了，发出轻微的鼾声，车厢归于宁静。

白玉峰看着窗外灯光下，一闪而过的烽火台和佛塔，更加清醒。到了深夜，他习惯性地没了瞌睡。抬眼看着母亲透析后的背影，半醒半睡地守夜守了十多年。

母亲69岁那年冬天，凌晨2点，他听到母亲呻吟声加大，赶紧打开灯，见母亲吐血吐得面容异常苍白。他急速将母亲送医院，急性胃出血得以制止，母亲得救。以后，白玉峰的夜就在母亲的微微鼾声里度过。

去年，母亲80岁生日那天，正透析时的母亲胸口难受，马上被送到医院急救室。大夫说，这样的情况很危险，需要切开气管抢救，但抢救过来以后，会成植物人。白玉峰看着母亲安详的神态，他没有让大夫动刀，怕母亲身上有刀痕，母亲那么爱美。

火车继续前行着，他不能入睡，总觉得母亲在身边。到底是他陪母亲还是母亲陪他，他也说不清了。白玉峰揉揉眼睛，又一个烽火台出现在眼眸里，建筑样式传播着文明融合，勾勒出人文历史轮廓与其共存的影响。这一刻，白玉峰对眼前的河西古道，有了更深理解。烽火台和佛塔在结构上同属一种向高处构筑的建筑，令人敬畏。前者是身体上，后者是精神上的，而人就是形体和精神的统一体。

白玉峰又想起了母亲，白天透析有姐姐或妹妹陪伴，晚上，他就睡在母亲房间。有时他老婆也会换他，当然，一般是他比较忙碌的时候，如喝完酒，怕影响母亲睡觉。

去年秋季，一个寒冷的阴雨天，南夕城郊的一条大路被来往车辆压出了一条条黑乎乎的车辙，积满了雨水。此时，一辆溅满污泥、拉着半截顶棚的轻便农用车，向一个院子行驶着。由于道路泥泞，溅起了许多泥浆。

驾车座上，一个身材壮实的中年男子，穿着一件紧紧的夹克上衣，神情严肃，脸色黝黑。车里坐着身材匀称的中年男子白玉峰，身穿一件翻领的灰色大衣。他的眉毛是黑的，唇毫及鬓胡已经灰白了；他的下巴剃得光光的，整个外表看来严厉中带有倦意。

当车停下后，他从车里跨出一只脚来，粗声粗气地喊："妈，今天您的生日，我陪您透析。"他走近门槛，稍稍弯下高大的身躯，进入母亲房间。

房里挺暖和，收拾得井井有条。靠近门口的位置放着一个沙发形状的躺椅，他休息了一会儿，厨房里就飘出了东北大骨炖烩菜的味儿。

闻着这香喷喷的味道，他用手捋了下头发，灰白的头发，垂到了眼梢的鬓角，有点卷曲。母亲替他捋顺头发，老婆还没有上菜，他不太高兴地喊道：

"喂，有人吗？"

一个黑头发、黑眉毛的女人端着一盆东北大骨炖烩菜走了出来，笑盈盈的。尽管她有了点年纪，但依然挺美。她说："饭做好了，赶紧吃。咱妈已经吃过长寿面了。你吃完，陪妈透析。"

在医院，母亲再也没有回来。

母亲走了，他还睡在老屋。女人为了让他走出老屋，买了去敦煌的火车票，让他散心，让心灵回归。半个月后，在回家的火车上，他依旧睡不着。半夜，似乎又听到母亲的呼吸声。

恍惚中，他站起来，给对面床铺的白发老太太盖被子。

老太太被吓醒，吃惊地问：“你、你干什么？”

“妈，妈。”他叫了一声，眼睛涩涩的。

旅客被他们的惊叫声吵醒了，等坐起来，弄明白其中原因时，埋怨声消失了。夜归于宁静。

白玉峰听着车厢里微微的鼾声，似乎母亲就在他身边睡着。

（原载于《奔流》2021年第9期）

音乐喷泉

一阵微风吹过，一丝丝银雨洒在了夏夏和灵儿身上。

他们一前一后，急急走着，捉迷藏似的沿着喷泉转了几圈。夏夏稍一分神，灵儿就不见了。昨儿，灵儿约夏夏在京兆广场看音乐喷泉，之后再去广场南的青竹茶社喝茶聊天。一早，夏夏和灵儿见面后，灵儿忽然就不见了！不知道啥原因，音乐喷泉也莫名其妙地停了。

休闲广场的音乐喷泉每天定时喷放，沿喷泉而走，五颜六色的光影在水波间构成了京兆城夜景生动的色调，如美人洗浴飞溅的七彩皂泡，无比灵秀，人工造化的泓泓柔波，在京兆四月的夜幕下，丝绸般地舒展欢快和幸福。

夏夏打灵儿的电话，按照电话指示，匆匆向青竹茶社走去。

夏夏右眼皮直跳，想起了瀚宇那句冷冰冰的话："夏夏，我只爱灵儿，你知道的，她回来了！我们分手吧！"

夏夏想起了两周前，她对着屏幕大叫："瀚宇，那我呢？算什么？我们的孩子又算什么？下下月我们就要结婚了啊。你说要娶我，为什么叫我打掉孩子？"

话还没有说完，瀚宇已经到她家楼下，生怕她跑掉，把她拖去医院……

救护车的呼啸声打断了夏夏的思绪，载着满腿是血的灵儿，从青竹茶社开进了正和医院。

一个小时后，警察来了，做完笔录，带着夏夏去青竹茶社调取监控。

瀚宇坐在医院走廊的椅子上，呆呆地出神。灵儿已经做完流产手术，被送进了病房，他像没看见似的，两眼盯着地面，心里泛起一股酸味儿。怪不得灵儿不让他碰，其实她早知道自己怀孕了，可想在乌镇，她一定是走投无路才回来找他的。想起灵儿大腿等敏感部位的小疤痕“牙印儿”，他明白了，哎，这两年！

瀚宇已经肯定夏夏没有推灵儿，是灵儿自演的一出戏。想起半月前，他押着夏夏去医院打胎，今儿又冤枉她推灵儿！此刻，他的心像被一双看不见的手使劲拧了一下，痛。

夏夏带着警察回来时，瀚宇还在病房外坐着。夏夏指着瀚宇说：“警官，他是伤者灵儿的丈夫，认定是我将伤者推下楼梯的，请您说明真相。”

夏夏的目光一点也没往他这边看。瀚宇的心又一疼，几乎出血。他不允许她这么平静。

警察严肃地说：“瀚宇，监控显示，灵儿是自己摔下楼梯的，夏夏想拉她，反被带下了楼梯。”

听到这个结果，瀚宇没有表情地站起来，走到夏夏面前，故意冷冷地说：“如果不是你约灵儿去茶楼，她怎么会受伤？”

“你、你。”夏夏慢慢地打开手机，翻出通话记录，慢腾腾地说，“你、你查这个号码，我有事先走了。”

夏夏咬着嘴唇，转身就走。瀚宇一把抓住她的手，她用劲抽出来。“去、去找你的灵儿。”

“夏夏，你。”瀚宇吼叫着，抡起胳膊，警察立刻阻止了他，并说，“瀚宇，我们怀疑灵儿是乌镇某热武器贩卖团伙头目的情妇，近日那头目在边境活动频繁，我们需要将灵儿带去调查，请配合。”

瀚宇愣了，不可置信地问：“你说灵儿……”

警察拿出一份文件，瀚宇看了后，一脸铁青地签字。警察进了病房，里面传出了灵儿的尖叫：“不关我的事，我是无辜的。瀚宇，救我。”

灵儿被警察带出病房，路过瀚宇身边时，一把抓住他的胳膊，哭喊：“瀚宇，救我，我是被逼的，救救我！”

瀚宇看着灵儿那双曾经明亮的眼睛，如今却没有当初的感觉了。

沉默片刻，他掰开灵儿的手，退后一步。任警察将她带走了。

灵儿哭喊：“瀚宇，救我，救我。”

瀚宇摇摇头，没有觉得多痛。而两年前灵儿决然离去的那一刻，他心疼死了。

黎明时分，夏夏走出医院，京兆广场的音乐响起来，音乐喷泉袅袅娥娥，香味水雾如梦似幻，形成一圈圆形的水柱，水柱随着音乐节拍不断变换着舞姿，忽高忽低，忽左忽右，时而呈柱状，时而呈倒立的喇叭状。旁边的灯照在喷泉上，喷泉变成了五颜六色的，翩翩如一个个起舞的舞蹈家。

京兆塔上一道紫光射过来，喷泉上方起了一层紫色烟云，似水、似云、似雾，有点神秘。两年前，夏夏入职培训时，和瀚宇相遇，他带她来这里，她第一次看到音乐喷泉，陶醉其中。他抱着她，在她耳边轻语：“夏夏，美吗？”

跟着音乐起舞的夏夏，情不自禁地和瀚宇贴在了一起。两年来，他们就在这里跳舞、约会。夏夏流泪了，感觉有点冷。

一天一夜，辗转难眠，夏夏索性起床。太阳刚升起来，光晕如喷泉把楼群和树梢染上了橙红的颜色，她乘坐滴滴快车去了机场。公司外派她去外地工作，她一直不想去，现在的时间段正好。

琬　柔

警舒小区住着卫国战功赫赫的人家。

惊云曾是特种部队的精英，在国外多次执行反恐任务都很出彩。可十年前，在非洲秘密执行一次营救人质任务时，被教派里的极端分子伤了脊椎。住进医院，第二次与琬柔相遇，她兴奋不已，他出院时，她任性地跟着他去陈城，住进了隐秘的警舒小区。

琬柔长着一对浓密的眉毛，水汪汪的大眼睛炯炯有神，笑起来露出两颗虎牙，显得格外天真，一米七四的个头，丰满的身材，充满青春活力。

这天像往常一样，九点半，琬柔把一把瘫痪病人坐的轮椅推到惊云的楼前，根据医生嘱咐，要推着肢体不便的男主人惊云去闲逛。

她把轻便轮椅靠在花园路牙边，停在她可以方便抱着她的男主人上车的地方后，走进屋里。

不一会儿，便听到房子里传出了一阵急促的脚步声后，一切声音停止了。这时，琬柔就出现在了楼门口，她竭力搀抱着惊云让他坐到轮椅上，重重地喘了口气后，按下掌握方向的操纵杆，向镜湖驶去。

七月的骄阳如火，将地面烤得热乎乎的。路边的树荫下，几条流浪狗躲在土里打盹。

到镜湖的时候，惊云已经睡着了。

湖水缓缓流动着，湖边的人行道上，大柳树相互交错的树荫下，十分凉爽。惊云醒了。他们呼吸着清新的、潮湿的空气，一问一答，像一幅柔和的水彩画。

惊云轻轻地说："嗯，你昨天切伤的手指，好些了吗？"

"嗯。好了。"

她在这个家里当保姆已经 9 年，开始她是他的主管护士，最后成了家庭保姆。近 5 年，她每天推着他到镜湖边走一走。他们像朋友一样谈论着家里的事儿。

"琬柔，你为什么辞职来照顾我？你有大专文凭，完全可以有更好的工作，而且我给你的工资并不高呀。"

琬柔不知道怎么回答，搓搓手，摸摸耳朵，看着他，用一种羞涩的口吻说："这是我自己愿意的，是我自己的梦，是我性格缺陷吧。我认准了，不会变。"

"那是为什么？难道喜欢辛苦？"

她脸红了，揪着衣角，从刚刚休息的路边椅子上站起来，喃喃地说："因为您，您帮我追回钱包，还有就是我父亲在执行特殊任务时，去世的那天……"

那一天，上军大护校的她，伤心欲绝。

他，父亲的得意门生，看她伤心，就用一种不容置辩的口吻说："琬柔啊，别怕，天塌下来，我帮你顶。"他拍拍她的肩，安慰她。她不哭了。

她觉得他说话的语气，和父亲一样。顺着声源，她看见了一双蓝色的眼眸，清澈、明净，带着微微的寂寞。再看看他健美的肌肉，笔挺的脊梁，太像了，太像父亲！这一刻，她爱上了他，决定跟定他。

琬柔从小跟着父亲，目睹了作为特种兵教官父亲的风采，择偶标准就是父亲那样的。

“啥？我？我，我怎么不记得了？”

“嗯，对，就是你从那个战火纷飞的国家，救人回国后，胳膊受伤住院的时候，在医院大门前，你帮我追回被窃的钱包，你望着我笑，就那样，我对你产生了感情。三年后，你出国执行任务的时候，在非洲复杂的教派之争中，被那些泯灭人性的恐怖分子伤了脊椎，我、我就给自己找好工作了——照顾你。我、我从小喜欢军人，而你有那么多立功纪念章，我父亲也有。”

静默、静默。

惊云微微愣了一下，很快明白过来，哈哈大笑了起来：“这么久，我怎么不知道你的心。怪不得，你一直在这里！”他们平时很少说这么多的话。

他白皙的脸庞布满了青筋，眼里的光很可怖。脸在经过一阵短暂的变色后，沉淀了下来。

他有点难过，舔舔嘴唇。顿了顿，看着她的眼睛，伤感地说：“我们回去吧，该吃中午饭了。”

他作为肃南的少数民族，帅气得很。蓝色眼眸晶亮亮的，他看她，她也看他。她喜欢他的这双猫眼，如镜湖，还有他那棕黄色的卷发，只要在他身边，她就开心，如看见父亲。

她推着他，在树荫里，蜿蜒而行。

湖面凉爽的风，带着水汽，迎面刮来。不知道是哪个调皮的孩子，在湖心扔了一块石子，漾起一圈圈波纹，向周围扩散着。这一刻，湖水格外蓝，光点闪闪。这蓝和惊云的眼眸一样，亮闪闪的。

回到警舒小区的大门口，惊云不瘟不火地问：“中午吃什么？我们去买些菜。”

他回头看着她，他们的目光相遇。中午的阳光火辣辣的，有点耀眼。

（原载于《秦岭文学》2021 年第 5 期）

借 车

天晴得像一张蓝纸，几片薄薄的白云，仿佛被阳光晒化了似的，缓缓浮游着。伊尹双手合十，不安地念叨着：“别怪我，别怪我。”

走出医院，伊尹长长舒了口气。

侄子伊之峰出车祸死了，她也不活了。哥嫂先后病故，伊之峰是她亲手带大的，从 2 岁到 22 岁，他们亲如母子。现在伊之峰长大了，却想弃她而去，她想不通，很纠结。

当年那个男人就是因为她带着伊之峰，才提出和她分手的，还让她打胎。她赌气打了自己的孩子，一心照顾伊之峰，如今伊之峰却要随着那个女子远去，她想阻止。

昨儿中午，她在侄子的电动车上做了个小手脚，想让他受点轻伤或者腿伤，然后她照顾他，让他留在身边。

做完这事儿，伊尹害怕得班也不上了，惴惴不安地在家里等消息。

时间久了，渐渐迷糊着了。

在梦里，她梦见自己被关进了黑乎乎的屋子里，满身是血的侄子哭得天昏地暗。一些爬虫在脚下咬她，她难受得醒来后，看着天花板，发呆。

直熬到凌晨 2 点，接到交警的电话，她心惊胆战地赶到医院，看见一个出车祸的男子，被白布包裹着的头是缝到脖颈上的，五官根本看不见。她吓傻啦，差点跌倒。

“怎么会被大货车撞倒呢？之峰从单位到家这条路上，不能走大车啊！”她自语。

大货车已经撞得电动车驾驶员身首异处。看着这场景，她揪住自己的头发使劲地拔，头疼得要爆炸了似的。电动车是她给侄子买的，现在又害了他。她哭了。

昨儿中午在小饭店，厨师刘素告诉她，近半个月，每天夜里，他都看到伊之峰和一个长发姑娘在郊外小河边约会。听完刘素的话，她心里就像爬了只毛毛虫，痒得七上八下。

她滋生了一种被欺骗的感觉，想给伊之峰一点小小教训。

刘素的话扰乱了她的心智，她坐立不安，晚饭也没吃，斜靠在床上，想起了二十年前，那个负她的男人。不知不觉，她就将不满迁移到了伊之峰身上。神使鬼差般地走出屋子，拿出工具箱，将电动车的刹车弄坏了。

她想：“之峰受点小伤，我照顾他。”

她知道伊之峰从家到单位的路上，没有大车，是一些速度慢吞吞的电动车，不会伤到哪里去，但情况却不是这样的。

她惴惴不安地回到家，一种怪异的情愫涌上心头。

她饭也不想吃，一头栽在床上呼呼大睡。

应该是低血糖了，她虚汗不止，也懒得动。一直沉睡到第二天傍晚，伊之峰叫醒了她，让她起来吃饭。她才知道是罗杰借了伊之峰的电动车，骑到郊外上大夜班的路上，出了车祸。

伊之峰草草吃了晚餐，走了。

她吃完饭，想去郊外看看。她打车去了郊外的刘素说的那个河边，刘素所说的那个地方。

月亮出来了。

在原野上，她举目远望，大地沉浸在温柔的月光中，淹没在宁静之夜情意绵绵的魅力里。青蛙不停地将它们短促而铿锵的鼓噪声投向夜空；夜莺不断地歌唱，引人入梦而扰人思索，这轻柔颤抖的歌声似乎专为爱情而发，增添了月光撩人的魅力。

伊尹看见，伊之峰搂着一个长发姑娘沿河边走着，朦胧得美如一幅画。

这一刻，伊尹不知为什么，有些气馁，似乎全身的力气消失了，心虚得只想坐下来，从眼前这片景物中去思索、赞美。

她停住脚步，心灵受到了感动，这种感动越来越强。大自然创造了眼前的良宵美景，比白天更具诱惑力。似乎生来就是为了映照世上那些神秘、微妙而不宜于光天化日照射的事物，就像她看见的这一幕，伊之峰和长发姑娘，与大自然融合了。

看着月亮，伊尹为自己设计伊之峰而惭愧。她整理了一下衣服，松了一口气。打算天亮去警局自首。

月亮在河水中跳动着，向大地洒下点点银白色的粉末，树叶筛下点点月光，斑斑驳驳，出现在眼前。

黄执浩买车

黄执浩站在 17 楼办公室的落地玻璃窗前，大大的眼睛里，闪动着星星似的光点。他笑眯眯地望着西面远处沙丘轮廓，当瞧见沙坡迎风面流畅的丘脊线如平滑的水波时，感到特别美。

太阳西斜了，他微微挑起下颌，眼神聚焦在远方，好像那里有宝贝似的。薄唇微启："我买了 3 年体育彩票，这次竟然中了 10 万元大奖。呵呵，我、我能买一辆小轿车啦。"

想着可以拉着老婆和女儿去郊外野餐的场景，他嘴角上翘，连眼睛也笑了。

吃过晚饭，黄执浩对妻子张芝慧和 5 岁的女儿开心说："我中奖啦，这几天就打算给咱家买一辆小轿车。好吧！我拿驾照 6 年了，都没机会开车，现在机会来了。"

一家人笑着，看他坐在写字台前，模拟开车。他双手握着开心的拼音圆盘模型当方向盘，嘴里"唧唧嘟嘟——呜呜呜——"地叫着，两张条凳，一个当刹车片，一个当油门踩上去。

开了一会儿，他让张芝慧坐在他一边，给他读手机上的最新交规，女儿开心坐在另一边，看他开车。

张芝慧读了几遍，笑笑地说："执浩啊，咱们真的要买车吗？报团旅游，就是那种户外活动的也可以野餐的。"

"哼，你个婆娘，还不信任我！头发长见识短的。知道吗？在学车的那组，我的技术最好，倒桩、路考一次过，驾照也拿得最快。放心吧，我一定把你们安全地带回来。”

“哦，哦。”张芝慧话到嘴边，咽回去了。以她对他了解，他指定不会听她的。

“嘟嘟嘟——叭叭叭。”黄执浩叫着，手里动作着。开心也模仿着爸爸的样子，惹得张芝慧笑了。

看车、买车之后，付完钱，在4S店伙计陪伴下，一辆崭新的别克凯越开到了楼下。看着新车，黄执浩脸上露出了得意的笑容，心里比吃了蜜饯还甜。他喊来朋友，陪他练了几次后，觉得可以单独上路。

休年假中的一天早上，他装上野营的装备，打算先吃碗牛肉拉面后，去500里以外的湿地公园游玩野餐。

黄执浩开车到吾麦尔牛肉面馆前的时候，那里已停了许多车。车位紧张，他选择最里的停车位。他费劲地倒着，紧张得满头大汗。即便这样，小轿车还是撞在了花园护栏上，“咚”一声。他心疼地下车，发现只擦伤了保险杠，心里宽慰了一点点。

吃完牛肉面上路后，张芝慧见黄执浩紧盯着前方，面孔绷得紧紧的，脸上一点血色都没有，她也紧张了。她说：“执浩啊，我们要不先回去，练熟了再上路。”

“闭嘴，你个婆娘，乌鸦嘴！你看我是没有把握就上路的人吗？开车对我来说，小菜一碟。”他按按喇叭，挺响的，“好听吧。”

小轿车慢慢地开出了市区，在戈壁滩上飞快地行驶着。黄执浩紧紧盯着前方，身子直挺挺的，都不敢动一下。最初眼睛里那些光点消失了，随之出现的是惊慌。

开心在后面座位上，兴奋地尖叫着，大喊：“妈妈看，那儿骆驼，还有羊。”

张芝慧瞥了一眼窗外单调的灰黄色，见执浩神情紧张，也不敢说话。她盯着前方，敷衍地回答："嗯嗯，看到了，开心。"

火红的太阳升高了，晒得戈壁滩直冒烟，小轿车在路上行驶着。黄执浩累了，在岔路口，把小轿车开出去休息。路边的沙石热得烫脚，他站也不是，坐也不是，只好重新上路，车子继续行驶。

太阳迎面照来，透过树梢将大树的影子投在路中间，形成大团暗影。有的影子投在了黄执浩的眼睛上，晃得他眼花，他死死盯着前方。张芝慧也看着前面，她眼睛的余光忽然发现一辆装着细长钢管的三轮车，从岔道口的树影下斜插进来。她指着前面，大喊："啊，小心，前面有车！"

黄执浩一惊，也发现这情况，他猛打方向盘，踩刹车。三轮车上的钢管划过小轿车右前门，侧翻。小轿车从路中间冲向对面车道，将骑自行车的老汉撞倒，自行车后架上的一筐子红枣，滚落了一地。

老汉盆骨摔断，头部受伤。黄执浩东借西凑交齐了押金，这些钱还不够，他卖了小轿车依旧补不上缺口，只好把所住的大房子换成了小的。

半年过去了，医生说老汉换完盆骨，按理说走路不成问题，可他就是站不起来。

下雪了，黄执浩站在落地玻璃窗前，望着远方的沙丘，眼睛一眨不眨地看着。他发现沙线边缘地带有一块地方是干的，没有雪。拿来望远镜，几棵小草开着紫蓝色的花。没错，锁阳，三九天的锁阳花。他皱着的眉展开了，他家祖传的锁阳油饼秘方，该发挥作用了。

玉凤买房

初夏，傍晚。

胡建成独自喝了点小酒，有点迷糊，回到津北琉璃生化公司津新公寓，睡了。

半夜，梦见和儿子小柱一起打羽毛球，打得正欢时，被一阵恐怖音乐声惊醒。他内急，从床上爬起来，准备去卫生间。

打开卧室门，一阵高分贝的恐怖音乐在客厅回荡着。

黑魆魆的客厅，一个披头散发的女人听见开门声，从沙发上爬起来，一束红光从茶几斜照在她脸上，她瞳孔发红，肥肥胖胖的身上爬满了疤痕。

“啊，鬼！”胡建成惊叫着，酒醒了。

“流氓、流氓，非礼、非礼！”那恐怖脸的女人尖叫着。

胡建成揉揉眼睛，心颤了。一双血淋淋的眼睛，眼帘外翻，加之茶几上的红光束，客厅似乎变成了隧道。这让他的感觉细胞变得脆弱而敏感！他想按亮大灯，可开关处只亮起了一盏小红灯。

他揉揉眼睛，一对布满紫青斑的大白梨，进入他的眼眸。

一个男女混合的中性声，尖叫：“流氓、流氓！非礼勿视！”

胡建成冲回卧室，惊慌地锁上门。一种虚幻的感觉袭上心头。尿，失控地流在地上。他满脑子是那张变形的红色瞳孔、花斑身体。

胡建成开亮卧室的灯，他清楚自己是在哪里了，新宿舍。心里一阵悸动，他费了好大的劲，动用岳父人脉，才从津南来津北工作。和津西的肖雨合住在了这间一百多平方米的津新公寓，两人对门，客厅厨房共用。

随着线上销售量的猛增，分公司驻外经销处撤销，津西、津东和津南经销处合到了津北，名为琉璃生化公司津新分公司。其他公司租赁的办公楼和公寓退了，只有津北这两层早些年买好的，住了几个留守员工。

多数员工撤回总部，进行OTO（线上线下）销售。多亏胡建成有个好岳父，才留下来，和肖雨合住津新公寓。昨儿肖雨回老家了，他奶奶病重。

胡建成傻傻地坐到天亮，客厅里哭声断断续续。上班时间到了，他鼓足勇气走出卧室，看到对面肖雨房间的门敞开着，公用沙发上，躺着一个打呼噜的人，几个假发套，几块红布、手电筒、美瞳的眼镜盒，在茶几上扔着。

胡建成快步来到办公室，把夜里的情况说给了老主任杨俊。

杨俊说，应该是肖雨的老婆雒玉凤，十年前的一次生产中，她把原料配比弄反了，爆炸致使她全身皮肤大面积烧伤，多次植皮留下花斑，眼帘外翻，声音中性。白天她的样子挺吓人，夜里更可怕。胡建成松了一口气。

第二天夜里，胡建成有了心理准备，胆子似乎大了些。半夜小解，刚进卫生间，脊背上就紧贴上了一个人。他惊慌地转头，一张可怕的面。

胡建成长得瘦小，看见那脸，逃回卧室。雒玉凤哈哈怪笑着，高喊："非礼了，非礼了！"

一连几夜，雒玉凤晃荡的身影弄得胡建成身心疲惫，他受不了这种刺激。

一周后，胡建成住进宾馆，包月，每月三千元。坚持了三个月，吃不消这样的消费，要求调回了西北的总部。

回总部几个月了，他梦里几次还被吓醒。

胡建成走后，雒玉凤住进了他的宿舍，要求分公司将这套宿舍按原价卖给她。分公司没有这个权力，搪塞着，她拍着桌子恐吓分公司经理。情况上报。

总部高层讨论后，没有批准雒玉凤的要求。

她生气了。一天傍晚，拿着买房协议、退党申请和辞职报告趁保安吃饭的空档，溜进总部大楼。第二天一早，尾随总公司一把手进了办公室。她威胁说，如果他不同意她买房的要求，她就跟着他同吃同住！

她拿着笔，指着一把手的鼻子要他签字，否则她退党和辞职。

一把手很为难。雒玉凤的姨夫是他的老领导，曾扶持一把手上位，是恩人！

“维稳是前提！”一把手黑着脸，签了“同意”二字。

五年后，津新公寓价格上涨十倍多，市值飙升到了八位数。

这天，胡建成去银行对账，意外碰见了雒玉凤夫妇汇款。肖雨说，每季度，他的工资都要汇一部分给九个贫困家庭的孩子，让他们当生活费和学费。听了这话，胡建成看雒玉凤没有之前可怕了。

（原载于《秦岭文学》2021年第5期）

羊和狼

陈默出车祸死了，差不多一年。这一年，他老婆秀琳吃在陈默的哥哥陈宸家。大家住一个院，相互有个照应。

夏天的一个周末，一丝带着热浪的风刮过陈家，将提着两瓶红油豆瓣酱的秀琳，刮了进来。

看见秀琳，陈宸从沙发上站起来，放下遥控板，接过豆瓣酱。秀琳哈哈大笑着说，这红油豆瓣酱颜色极好，炒菜香。

陈宸嗯嗯应答着，转头对厨房做饭的妻子竹青大声说："喂，上次秀琳用红油豆瓣酱炒的菜，味道极佳，你学着点儿。"

竹青看着眼睛放光的陈宸，嘀咕着："秀琳用红油豆瓣酱炒菜是半年前我教的。儿子四岁那年，我在业余厨师班培训跟师傅学的这招。"不过，竹青没有出声，陈宸歇斯底里的挖苦，她烦。

秀琳端起茶几上并排放置的两个情侣杯之一，笑着的脸上风情万种。

陈宸端着另一个杯子，嗞嗞地喝着，眼眸里星光闪烁。他俩并排坐在沙发中央，嗑着瓜子，开着玩笑，你捣我一下，我捣你一下，貌似小孩子做游戏。

电视的音量忽然大了起来，这声音透过玻璃墙传进厨房，竹青的眉头皱了一下。

秀琳拽拽陈宸袖子，说："宸哥哥，我学会按摩了，给你试试。"他侧身，她给他按摩捶背，一下、两下……秀琳痴痴地笑着。

竹青一脸的铁青。做完菜，竹青到客厅倒好酒，秀琳笑着说：“嫂子，宸哥哥身子突发不适，我给他按摩了一下。你能理解的，对吧？我又拿来两瓶红油豆瓣酱，质量比你买的好。”

“哦，哦。”竹青沉着脸，奸笑着，看着这两个人。

陈宸被看得心头发虚，咳嗽了一声，说：“怎么了这是？我背痛。真的。”

这话果然和竹青猜的一样。竹青被膈应了！还是自家吗？

竹青沉缓地抿紧两片没了血色的薄唇，迟滞的眼底一片寒凉。睿智如她，或许醒得不该！她眼睑缓慢闭了一下，生活像昙花一现。吃完饭，她提上包包准备去学校。

“竹青，你去哪里？”陈宸大声质问，有点不高兴，沙发上的身子没动。

竹青瞧着男人完美的唇型有规律地翕动着，那两个杯子还紧紧挨在一起。

秀琳黑曜石般的眼睛盯着她，不断眨着，那眼神清澈明晰，薄唇翕动的有些呜颤，如白月光般地看着竹青。

竹青无语，当初就是这白月光般纯真的面孔，让她放松警惕，允许秀琳来家里吃饭。

竹青整理好情绪和语气，说：“那个，我得去学校处理一件急事儿。高中毕业班的学生不好管，我是班主任，加班，常态。”修长浓密的睫毛下盖住的墨深眼眸里，尽是失落和悲伤。

陈宸长长出了一口气，低声对秀琳说：“她工作忙，别理她，我们出去放风筝。”

秀琳故意大声说：“好，镜湖好玩得很。我们去放风筝。”

秀琳的话还没喊完，陈宸眼疾手快地捂住了她的嘴巴。男人的大手直接覆盖上她温热的红唇，她唇瓣内的湿热灼烧到他掌心，男人身躯微顿了一下，眼神变深一寸，嘴里嘘着："别吵吵！"

竹青看着他们的表演，顺手将鞋柜上的红油豆瓣酱，扔进垃圾袋里，下楼扔了，眼泪不争气地流了下来。

陈宸和秀琳喝茶的声音在客厅响着。

晚上，竹青拿回离婚协议，陈宸看了一遍，停顿了一下，低低地说："对不起，青竹。我没有办法不离婚。你有工作，没我也能生活，你善良得像只羊，让我无法适存。而秀琳是头找食的饿狼，我甩不掉了。她是服务员，我醉酒后，把她当成了你。她怀上了我的孩子，我让她打胎，她不肯，吞下小剪刀自杀，还戳伤了我的腿，逼迫我离婚。她带着两个女儿，一个是我弟的，一个是她前夫的，她们需要一个男人来养活。"

陈宸卷起裤腿，亮出他大腿上的伤口。竹青签了"同意离婚"四个字。以前，他说过，那伤是骑自行车刮的。

看到孙子后，以前向着竹青说话的公爹喜眉笑脸地大摆宴席，请宾客。

竹青带着上初中的女儿，住进了用公积金贷款买的公寓里。她搬家的那天，陈家一个人也没来。

唐三彩

西兆城的阳光有点刺眼，唐小咪咬着牙，穿着隔离服，站了一会儿。整理了一下情绪，开始喊：“哥哥，三个月了，你就这样一直睡下去吗？起来！再贪睡，悠悠肚里的孩子你就看不到啦，就成了别人家的了。”

这样隔着玻璃探望哥哥的机会来之不易，唐小咪费了好大周折才申请来，她代表父母和亲朋好友。她不相信平时自诩为西域马的哥哥，静静地躺在隔离室里，会不醒。但当她亲眼看到强壮的哥哥唐小军的身上插满各种管子，戴着呼吸机，一动不动地躺着，脸色铁青的样子。她哭了。想起大夫说过，哥哥的肺差不多已经全部变白了，不能正常运作。在这样的情况下，唐小咪抱着万分之一的希望，希望这不是真的，希望哥哥能站起来。就像哥哥平时自诩的壮如母亲窗台上的那匹唐三彩马！她不允许哥哥还没有正式战斗就倒下！她喊着，情绪失控：“唐小军，你醒来呀，快给我醒来。起来！”

唐小咪鼻子紧贴在玻璃窗上，玻璃已经将她的鼻子挤压成了扁平状。她呱喊着，泪流满面。医护人员穿着隔离服，出出进进忙碌着，救治重病患者。

鼠年大年初一，唐小军从长沙到西兆城，和西兆城的妻子悠悠汇合后，一起去天水看望新婚妻子的祖奶奶，老人家已经到耄耋之年，时日不多了。他们在天水待了几天，看老人家还好，就各自回单位上班了。

唐小军返回长沙后，感觉自己好像是感冒了，浑身不适，轻微咳嗽着。他以为是在天水乡下时受凉患上了感冒，于是吃了点感冒药，但情况时好时坏。过完正月，预防新冠正式被提上了日程。作为行业精英、部门负责人，唐小军刚好回兰州总部开会。开会前，先做了个核酸检测，检测报告：阳性。

这无异于一颗定时炸弹散落在了唐小军的周围。他当即住院，并被隔离，几乎与外界隔绝。家人谁也见不到他，大家很着急。经过严格审查之后，只能有一个代表可以在隔离区外，远远地看他一眼。唐小咪就是这个代表。

医护人员见她情绪激动，想把她劝走。这个时候，唐小军的手指忽然动了一下，难道他听到了？滴滴滴——

监护仪上的线条开始紊乱，起起伏伏。

专家喜悦难掩："醒了？三个月了……"

看到一群人过来，他们都穿着隔离服，看起来像科幻片里外星人一样。唐小咪心里一阵感动，眼睛贴在玻璃上，视线跟随专家的动作。专家的一只手调了几下监护仪，戴上听诊器，俯身；另一只手按上他的手背，回头吩咐："再降压！"

医生立刻把血压夹的频率调动，果然那眼睑下的瞳孔有细微动静了。"找不到出口吗？唐小军，看手电光。"

"瞳孔对光有反应了！"专家大声说，"手指的波纹颤动明显，他的心跳非常快，把血压调回正常水平！"

唐小军醒了。

唐小咪的脸贴着玻璃窗，冰冷的温度让她的魂魄归位。"对，唐三彩，这是哥嫂早就想好的名字。"她举起悠悠给她的那张写着"唐三彩，儿子"的硬纸板。

唐小军眼泪顺着眼角流下来，身子微微动了一下。

唐小咪出来后说："回长沙的时候，感染者在他邻座，他中招了。庆幸的是与他接触的人，没有被感染，包括我。我一定要好好活着。"

唐三彩出生那天，唐小军离世。

在唐小军的葬礼上，距离骨灰盒最近的那个花圈挽联上，写着："儿子，唐三彩敬"。唐小咪看到这个花圈，不再流泪。

陆云泽

“噔噔噔”上到二楼，陆云泽拿出钥匙，打开门，在门口换拖鞋的时候，发现地上有几个大大的脚印，是雪融化后踩上去的印记，“莫非有陌生人进入？”他脑子里警铃大作。

“高干住宅楼区布满了天眼，应该不会有恶人。”这样想着，眼前的情况他没有太放在心上，换好鞋，转身往里走的时候，隔断后面的楼梯上，投下一个高大的阴影。午后的阳光将这个影子拉得很长。

“什么人？怎么进来的？”陆云泽大喊。

一个白白净净、戴着眼镜的青年男子，不紧不慢地从复式楼的楼梯上走下来，看样子有二十多岁。

“你怎么进来的？”陆云泽又一次质问，掏出手机准备拨打110报警。

“放下手机，不许动！不准报警！老实把你受贿的钱交出来，我饶你不死。”眼镜男说话的同时，扑过来抢手机。他的眼睛里，闪过了一丝邪魅之光，恶狠狠地鼓起腮帮子，喊道。

陆云泽猝不及防，差点被扑倒，俩人厮打在了一起。眼镜男做贼心虚，占不了上风，被陆云泽扭住胳膊，按在了地上。

“说！你到我家来干什么？”

“我、我，你的钱藏哪里了？你贪污受贿的钱藏哪里？这么大的官，受贿了几百万？”想到钱，眼镜男发力了，眼露凶光。

他一咬牙，用劲翻身起来，将卡住他脖子的陆云泽按在了身下。陆云泽又翻身上来，俩人扭打在一起，经过几个回合的搏斗，眼镜男被陆云泽压在身下。眼镜男很不服气，从随身的衣服口袋里掏出一把水果刀，朝陆云泽面部刺去。

陆云泽猝不及防，看见明晃晃的刀子朝着面门刺来。头猛地一偏，刀子划破了右面颊，凉飕飕的血顿时流进了脖子。一阵刺痛，传遍全身。

趁着陆云泽分神的空档，眼镜男抢到了地上的手机，扔到远处。

陆云泽用力去抢刀，眼镜男躲闪着。他给了眼镜男几拳，眼镜男见势不妙，抄起水果刀向陆云泽胸部刺去，陆云泽闪身，腹部受伤。

又搏斗了几个回合，陆云泽的腹部被刺了几刀，陆云泽忍痛抓住刀刃，把刀子抢了过来。举起刀，捅向对方的时候，善念划过脑海——我不能伤人。他这么想着的时候，将刀扔向了远处。

俩人扭打在一起，忽上忽下。一会儿滚在地上，一会儿站起来。年过半的百陆云泽渐感力气不足，想借助外力求救。他竭力拖着眼镜男向大门的方向打斗，眼镜男识破了他的意图，拼命往客厅那边拱。二人展开了一场力的较量。

地上已经流了不少血，红红的。眼镜男看见陆云泽满身的血，怕了，想逃走。可前妻的白眼和冷嘲热讽的嘴脸浮现在了眼前，他想起多日的精心筹划，鼓足勇气，猛然发力，欺身而上，准备制服陆云泽，他想从他的身上弄一大笔钱。

“这么大的领导，家里匿藏两三百万，应该不成问题。况且那晚查夜，我打了盹，被他现场抓住，扣了我 200 元钱，致使我和女儿一周没有生活费。”眼镜男想到这里，一咬牙，加大了蛮力。他毕竟年轻，精力旺盛。

陆云泽渐感浑身酸软，他还想最后一搏。他用尽全身力气将眼镜男推出了家门，眼镜男也将他拉了出去。他们抱在一起，滚下了二十九阶楼梯，楼梯上留下了几道鲜红的血印子。

血顺着陆云泽的面颊、肚子流出来，他浑身是血。陆云泽顾不上这些，一边呼救，一边将楼道的大门打开了一条缝。他呐喊着求救，并死死撕扯着眼镜男没松手。

由于流血过多，陆云泽没力气了。一个年过半百的男人和二十几岁的青年男人体力上明显有差别。陆云泽想弄出一点大动静，让邻居或过路的人看到后报警。他喊哑了嗓子，也没人路过。

陆云泽奋力将楼道门打开了一条小缝隙，眼镜男又用力推上了。陆云泽腹部、面部的血一直流着，染红了客厅和楼道，整个屋子充满了血腥味。

陆云泽的右腿骨折，左脚骨折，喊得嗓子沙哑了，也没人听到。高干住宅区，午休时间很安静，几乎没有人出进。

眼镜男看陆云泽的身子，蔫啦吧唧的，不再挣扎。他趁机将陆云泽拖到了楼上，按倒在地上，从他带来的工具包里找绳子。

陆云泽看见工具箱里的扳手，想趁眼镜男找绳子的时候，拿起来砸眼镜男。但他住手了，他怕出人命，没下手。眼镜男找到绳子，将陆云泽五花大绑后，拖到沙发上，又从窗帘上撕下几块布条，给他裹住了流血的伤口。

眼镜男踩着他腹部的伤口，厉声问：“你说，你的赃款到底藏在哪里？快拿出200万来，我就放开你，否则，弄死你。”

他一边说，一边加大了脚踩的力度。陆云泽疼得不行，浑身哆嗦着：“我没有那么多的现金，真的，钱包里有2000多元，加上支付宝的2万，就这些钱，剩下的买理财了，一时变不了现。你放了我，我从支付宝上给你转。我没有受贿，只有死工资。”

“胡说，你骗人！你怎么可能没有钱？像你这些位高权重的大官，命金贵，拿钱来！换命！快说，钱藏哪儿了？”

“真的没有。我家条件不好，老家是苦水的，很较穷，家里也就出了我一个大学生，挣的钱比普通人多点，接济老家人，剩余不多。”

陆云泽头晕得厉害，无力地闭上了眼睛。

眼镜男给他头上浇了些盐水，他睁开了眼睛。眼镜男说：“谁信你没有受贿！快说出你贪污受贿了几次？有多少钱？藏在哪里了？”他又用力一踩，像电影里特务审讯那样。

“真的，就那么多。理财产品也就三四十万，没有了。”

“鬼信你，说，你到底受贿了几百万？因什么事儿受贿？说。”他在陆云泽的腹部伤口上又倒了一些盐水，继续审问。

“没有，真没受贿，我是正直的人。”陆云泽说话的声音渐渐低了。眼镜男把他拖到长沙发上，往他嘴里倒了半杯水，陆云泽喝下后舒服了点。

陆云泽躺在沙发上，弱弱地说：“嗯，我看你也是文化人、知性男，你别这么冲动，你、你住手吧。想想你父母、儿女，你这样是犯法的。”

眼镜男说：“少废话，谁不愿意好好生活？只是我生活不下去了，看不到任何希望。我没有工作，老婆嫌我没钱，撇下 4 岁女儿，跟别的男人跑了。我当个保安，生活费还被你扣了。这样的生活，我不甘心。我有本科文凭，可找不到好工作。闲了的时候，就在电视的《今日说法》和网上研究了威胁高官快速致富的方法。我才刚开始，不能失败。你老实点，钱拿来。不枉我在你家附近踩点多日，进你家好几次。”

“唉，我真没有多少钱。我家负担重，我还资助了几个老家的贫困学生。想想老一辈革命者爬雪山、过草地都能生存，你的生活不是没希望的，只要你踏实干，总会好的。你是聪明人，想想父母和女儿，收手还来得及。我资助的那 8 名贫困学生的资料，在楼上写字台左抽屉里有转账纪录，你可以去看看。”

“你哄我。”

“我被你绑着，哄你有意思吗？每个人生活都不易。你拉开抽屉，就知道这是不是真的。”

眼镜男犹犹豫豫地上楼，看完记录，嘘了一声，眼里的暴戾之气减少了。

回到沙发上，陆云泽已经不说话了，处于半昏迷状态。他走进卫生间，将水接进桶子里，提出来，用拖把将楼道和客厅地板上的血拖干净后，洗了手和工具，把他的血衣血裤塞进工具包。

他把远处的手机，拿到距离陆云泽较近的茶几上后，背上工具包，想用自己的水果刀割断捆绑陆云泽的绳子。刀钝，没有割断，就用茶几上陆云泽家的水果刀割断绳子，将带血的鞋套脱下来装进工具包后，跳出窗户，跑了。

眼镜男洗完澡，看着 200 元的罚单，长长出了一口气。

陆云泽报了警。无人机追踪到眼镜男下落，眼镜男全程戴着橡胶手套和鞋套，现场没留下指纹和鞋印，他拒不认罪。

就近十字路口的监控，拍到了他逃出去时背着工具包的模样。

梅　花

下午的阳光透过玻璃窗，在地中央形成一个半明半暗的图案。宋渠的报表做了一半，手机铃声锲而不舍地叫嚣着。

叹了一口气，想起昨晚的决定，丈夫刘太亨的电话就来了。刘太亨兴奋地问宋渠在哪里，如果在办公室，就赶紧打扮一下，他带她去看红梅。天山脚下的梅花开了，漂亮。

“不去行吗？报表还没有做完。”宋渠一半开心，一半小心地说。兴许刘太亨回心转意了，像在大学里一起去杜甫草堂看梅花一样浪漫。

“快点，给你10分钟时间，我在你办公室楼下的红柳停车场等你。”

“哦，不，20分钟吧，等电梯要一点时间。”宋渠羞涩地说完，脱下工作服，换上便装，画了个淡妆，出门。

楼下的阳光强得刺眼，宋渠用手在额前遮挡着。红柳停车场的地面上，融化了的雪水漫开来，一坨漉、一坨干的，脏得碍眼。

这些脏乎乎的水浸湿了宋渠的鞋底，鞋帮也溅上了泥巴，黑乎乎的。一种不祥的感觉袭上心头。她夸张地舔舔嘴唇，继续用手挡住强光，眯眼寻找自家那辆迈巴斯。“叭叭叭、叭叭叭”，循着声音，她快步过去，习惯性地往副驾驶那边走去。

打开车门，一股怪异的气味冲进鼻腔，这种气味，宋渠能不熟？

副驾的椅背平躺着，宋渠问："石光华呢？他是你重要客户，约上他一起看梅花吗？"

"哈哈，老同学，是我。"银铃般的笑声，从后座传过来。

"杨远红？难道这俩人一起吃过午饭？"宋渠想着。

宋渠有点喘不过气了。杨远红一脸潮红地坐在后面，搓着手，眼睛里射出一种胜利者的光焰，嚣张、狂妄。

宋渠咽下了一口吐沫，像一只苍蝇卡在嗓子里，想吐。这一刻，宋渠忽然觉得生活没有意义了。想起昨晚的决定是对的："该让路了。"

"一个闺蜜，一个丈夫，这世界，还有什么可以留恋？有谁可信？"

刘太亨看了一眼脸色铁青的宋渠，解释说："嗯，早上，石光华把座位调下去睡觉呢。宋渠，你按一下旁边的按钮，调起来，坐上才舒服。"

宋渠把椅子调整，从后视镜里，看到了那俩人目光的炙热。她说："我胃不舒服，有点恶心，想吃东西，先下去了。"

她想打开车门，可车门被按下了儿童锁。宋渠无奈地从包里掏出巧克力塞进嘴里，巧克力缓解不良情绪，百试百灵。

车子驶出市区，向天山脚下疾驶而去。宋渠看见镜子里，刘太亨那轮廓分明的嘴唇，微微向上，无限满足。他不时回头与杨远红的目光交流。宋渠假装什么也没有看见，看着外面光秃秃的风景。

两个小时后，车子到了梅花园。远远看去，红色的梅花零零星星被雪花覆盖着，透出一种凄凉的美。

看着那俩人笑呵呵地在岩下拍照，刘太亨的僵尸脸竟温柔至极。这样的刘太亨，宋渠没见过。这一刻，她眼睛酸涩，"我很失败。”她自语着，没了赏梅兴致，盯着岩石上那树蜡梅，笑了。

宋渠把手机扔在座位上，踏着冰雪覆盖的台阶，一步步爬上去。手脚并用，爬到最高处。岩石上的红梅，血一样点缀着白雪，“真美啊。我要像鸟一样飞。”她低低地叫着，无数次梦见这地方。

她闭上眼，纵身一跃，飞起来了。

被一双粗大的手接住。

她不情愿地睁开眼睛，刚要骂句脏话。对上一双冰冷的眸子，冷亮、清明，她那句脏话说不出口。

宋渠被扔在地上，摔得头晕眼花，她忍痛坐起来，不远处几个孩子围着一堆火画画。一张粉嘟嘟的小脸进入眼帘，像女儿。她脑子乱了，走向那孩子。

洞口的梅花红艳艳的。宋渠蹲在小孩儿身边，看她画红梅。小孩儿看见她，说：“阿姨，你是我们武老师的女朋友吗？武老师说红梅盛开的时候，他的女朋友从北京来，和他一起支教。”

这一刻，宋渠知道自己该做什么了。中书协会员的她，能教孩子们写字。

躲　年

腊月十二，阿吾从办公室回来，冻得浑身发抖。

第二天，阿吾咳嗽不止。一星期后，因患气管炎住进了医院。老朋友曹世平来看他，他不说话，沉默的样子让曹世平着急。

待了一天，曹世平觉得无趣，准备走的时候，阿吾说："世平，今年春节，我不回京兆过年啦。疫情影响，留在苏城过年。"

说完，他两颊一鼓，鼻子一皱，露出一副难看的怪相。接着背过脸去，闭眼，咳嗽起来，咳得眼泪流了出来。那 5 位数的现款，母亲逼得急，他不好弄。疫情影响了生意，他的房贷没还完，日子紧巴巴的。

曹世平看阿吾的肩膀一高一低的样子，似乎有心事，他说："来我家过年吧，咱们兄弟俩一起吃团圆饭，热闹。"

阿吾没答应，这话像碰在棉花上，被吸收了。曹世平的话，阿吾一直会听，似乎这也算默认了。

阿吾的老婆阿敏说："不用了，在我们家单独过年，挺好。结婚二十多年，头一回在小家过年。"

曹世平每天来病房说些小时候京兆城过年的事儿，"天鹅蛋"、龙灯、秧歌和包子什么的。阿吾笑啦。

阿吾出院那天，赶上小年。

阿敏说家里电视机坏了，维修师傅要来，让曹世平帮着看看，别被忽悠了。

维修人员上门检查完，说，800 元，换个零件就好啦。

阿敏让曹世平决定。曹世平说：“这零件网上才二三十元，给你 200 元，修不？如不修，我们就买新的。”

“修。”几分钟搞定后，维修人员走了。

阿敏吞吞吐吐地说：“阿吾很烦，老家那堆烂事儿让他头疼。阿吾的哥阿斯，被他妹忽悠到外地搞传销，工作丢了。回家后，阿斯跟老太太说，有个好生意，投资 10 万，五年后收益 1050 万，求老太太帮忙投资 5 万。老太太没钱，阿斯哭着跪下来，求老太太逼阿吾拿钱。老太太已经在女儿家闹了几回，现在又逼阿吾拿钱，说是为了家里唯一男孙阿尔发。阿尔发是阿斯和外面的女人生的，日子紧巴巴的。”

阿斯跪在老太太跟前，哭闹，逼着要钱。先前这样，就弄来了二三十万。这次阿吾不给，老太太老年痴呆，任阿斯摆布。

阿吾一直偷偷给阿尔发转钱，让他好好完成学业。但不给阿斯转钱，不让他去外地“挣大钱”。

阿斯以挣钱给阿尔发买别墅为理由，频频向老太太下跪。

阿吾出院了，不敢和老太太通话，怕被逼着要钱。

年三十晚，阿吾想去曹世平家过年，阿敏不去。争吵了几句后冷战，年夜饭都没人做。

晚 10 点，阿吾忍不住给老太太打视频，屏幕上，阿尔发和老太太笑得灿烂。看见老太太，阿吾的心气骤然飙升，攀缘而上，像中了彩票，身轻似燕，只要纵身一跳，就可以和月亮比高。

他钻进卫生间，发了两个 5000 元的大红包，出来后，倒上红酒，讨好地说：“老婆，你一年辛苦啦。我去弄几个菜，陪你喝几杯，迎接新年。”

王书记卖房

西山群峰的山顶，清晰地映入蓝色的天幕中，夜的帷帐徐徐拉开，稀稀落落的星星黯淡无光。在清凉的晚风中发出呼吸一般轻微的吟唱声。坐落在黄土塬下的韦村，从夜的沉寂中苏醒了。

周末，农家小院停了好些车。

包厢里的那七八位都是体面人，科长、书记，他们来这里喝酒。

王兆鑫书记不知怎的，就把话题转到了房子上，如果不谈论这个话题，反倒明智。

王书记说："我打算把城里的楼卖了，搬到郊区住，你们谁认识买房的，帮我联系一下。房子带家具，一口价180万，不议，我卖房急着给儿子在京城买婚房。"

陈国英喝了一口普洱茶，清清嗓子，说："王宏是专卖你家那个小区楼房的中介，要联系吗？"

"好，你帮忙联系一下。"

视频电话通了，王宏说："刚好有个人给儿子买婚房，这房合适。要联系买主吗？"

"要。"

第二天上午，晴间多云。王宏带着买主李金铭到王兆鑫家看房。没想到他们竟是熟人，看见王兆鑫，李金铭一直点头哈腰地给他鞠躬，不停地说："王书记、王书记，您退居二线更有风采了。”王兆鑫乐得嘴巴合不拢，好久没这种飘飘然的感觉了。

第三天，王兆鑫打电话给陈国英说：“我和李金铭是熟人，打算绕过中介，和李金铭私下交易，省一笔中介费。你知道的，那天我并没有指名道姓让你找中介。你自愿的，就这，挂了。”

陈国英还没来得及说话，电话就挂断了。陈国英摇摇头，没说话。

第四天，李金铭给王兆鑫转了10万元定金，“王书记、王书记”叫得依旧很亲。

一周后，李金铭找到王兆鑫家，他弓着腰，害羞地说：“王书记呀，这么多年没见面，您更加英武了。说真的，王书记，有件事儿要汇报一下，您会答应的。您是领导，人好。您看，马上到月底了，财务冻结，公积金提不出来。您先把房子过户给我儿子，等过完五一，我的公积金提出来，170万一次性打给你。我儿子4月30日飞去荷兰打工，半年后才回来。疫情防控期间，回趟家不容易。王书记您理解一下，我的公积金够买您的房子。王书记，您会同意，对吧？您人这么好！”

李金铭低着头，腰弯到了九十度，不停地给王兆鑫作揖。

王兆鑫老婆冯可可不同意，她怎么打手势反对，王兆鑫视而不见。冯可可妥协地提出，房产证过户后，由她代管，直到钱全部打来。李金铭爽快地答应了。

王兆鑫回家后，有点儿不放心，托人查了一下李金铭的公积金，够买房，就放心了。

4月28日早上，下着毛毛雨。过完户，冯可可伸手去拿房产证，被李金铭差点推倒。

如果不是王兆鑫扶一把，冯可可就会直接倒在地上了，他问：“为什么推人？”

李金铭大声呵斥着：“冯可可，你什么东西！明目张胆地抢我的房产证，想碰瓷？找错人啦。啥玩意儿！两口子合起来抢我房产证！杂碎样子，我能让你们欺负吗？”李金铭笔挺地站着，铁塔一样笔直，他的声音提高了八度。

保安来维持秩序，一双双眸子盯得王兆鑫两口子，逃也似的离开了。

回家后，王兆鑫打电话给陈国英让他找王宏，把房产证追回来。王宏查完后，说，房产证上写的是李玉明，而他登记的是李玉明的父亲李金铭的名字，两个名字不同，他插不上手。

听完，冯可可尖叫着和王兆鑫吵架。

过了五一、六一和十一，钱也没拿到手。

王兆鑫一下白了头，背也驼了。他和冯可可请律师起诉了李金铭，就等着法院开庭。

塞上曲

莫文静一夜翻来覆去没睡好，窗外的风，扰得她心乱如麻。

早上，顶着两个大大的黑眼圈，站在桥湾公路管理站的大门外，看着那辆越野车绝尘而去。她叹了口气，低头浅笑着，面颊上两个深深的酒窝更加迷人。

这会儿的风比夜里小了，呼啸声也不像夜里那么凶。天空依然浮尘满满，莫文静看不见朝阳东升，也看不见那吟唱春天的小鸟，她不知道它们躲到了何方。太阳间或露出笑脸，也呈圆环状，发不出一点光亮，似乎带着羞涩和恐慌，一副极不自信的模样。

莫文静脑海里，出现了一幅画，几十年前，混沌天象也如今天这样，沙尘暴过后，浮沉漂浮着。父亲莫东方的大卡车被沙尘暴掀翻，滞留在了荒漠。生死未卜的时候，一阵笛声由远及近，《塞上曲》随着红头巾、红披风来了。

天快黑的时候，奄奄一息的莫东方在一阵笛子独奏的《塞上曲》里醒了。远天的云里，一朵红梅，近了，更近了——两人两驼，一前一后出现在了莫东方视野里。牧驼女姜巫和她的父亲，成了莫东方眸子里的星星。

悠扬的笛声，流水般的音韵像液体一样，漫过无边的荒漠，流到了莫东方的心里，他忘了饥渴，痴痴地笑着，呆呆地看着。

姜巫父女俩将他——莫东方（来塞外劳动改造的北京音乐学院高才生）带回家的时候，他眼眸里全是月光下、雪地里的那抹红色，太耀眼了，像极了家乡的梅花。这一刻他决定不走了。

莫东方接过姜巫手中的笛子，吹了一曲《梅花落》，时空静止了，皓月当空的夜里，他赶着马群向姜巫款款走来。那年姜巫12岁，10年后，他们结婚，在琴瑟和鸣里，过着小日子。

风小了，母亲姜巫准备上班，见莫文静憨憨地瞅着越野车发愣，拍了拍她的肩膀，说："丫头，如果想去，就打电话让樊伯南回来，带你一起去爬梦柯冰川。"

"妈妈，你、你真好！可是爸爸下课回来，会凶你的。"莫文静红着脸，撒娇地看着姜巫。想起爸爸对她的要求，18岁女孩涌出了泪花花。

"妈妈，我爸爸是在这样的天气里结识你的，对吗？"

"傻丫头，《塞上曲》是我们约会的信号呢。问这干啥？外边凉，回去。"姜巫说着，不好意思地走了。她要去检查路况，沙尘暴过后，养路工必须做的工作就是保证过往车辆的安全通行。

莫文静心里有点乱，叹了口气："爸爸希望我考入名牌大学，去北京、上海或西安工作。可我喜欢塞外的蓝天，羊群般的云朵儿。"

莫文静受父母影响，精通乐理，但文化课学得不是很好。前年，在戈壁挑战赛开幕式上，她和来自北京FJ户外俱乐部、支教的音乐老师樊伯南合奏的《塞上曲》，成了大漠传奇。

收回思绪，莫文静觉得希望破灭。耷拉着脑袋，准备进院，一阵笛声传来。"《梅花落》！"她惊叫一声，樊伯南的车停在了跟前。

路过十工道班东方红75型履带式推土机的大幅照片时，一伙年轻人说起了周恩来总理赠推土机垦荒的事。越野车到了检修路段，看见姜巫，莫文静摇着手机，大喊："妈妈，我会安全回来的。"给姜巫一个飞吻。

悠扬的笛子合奏曲，如流水般的音韵，漫过无边的荒漠，萦绕在梦柯冰川。这一刻，莫文静看见了远方红梅点点。

老娇娘

91 岁的桂英头发已经发白了，眼角有许多的皱纹，但这并不影响她假笑里的温暖面容。她的皮肤略黑，淡淡的眉毛下面，有一双有神的大眼睛。她的眼珠子转着，看见丈夫于景致已经吃完饭好一会儿了，还打着饱嗝。像往常大多数时间一样，她就将自己碗里的剩饭剩菜，推到他的跟前，嗲声嗲气地说："我吃不完了，你吃，你吃，快点儿嘛。"

她脸上像一朵绽开的菊花，眯起眼睛翻来覆去地看着于景致，好像他不是自己的丈夫，而是一件稀世宝物。于景致望着满脸期待的她，端起那些剩饭剩菜，提起筷子，扒拉了下去。

剩饭剩菜下肚后，胃里胀得难受，他不停地走动着，走来走去地消食。但看着她满意的笑容，他也笑着。

老革命这样喂狗粮的场景，落在儿媳妇晓晓的眼眸里，星星闪烁。有时候，于景致心里不爽，就会招来已经退休的儿媳妇把他送到医院去开药。

二人在部队相识，于景致是战地医院的院长，桂英是一个医大毕业的内科实习医生。20 岁出头的她，在众多男医生眼中，是长发飘飘的仙女。景致大她 8 岁，家庭条件不是很好，但他凭借着做饭、吃剩饭的行动，力挫群雄，赢得了桂英的心。当然还有个原因，这家医院是新中国成立前夕桂英家捐给解放区的，并指明要优秀的外科大夫于景致当院长。不过那个时候，他俩并不认识。

从那时起，于景致就这样吃着女军医的剩饭，一吃就是 70 年，做到了一个军人对所爱女人一生的承诺。这天，吃完半碗剩面条，他的胃胀得难受，抚着胸口，不停地走着。大半个下午就保持这种行走的姿势，心里实在有点小憋屈，可又舍不得责备老婆，毕竟几十年听话惯了。作为男军医，当年就是从这些小细节开始，赢得她的心，娶她为妻的。

老小孩也有闹脾气的时候，有时候他的气不顺，就打发走保姆，拿起手机拨通晓晓的电话，有气无力地说："快，晓晓，你赶快来，我胸口疼得厉害，你赶紧陪我上医院去检查，我不行了。"

晓晓扔下正在看的书，拿起车钥匙，匆匆赶到公婆家。公公于景致已经等到家门口了，公公说自己胸口疼得厉害，她将他送到医院。

心电图、B 超等检查结果正常，年轻医生开完处方，恭送老院长离开。晓晓交完钱，拿着消食片、几瓶维生素，又开车送公公回家。

这个时候，于景致紧皱的眉头舒展开啦，眼睛也带上了笑意。

桂英看着从医院回来的于景致，双手摇摆着，像小姑娘一样，嗲声嗲气地撒娇说："致啊，你检查结果怎么样？没问题吧？"她的腿因为退行性关节炎不能跑过去拥抱于景致，就坐在客厅正对着大门的太师椅上，直勾勾地盯着于景致看，还做了一个飞吻的动作。

这些年，桂英十指不沾阳春水，就像当年在战地医院时一样，做管理工作的于景致承包了所有家务活儿。即便退休 30 多年，她依旧没有做过饭，干过家务。稍有不如意，她尖叫着，撒娇："为什么，致啊，要食言吗？你说……"然后羞怯地走到于景致跟前，吻他。

在儿孙面前，她依旧嗲嗲的。"致啊，你看你看，那儿，地脏了，阿姨没有拖干净，你拖拖嘛，嗯。"她的兰花指轻轻摇摆着，像情窦初开的小姑娘。

于景致对她的做派很受用，也很包容。这天，晓晓送公公到家，准备离开时，又听到桂英夹着嗓子，细声慢语地说："致啊，我吃不完啦。"即便孙子在跟前，她毫不避讳，不断地撒狗粮。

那个男人

早上，刘红梅站在卧室的窗前，隐约地看到窗外的梅花开了，桃红色小花像春天里的桃花。一阵风过，一些梅花被吹得左晃右摆，一些花瓣在空中飘着，一些花瓣在枝条上纹丝不动。

刘红梅把卧室的窗户开了一条缝，一阵冷风吹进来，凛冽的寒气刺得她忍不住打了个喷嚏。这时，霞光满天，一轮庞大的日轮，像一位酩酊大醉者的脸，从树林子后面显出来。大地亮堂堂的。几个早起的人踏着满盖了白雪的地面行走着，脚下发出吱吱的响声。

小年来了，她隐约听见小孩子放摔炮的声音。

“妈，吃饭啦。”冬姑轻轻地叫着。

碗里盛的是长面，长面象征长寿，冬姑为 104 岁的母亲红梅祝寿。

冬姑把一碗浇着肉丁的臊子面，双手递到红梅手上，笑着说：“祝妈妈健康长寿。‘福如东海，寿比南山。’”

红梅用筷子翻搅了一下被臊子覆盖的面条，猛地吸溜了一大口，说：“好吃。长啊，筋性好，味道是咱卫家的味道。”

冬姑也盛了一碗，吃饭的时间里，红梅说起了过世丈夫卫致和的厨艺，说他的臊子面做得一等一的好。

吃了长寿面，母女俩聊了一天。晚上，冬姑就睡在了母亲身边。半夜，冬姑睡得正香，被一阵惊叫声吓醒。

她坐起来，静静神，发现是红梅惊呼不止。冬姑轻轻地下床，借着窗外透进来的光，看着红梅惊恐的表情，低唤着："妈妈，您怎么啦？魇住了吗？"

"走开，走远点，讨厌！再过来，我打你！滚，滚远点！"

红梅指着冬姑大喊："别过来，是我自己回淮村的，哪是你叫回来的？滚，别靠近我！臭男人，我不认识你。滚！滚远点。哦，这还差不多，你让那几个人吃了我做的夜宵。"

"妈妈，醒一醒。妈妈，妈。"看见母亲在哭，冬姑提高了音量。

"你、你，别过来！啊！别碰我、我，你、滚！"红梅吼叫着往里边缩，蜷曲的身子拧巴着，很别扭。靠近窗台，一脚把花盆踹了下去，花盆落地很响的一声。

冬姑开了大灯，明晃晃的光束照得睡房亮堂堂的。强光下，红梅睁开眼睛，她的眼神带着万分惊恐。冬姑没敢说话。

过了一会儿，红梅似乎醒了，直愣愣地盯着冬姑，吼道："怎么是你？冬姑！我明明看见那个男人，他站在你站的那儿。硬说我从上海回来，是他叫回来的。唉，不知为啥，这段时间，总梦见那个人来找我，说快过年啦，让我买完衣服，回老家。"

红梅的话打住了，表情怪异。

"啥情况？莫不是梦见她喜欢的、却被她下毒的那男人，敌特头目，她的所爱。"红梅脸上的红晕没退，这是不属于她这个年龄的潮红。

冬姑讪讪道："您喝水吗？妈妈，我给您端。"

红梅盯着冬姑眼睛一眨不眨的。冬姑被看得难受，她说："妈，我给您端水去。"

"不，不喝。哦，喝，我自己端，我要去洗手间。别过来！别过来。"

“哦。哦。”冬姑尴尬地应答着。上小学的时候，一天夜里起夜时，她看见那个高大帅气的体育老师走进红梅房间，他们一起去了厨房套间。

那套间窗户正对卫生间窗户，那男人呈对角线躺着，红梅躺在他身下，辛苦地厮杀着，发出阵阵怪异的叫声。听见这声音，冬姑害怕了。跑出卫生间，慌忙向睡房跑去。慌乱中，踢翻了小板凳。她顾不得疼，爬起来，慌慌张张钻进被窝，用被子蒙着头装睡。

那个时候，卫致和在临市建筑工地当厨子，过年才回家。

看着红梅的背影，冬姑搓搓手，摇摇头，爬上床，用被子盖着脸，发出微微的鼻息声。

红梅端水进来，见冬姑已睡熟，叹了口气。想起当年淮海战役前，作为共产党地下联络点的负责人，她拖住了驻村敌特头目，让几名共产党要员顺利通过淮村据点，和大部队会合，为提前解放淮村赢得了时间。

第二天早上，红梅看着窗外的梅花，随风一片片落下来。她脸也没洗，闹着要回淮村老家过年。

重要文件

小七早早出门，路上的车不多。她开车从高速下来，穿过市区，到了镇上。

镇上的主街中间立着一块绕道标示牌，看见前面的汽车都径直开过去，小七觉得维修公路肯定完工了，也照样沿着空荡荡的铺砖街道穿镇而过。

星期六，镇上没什么车，只有红绿灯不停明灭着，如果这是你的家乡，你就会经常在这里散步，也会在树荫下乘凉。但对小七这个外乡人来说，开车穿行其间，觉得树荫太密，挡住了视线。阳光下的屋子，有点儿潮湿。

将车开到院子里，还没有停好，小七就听见了庞咪子的声音从屋子里传出来："畜生、小畜生、老畜生……"

小七摇摇头，庞咪子是客人，怎么说话她不用管，也管不着。

"庞咪子回家啦，你去招待一下。"小七接到男人小五的电话，就早早地回老屋来招待她。按照村子的惯例，嫁出去的女子，回家就是客人，媳妇是要好好招待客人的。

婆婆年事已高，小七再忙也要按照礼数办事，照顾好大姑姐。

小七知道庞咪子的习惯，想谁了，就骂谁。这次庞咪子一直骂小叔子和小舅，她一定是想念他们了，才骂得这么凶。

吃过饭，小七将他们送进电梯，收拾完餐桌，准备洗碗。小五送庞咪子去小舅家玩。小七的碗还没洗到一半，小五就在电话里催她赶紧下楼，火急火燎的。

小七以为发生了什么大事儿，连衣服也没顾上换，楼下跑到大院门口，就见卫生巾、裤头和胸罩等物价如废纸片一样贴在地上，乱七八糟的，像强盗来过了一般。不远处庞咪子的箱子反扣着，她不停地在夹层里掏东西，掏出来后，扔在门口。

庞咪子大喊着："我很重要的东西忘在大哥家了，在一个大信封里，那里头装着绝密文件，千万不能丢。"她把箱子夹层里的东西全撕扯出来，扔在地上，还是没有找到大信封。

围观的人越来越多，庞咪子扭着水桶似的腰，跑到围观的人群中，开始拨打电话，"喂，大哥，我给你说个事儿，我有个重要的东西忘你家啦。牛皮纸大信封装的，你赶紧找，找到以后快递给我。快点！要不然，看我怎么收拾那个小畜生和老畜生！"

围观的人窃笑着，庞咪子在电话里重复着"畜生、畜生"的。

小七的脸红如柿子，当着这么多年轻人的面说脏话，很丢人。她麻利将那些散在地上的裤头、背心、裙子和胸罩等塞进箱子，将绑在箱子外的那几双从宾馆里收拾回来的一次性拖鞋塞进塑料袋后，收进箱子，把箱子盖好后，立起来，放进小轿车的后备厢。

庞咪子看见小七，挥着粗壮的胳膊，大步冲过来，由于跑得太快，一个猛刹车，差点摔倒。

围观的人越来越多，不同的目光扫向小七。庞咪子双手叉腰，大声问："你、你，小七，你这个不知好歹的东西，为什么要把拖鞋装进我的箱子里？我穿的时候不方便了，脏死了，哼。"

"新鞋，不碍事。"小七话没说完，庞咪子抢过箱子，一把将箱子掀倒，就要打开锁子。小五从人群后面跑出来，一把拉住庞咪子的手说："走吧，姐姐，别磨叽了，要不小舅舅出门打牌去了，咱们见不到他了。"

小五将箱子放进后备厢，把庞咪子拉到车门口，推上车，车子一溜烟出了大门。

围观的人们窃窃私语着，小七回家拿来簸箕和条把，将地上的标签、碎纸屑和糕点渣扫干净。围观者陆续散了，小七收拾完厨房就回家了。

半夜，小五疲惫地回来了，叹了口气，说："小七，我妈年轻的时候就是这样的。说话前先骂人，我也没办法。那时候，在农村不这样泼辣，是分不到犍牛和好地的。可我姐已经进城二十多年了，还像我妈年轻时一样，厉害得谁也不敢惹。我姐夫和侄女都不敢和她一起住，惹不起。"

这时候，小五的电话响了。小五接起来："弟弟，庞咪子的大信封里装着她工作后给咱妈汇款的存根和买东西的收据，估计这次是要跟咱妈算账要钱的，你赶紧去看看，庞咪子怕你。我不敢说她。"

小七扫了一眼小五手机上接收的单据，这是庞咪子工作后，给她妈买针头线脑的记账单和汇款单，1 角钱也算在里边。这就是庞咪子遗失的重要文件。

失眠的夜

男人进入不惑之年，莫非就像女人进入更年期一样，有时也会心烦意乱，困惑不安？

下午5点，黄立明接到明天上午8点到市里参加会议的通知，通知的人含糊其词，黄立明不好多问，挂了电话，心里急得很，可他表面上还装得若无其事。下班和属下相遇，点头示意、抽烟谈笑，没有半点异常。这是他十几年来，练就的一身好功夫，就是天塌下来，作为单位的一把手，也要对上级或者下级笑脸相迎。私下里，不论怎样难受，表面上“处处小心谨慎”是他做事的方式。

回到家，鞋也没有脱，就倒在沙发上，像泄气的皮球耷拉着脑袋装睡，整个身子好像从云头、天上坠下来似的，心忽然就悬了起来。

老婆王艳辉做好饭，小心地叫醒他，他吃了两口，就唉声叹气地在屋里来回走着。王艳辉很知趣，悄悄地洗完锅，给男人泡上一壶上等的西湖龙井，带着小狗出去溜达了。她回来得很晚，回来后轻轻地梳洗完，给男人续上热水，上床睡了。

这是多年的习惯，遇到大事，黄立明都会“坐卧不安”，一开始，她对男人的这种做法颇有微议。但见男人日渐高升，给她带来很大的实惠和荣耀，她认定了丈夫的处事，认为自己“万事不求人，不低三下四”的处事方式欠妥。跟着男人“夫荣妻贵、一损俱损”，她明白这个道理，在男人的光环里，她舒舒服地做“流水”“花朵”“小鸟”，许多以前不拿正眼看她的人，现在热情高涨，甚至卑躬屈膝，重礼造访，她觉得光彩。

今晚像先前那几个夜晚一样，男人黄立明抽烟、踱步，她知道他在思考问题，便知趣地“藏”了起来。

晚上，黄立明失眠了。

这是他任厂长5年来，第一次失眠。这次他算真正尝到了失眠的滋味儿：不停地翻着身，辗转反侧，心烦意乱，和她同床的老婆也被折腾得睡不着。她翻过身去，不论怎样，还是被他搅得睡不着，她带着一丝怨恨和微微的不满：

“你这人，是怎么了？自己睡不好，有什么苦处不如说出来，心里还好受些……”

“反了，这女人！”黄立明在心里骂道，但没有出声。

这么多年来，老婆一直温柔、顺从，今天是怎么了？这婆娘，黄立明在心里骂着，“人倒霉了，喝凉水也塞牙。”平时老说自己是这个家的“功臣”：这么多年来，大事都是自己一人绞尽脑汁后亲自出马的。包括千里迢迢乘飞机给上级领导上大学的女儿送钱和冬装。当时虽然咬紧了牙关，回家后还与老婆吵了一架，说自己对人家的女儿比对自己的女儿好。可老婆毕竟是个女人，“头发长，见识短”。

他生在农村，条件不如城里人好。刚结婚时，穷得给老婆连件像样的衣服都没买过，但给上级领导的全家却买了高档的。值，他觉得自己有先见之明，几次“义不容辞地割肉”给老厂长，功夫没白费。毕业后，不到4年，就当上了副主任。虽说将专业技术扔在了脑后，私下里有人有意见，但那又怎么样？电视剧里和珅讨主子欢心，也不是件幸福的事儿，却够享用一生了。

副主任官不大，实权却不小。一百来号人的单位，倒班工人、技术干部、官太太各色人物都有。考勤、假日休息、年休，这些与职工切身利益有关的事儿都在自己的掌控中。诸如“请探亲假”“生孩子”“红白大事”“迟到早退”都要有个相互照应的关系。活在世间，谁不食用人间烟火？况且自己也是把准了人们的这些脉搏，对症下药，得到“善用人才”的赏识。

好多路子，就是手下的一些特殊人员给牵线搭桥的，但这些人也没少利用自己给的诸多方便，如涂料、玻璃、油漆、清漆、油泥、条把、拖把、簸箕、水泥钉、灯管等。能到今天，一步一升，不容易了。倒是这一两年生活有一点儿“堕落”，几乎是奢侈的，毕竟是上万人的厂子，自己坐在了前几把交椅上。

前段时间，听人讲，组织上正在调查自己，是好是坏也不便多问。上月，书记的儿子结婚，自己还狠狠地又一次重重地“放血”，布置新房，买东西，几乎用去了两年积蓄。当然，应该物有所值！

这次机构调整，听干部处的老乡酒桌上说：处级要大调整，让我们小心做事儿，别被对手抓到把柄。听书记的口气，仿佛有意提拔自己。早知企业减员增效，何必在风口浪尖上买房子？别“搬起石头砸了自己的脚”。

“失算了！”

他似乎明白了自己说了句脏话，叹口气，在心里胡乱诅咒着。

他忽然感到一阵寒冷，还是夏末，怎么气温却像冬天一样寒。

赶忙将被子拉了拉，蒙住头。一会儿，被子就变成了一团火焰，将他“烤”得大汗淋漓，虚汗直冒，顿时有一种头晕目眩的感觉，仿佛精装的新房里，飘进来了一层厚厚的铅云，将他的视线紧紧地罩住，这云越飘越低，压得他呼吸不畅，喘不过气来。

他一脚踢开被子，裸露着身子，感觉好些了。接着，他双手交叉放在肚子上，来回搓着，还不过瘾，就按摩太阳穴想让纷乱的思绪稍稍平静些。

老婆被他搅和得睡不着，坐起来，取来一条毛巾被盖在他身上，小心翼翼地问：

“给你倒杯水，好吗？”

他提高了音量，大声嚷道：

“去，给我拿盒烟来，床头柜上的抽完了。烦着呢！”

漆黑的卧室里，一明一暗的星火闪烁着，“滋滋”的吸烟声空洞地响着。抽烟这么多年了，他第一次奇怪地发现：烟火这么红、这么亮，仿佛燃烧的一个小小烟头也会点亮世界，世界又似乎在烟火中化为灰烬。

平时抽烟时，老婆唠叨个没完。

这晚，老婆出奇地安静。

烟抽多了，嘴里麻酥酥的，过瘾。

老婆有些担心，柔柔地说：

“有啥说出来，咱们共同想办法嘛，别闷在心里，一人受罪，憋出毛病来，咋办？”

黄立明默不作声，这么多年了，还是妻子跟自己贴肚皮，看看身边的女人，他极力想着。她跟自己这么多年，说句心里话，除了结婚前的那段日子，婚后确实没有好好关心过她。就连生了小孩，也是她和丈母娘一手管大的。自己为了活成“人上人”，成天出没于领导的家，在那儿干这干那，唉，一丝愧疚爬上了嘴角。夜黑，谁也看不见。他叹了一口气，回想着，话说回来，这女人跟着自己也风光了。她的几个好友兼同学的老公和自己一起来的，还是一般干部呢，最好的不过当了高管，而且自己还替她的同学办过事呢！虽然开始她们曾经开黄立明的玩笑，说他将头削得尖尖地往官场里钻。可到了现在，她们对自己也开始敬重三分，从她们的眼神里恭敬的神情可以看出来。常言道："好男不跟女斗。""大丈夫岂和女人一般见识。"现在老婆有了高档时装、高档化妆品，还有一套小别墅，也该知足了。

"对，还是她说得好，想办法。"是她提醒了自己。黄立明感叹着，还是老婆好！

烟头在屋子里一闪一闪地亮着，也许"吸烟能解万般愁"，这么想着吸着，也许应该"急流勇退"，五十岁的人了，还争什么！

"也许，挽回局面还来得及……"

前儿下午，书记不是悄悄召他到办公室，关上门，杀了几盘棋吗？杀完后，书记的脸上笑容灿灿，情绪良好。从书记那欢快的口气来看，应该问题不大。两天来，不时有人到自己办公室打听岗位定员的事儿，平时很少跟这些人往来，看来，现在的形势是大家都惶惶不安，那么自己就不用这么做难了。

他试探地问老婆：

"依你看，这次会怎么样？上还是下？"

"说不定，估计还是老样子吧。"

"人不会这么绝情吧，咋……"黄立明打住了，女人的嘴不严，不能自找麻烦。

见男人沉默了，女人趴在男人的耳边："工作踏实些，少得罪人。"她底气不足地说着，咬嘴挪到男人的耳根。

"我知道。"男人慢慢地说，"我可没有洗澡，烟味很重着，你……"他的话没有说完，女人的身子就贴在了他的身上。她的身子像团火，他有一丝兴奋，有些沾沾自喜了。老婆软软的手搂紧他，接着就把酥软的胸口靠在他的嘴唇边，就这样，像在母亲怀里一样，迷迷糊糊地睡着了。

不久他发出了微微的鼾声，老婆开亮床头的灯，看见一丝泪痕挂在男人的眼角。看看床头的手机，凌晨四点、五点、六点，看他睡得那么香甜，老婆的胳膊麻了疼了，也没有敢动一下。

男人睡着的样子，真好看，像一个安静的孩子。

（原载于 1989 年第 3 期《青年作家》）

宅基地

秦世荣刚刚走到法院门口，一片云飘过来，挡住了头顶的太阳，他忍不住叹了一口气。状告堂孙，他心里多少有点过意不去。

在庄严的法院审判庭上，一场民事官司进入了法庭辩论阶段。

70岁的原告秦世荣，脸色铁青，身子似乎也在发抖，由于生气，说话都不利落了："你、你，在城里买了房，还要喇嘛沟的老屋作甚?"说着，抹起袖子，露出胳膊上青一块、紫一块的印子。

被告是他的堂孙秦小光，小光也不示弱："荣爷爷，你儿子生二孩没地方住，想占祖奶留给我的老屋，没门儿。"

"小光，你太不是东西了，你爸爸出事后，你祖奶哭瞎了双眼，做饭时烧伤自己，荣爷爷卖了杂货店筹钱给她看病，还送终。"原告一方的一位证人义愤填膺地说。

小光毫不示弱："没有调查就没有发言权。我爸爸出事前，就给我买了房子，跟荣爷爷半毛钱关系也没有！我妈说过，喇嘛沟的老屋和宅基地都是祖奶奶留给我的！立过字据！"

相关证据展示在了法庭上。一场唇枪舌剑的辩论后，法官宣判："原告对喇嘛沟的老屋、宅基地没有合法继承依据！赡养母亲是义务，驳回原告诉讼请求！老屋依旧归被告秦小光。"

走出法庭，秦小光咧嘴笑着，得意地看着秦世荣，笑着说：“荣爷爷，你给我3万元，老屋和宅基地就归你啦！”

“小光，你、你、我……我但凡有5000元，也不会跟你要这几间老屋了，现在家里添丁，住不下，才想起要借老屋住的。你能不能先让我们先用着？”

“没钱说个啥？拆！”秦小光不耐烦地打断了荣爷爷的话，一声令下，几个二里吧唧的小伙子拦住荣爷爷，另外几个很快将老屋屋顶揭了。

尘土飞扬地宅基地上，檩子和椽子堆成了一座小山，砖瓦乱七八糟地散落在宅基地上。

秦小光歪着头，看着荣爷爷垂头丧气地走开。咧咧嘴，看着手机屏幕上，黄丽转来的卖了木料和宅基地的2.5万元，兴冲冲地喊了一句：“回城啦。”他心里嘀咕着，这下好了，欠麻友的钱，终于可以还清了。

高速公路上，秦小光一行沾沾自喜地开着小车，快速行驶着。旁边一辆大卡车的速度也不慢，紧紧咬着他们的车子，有点开玩笑的样子。可能就是常见的路怒族的飙车。

秦小光哥儿几个心里高兴，没有注意到大车司机已经犯迷糊了。连夜赶路的大车司机，很困。

“哐当——咵——”一声巨响，小车一阵颠簸，撞在了防护栏上。

一车人被送进医院，身体不同部位被裹上了纱布，哭喊声不断，三天后，才消停了些。

一个月后，秦小光可以下地走了，他一瘸一拐地在医院楼道练习走路。迎面碰上一位患退行性膝关节的老人，他们聊得开心。秦小光得知老人叫柳凯峰，是退休教授，于是挺尊敬老人的。一连几天，看着不同年龄段的人来看望老人，秦小光挺羡慕。

老人说，老伴去世得早，他收养了这些娃娃，供他们上学。他们有空会来照顾他，有时候陪他聊天。他给他们讲有趣的故事。秦小光也去凑热闹。

这事触动了他某根敏感的神经，出院几个月，忙着找保险公司处理理赔的事儿。拿到理赔的钱，就去柳凯峰老人家，聘他当顾问。

他和那帮兄弟回喇嘛沟，高价买回了黄丽手里的宅基地，盖了一院新房，一间当农家书屋，配上了国内外名著和画册。在书屋隔壁专门为柳凯峰老人准备了一间设备齐全的办公室。

他请老人有空过来住，给村里娃娃讲讲课。荣爷爷和孙子也住进了新房。

孙小布落井

定西王庄，四面黄土高山，中间一块台地，台地中央的几十户烟树人家，被黄土山梁安稳地环抱着。在黄土山丘层层叠叠的茫茫群山间，一条小路弯弯地连接着村庄和小学，在台地边缘，一口千年古井，似乎没有人敢下去过。传说里面有鬼怪，古井成了村庄的谜。

这天中午放学后，一伙四、五年级的学生娃娃路过这口自幼看到大的古井时，开始按照上学路上的约定“抓鳖”，随着娃娃们越来越高涨的尖叫声，整个台地被兴奋的尖叫声统领。

你推我搡，一阵手忙脚乱的拥挤后，“抓鳖”结束。第二个环节打开纸条，孙小布看见纸条上“跳井”两个字的时候，膝盖一软，害怕了。“我的运气最差啊，我、我不敢跳、跳!”他哭丧着脸，连说话的声音都放低了。

几个男生七手八脚弄开井口的杂草，伸头看黑魆魆的古井，深不见底，唏嘘着替孙小布担心。孙小布的心狂跳起来，身子像筛糠一样抖动着，他太害怕了，对先前夸下“海口”说抓到“跳井”一定跳的话反悔了。

他哆嗦着，带着哭腔，向张小千和几个高大男同学求饶：“小千哥哥，放我一马，我愿意日后为你效犬马之力！小千哥哥。”几乎要跪在地上了。

张小千怒目圆睁，双手叉着腰，逼近孙小布，喊道：“跳、跳、跳，跳下去！你说你敢的！跳呀！跳！”

孙小布战战兢兢地平躺在井口上，再一次求饶：“小千哥哥、小千哥哥，我怕、怕……”

话还没有说完，张小千左腿撑地，右腿飞速抬起，像一根迅猛的长鞭，“砰”的一声，狠狠抽在了孙小布胸前。

“哎哟”一声尖叫，孙小布跌进了古井。

人高马大的张小千对付瘦小的孙小布，乃小菜一碟。两人同岁，前者像一个中学生，后者像刚上学的娃娃。

尖利的叫声让副班长李淑媛回过神来。她愣了几秒，冲过淡蓝的洋芋花和如绸似缎的荞麦地，跑到台地中央大喊：“救人！救命！孙小布掉古井里了。”

王庄上空飘逸的云朵迎风而动，闻声赶过来的村民拿来绳子、桶子、棒子和梯子，一起涌向他们忌讳的地方。

“这些孩子们，唉。”村民们叹息着，知道了娃娃“抓鳖”过程的公平性后，也没有说什么。制定规则的张小千和李淑媛，最后抓的是“看热闹”和“执行命令”，先抓的孙小布是“跳井”，抓到“观看”的娃娃看见小布的惨样儿，全都跑开了。

这一刻，张小千发誓要强大起来，照顾孙小布一辈子。“当危险降临时，要么用战斗消除危险，要么在危险中死亡！想要公平，除非你拥有绝世强者的实力。”张小千在一本书上看过的这句话，浮在了脑海里。

随着高台上嘈杂声的降低，浑身是伤的孙小布被送进了县医院。几个月后，拄着双拐的他回家了。张小千赶到孙家，盯着孙小布说：“我背你上学！”

班里的几个同学奇怪地看着张小千，有点想不通。

周舟捅了一下孙小布，说：“被吓傻了吗？怎么不说话？”

“你才被吓傻了！小布以后就是我亲弟弟，谁都不许欺负他。

我们轮流背他上学。你们听明白了吗?”张小千冲着周舟吼道，指着另外的几个人高马大的男生:“听到了吧!”

这一刻，张小千眼角闪过一丝狠戾之色。

周舟一惊，感到了张小千的变化。赶紧答应着，其他人也附和着说“听到啦”。接下来，屋子里，死一般寂静。

孙小布小学毕业后，就没再读初中了。

张小千到城里上中学、大学，毕业后在省城找了一份收入很高的工作。到了成家的年纪，他在老家找了一个漂亮能干的农家女孩翠英做朋友，交往一段时间后，说明情况，就将她转给孙小布做女友，一年后领了证。

孙小布夫妇的生活费，张小千全部承担。他给他们盖了新房，举办了婚礼。

两年后，翠英生了个男孩子起名孙志刚，和孙小布长得一模一样。

张小千说:“第一胎是男孩，就不要再生了，我负责他上学和工作，多了管不起，养不起。”

孙志刚从上托儿所开始，就和张小千的儿子一起吃住在省城，直到大学毕业，有了工作，而孙小布夫妇的日子过得比同村多数人都好。

若　曦

黄昏时分，纷纷扬扬下了一天的大雪渐下渐止。沉沉夜幕下的大千世界仿佛凝固了，一切生命都蜷缩在大雪之下。

雪光映照下的沙村，分外安静。蓦地，从远处传来几声喇叭声，冲破夜的寂静。这是路过沙村的班线车，在前村广场上，停了下来，足足比平时晚了三个小时。

七年级女生若曦把风雪帽戴好后，下车，和几个同学告别，回家。

她放下书包，在屋里没有看见妈妈蒋倩，她赶紧溜进爷爷房间，将200元钱塞进爷爷手里，又快步跑出来。

这是爸爸若子成交给她的秘密任务，年过八旬的爷爷离不开去疼片和阿司匹林，他需要零用钱。

做贼心虚的若曦刚从爷爷房间出来，就碰上蒋倩。蒋倩看见若曦鬼头鬼脑的样子，脸一沉，瞪了她一眼，说："叛徒，又一个叛徒，把钱给了老东西。"她愤愤不平地进厨房做饭去了。

若曦的脸红到耳根，吐吐舌头，从书包里，掏出一顶米色的帽子给蒋倩。蒋倩嫌弃地扔在案板上，噘着嘴："你们都不是好东西，叛徒，白生你了。"

若曦像往常一样，提起篮子到压面坊帮忙。压面坊是蒋倩开的，她一心想在县城买房子，一点点攒钱呢。

若子成在县城给毕业班代课，回不来是个幌子，他怕蒋倩才是真的。如果他给父亲钱，蒋倩会跟他“大闹天宫”，玩命。换成若曦，蒋倩埋怨几句，最不济打若曦几竹竿，了事。

若子成觉得若曦还行，就将孝敬父亲的任务交给了她。若曦总被蒋倩嫌弃，“叛徒”成了她的代名词。

若子成表扬若曦，说她尊老爱幼，孝顺懂事。若曦讲义气，愿意给若子成“背锅”，这200元钱，是她和若子成从生活费里省出来的。同胞妹妹若凌则不同，她深得蒋倩喜欢，常有零花钱。

高考成绩下来，若曦、若凌成绩都上了二本线，经济原因，这对孪生姐妹只能选一个上大学，另一个上技校，留在家门口，给家里帮忙。

蒋倩毫不含糊地将若曦定为技校，若凌上大学。若曦看着若子成求救，若子成摊摊手，摇摇头，表示无奈。

若曦出门，忍不住哭了。跟在她后面的若子成递给她餐巾纸，摸摸她的头，她又笑了。

寒假，若曦和若子成回沙村，她们沿着小河走着，说着话，不知不觉天暗了。月儿还在山地后面，只露出一片青灰色的光。枝头的积雪凝成了水晶般的冰凌，像撒开一层轻柔的纱幕笼罩住夜幕。

这样的夜晚，寒风把树刮得左摇右晃。若曦嗦嗦地颤着身子，注视着洁白的原野，期待一个充满希望的黎明，期待父亲能够让她复读，父亲却一直没有开口。

回到家，爷爷那碗热乎乎的小米粥，香香的。吃完饭，月亮出来了，爷爷陪着若曦去河上滑冰。月儿将他们的影子投在冰面上，如一幅画。

这一刻，若曦笑啦。

胖太太

五月的西兆城，花香阵阵。步行街上人头攒动，歌舞不断。

吃过晚饭，伊尹锁好门，准备到步行街去跳健身舞。走到电梯口，按了下行按键，2分钟电梯上到27楼。

伊尹走进电梯，下行到20楼时，上来了一个胖乎乎的女人，个头很高，浑身滚圆滚圆的，体重足有200斤。她穿戴时尚，眼珠子滴溜溜地转动着，一看就是个精明的女人。

紧跟在她身后的是一个七八岁的小男孩，小男孩脚踩滑轮车，从楼道直接滑进了电梯，在电梯里滑来滑去，他灵活地晃悠着，左撞右碰地低着头，开心地玩着滑轮碰撞电梯的四壁，发出阵阵声响。

滑轮车的彩灯，随着小男孩的碰撞也闪着光。“豪华版的高价滑轮车，这种奢侈版真好。”伊尹这么想着的时候，胖太太站在电梯门口，一直不让电梯关门。她不时伸着脖子向过道张望，大喊：“喂，快，快点啊，石头他爷，电梯到了，快点啦——”

过了约5分钟，一个干巴巴的瘦老头慢腾腾地背着手，磨磨叽叽地走了过来，他皮肤黝黑，一脸皱纹。刚进电梯，就一阵干咳。

随着老头的进入，电梯里瞬间充满了来苏水的味道。这种浓浓的味儿直冲鼻腔。伊尹揉了揉鼻子，就看到瘦老头手背上的胶布，应该是刚打完吊针留下的。

电梯慢慢下行，胖老太太从包里掏出一袋软包装的银桥纯牛奶，递给瘦老头，指着嘴示意他喝，并低声嘱咐着：“快点、快点喝。”他们的神情非常紧张。

瘦老头接过牛奶，准备喝的时候，胖太太转身，面向男孩，挡在男孩和瘦老头之间，形成了一堵结实的墙。瘦老头紧张地歪着头，看看小男孩，利索地用牙撕咬开牛奶袋子的一角，“吸溜、吸溜”几口就喝完了一袋牛奶。然后，他慌张地左右张望着，像害怕什么似的。他的手有点抖，不时咳嗽着。

瘦老头的视线落在了小男孩身上，可能觉得没有被小男孩发现，满意地笑了。他用手背抹了抹嘴唇和鼻子上的残留牛奶。这期间，胖太太的眼睛滴溜溜地转着，不断地大声叮嘱着小男孩：“石头，石头，你小心点，别摔倒了。电梯地方小，你小心点，小心点啊。”

瘦老头将空袋子攥在手心，看向胖太太的眸子闪着光，摇摇手，好像发出了求救的信号。他眨眨眼睛，嘴唇向小男孩努了努，一直没说话，渐渐地就耷拉下了脑袋。

看着蔫头耷脑的瘦老头，胖太太嘴角上扬，露出一丝笑意。之后，她麻利地把空牛奶袋子从瘦老头手里抢过来，快速塞进包包里。这举动完全不符合她的年龄段，利索得很。

瘦老头如释重负地叹了口气，脸上浮现出了一丝胜利的微笑。胖老太太看着瘦老头眼睛里的那份笑意，也得意地笑出声。俩人嘴角向上翘，对望着笑，像赢了什么大赛似的高兴。

小男孩一直在电梯里，自顾自地玩滑轮车，左碰右撞地滑动着，脚下的灯一闪一闪地发出五彩光，将电梯角落照亮。

电梯门一打开，小男孩快速冲出电梯，向大门外冲去。胖太太和瘦老头在后面追着、喊着，银发闪闪。

伊尹觉得好玩，跟着他们走。

华灯初上的步行街，一曲《霓裳羽衣》舞曲在荷花池附近回响着，各种舞曲舞姿，将西兆城的夜推向了高峰。在步行街一角，十几个倒三角塑料桩附近，滑轮组的娃娃在老师带领下，尖叫着起起伏伏地绕桩滑动。

石头穿梭其中，玩着笑着。孩子们迂回在桩前桩后，惊险的动作引来家长一阵阵喝彩。“石头，石头，你小心！”瘦老头和胖太太站在旁边，喊着，瘦老头不时捂嘴咳嗽着。

夜风吹过，栀子花的芬芳在空气里扩散着，西兆城的夜沐浴在花香里。

这个时候，一个年轻女子走到胖太太跟前，问：“妈，石头的牛奶你带来了吗？待会儿让他喝了。”

“喝过了，已经喝过了。”

胖老太太看着瘦老头，眨巴着眼睛。她一边笑着，一边从包包里拿出了空牛奶袋子，给年轻女子看完后，将空袋子塞进了附近的垃圾桶里，并转身把瘦老头手背上的胶布撕扯了下来。

夜幕，在各种音乐声里，起起伏伏。

一个苹果

雨露的家，在江南一个山清水秀的村庄，因为交通不便，家里经济条件不是很好，很少买高档的水果。

那年，雨露刚刚参加工作。实习期的雨露干的是需要三班倒的工作，元旦和春节没有假，回不了家。

元旦前一天，父亲专程来雨露工作的厂子里看她，雨露高兴极了。

由于弟妹都在念书，雨露工资已经往家里寄回去了一些，自己手上所剩无几。几年大学，家里已经倾其所有，加上两个妹妹都在上大学，经济拮据。

看见父亲，雨露很开心。和父亲在单位食堂吃完饭，逛到了副食商场，雨露看到超大的红富士苹果，眼睛一亮，心扑扑直跳，她想了想，要狠心买两个，一个让父亲尝一尝，另一个带到岗位上，送给师父。这两个苹果特别好看，红艳艳的，又圆又大，这样想好后，雨露挺高兴的，大不了父亲走后，吃两周咸菜就馒头。

她挑了两个又大又红的苹果，称好，交完钱，小心地将苹果装进包里，生怕冻坏了。

回到宿舍，雨露将苹果洗干净，一个递给父亲，另一个用一块好看的手帕挽了个花，包起来，很快地塞进包里。她怕自己忍受不了那醇香的诱惑而咬一口。她反复叮咛父亲吃，然后借口到水房转了一圈，估摸着父亲已经吃完了，才回来。

回到宿舍，摸了摸包里的苹果，稳稳地躺在包中央。一种暗暗的喜悦袭上了雨露的心头。雨露轻轻地爬上床，甜甜地睡了。

第二天是元旦，雨露上头班。早早地起床，匆匆擦了把脸，跳上厂里的接班车，还不时用手按按包里的苹果，仿佛按着一个宝。很快来到了厂里。

交完班，一阵检查过后，师父和一些同事又说又笑地评东论西，喝着茶，吃着东西。

雨露坐在一角静静地等着，一直等到他们安静了下来的时候，雨露牵着师父的衣角把师父带出了办公室，走出办公室，来到换衣间，雨露将自己精心挑选包装的那个最大最红的红富士苹果，从包里小心地取出来，双手递给师父。“一日为师，终身为父。”雨露笑着对师父说：“师父，祝你平安幸福，好运不断，来年像这个红苹果一样红红火火。”

雨露心想，师父拿到苹果一定会高兴的。可是，师父接过雨露手里的苹果后，怪声怪气地说：“叫我来，就为这么点小事儿？”

还没等雨露解释，师父皱了一下眉，拿着这个红富士苹果走进了办公室。她带着嘲弄的口吻，大声说：

“哈哈，给你们讲个笑话，雨露刚才把我叫出去，悄悄地塞给我一个苹果，你们说可不可笑？哈哈。”

大家哄笑着，雨露从脸红到了耳根。师父笑着看雨露，雨露脖子里的汗水直淌。走出办公室，眼泪不争气地流出来。身后的笑声，此起彼伏。

雨露静静地坐在院子一个不显眼的一角里，嘴唇干裂，她一动不动，一直等到笑声慢慢地降低。雨露发誓一定要赚更多钱，请全班的人撮一顿。

雨露送给师父的那个红富士大苹果，一直摆在操作台上。几天后，变得蔫蔫的，一直没有人吃。关于雨露的笑话，在各班流传着。

以后的日子里，雨露会尽量离师父远点，除非她叫自己，否则不会自动靠近她。同时，她发誓，一定要想办法多赚点钱。工作之余，雨露开始当家教，收入一半存着，一半寄给父亲。

半年后，雨露请师父和班里的人在小餐馆里，喝着泸州老窖，就着18种精美的菜肴，大家开心地笑着。那个皱巴巴的红富士大苹果在雨露眼前晃动着，她的心里五味杂陈。

不久，操作室门前电缆沟冒着一丝青烟，此时正值雨露急匆匆出来巡检，她正要踩踏到电缆沟上面的预制板盖子上时，被冲过来的师父一把拉了回去，两人一同摔倒在地，随着轰隆隆一声炸响，她要踩上去的那块预制板和其他电缆沟的盖子一起飞向了半空，炸成了碎片。见她脸色惨白，师父将自己手里吃了一半的苹果递给了她，一股暖流涌上了心头。

（原载于1989年3期《青年作家》）

噩梦终止的地方

清晨，羽珊从噩梦中醒来，看看手机，时间还早，想继续眯会儿，耐不住窗外鸟鸣，无法再度入睡。出了楼道门，吸着净化了一夜的空气，对自己选择早早出门的行为佩服不已。

一路上，羽珊都在回想昨晚那恐惧的梦：她又被关进黑房子里，蛇在脚下蠕动。她想逃出去，可房子没有门。羽珊惊醒，浑身是汗。

从高一开始，她时常梦见这个黑房子，每次都让她心痛。现在当老师了，还做这样的梦。

开学第一天，羽珊早早地来到校园后的小花园，准备走几圈再去办公室。一个头发凌乱、衣衫旧旧的女孩在读外语，口语拖着浓浓的后鼻音。

羽珊像被钉住了，双腿走不动，这个女孩多像当年的自己啊。北镇人的舌头大，后鼻音重。半个多小时后，羽珊一遍遍矫正女孩的读音，直到她将几个关键单词读准后才离开。

走进教室，她莫名其妙地去开了灯。学生提醒她：“老师，浪费电。”她说：“我看你们都好像还没睡醒一样。”有些学生揉着眼睛，打着哈欠。羽珊看见小花园里读英语的女孩和卓一凡同桌，她是全县中考第三名的小艾。羽珊领读两遍，问：“哪位同学背会了课文，举手。”

举手的学生只有几个，小艾举起手又放下了。她没了早先的从容，畏畏缩缩的样子和别的学生格格不入。快下课了，小艾还拿着笔帽玩。卓一凡捣了她一下："老师叫你呢，别玩了，背。"

小艾结巴得厉害，哆嗦不止。

羽珊脑海里响起了自己上高中时，英语老师童妍的呵斥声："坐下，你给我坐下，谁叫你背啦？烦人！我叫的是你同桌！"童妍尾音放低，由呵斥降到讨好。

羽珊吓得哆嗦着。童妍老师瞪了她一眼，吼道："羽珊，杵那干吗？还不坐下！"

羽珊满脸通红地把头缩进桌子里。童老师翘着下巴，轻蔑的表情狠狠地砸在羽珊的眼眸里，很疼。羽珊哆嗦着，"这是七十多人的班级呀，童老师。"羽珊心里嘀咕着，眼泪涌上眼眶。

几个调皮的同学呵呵笑着："哪里来的土包子，头发污唧唧的，脏死啦。哈哈。"一阵哄堂大笑。羽珊恨不得找个地洞钻进去。

天空暗了下来，云朵遮住了太阳。教室里冷飕飕的。羽珊从乡校拔尖到市重点高中，第一堂课发生的事儿，成了她多年恐怖梦的源头。

那晚，羽珊梦见自己一人在黑房子里，怎么也走不出去。多年来，这个梦反复做了无数次，每次醒来，浑身都被汗水浸透。

想到这里，羽珊抿唇笑着，指着小艾："你，小艾，站起来背课文。"

小艾结巴得厉害，牙齿在打颤，就这样结巴着，羽珊却说："别怕，锻炼几次，就好啦。"

羽珊的课上，只要有朗读或背诵，小艾都会站起来，一次、两次……一百次。小艾的朗读慢慢变好，普通话也熟练啦。

羽珊看着卓一凡的脸，很像她高中同桌陈小茵，似乎陈小茵就在眼前。

那是高一第一学期的某一天，最后一节课下课后，陈小茵约羽珊去操场。陈小茵说："羽珊，你回家把衣服换一换，别老穿得那么土气。头发上扎的毛线取下来，换成皮筋。乡下人的这身打扮，大家会看不起你，知道吗？你的作业借给我抄，我们做朋友，好不好？你同位的爸是部长，我爸是工会主席，我妈是医生，有事找我，准行。"

"可、可我家乡遭水灾，这身衣服和扎头发的毛线还是救济的，算最好。"

"哦，这样啊。你作业天天借我抄，借不借？"

"借。"

"好。我们做最好的朋友，一言为定，我罩你。"

第三天下午，陈小茵说："放学后在门岗房等我。"她将一个鼓囊囊的大布袋子交给羽珊，低声说："这是我不穿的衣裤和鞋。你回家换上。哦，对了，还有扎头发的皮筋、洗发水、作业本和中性笔。不要拒绝！昨儿抄你作业，全对，我父母表扬了我。让我和你交朋友，这些东西是他们让我给你的。谢谢你，羽珊，以后你的作业做完，给我抄就行。"

"好。"接过作业本，陈小茵笑笑地走开。陈小茵和她的朋友作业准确率高，被各科老师表扬。他们的友谊直到二人都当妈了，还在。

遗憾的是高中三年，羽珊没有再被老师提问过。师范毕业后，锻炼了一周，才能正常上课。

羽珊看着小艾大胆背诵课文，咧嘴笑着。

操场上，阳光明媚，学生们的笑声回响着。小艾笑着和大家一起跑操、扔铅球。看到这一幕，羽珊长长出了口气。她仿佛从一个黑屋子里走出来，不适应外面的阳光，眯了眯眼睛，然后睁开眼睛，看见阳光里都含着笑。

北京下了一场小雪

元旦放假，晴朗的天空忽然飘过一朵朵雪花儿，这样的天气像流星雨一样可遇不可求。几个堂姐妹听说温言和刘志安，给侄女刘妍妍在京城买了房，她们从天津开车去祝贺。

堂姐妹一到北京，就张罗着买菜买肉，大伙儿动手做饭，热热闹闹地吃了开火饭，啧啧赞叹屋子空间大，光线好，位置好。堂妹说，这房子好像缺点啥，有点儿空。堂姐说："对，缺书柜和字画等装点门面的文化气息。"

刘志安不屑一顾地说，前房东是教师，也没书柜书桌，要那东西没用。现在网络时代，啥东西都可以在网上查。

堂妹撇撇嘴，没说话。堂姐低声说："没品位，跟暴发户似的。怎么教育孙子？"

外面的雪花儿飘飘停停。天空有些暗，大家很快就回家了。

周末，堂姐妹约上温言去逛街，几个女人叽叽喳喳建议买书柜。他们说："有书，小孩也能看，可以提高家的档次，带点文化气息，脱俗。否则，没质感。"

"有道理。"这正合温言心意。她想买，又怕刘志安发凶，不敢。

几个当大学教授的堂姐妹，鉴于温言的优柔寡断，热情地替她"先斩后奏"。在网上买了一款高档书柜，这尺寸是她们事先悄悄量的，作为礼物送给刘妍妍的新家，放在书房，刚好。

两周后，书柜到啦。那天阴云密布，雪花儿飞飞。温言看着外面的雪，有点发怵。想到刘妍妍和女婿在家，书柜是客人的礼物，刘志安也许会收敛点。不看僧面看佛面，她希望能“逃过一劫”，不至于“死”得太难看。

快递小哥送书柜的那会儿，漫天的雪花飘着，天空很暗。书柜送到客厅，刘志安一见，破口大骂：“畜生，塞东西进来。滚，我女儿家也敢做主，谁给你的胆量。滚！老子买的房，滚，滚远点。不要脸!”

刘志安黑着脸，唾沫星子如果能杀人，温言早已“死”得体无完肤。她连解释的机会都没有，恨不能找个地缝，钻下去。

刘妍妍听不下去，弱弱地说：“老爸，至于嘛？就是个书柜么，家里正好用得着，别这样对妈妈好不好？再说，书柜也不是妈买的。”

刘志安往手心吐了一口唾沫，跑进厨房，提上菜刀冲出来，眼露凶光，大吼着冲向温言。

温言有些怕，当年的雪，掩埋了她的青春。那天下着雪，她从工地回来，被藏在宿舍附近的队长儿子刘志安“那个”了。她跑，腿被砍伤，雪地上滴了一串红红的血，像梅花。他把她拖进屋，泪水流干，嗓子喊哑，也没人救她，她的心像雪花一样冰冷。后来有了刘妍妍，不得不嫁。

眼泪涌上来，温言一阵哆嗦，逃出屋，钻进小雪里，浑身颤抖着躲到宾馆。

第二天早上，温言接到刘妍妍的电话。刘妍妍哭着说，她煮好面条，急着要去上班。可刘志安蹲在卫生间不出来。她怕面条坨了让他快出来吃，他不。过了很久出来，面条黏在了一起。他大吼：“和你妈一个怂德行，一丘之貉，做猪食呢？黏糊糊的，还让人吃。狗食。”

刘妍妍把面条倒掉，从冰箱取出面包和牛奶。刘志安更生气了，怒气冲冲地跑进厨房，把锅、碟子和碗都砸碎了。“乒乒乓乓”很响。

刘妍妍吓得缩着头，哭了。弱弱地和他讲理，他不听，大喊着要订机票回老家。在手机上定好票，把照片发给温言，说温言和刘妍妍是白眼狼，要求她们必须把书柜退了，否则，他把电视机、电脑都砸了。刘妍妍在电话里哭着诉说个不停。

温言看着窗外的雪花，冷得哆嗦了一下。咬咬牙说：“妍妍，别怕。我让堂姐把书柜退了，你让快递拉走。”

刘志安一遍遍打电话，温言不得不接。电话一通，刘志安恶狠狠地说：“温言，你没把刘妍妍教育好，敢和老子顶嘴，以下犯上，有大罪。你必须在家庭群里，公开道歉。”

刘志安说他准备在书房放麻将桌，他说一句摔一件东西，很响的声音震得温言耳膜痛。

温言怕女儿女婿和小外孙受夹板气，闹得整个单元楼鸡犬不宁。她咬着嘴唇，在微信群道歉。刘志安高兴了，咧嘴笑着，发了无数个得意的表情包。

这笑声如雪花飘进温言的心脏和肌肤里，透心冷。

第二天凌晨，雪花飘飘。刘志安回哈尔滨老家。刘妍妍把他送到飞机场，留他多住几日。他说他要回去看他的马料够不够，那天，哈尔滨正下着一场很大的雪。

刘妍妍要上班，孩子没人带，让温言帮忙。温言迟疑了一下，答应了。

温言去刘妍妍家的那天，北京正下着一场小雪，还刮着风。

半夜狗吠

纷纷扬扬下了一夜的雪，终于渐下渐止。这雪后初霁的清晨，万籁俱寂。或近或远的延寿城在雪光映照下，分外明净。

牟晓敏给儿子做完早点，又上床睡了。她梦见两个人，一个是六楼的范伟，踩着雪花般的白云，向蓝色天空飘去。一个是五楼的聂小青，穿着白色的长裙，裙子好像是雪花做成的，她像凌霄仙子般，频频挥袖，向下落去。

牟晓敏伸手想抓住聂小青的手，可是够不着。正努力地伸手拉近他们的距离时，一阵急促的敲门声惊醒了她。

"开门，开门！"

她匆匆套上衣服，打开门，两个身穿警服的民警站在门口。她一时间还没有反应过来，愣神的时候，民警问，楼上范伟和聂小青死了，你是否知情。

沉沉天幕下的大千世界，仿佛凝固了，一切生命都悄悄进入了梦乡。牟晓敏睡得正香，"咚"的一声巨响惊醒了她。觉得有重物从窗前落地。她顾不上多想，踏着拖鞋，跑到阳台上，推开玻璃窗，将脑袋伸出窗外。

楼下除了挂雪的蔷薇枝和老柳树外，没有什么了。倒是西北风顺着她刚刚打开的窗户，强刮进来，醉汉一样旋转着，在阳台上打了个旋，没了踪影。

牟晓敏被冻得打了一个寒战，急忙拽紧睡裙的带子，睡裙紧贴着身子，都还有些冷。她打了一个很响的喷嚏，自语道："塞外延寿城的冬天冷啊，西北风将楼上冻肉刮了下来，抑或是小区那只无尾巴的大野猫找吃时，将谁家窗台外的东西扒拉了下来。睡吧，明天还要扫雪。"

牟晓敏想起了自家男人，这个时候，他还在大雪覆盖的深沟井台上扶刹把，不知道他穿得够不够多。迷迷糊糊地唠叨着，关了窗，回到床上，躺下。

雪光隔着窗帘透进一丝弱弱的亮光来，一阵阵凄厉的狗叫声冲破寒夜的寂静，如泣如诉，如怒如怨，听得她毛骨悚然。她奇怪了，楼下怎么有这么多条狗狂吠？狂吠声由最初的一声，变成了几重奏。园区不是一直在打狗吗？怪啦。

她翻了个身，又想起在野外上班的男人，现在才过去半个月，上完一个月班才能回来。她走进儿子的房间，见儿子睡得挺香，外面的声音对他没有影响，才安心地回到床上。

狗的叫声凄厉地传播着，久久不肯散去。她侧耳细听，是五六只狗在狂吠。她想起了中午在楼道碰见六楼范伟和肖玉华两口子的时候，脊背就生出了一种凉飕飕的感觉。在四楼楼梯转角处，范伟摇摇晃晃地走着，脚下不稳，楼道里怪异的刺鼻味儿直冲鼻腔。从一楼上来，楼梯上满是范伟醉酒后的呕吐物。范伟的嘴一张一合，"哇哇哇"地将肚里的食物一股脑儿喷洒出来。一丝丝黏黏的东西挂在嘴角，垂到地上。他的衣服、裤子和鞋上也是呕吐物。他脚下不稳，身子忽东忽西地飘忽着。

他老婆肖玉华走在范伟前面脸色铁青，带着不满的口吻："喝死去吧，总也不听劝，每次都喝成这样，说你少喝，还骂人。就知道喝喝喝，看喝成什么样子了！这次，我再不管你了。谁管你，谁是狗。"

她领着歪歪斜斜的范伟朝楼上的家中走去。不大一会儿，又拿着簸箕和拖把出来了，开始打扫楼道的卫生。

西北风像个醉汉，在楼前楼后游荡着，时而放开喉咙狂怒地咆哮，时而疲惫地喘着粗气。搞完卫生，肖玉华穿上棉衣去上班了。她是小学老师，极爱干净。这天下班，便赌气去了亲戚家，第二天早上也没有回来。当民警告诉她，范伟死在了卧室的地上，满身是呕吐物。他是被呕吐物堵塞气管，窒息而死。她脸色白得像纸，她的预产期在两个月后。

夜里，西北风的吼叫声和群狗的狂吠声此起彼伏。牟晓敏从儿子房间出来，想起了自己男人大口喝酒和大口吃肉的样子。摇摇头，儿子和他太像了。她叹了一口气，矿区的雪一定不小，想打个电话，又怕影响他休息。

躺在床上，慢慢地，她想起了五楼的聂小青，刚退休半年，她就被查出患鼻癌，四次化疗后，瘦得皮包骨头。可她还要照顾年过八旬的母亲，自己病情也要瞒着母亲。丈夫陪她化疗回来后，去山里上班才一周，女儿在外地读大学。

夜里，聂小青常常被疼痛折磨得哭泣不止，低低的哭声断断续续已经持续两个月了，一度让牟晓敏失眠。聂小青曾对牟晓敏说，她想变成一只鸟，仙子般从高空飞走，远离疼痛。

清晨，西北风停止了，狗吠声也停止了。

牟晓敏困得不行，给儿子做完早点，上床后很快睡着了。她没有想到聂小青真的像她说的那样，乘着雪花飞走了。

牟晓敏顺着民警的目光望出去，一身蓝色裙装盛开在红白相间的两棵蔷薇树间，异常醒目。

两个月后，范伟的老婆肖玉华胜诉。和范伟一起喝酒的那桌人，判赔25万元。那天，肖玉华将钱交给范伟父母时，一丝弱弱的光，漫不经心地从云里爬出来。那晚，肖玉华产下了一个娃娃，起名范小米。

范小米

范小米已经2岁半了，还是不会说话，整天和一堆玩具在一起，也懒得理人。每天只是反复地做一件事，把玩具摆在桌子上排队，要排得很整齐，不允许别人打乱他的规则，东西掉了也不会自己捡起来，他要什么东西，就会牵着范天宇的手去拿，或是一直指着。

对儿子的这些异常行为，肖玉华视而不见。

自从她赌气离家，丈夫范天林醉酒后被自己呕吐物堵塞气管窒息死后，她就成了这副木讷的样子。遗腹子范小米出生后，她不理他，觉得好像他在肚子里闹腾得太厉害，她才忍受不了范天林醉酒，才搬出去住的，他才因此出事。

范小米出生后，肖玉华没有奶水，也不管他。没办法，奶奶梅玲就把喂范小米吃奶粉的任务，交给了范天宇，也就是范天林的弟弟。

范小米一岁多的时候，有次他蹒跚地走到肖玉华跟前，趴在她腿上，她皱着眉，一把将他推开了，还瞪了他一眼。直到2岁半，她还没有给过他好脸色。这天，他走到距离她不远的地方弄玩具。她的目光正好也在那里。她看着他黑嘟嘟的眼睛，肉乎乎的小脸上，似乎有了范天林的影子。就在小家伙的脸蛋上捏了一把，他呵呵地笑着。看到她不排斥小米。范天宇笑着走过去，把他提起来："去妈妈的怀里，让妈妈抱抱。"

肖玉华看着范天宇：“今天，我、我想和小米在一起休息。”

“好啊。是你一直要一个人待着的，对着我哥的照片发呆，对小米和我不管不问的。”肖玉华伸手想把范小米抱过来。小米眼神怯怯的，直往范天宇怀里钻。

范天宇抱着小米到房间，肖玉华跟着进来了。范天宇把衣服一件件给他脱了，问他去不去洗澡，他摇头。范天宇拿了睡衣一件件给他换上，肖玉华怎么看都觉得小米有问题。她说：“小米，你不小了，自己能做的事儿要自己做。”

范小米眨巴着黑白分明的眼睛，看了一眼她，没回答。范天宇给小米换完衣服，小米不睡，坐在床上继续玩。肖玉华问：

“小米看见我，怎么一点反应也没有？”

“他不会说话，你让他有什么反应？而且你也一直不理他的。”

肖玉华一愣：“都会走了，还不会说话？”

“你听过他说话吗？”

“他也听不见吗？”

“听得见。”范天宇打了一个响指，小米转身看了他们一眼，继续玩。

肖玉华皱眉：“为什么？”

“他从小不爱说话，是个自闭的孩子，只是偶尔高兴时，才会像正常孩子一样靠近人。”

一阵沉默后，范天宇把小米提起来，放到肖玉华的怀里，说：“你抱着他的时候他很高兴，只是每次你都不愿意理他，渐渐他就习惯了你这样的一个母亲，可能你影响的，抑或先天不足，反正就成这样了。”

肖玉华搂住小米软软的身子，哭了。

第二天，在市中心医院，医生说：“你们回去吧，我们现在也没有特别的办法，就看小米以后肯不肯说话了，如果他愿意说话，恢复很容易的，但就怕他不肯开口。”

那天之后，肖玉华就开始教小米说“爸爸、妈妈”，一次次地教。娘俩吃住都在一起了，但四岁了，小米还是不会说话，就连妈妈也不会叫。不过，肖玉华也不教他哑语，一有时间就和他说话，他不说，她心里急，也不表现出来。

梅玲过生日，范天宇带着小米回家了。

范小米的出现让梅玲激动得落泪。重孙子不会说话的事儿像一块石头压在她胸口。她拿着玩具车，看着小米说：“小米，叫祖奶奶。”

小米不理梅玲。他朝后看了看，没有看到肖玉华，不高兴了。

他一个人躲在角落里，默默地玩。梅玲带来其他小朋友凑到他身边，他也不看，有时还会挪到另一个地方，只跟自己玩，排列玩具，盯着电风扇看，要不然就是躺在地上不起来。梅玲把他带到广场，他只是低头反复地在广场一边走来走去的，梅玲在后面跟着，看着他小小的背影，心里特别难受。

第三天晚上，小米开始哭闹，在房间里摔东西，那真是摔得厉害。把房间里能摔得都摔碎了。他一阵儿转圈，一阵儿踮脚走路，一阵儿躺在地上打滚。

范天宇接到电话赶过来的时候，小米正哭得很厉害。他走进去，小米转身看见他，仰起头哭得更凶。不管怎么说都不行，扯着嗓子大哭。范天宇立刻将他抱了起来，在房间里晃来晃去地哄。

“让开，奶奶。”范天宇抱着小米直接出门，开车找肖玉华去了。

范小米看见肖玉华，立刻不哭了，他趴在肖玉华怀里抽泣着。肖玉华抱着他，也不舒服。

范天宇说：“跟我去奶奶家，一起照顾小米。嗯。最近我在那边上班。”

“好。”肖玉华打开车门，抱着小米坐进车里，范天宇开车离开了。

范天宇停好车，去敲门。肖玉华拉着小米打开门，范天宇进门把小米抱了过去，他有些被吓到了，抱着范天宇咬了一口。这一口咬在了范天宇的脖子上，肖玉华听见他闷哼了一声，抬头去看，见范天宇一只手紧抱着小米，一只手朝着她摆了摆，示意她不要说话。

肖玉华没有吭声。小米一直狠狠地咬着不松口，血都流出来了。她一脸震惊地看着范天宇，范天宇抬起手轻轻拍着小米，走到床边坐下，还是轻轻地拍着。过了一会儿，小米睡着了，闭着眼睛靠在范天宇的怀里，肖玉华拿来药，给他消了毒。

小米一直钻在范天宇的怀里，紧紧抱着他不放手。范天宇的身体靠在一边的墙壁上。肖玉华皱着眉：“怎么办?”

范天宇说：“在奶奶家，他害怕了，看不到你，以为你和我不要他了。他觉得是我让他在这里的。”

肖玉华给范天宇包扎好后，又给小米擦了擦嘴。小米忽然颤抖了一下，吓得她一颤。范天宇立刻睁大眼睛，轻轻拍着小米。小米把脸靠在他的怀里，安静了。

肖玉华这才坐下来，注视着范天宇憔悴的脸，道：“你给我吧。”

“你也没休息，别换了。”范天宇把鞋子脱了，躺在床上，抱着小米，亲了亲他的头。

肖玉华看着范天宇：“你为什么了解这个病?”

“我小时候，失去爸爸妈妈后，我就是这样的，做梦都要妈妈爸爸。”

肖玉华长出了一口气，看见范天宇和小米睡了，就去洗澡。洗完澡，打开门的时候，他就站在门口。肖玉华愣了一下，把浴巾朝着胸口扯了扯，担心被看到什么。这几年，除了孩子，他们就没有其他交集了。范天宇注视着肖玉华说："我要方便。"

肖玉华让开，想让范天宇进去，但范天宇没动，一直站着。肖玉华想要出去，被范天宇拉住了手腕，"我们结婚吧，为了小米。"

肖玉华有些惊慌："你哥哥……"

"都三年多了，除了这，你还有什么借口？难道你真的要逼疯我和小米？"范天宇忽然堵住了肖玉华的嘴，肖玉华整个人愣住了，浑身僵硬。范天宇停顿了一下，伸手把她搂抱了过去，用力亲吻起来。肖玉华愣了一下，开始回应。

肖玉华睡醒的时候，是和小米睡在一起的。小米紧紧地搂着她，她看了看周围，范天宇不在房间里。她看了一眼自己胸口，都是吻痕。

躺了一会儿，肖玉华揉了揉儿子的小脸，小米睁眼看着她坐起来，在房间里面找了一圈，没有找到范天宇，立刻不高兴了。光着脚跑到门后面，坐下拿玩具。

肖玉华立即给范天宇打电话，范天宇来了。

范天宇进门的时候，小米正趴在肖玉华怀里，生闷气。看到范天宇进来，他立刻从她的怀里下去。范天宇弯腰把小米抱了起来，低声说："我去楼下看了看车，你害怕了？"范小米晃了晃脑袋，说："爸爸、妈妈在一起。"

范天宇呵呵地笑了一下，看了一眼满脸通红的肖玉华，两人交换了一下眼神。范天宇说："好，在一起。"

肖玉华说："我、我们本来就在一起。"

"不，在一起住。"

"那我们以后，就一直住一起，好不好？小米。你问问妈妈，她愿意吗？"

范小米真的能说话了。

（原载于2021年《北方作家》第1期）

戴上帽子

早晨的太阳明晃晃地照着大地，给所有的树梢和建筑都涂抹上了一层好看的亮色。晓鸥习惯性地早起，难得的一个星期天，她却睡不着，到楼下吃早点。

下楼来，刺眼的阳光照得她流泪。西北的阳光真强啊。她眯缝着眼睛来到小吃店里，大声说："老板，两根油条，一碗豆浆。"

说完，就坐在了一个空着的凳子上，等着油条和豆浆上来。

"晓鸥，你吃早点来啦？"一个很洪亮的声音从耳边炸响，晓鸥吓得一下子从凳子上跳了起来。听见这声音，她几乎条件反射似的，做了个夸张的动作，去摸脑袋。

多么熟悉的声音，在记忆里生根发芽。她习惯性地看看自己的衣服，又慌张地摸摸脑袋，看看手有没有戴手套。"呵呵，好你个李老汉，还这么吓人！"要不是在小吃店碰上，她差不多将他忘记了。

朝阳将李老汉高大的身影投在餐桌上，形成了另一个造型，装置操作台上的影子图。晓鸥高兴地笑着。

晓鸥大学毕业后刚进炼油厂那会儿，李老汉已年过半百，是炼厂龙头装置的安全员。年轻人都怕他，尤其怕听见他洪亮的声音。

李老汉专爱喊人，挑人毛病，看哪个人没戴安全帽，哪个人没穿工服，哪个人下罐的时候没有戴防毒面具，总之，新员工远远看见他就躲，或赶紧将劳动防护用具戴上穿上。

李老汉的穷追不舍，弄得大家都烦他。李老汉一天好多次去装置，到处乱转着巡检，工人们在他的监视下，无可奈何地都要按照操作规程办事。

说实话，大家并不是全怕李老汉的声音，而是怕李老汉手里的那个小本本。那本子是车间的安全生产记录本，班前班后会上要读，主要记录违章的人和事儿。谁违章要扣谁的分外，还扣班组的分，影响班组和车间的分数，相当于影响了奖金的分配。

同样上班，你的分被扣了，工资和奖金就只能拿别人的一半，你肯定心有不甘，难道谁比被谁差？鉴于此事儿，大家私下叫李老汉——李咋呼。而他的大名，少有人知。

二十多年过去了，白发斑斑的李老汉声音还是那么洪亮。

“晓鸥，帽子呢？太阳这么强，你怎么不戴凉帽！这样会把皮肤晒黑晒伤的。”李老汉中气十足地说着。

一声激起了千层浪，一个久远的记忆出现。那是一次技改后，操作最不稳的日子，晓鸥在热油岗位实习，塔内压力超高，回流不稳，热油泵垫子刺了，污油满地。搞卫生的晓鸥听见一声大喊：“戴帽子，戴手套。”

李咋呼笑着看着晓鸥，说：“别忘记戴帽子。”

晓鸥看着李老汉，递过去两个剥好的鸡蛋，问：“李师傅，您的身体好吗？您的声音还像当年一样洪亮，今年高寿多少？”

“86岁了。身体很好，看见你的时候，你是小姑娘，现在孩子都工作了吧？”

“是的。李师傅，我请您吃早点——为了帽子。”

小吃店外，阳光灿烂。李老汉将他的帽子递给晓鸥，晓鸥笑笑地接过去，小心地戴在了李老汉的头上。李老汉笑了，晓鸥也笑。

（原载于1992年11月《石油工人报》）

堂兄弟

夜幕降临，西部啤酒广场上，灯火通明，人来人往。吆喝声、划拳猜令声，此起彼伏。

在靠边的一个摊位上，吴思和吴柳喝得正欢，闲谈中，得知对面的堂妹吴晓心情不好，刚刚被男朋友小董退婚。他俩摩拳擦掌地要为堂妹撑腰，鸣不平。

吴思大着舌头说："我要把小董那小子狠狠地捶一顿，让他长记性，竟敢甩了我的妹妹，还退了婚，简直活得不耐烦啦。"

吴柳抢着说："这么好的姑娘，哪里去找？小董这么嚣张，看我怎么收拾他！我一定让他皮开肉绽！"

堂兄弟俩的舌头都大了，抢着说话，为给吴晓"报仇"，机关枪似的话，挡也挡不住，似乎他们决心已定。

吴柳在语言上占不了上风，急啦。高声叫喊着："老子让他有好看的，我非揍死他不可！"

吴思不愿意了，直着舌根子，指着吴柳："你说你是谁的老子，竟然敢骂我，你活腻啦！"

堂兄弟大吵起来，桌子上的亲朋好友劝他们坐下来，好好说话。可是他俩越说越激动，掀翻桌子，提着凳子打起来。兄弟俩脸红脖子粗地干仗，场面混乱。

有人拨打 110，有人拨打了 120，地上的血流了一摊。

吴思的肋骨断了几根，吴柳的头破了。两个伤者被送进医院，民警到吴晓家调查情况。第二天，吴思和吴柳醒后，给单位打电话请了假。说起请假原因，吞吞吐吐，和日常的能牙利嘴不同。吴晓看着他们，摇摇头。堂兄弟俩，怎么说打就打呢？吴晓的爷爷很生气，说儿子教女无方，让他赔伤者医药费、误工费和精神损失费2万元。

儿子拒绝赔偿，称年轻人喝酒，与他女儿没关系。

吴晓的爷爷说："打架的原因是你女儿退婚，屁大点事，累及我两个孙子，该赔！"儿子装作没听见，躲开了。

他把儿子告上了法庭，向他们索赔5万元，包括药费、精神损失费及住院费。法院调查取证，吴晓的爷爷败诉。

夏日的傍晚，西凉啤酒广场，吃烧烤的男男女女中，几个大舌头的醉男站起来，嚷嚷着，摇晃着，要和对面的汉子比酒量。

三生岛

窗户是开着的。

外面，夜色正沉，安静得只有虫子和青蛙的声音。灵欣欣听着卫生间里的水声，估摸着时间差不多时，唤了声："爷爷，您洗好了吗?"

滴答！滴答——水声颇有节奏地响着，但没有回应的声音。

一连唤了几声，没有得到回应。灵欣欣的脸色有些不好看了，急忙推开门奔进屋："爷爷，爷爷?"

卫生间的窗户大开着，哪还有什么人？只有一件湿衣服，挂在门把上，滴答滴答地滴水。

他慌忙跑到外面，大喊："爷爷，爷爷，您到哪里去了？等等我。"

爷爷灵伯辰竟然爬出窗户跑了。

今年十一，是爷爷 80 岁的生日。灵欣欣在衡水湖农家乐订了包间，想一大家人在这里吃住几天，玩个够。

灵欣欣找到灵伯辰的时候，他正躲在一棵花树下吃橘子。他嘿嘿笑着，说："我要回家。我不想让肖云不高兴，我怕她。"

灵欣欣叹了口气，将爷爷送回房间，她知道爷爷和母亲肖云有嫌隙。

儿时的经历让灵欣欣常常睡不踏实，直到定下衡水湖农家乐游湖的事儿后，她才睡了个安稳觉。

那年国庆假期，肖云带着 5 岁的灵欣欣，第一次到公婆家探亲。

那天中午，一桌子丰盛的饭菜摆上来，灵伯辰笑呵呵地拍着灵欣欣的脑壳，说：“我的乖孙孙，多吃点。”

团聚的气氛在菜香和酒香里热闹起来。灵伯辰拍着灵欣欣的脑袋说：“欣欣，你第一次来冀中，好好吃鱼。吃完，爷爷带你划船去。”

肖云看着灵伯辰的那双手，瞪着眼珠子，说：“你拍欣欣的脑袋干啥？把他拍笨了。”

灵伯辰笑哈哈地说：“怎么可能！我儿子的脑袋，我从小拍到大，也不笨！上了天津大学嘛。”

肖云瞪了灵伯辰一眼，眼底的温顺顿时消散得荡然无存，取而代之的是冷意，她的眼眸在屋里转了一圈，落定在灵伯辰手上。她嘀咕着：“没有文化真可怕。娃娃的脑袋能拍吗？”

几杯酒下肚，灵伯辰很激动。长孙灵欣欣 5 岁了，还是第一次见面。看着白白净净的娃娃，像极了儿子小时候的样子。他又拍拍灵欣欣的后脑勺，大声说：“好好吃，宝贝儿。”

肖云一把拍掉灵伯辰的手，愤怒地说：“太气人了！还拍！把你的手拿开。”

灵伯辰吃惊地看着肖云，说不出话来：“你，你……”

肖云见大家目瞪口呆地看着她，一把掀翻餐桌，踢倒凳子。拖着吓哭的灵欣欣，扬长而去，回了吐鲁番。

肖云再也没有到过冀中农场。自此后，灵欣欣浅眠，有点风吹草动都会惊醒，鲜少能睡好觉，哪怕是用药物辅助，也不能睡踏实。

大学毕业，他在天津一家音乐网站工作。自从定好了全家在衡水湖农家乐团聚的事儿后，睡得格外沉，还做了个梦。

在衡水湖畔团聚，意义特殊。早先，灵家的宅基地就在衡水湖景区生态主题公园的入口处。当时，建衡水湖公园时，需要住家户搬迁。好多人不想走，舍不得祖上的老屋，搬迁工作难以启动。

灵伯辰说："我是党员，要带头。"

他主动搬迁，还不要国家的赔偿，只提了个条件，他说："衡水湖公园建好后，我要当保安，在这儿看公园，守卫衡水湖。"

他搬了家，几个堂兄堂弟也跟着搬迁。有人带头，呼啦啦，大家都动了起来。搬迁工作提前3个月完成。

公园建成后，灵伯辰一直在景区当保安。休息的时候，也来公园转几圈，整理花呀草叶的，还捡捡黄叶和垃圾什么的。一晃20多年，他拿上了退休金，还仍然守卫着衡水湖的和谐和美丽。

灵欣欣有空，就陪灵伯辰去衡水湖畔当志愿者。看着清澈的湖水，宽阔的环湖道，想起肖云和灵伯辰的关系，叹了口气。

又是一个国庆节前，灵欣欣又一次邀请肖云来冀中。肖云说："我来不了。一是有疫情不好走，二是单位工作忙，走不开。"

听到肖云来不了的消息，灵欣欣跟灵伯辰很失望。但游湖计划没变。

湖中三生岛是灵欣欣的父亲牺牲的地方——

那个国庆节，肖云第一次跟着男友灵家俊来灵家看望双亲，商量结婚的事儿。

那日湖水澄碧，百鸟婉转，吃完早饭，还没有商量正事儿，灵伯辰叫上儿子灵家俊去三生岛处理沼泽地上芦苇治理的事宜。

刚到岛上，听见呼救声，他们跑过去，见一个孩子不停地呼救。他说他和小伙伴追着玩的时候，小伙伴不慎跌入水中，他们都不会游泳。

父子俩跳下水救人，孩子救上来了，灵家俊却没有上来，腿脚被水草缠绕住了。闻讯赶来的人们捞出灵家俊的时候，他的心脏早停止了跳动。后来，就安葬在了日光森林。

肖云哭得天昏地暗，过不了心里那道坎。对灵伯辰很不满。是他叫家俊出去才出事的。

那个时候，适逢吐鲁番分公司成立。肖云的家就在吐鲁番，她第一个报了名。回到吐鲁番不久，生下了灵欣欣。

灵欣欣这名字是早先灵家俊给起的。

之后肖云再没来过冀中。直到那年国庆第一次来，发生拍脑壳的事儿后，更不想来了。

三生岛上植被茂盛，生机勃勃，鸟儿鸣叫着，飞来飞去。一两艘游船荡悠悠地划着。爷孙俩给灵家俊送完花环，去童年寻梦岛转悠。

肖云悄悄地乘飞机到衡水湖公园，在三生岛的童年寻梦岛，看见他俩后，走过去，大方地说："爸，我来看看您。给您庆生。"

爷孙俩惊得睁大眼睛，肖云笑笑。

一家人围着大餐桌，举杯。红酒溅起的泡泡咕咕响着，蛋糕上的寿桃很醒目。

正午的阳光给大地镀上了一层光晕，庆生歌的旋律在衡水湖上荡漾。

手机铃声

深夜，晓白睡得正香，叮铃铃——叮铃铃——的手机铃声狂怒地响个不停。晓白被吓醒了，看看手机，凌晨3点。

她抚摸着狂跳的心脏，仔细听，这铃声是从儿子刘希的房间传出来的，同时传来的还有刘希的鼾声。刘希加班到夜里2点才回来，这替身演员当的辛苦啊，每天只睡几个小时的觉。

晓白捅一捅身边的男人刘毅，低声说："哎，你去把小希的手机拿到客厅，让他好好休息。2点才回家，挺累的。"

刘毅不大情愿地说："算了吧，小希不让我们动他的手机。别惹得他不高兴。"

"哎！小希2点多才回来，休息不好。经常在外跑，饭也吃不好。我们得心疼他，照顾他。"

刘毅披衣下床，轻手轻脚地走进刘希的房间，将手机拿到了客厅，放到茶几上，回房睡了。

茶几上的手机铃声，时断时续地响着，叮当叮当，叮当。

晓白两口子睡得迷迷糊糊，时不时被铃声吵醒，又入睡。如此反复着。

天微微亮了，手机铃声停了，家里很安静。晓白两口子睡得正沉，晓白梦见刘希像小时候一样，在踢足球。

"咚——"一声震响，睡房的门被一脚踹开。刘希怒吼着："谁让你们动我手机的？说了不让动，总也不听！我老板打电话派活，我没有接听，你们想让我下岗吗？说了多少次，不要动我的手机，偏偏不听！还动！我的手机呢？交出来！”

“在茶几上。”被惊醒的晓白两个人异口同声地说。

“哼！”刘毅的脸色如夜色般漆黑，看着躺在身边的晓白，幽怨地瞪着她，大声嚷嚷着说：“我说什么来着，不要动小希手机！偏偏你让我拿的。我说不拿不拿。你非要让我拿！”

晓白不满地大声辩解着：“我这也不是想让小希休息好嘛，又不是想看他手机。你冲我发这么大的火干吗？”

刘希早已经冲进客厅，拿着手机，边打边甩上门，扬长而去。他开的小轿车驶过窗前，留下一缕白烟，慢慢地往空中扩散着，漫延着，还有一缕从窗户灌进了他们的睡房。

房子里的争吵声继续进行着。晓白和刘毅相互谴责对方，揭对方的短，发泄对对方极为不满的情绪。他们的吵闹声越来越大，越来越高，吵成了一团。

时间久了，晓白吵得口干舌燥，没有力气的时候，败下阵来。她眼泪汪汪，那眼泪像决堤的河水，流个不停。两个肩膀一高一低地抖动着，不停地哭泣着，吸着鼻涕。

刘毅看见老婆抖动的身子，绕到前面，看见她满脸的泪水不住地流着，那泪水将鬓角的白发黏糊糊地贴在额头和脸上，如野草般凌乱。

他嘴角猛地抽了一下，住了嘴，不再和晓白争吵。他和晓白在一个单位工作，从自由恋爱到结婚，生了小希，都没有这么吵过架，如今住在给小希买在北京三环的婚房里，吵翻了天。而小希三十多岁了，目前还没有对象。

他长长地出了口气，待呼吸平稳了一些后，把餐巾纸递给晓白，讨好地说：“哎哟，晓晓，别哭啦！我、我不是故意的，只是……”他的话打住了，不知道该说什么。

洗完脸，他去厨房做早点，晓白带着泪花花吃了。

几天后，他们将房子里里外外打扫干净，换完猫砂，准备回小城生活。

早上，小希出门前，答应晚上早些回来和他们一起吃晚饭。

晚 7 点，一桌子丰盛的饭菜端上来，小希在电话里说他马上到家。8 点，还这么说，并没说让他们先吃，只说快到了。

外面全黑了。晓白一次次到门口等着，没等到儿子。晚 10 点，小希的手机关机了。刘毅说他饿了，晓白热了一下饭菜，俩人开吃。

半夜，喝得醉醺醺的小希拍门，他们不敢问原因，怕小希吼。他们就这一个孩子，舍不得多说一句。

两天后，剩菜剩饭吃完，他们回了小城。过了几天，刘希打电话问了一下他们，才知道他们回去了，只说自己工作压力大。

回小城不久，他们卖了宅基地和祖传的四合院，给小希在北京的单位附近买了一套二手房。不久，小希带着未婚妻回到小城，结完婚又回了北京。第三天晓白的电话响个不停，她从厨房冲出来接起来，是刘希打电话邀请她到北京玩，住先前的那个房子。

蓝　天

盐三在省医院门诊做完检查，住进综合科病房，等待第二天的碎石手术。

晚 10 点，顶灯熄灭。综合科病房的尿结石、肾结石患者都睡了，唯独 9 号床的渺渺，喊着：“疼，太疼了。”

一伙头发怪异的年轻人，围着他说：“渺渺，烧个烟泡，就不疼啦。”

“不，病房不适合烧烟泡。”渺渺说。

术后者床边都吊着的尿袋和血水袋，在地灯反射下，发出怪异的光，看得盐三头皮发麻。想到第二天的手术，他强迫自己入睡。

深夜。一阵奇香呛得他咳嗽不止。他坐起来，看见 9 号床的帘子全拉上了。透过帘子，火苗不停地窜起来，发出啪啪声。

盐三捂着嘴，冲出病房，剧烈咳嗽了一会儿。情况缓解后，回到病房，渺渺不再呻吟。看见盐三，他说：“我和你一样，天明手术。”

“哦，哦。你也是肾结石吗？哪里人？”他们低声交谈。当盐三得知渺渺是他蹲点的那个辖区居民时，说：“巧啊。我们一起出院。”

火车在半山腰上行驶，盘山的车道上，隧道一个接一个。火车就一个接一个地穿洞而过。盐三看着重重叠叠的大山将火车包围，觉得有些沉闷。抬头，就能看见山顶的天，很蓝。一种说不明的情愫涌上心头。

软卧车厢里，渺渺蜷曲着身子，喃喃地说：“我太难受了，烧个烟泡，疼痛会减弱，你不介意吧？术后的伤口，太疼了。”

盐三看着渺渺扭曲的脸，“抢”走他手里的打火机，把一瓶高档口香糖、一盒瓜子递过去：“吃这个更好。”

渺渺嚼着口香糖，看盐三的表情别别扭扭的，气氛有些尴尬。

盐三走出车厢，站在窗前。火车的一边是山林，一边是悬崖绝壁。绝壁下的江水，激流湍急。

盐三皱皱眉，朝前看。前面的路弯弯曲曲，处处险峻。他心里一惊。绿、绿、绿，满眼深浅不一的绿主宰的世界，仿佛回到了远古。

不知站了多久，渺渺出来了。他指着窗外峭壁上，一排排的方形小洞，大大咧咧地说：“这些方形洞是古时修建栈道时，留下来的凿痕。”

盐三看了渺渺一眼，没说话。天空湛蓝，嘉陵江沿岸，古栈道附近的深洞，架过枕木。木头上，韩信的马蹄、诸葛亮的木牛流马，兴许走过。

几朵白云，钻进一棵站在岩上的古松树，跌跌撞撞地穿过山谷，飘向远方。

呼呼的风从谷底吹来，如古松树的歌。盐三觉得自己如那棵树一般，不由得说：“我们进去吧。”

进了包厢，渺渺说：“盐科长，回西城，我就离开用烟控制，开始新生活。”

盐三听得眼睛都笑了，他说：“这才是好孩子。”

一晃几个月过去，司法局盐科长蹲点的小区，再没出现小偷小摸的事儿了。

星期六早上，盐三正在看《朝闻天下》。“咚咚咚”，听见敲门声，他打开门，看见渺渺，长舒了口气。

半年前，他送法下基层来这个社区，劝渺渺戒了烟。可他走神的瞬间，渺渺已经侧身溜进来。渺渺在房间不停地转圈圈，貌似很急。

盐三不习惯，有点尴尬。上次，他来，他包里的几百块钱就没了。

手机响了。盐三提溜上垃圾出门，随身的包包，忘在了宿舍。

签完快递单，想起包里几千块助学费，盐三快步回宿舍，渺渺还在。他望着盐三，直截了当地说：“盐科长，日子过不下去了，需要你接济。”

“好，我们去网站，看看有没有合适的工作可以养活你自己。”

这一路并不好走，坑坑洼洼，似乎新增了好多障碍。房子和路呈窑洞形，房子之间相互联通，又跌宕起伏。网站所在地，非人类正常居住的房子。

翻过黑麻麻的山，走过一段下坡路。他们来到三岔口，顺着其中一条路，攀爬到半山腰的时候，从后面跟来一个英俊男生。

男生说：“渺渺，跟我走。大哥愿意和你和解，继续供你烟抽。这样，你不用弄钱。我知道说戒烟，实际上在偷偷地抽。在大哥那儿，可以光明正大地吸。”

渺渺没有说话，咂巴着嘴，说：“我和你在一起，不用为这一口去乞讨行骗了，对不对？”他的眼睛明亮，脸蛋上的表情包，生动了不少。

“对！”男生利索地回答。

渺渺笑呵呵地跟着男生朝另一条路走去。他沙哑着嗓音说：“盐科长，谢谢您。我真的很失败，让您失望了。”

盐三想阻拦，摸摸空空的钱包，顿住了。叹口气，忽然想到退伍军人服务社的服装店有份适合渺渺的工作。他跑过去，大声说：“渺渺，去秋韵服务社工作。你可愿意？”

渺渺回头看着盐三，有点不敢相信：“盐科长，去秋韵服务社上班，此话当真？”

“君子一言，驷马难追。”盐三将手机给渺渺。听到秋韵服务社录取的消息，渺渺眼泪不住地流着。

盐三陪他报到后，渺渺很珍惜这份工作，热情接待顾客，业绩攀升。

一年后的一个早上，蓝天上，日月同辉。盐三兴奋地参加了秋韵服务社渺渺分店的开业典礼。两年后，渺渺的又一分店开业。开业那天，天空湛蓝。如先前，他招了三个贫困户家的孩子当店员。在他指导下，孩子们进步很大。

这时，盐三眼中的天空，蓝蓝的。

子　悠

外面下着雪，一片洁白。小柚子在客厅里看动画片，似乎听见了喊声。他侧耳细听：“小柚子、小柚子，你过来一下，给你巧克力。”

正月初一早上，小柚子听见隔壁大哥哥子悠在窗前叫他。

小柚子穿上棉衣，悄悄打开阳台门，顺着墙根的梯子，跟着子悠爬上隔墙。

结冰的梯子很滑，小柚子第一次爬的时候，没站稳，爬到第三阶时摔了下来，手碰破皮，出了血。

他不想上去了。

子悠向他招手。他看见帽子、衣服和鞋子上落了一层白雪的子悠，晃着手里的巧克力，在隔墙上向他招手。

小柚子第二次上去的时候，小心多了。他费力地爬到墙上，和子悠并排坐在一起。

子悠甩着大长腿，伸出冻僵的手，摸摸小柚子的脑门儿，说：“小柚子，过年了，哥哥给你准备了好多吃的，你天天过来陪哥哥，好不好？高中了，作业多。”

“大哥哥，今天，我要跟着爸爸妈妈去姥爷家拜年，不和你玩了。姥爷给我做了许多吃的，还会给我压岁钱。”

子悠望着小柚子兴奋的神情，痛苦地眨巴了一下眼睛，从口袋里摸出一沓钱给小柚子。“这行了吧！还要去吗？”

“我答应和姐姐一起放花炮，还有彩珠筒呢。回来找你玩。”

子悠心一沉。他看见小柚子手手腕上的血迹，红红的。他喜欢这红色血液的味道，舔了舔嘴唇，笑了。

书房里的物理书上，许多题没做。子悠想到这，叹了一口气。一丝苦涩爬上心头，那只小手让他怦然心动，心脏不受控地狂跳着。

抱着这只红红的小手，永远不要松开的强烈冲动，席卷他的意识。他说：“小柚子，大哥哥很爱你。你跟哥哥先到窖里取些葡萄上来，拿回去吃。”

“好的，大哥哥。我也爱你。”

小柚子和子悠两家是邻居，父母在一个单位上班。两家都住一楼，一墙之隔。子悠学习紧张的时候，喜欢抱着小柚子做题。

小半天时间过去了。子悠用头顶开厚沉的窖盖子，眨巴了一下眼睛，好一会儿才适应了外面的光线，他抱着小柚子的手和物理书上来了。

回到家里一边做作业，一边摸着小柚子的手窃笑着。

正月里的人们，鞭炮声阵阵响着，大家都是喜气洋洋的。

“小柚子，小柚子，你去哪里了？中午了，赶紧回家吃饭。”呼唤小柚子的声音在空中回荡着，小柚子的家人找他。

子悠笑吟吟地做完几道物理题，伸了个懒腰，睡了。

梦里，他晕乎乎地飘出家门，满地是欢乐的红色，到处是放鞭炮后的痕迹。他走在楼前的路上，路两边的商店挂出了放假的牌子，只有零星几家超市开着门，门前堆满各种礼品盒。

他买了两盒巧克力，抱着小柚子跑着，似乎在逃避什么。他轻飘飘地到了一片雪地。折返回来时，在河边迷了路。

顺着河堤，来到一座桥上。桥两头站着年轻警察，英俊阳光。

子悠向年轻警察打听回家的路，却看见警察的面孔是小柚子的脸。他想，也许在雪地躺久了，脑瓜子不灵了。梦中的桥也模糊。

年轻的警察笑呵呵地说：“我要抱抱小柚子。”

子悠不给，转身，准备跳河或冲卡。因为前后路被警察拦着，他过不去。

子悠假装做出将小柚子扔出去的举动，迅速带着小柚子跳上防护栏，年轻警察敏捷地冲了上去。

子悠岂能放手？他抱着小柚子，奋力冲向岸边。

天黑了，黑乎乎一片。轰隆隆的雷鸣闪电，划破沉积的夜。子悠听着震耳的雷鸣，又见明晃晃的闪电如剑，划破了夜空。他吓出一身冷汗。

子悠醒了。迷迷糊糊地看见窗外的路灯和雪花儿，交相辉映成箭镞，穿梭着。箭镞里的隔墙上，站着两个人，是年轻的警察，他们高大英俊，他们的脸是小柚子的。

子悠来到院子。雪花弥漫，青雾袅袅。

年轻警察将子悠带到了水乡。在那里，子悠抱着一个刚刚满月的小娃儿，落水溺亡。在水里，他瑟瑟发抖着，身体渐渐僵硬。

年轻警察望着他笑，他也笑着。他看见他和小柚子一起化成雪花儿，飘、飘、飘。

蓝月亮

小小的浮萍上，稀疏地长着几根草。小影看不清虚实，没有其他路可以走，他不得不踩了上去。浮萍受到外力后，向北移动。小影被晃悠得头疼，想吐。

“哗哗哗——”浮萍下面出现了一个圆形井口，浑浊的水涨起来，击打着浮萍的边沿。浮萍继续北移。

不久，一个“十”字堤坝，将浮萍表面分隔成了四个扇形。小影惊叹于这儿地理位置的独特。

浮萍下面的水，急急地流淌着，发出咕咚的声音，浮萍速速前行。到了T形路口，一辆中巴车停在路中间，挡住了前行的路。中巴车附近站着几个同学，最醒目的就是身穿白T恤的开一。她是当年班里最美的女生，也是校花。不承想，几十年过去后，又在这儿不期而遇。

开一面容憔悴，一脸悲戚，像遇到了什么重大的事儿。她急匆匆走过来，拦住小影，没有解释原因。空气里，乌烟瘴气，尘土飞扬。小影顺着开一所指的方向，看见了许多修工事的人。他忽然明白，战争要爆发了。人们商议着出行的方案，每个方案提出后，都很难实施。

大家还在努力。中巴车彻底挡住了前进的路。小影用力，想踩着浮萍下的水绕道过去。试了试，力道不够。他急得团团转，心脏憋闷得难受，似乎要窒息了。忽然，一轮蓝月亮从黑暗里升起来。蓝色的空间，透亮明净。浮萍在蓝色月亮里，消失了。一片绿色的草地，出现在眼前。小影躺在了草地上，大口呼吸着。

不一会儿，他的呼吸顺畅了。“滴滴滴——”一阵紧似一阵的警铃声，将小影惊醒。他睁开眼睛，发现自己正被人推出水面。缓了一下，有了精神。再次睁开眼睛，就看见司法局蹲点干警开一的那张放大的脸，在他眼前晃悠着。揉揉眼睛，小影彻底醒啦。眼前的江水碧蓝，浑身湿淋淋的开一如落汤鸡一般，站在江边，大声说：“醒了就好。”“何苦这样？”听见开一的声音，小影嘀咕着，流出了一串泪水，看热闹的陌生人，围观的熟人，一一散开了。

小影迷迷糊糊地坐起来，看见不远处停着的中巴车上，有司法局的标识，而司机没在车内。

小影赶紧在车内胡乱翻找着，里里外外的装备里，就是找不见那件最称心的、小小喜欢穿的裙子。

“小小，小小。”小影呼唤着女儿的名字。早上的事儿，像放电影一样浮现在他的脑海里——开一代表司法局送法下基层，到小城送法就像公益讲座。身为办公室主任的小影负责接待。看看手机，飞机落地的时间还早，单亲爸爸小影在距离机场不远的江边，给女儿小小编花环帽。

一辆大卡车呼啸而过，小小倒在了血泊里。正专注于编花环的小影听见刺啦声的同时，看见了血泊里的小小，疯了一样跑过去，抱起已经没了气息的小小。走了几步，小影晕倒了。醒来后只觉头疼，当看见怀里女儿满身的血时，神情恍惚的他抱着女儿，走进了江水里——他想把女儿身上的血洗干净。

迷糊中，他看见一辆机场中巴车停在了江边。停靠的这段路，路基很高，似在半空。小影迷迷糊糊地钻进了车里，他要寻找最适合小小的那条蓝色裙子，却怎么找也没有。

看看表，飞机降落的时间到了。小影挪向驾驶室，脚下云雾缭绕，踩不到油门和刹车。似乎在浮萍上。他将工具箱中的伸缩梯取出来，向下撒去。伸缩梯已经到了尽头，还没有着地。小影见伸缩梯的长度不够，一咬牙，准备从最后一阶，跳下去。

刚下到伸缩梯台最末一阶，就听见开一的声音响起来："旋转梯子，快围住伸缩梯!"随着开一声音的落下，旋转梯子已经将伸缩梯包裹起来，并以此为圆心，筑成外框，横竖连接成一扇大的窗户。顺着窗格子，可以攀爬。

窗户上，满是普法案例。

小影噘着嘴，尽管心里不快，接待工作还是不能怠慢。大礼堂里，很多人等着听免费的法律讲座，开一主讲。

顺着梯子，小影走到了实处，脚能够踩踏在刹车和油门上了。他长长地舒了一口气。坐在驾驶室，踩下油门，中巴车缓缓前行。居民发出了啧啧的赞叹声。

一轮蓝月亮，挂在车窗前，似乎又挂在天边。蓝月亮如女儿的笑脸。

放歌秦岭

第三辑

沙村是个地方，
位于秦岭腹地的三河交汇处。
你仔细地观察，
就能看见半个多世纪的印记。

一弯月儿跌进水碗里

（天台山下的沙村，到了春夏秋三季，满河道会开满银莲花。开得太多太普通，人们就叫她野棉花。也许是巧合，小艺的奶奶是从山外嫁到沙村的，她名字就叫银莲花。小艺喜欢满河道的银莲花，更喜欢吃奶奶用银莲花擀的面、烙的饼。吃起来筋道，带着淡淡的香味儿。）

天刚蒙蒙亮，被尿憋醒的小艺爬出被窝，跳下炕，急匆匆向门外跑去，跑到大门口，撞上奶奶银莲花的后背，两人差点趴下。没等银莲花开口，小艺已经冲向厕所。

大门门槛很长，银莲花坐在边上，她旁边还能坐六七个人。只是小艺迷迷糊糊的，没看路。

没等银莲花开腔，小艺一溜烟钻进厕所，晚一步会尿裤子。

“崽娃子，这么冒失。”银莲花拍拍手上的土，慢腾腾地说着，去捡铜镜、银梳子。捡到手后，自己却费了老鼻子的劲，也没起来。她锥形脚实在太小，最多三寸。

她的长发披散下来，油光发亮，银梳子也闪着银光。

小艺办完事回来，见银莲花还没起来，就将她搀扶到门槛上坐好。

小艺有个绰号，干公鸡，是妈妈给他起的，他太瘦，又爱和别的小孩子打架，弄得满身伤。妈妈叫他好斗的干公鸡，爸爸跟着妈妈叫。外边的人也跟着叫，只有银莲花叫他小艺。

银梳子在微微的晨光中，晃动着。小艺的目光在银梳子和奶奶银色的长发间，上上下下、左左右右移动着，长发如波浪顺滑地垂着。

银莲花的脸看不见，一双白皙的手挽着落地银发，一次次编成小辫子，许多个小辫成型后，用簪子将它们固定在头顶和后脑勺，似一朵银色莲花。

盘完头，银莲花扒着门框站起来，颤巍巍地走进卧室。在满襟内衣上，套了件碎花满襟夹衣，扛着铁锹去上工。

银莲花要到坝上，和大伙儿一起加固河堤。她出门必须要早，迈着碎步，一左一右地扭动着身子。那把铁锹在肩膀晃来晃去的，别扭滑稽。她费力地走着，像唱大戏的小丑。

小艺要来铁锹，一溜烟跑到堤坝上。堤坝两边开满了银莲花，像花的世界。小艺将铁锹放到银莲花承包的片区，又往回跑。此时银莲花还没走完一半路。

一大批扛着铁撬杠、洋镐和铁锨的人，走近银莲花。他们嬉笑着，开玩笑："银莲花，你又磨洋工呢？这么磨叽，又迟到了。快点啊，别演戏啦。"

一阵热闹的大笑声，在天台山下的沙村回荡。这声音漫过银莲花，向远山飘去。银莲花没有搭腔，加快了步子。她像秦腔剧里的丑婆子，大幅度晃动着身子，左右摇摆，上下起伏，一颠一颠的。远看，像一朵银色的莲花，在路上移动。不久，她发出了微微的喘息声，汗水爬满了额头。

"银莲花，磨洋工，眨巴眼，银莲花，眨巴眼，穿着大襟花衣裳，坝上活儿后边落。"几个十几岁的半大男孩，学着银莲花的样子，跟在她后面，开心大笑。他们也都扛着劳动工具。

“不许笑我奶奶。”小艺对几个高出他一头的男生大喊。

“就说，就说。干公鸡，看你能把我怎么样！干公鸡，来呀，来打我呀。来呀！银莲花，磨洋工……”男孩的声音更高。

小艺瞪着他们，一个高个胖男孩推了小艺一把。“干公鸡，谁让你瞪我！”小艺与他扭打在了一起。瘦弱的小艺很快被压在了身下。

小艺流鼻血了。其他孩子一见，跑开了，那男孩也赶紧往工地跑。这场面银莲花没看见，她已经转了弯。

小艺鼻青脸肿地回到家，带妹妹去玩。

一天时间过去啦。干活的人，坝上管午饭。

月亮升起来，满院子洒满了银光。银莲花又一扭一拐地回院子，颤巍巍地端起粗碗里的热水，双手捧着，费力地坐在门槛上，一小口、一小口地喝着。

一弯月儿跌进她的水碗里，亮亮的。她小口小口地喝着热水，就着小艺给她的苞谷面窝窝头，啃着。一束一束浸着月光的水，流进银莲花嘴里。小艺看呆啦。

小艺发烧了。银莲花用一碗温水漱完口，用嘴吮吸他的印堂穴，吮吸出一些黑灰色液体，吐在地上。

“真麻，真苦，崽娃子，你受寒啦，我将寒气吸出来，你就好啦。”吮吸几次，那液体不再麻和苦。小艺的头也不疼了。

“小艺，小艺，你一个娃娃伙，有啥心思，还发呆呢。来，扶奶奶起来。”

银莲花站起来，费劲地往屋里走去，边走边捶着腰。

烧在炉子上的水冒着热气，银莲花洗完头，坐在门槛上，她的长发披散下来，湿湿的。她要等头发自然风干。

不远处的河滩，银莲花默默地开满两岸，旺旺的。几对年轻情侣，在月光下，坐在银莲花丛里，谈天说地。

（银莲花喜欢看书，有时候在劳动休息的时候也看。她在《古希腊神话》里，看到了银莲花的花语。银莲花是由花神芙洛拉的嫉妒变来的，嫉妒阿莲莫莲和风神瑞比修斯恋情的芙洛拉，把阿莲莫莲变成了银莲花。另说，美神阿芙洛狄忒爱恋的美少年阿多尼斯，狩猎时被野兽所杀，从他胸口中流出的鲜血，变成了银莲花。银莲花，一种凄凉而寂寞的花。听着远处的笑声，银莲花想起神话故事里的银莲花，笑啦。）

风拂银须

爷爷世子进院，银莲花和小艺在剥豆子，小白羊在他们身边蹭来蹭去。世子轻捋银须，朗声说："小艺，勤快娃娃，好好干，有奖。"

世子将一捆青草放进后院，端着一缸子茶出来，坐进藤椅里，把藤椅占得满满的。藤椅是黑紫色的，饱经沧桑，颜色发暗，发出咯吱声。

小艺倒完豆子，从楼上下来时，世子已经将脑袋埋进书里。小艺看见红皮书下的银须随风飘动着，有些乱。小艺觉得挺好玩儿，摸摸耳朵，想悄悄地溜过去，拔根爷爷的胡须。

恰好银莲花转头，见他鬼鬼祟祟，说："崽娃子，快去取来胡须梳，帮爷爷梳胡子。"

小艺做了个鬼脸。银胡须梳带个银链子，比银莲花的梳子小许多。

世子朗声笑着。小艺梳完银须，问："爷爷，好看吗?"

"好看。去跟奶奶玩儿，晚上有奖励。"世子和银莲花对视了一眼，笑了。

八月的风轻拂着树叶，也轻拂着银须。世子朝后靠着，身下的藤椅发出咯吱咯吱的声音。马灯点亮时，他才进屋。

早上，小艺刚起床，世子就背着一捆青草进院，胡须上粘着几片草叶。他把青草放在一只母羊跟前，领着其他羊出来。

小艺握着一把青草，“小白小白”地叫着。小白羊闻声跑过来。

世子把羊牵到河滩的大树跟前绑好，将绳子系得让羊能吃上青草喝上水，又不至于啃到庄稼，然后他昂着头，迈着大步，走出河滩，向坝上走去。

河边草好，羊咩咩地叫着。那个端着缸子、藏在大石头后面的女人急匆匆地走向羊。

世子的头高高地仰着，咣咣咣，迈着大步。他知道女人的小娃儿没奶吃，等羊奶应急。

世子个头儿大，身板宽，走起路来如一阵风，银须飘飘。他的婆娘银莲花以往没干过农活儿，只是绣绣花、看看病，现在很难熬。这只母羊可以保证她的营养。

休息时间，小艺和大伙儿在草坪上摘瓢儿（野草莓），边摘边吃。世子大踏步走过去，摘下一片牛蒡叶子，包了满满一包瓢儿，然后拔几根马莲绑好，塞进鳌笼，用草盖住。

野草莓，沙村人叫“瓢儿”，也许因为长在平地的缘故，不像酸啾啾、羊奶子、野杏子、八月瓜等野果，长在高低不平的河滩或山坡上。哪里果子熟了，大伙儿就吆喝一声，呼啦啦，热热闹闹地去摘。银莲花不去，她在家看书。

晚上，梳妆台上，那堆牛蒡叶包包里的瓢儿和一缸子羊奶，是银莲花就着月光吃的。银莲花皱着眉，小艺说：“奶奶，瓢儿酸吗？爷爷摘的瓢儿熟透啦，挺甜。”

“咩——”小白羊回应着。小艺悄悄地将自己喜欢吃的瓢儿放在手心递给小白羊，小白羊摇着尾巴，吃得欢实。

世子说：“小艺，喝羊奶，这一缸子羊奶是你的奖品。”

“爷爷，羊奶都被人挤走啦，还有？”

“我有办法让羊多产奶，你放心。”

半夜，小艺起夜，听银莲花说：“你别老把《三国演义》《红楼梦》《水浒传》放进红皮子里，让人看见，麻烦就大啦。”

世子说：“嘿，没人会对这感兴趣。沙村没几个识字的，多数家信都是我和儿子代笔的。小孩子感兴趣的是神神鬼鬼的故事，你别操心。”

腊月十八，银莲花做过年的豆腐时，给小艺讲故事，不小心把豆浆烧溢啦。世子不高兴地说：“银莲花，你能干啥？真没用！现在黄豆金贵，你还烧溢，真是的！”

话有点儿重，银莲花用手背抹眼泪，小艺赶紧取来白纱布递过去。银莲花抽泣着，肩膀一上一下。

小艺说：“奶奶，别哭。爷爷再骂你，我揭发他。”

世子白了银莲花一眼：“做错事，说说你，你还哭。有完没完？黄豆加盐喂羊能催奶，知道吗？”

银莲花抽泣着，直到世子端着一缸子羊奶进来，才不再吸溜鼻子。

腊月二十三晚上，家人团聚。小艺发起家庭批斗会，要斗世子，银莲花反对。小艺说：“奶奶，你怎么站在爷爷那边？他都凶你哩。”

银莲花说：“崽娃子，喝羊奶还要打羊斗羊吗？”

小艺吐吐舌头。一阵风过，世子的银须飘飘。屋里的灯亮了，小白羊咩咩地叫着。小艺说：“爷爷，外边冷。让小白羊和咱们住一个屋吧。”

哑巴羊

一连下了几场大雪，冰雪封山。麦苗盖上了厚厚一层棉被，羊圈顶棚上落了一厚层雪。世子每天爬上顶棚，扫完雪，再加些干草，用木棒压紧。给羊御寒。小艺不停地将散落的干草，拾在一起。

三九天，铡碎的麦草，拌上麦麸子和食盐，煮熟后，倒进石槽。喊一嗓子："哦了了——喔了了——"羊拥挤着跑出来，吧唧吧唧地吃着，发出欢快的哼哼声。

小艺拿着几片菜叶子，"小白、小白"地叫着。小白羊摇着尾巴，吃得津津有味。

睡觉前，世子检查完羊圈围墙，用大木棒顶牢羊圈门，用石头把圈墙加高一些。确认没问题，才进屋睡觉。

半夜，"咩咩咩"的惨叫声把世子惊醒。他抓起炕边的棉袄披上，提着棒子冲进羊圈，"打，打狼，打!""咚——咚——"震耳的打击声，闷闷地在寒夜回荡。

手起棒落，野狼一个箭步冲向围栏，踏着狈的脊背，跳出被它们弄开的豁口，跑啦。狈随其后，蹦上豁口，和狼一前一后，冲到斜坡上。

借着雪光和月光，狼和狈爬墙的场景，世子看得清楚。小艺看着都害怕。世子的大呵声引来一阵狗叫，可没有哪只狗敢追狼群。前些天，几只追狼群的狗被咬伤咬死后，狗们就只蹲在家门口叫几声，壮声势。

银莲花拿着一根火棍，提着马灯，小艺抱着世子的棉裤和棉鞋走进羊圈。

世子指着坡上那十几盏绿灯，大喊着："打，打狼、打。"

"打，打。"小艺小声喊着，声音有点颤，是被狼吃小孩的故事吓的。

银莲花将小艺拉到身后，说："崽娃子，别怕，有奶奶呢。"

"嗷——嗷——嗷——打狼——"世子喊着。野狼不肯走开。

银莲花把马灯挂在墙上，拿来手电，用电光照着狼群，狼才渐渐散开。

世子堵好狼和狈弄坏的豁口，进屋。脸、手和脚还没烤热，母羊更加凄惨的叫声传来。

世子赤脚冲进羊圈，几棒都落在那头正咬住母羊脖子的狼腰上。

"打我铁脑壳，别打我豆腐腰。"这是民间流传的打狼俗语。不远处，几只野狼望着世子，貌似在商议。银莲花提着火盆也扶着墙进羊圈。

看见火光，远处的野狼发出"呜——呜——"的长啸声。

圈里的狼跳上豁口，走向山坡。

"呜呜——呜呜——""汪汪、汪汪。"狼和狗的号叫声混杂着，在夜里回荡。

小艺躲在银莲花身后，看见山坡上两头狼伸长脖子，仰望天空嚎叫。

"别怕，崽娃子，坡上的狼是放哨的，发出撤离信号了。"天亮时分，炭火的烈焰像小太阳，在狼的眼睛里被放大。火焰对狼是有震慑力的。

先前的豁口被垒得牢不可摧，野狼就从另一边弄出更大的豁口。

退耕还林后，沙村附近的野狼多了起来。羊圈里的血腥味很浓，母羊脖子上还流着血。世子用条布缠住伤口，牵着它进家。小白羊跟在后面，瑟瑟发抖。

银莲花看着温顺的母羊，母羊看着她，眼神温柔。包扎完，母羊留在了家里。天渐渐有了亮色。世子搓搓僵硬的手，跺跺脚，给母羊点了一盆炭火。

小艺不停打哈欠，银莲花帮他擦了擦眼泪，让他上炕睡觉。

大门的销子还没插，另一只母羊更惨烈的叫声传来。

世子提着棒子，冲进羊圈。几只身形高大的野狼，正咬着母羊往外抬。

银莲花用棍子挑着扔进扫把后正燃烧的火盆，走进羊圈，竹子噼噼啪啪的燃爆声吓得野狼蹿上墙，逃啦。

母羊脖子冒着血，世子将它抱回家。母羊泪流满面。

小艺吓得哆嗦着，银莲花拉着小艺的手说："别怕，崽娃子，奶奶在，不会有事。"

银莲花往面糊糊里加上消炎粉，世子掰开母羊的嘴，一勺勺地喂。面糊糊顺着母羊的嘴流出来。母羊一动，脖子里的纱布渗出血来。它拧着脖子，偏着头，绝食。

第三天，小白羊趴在母羊身下，吮吸着干瘪的奶头。世子看不下去了。让邻居帮忙压住母羊，让它仰躺着嘴朝上，撬开嘴，一小勺一小勺地喂。

银莲花将浸药的符箓在母羊身上绕几圈，化成灰拌入面糊糊。嘴里叽里呱啦念叨："老白，看看你娃，它需要你。吃，张嘴，啊——"

十天啦，母羊依旧躺着。大家以为它不行了，准备给它痛快时，它却慢慢站起来，开始喝面糊糊。

小艺拿上几棵青菜，在母羊面前晃悠。母羊不出声。

小白羊“咩咩”叫着，蹭着小艺的腿。母羊哑啦。

那天起，小艺跟村里的一个哑巴一样不说话啦，甚至发出羊的叫声，咩咩的叫声。

奶奶说，吓哑啦。

不一样

世子一早要上山，小艺讨好地说："爷爷，你带上我，我给你拿烟锅。"

世子说："山上不能抽烟。你在家里好好听奶奶的话，爷爷回来给你带个好玩的。"

世子翻过一座山头，准备挖猪苓时，听见猪的叫声。他循着声音走了几百米，见一头大肚子野猪躺在深坑里，被一张结实的网罩着，后脚被铁夹夹着。

世子看着那野猪，揉了一下眼睛。见那野猪直直地望着他，他自语："这是一头母猪啊，肚子里怀着一窝猪娃娃。造孽。"

"唠唠唠，唠唠唠，别怕别怕，我放你出来。"世子一边给野猪说话，一边从绑腿上抽出尖刀，割开陷阱上方的网罩。

阳光透过繁密的树枝，射到地上，投下斑驳的图案。小鸟从这头飞到那头，来回地飞蹿，有的还隐于树丛间，唱着歌。

世子"唠唠唠"地叫着，野猪的腿上有夹子，上不来。

世子捋捋胡须，看到不远处的藤条，砍下几根。把藤条一头固定在大树干上，拽着另一头下到陷阱里。

他"唠唠唠"叫着，野猪哼哼着。世子小心地把野猪脚上的夹子撬开。他一边撬一边"唠唠唠"叫着向野猪示好，怕野猪拱他。

野猪获得自由，跳出坑，回头看了世子一眼，走啦。

一时间，世子觉得自己才像是落进陷阱里的野猪，出了一身冷汗。他抓着藤条爬出坑，拍拍腿上的土，抹抹额头的汗。见野猪走远，他吃了几口干粮，开始挖猪苓。

这窝猪苓装了满满一大麻袋，取出几疙瘩装进衣裤口袋里，把剩下的拖到野猪躺过的坑边，推下去。甩甩手，拍拍身上的土，扛着镢头下山。

鸟儿叫着，蝉鸣阵阵。斜阳给层层林涛染上了金色，世子自言自语："这些猪苓和野猪的价格差不多，应该不会有麻达。"

世子捋捋胡须，嘴角上翘，扛着镢头回家。

一到家，他就把野猪的事说给银莲花和小艺听。

银莲花笑着说，很好很好。

小艺兴奋地问："爷爷，野猪和咱们圈里的猪一样吗？也哼哼叫？"

"是的。只是野猪的嘴上多了两颗獠牙，像大象。"世子说。

"哼哼哼。"小艺叫着笑着，已经把银莲花剥好的两根葱插进鼻孔，对着银莲花的胳膊一晃一晃的。银莲花和世子大笑着。

半年后，世子在山上挖秦艽时下雨了，他到大树下避雨。两只野猪娃娃追着玩，一只猪娃跑到世子跟前，舔他的脚，蹭蹭他的腿。

世子见猪娃身上有条状花纹，蹄子黑黑的，很可爱。可猪娃身上湿湿的，他把猪娃抱起来，用外衣给它擦了擦雨水。放下去后，猪娃却不跑，顽皮地拱拱他的脚。

雨停后，世子下山，猪娃也跟着他。世子让它回去。猪娃哼哼地摇着头。世子着实喜欢，就抱着它说："小黑，你确定要跟我回家吗？"

一阵树叶的清香飘入世子的鼻中，小黑"哼哼哼"答应着。

回到家，看见猪娃，小艺问："爷爷，猪娃娃是不是你救的那头野猪的娃娃？它妈妈会不会找它？”

世子和银莲花对望了一眼，没说话。

小艺偏着头，看猪娃的獠牙。

银莲花用羊奶和粗粮粥喂猪娃时，说：“小艺，你给猪娃娃起个名字。”

“小黑小花，嗯，叫小黑，小黑。”小艺笑着叫着，世子和银莲花笑啦。

一年多后，小黑也产下一窝猪娃。

世子说不叫它小黑该叫老黑啦，猪娃中最欢实的那头叫小黑。

小艺答应着，好奇地看着猪娃挤在一起吃奶。小黑尖而小的耳朵紧贴着耳背，嘴尖而长，头部和腹部较小，脚高而细，尾巴短短的，行动敏捷，牙齿尖锐。

小黑长得和老黑一样高了，它们从没得过病。村里的人知道后，都来买世子家的猪，这些人中还有打过猪的人。那个放猎猪架的人看出小黑像野猪，而且这个猪的肉，味道也特别好，还筋道。

大家觉得这个猪品种好，不生病，都很想买猪。有人在猪还没有产仔的时候，就来预定。一只、两只……这样预先都定好啦。

沙村的猪苗本该是在畜牧粮种站统一购买的，可村里人都替他瞒着，后来整个村庄的猪都跟别的村庄不一样。

这个村庄的猪好销，一验就过关。

老　黑

早上，小艺还在睡觉，世子看他睡得不老实，把手给他塞进被窝里，出了门。世子看见后院外的雪地上有醒目的血印，寻着血印走到猪圈侧门。紧张地从门缝看进去，老黑在圈里跑圈圈。

“唠唠唠——”他叫着，见老黑放慢了脚步。打开门，老黑跑到了猪舍门口，猪舍门口的血已凝固。世子“唠唠唠”地叫着，走过去，见猪娃缩在猪舍一角，松了口气。

银莲花端着一盆子猪食进来，见老黑不太对劲，它双眼发红，脑袋摇啊摇的，很烦躁。又看见红艳艳的血从猪舍延伸到侧门，她的身子不受控地颤抖着。

“别担心，猪都在。”世子大步走过去，接过银莲花手里猪食，把猪食倒进石槽里。“唠唠唠、唠唠唠”叫着，用他惯有的语气，安抚着老黑。

老黑在猪舍门口，没有动。世子走过去，发现它身上有伤。猪舍栅栏上有血迹，还有狼毛和猪毛。猪舍的栅栏被扳弯了，但没断。透过栅栏，猪娃缩在里边，瑟瑟发抖。

银莲花一扭一扭地下着台阶，往猪舍跟前走。

世子说：“猪娃好着呢，你别过去，地滑。”他把她搀扶到台阶上面。

“也许夜里，有几只野狼正盯着它们，搬动栏杆。”银莲花低语。

世子说："怪不得夜里你摇醒我，说有猪叫。我提着马灯到圈里检查的时候，发现老黑在猪舍门口站着，没看见有啥异常。也许光线不好，没看清。"

听见说话声，小艺揉着眼睛跑进猪圈。

银莲花把他拉在身后，说："崽娃子，你起来啦。不要到老黑跟前去，它现在不高兴。它当了妈妈后，每晚睡在猪舍门口，守护着它的娃娃。稍有动静，会站起来，盯着四周，防备野兽来袭。"

小艺看着老黑，不敢前去。

世子说，从雪上的脚印看，一只野狼是在那边吸引猪娃，其他几只野狼发起进攻，猛抓猪舍的栅栏，但栅栏结实，野狼没弄开。一头野狼企图跨过猪舍门槛，进入猪舍内，被老黑拱伤撵走啦。世子将雪地上的脚印一一指给他们看。

"唠唠唠——"银莲花和小艺叫着。听见熟悉的声音，老黑不再走圈圈，躺在雪地上，打了几个滚，慢腾腾地爬起来，哼哼哼叫着，很不情愿地离开猪舍门口。

"唠唠唠——唠唠唠——"银莲花用铲子习惯性地敲着石槽，有节奏的声音，一遍遍呼唤猪们。猪娃低哼着，哼哼哼地跑到猪舍门口，探头探脑地看着。

老黑看见猪娃，哼了几声，走近石槽，吃了一点食，就不吃啦。

世子往石槽里添些热水，用棍子搅着稀释后，把干食往高处刨，低处那头有热水。

小艺用竹竿敲打着石槽，唠唠唠地叫着。

银莲花笑着说："崽娃子，你不怕老黑啦？"

小艺扮个鬼脸，说："老黑很勇敢，我要让爷爷给它上药。"说完一溜烟跑进屋。

老黑慢慢走到石槽边，吧唧吧唧地喝水。

看见小艺手里的药瓶子，世子说：“小艺，你看老黑眼睛已经不太红啦。不像先前，双眼充血时，会不顾生死地采用坦克式冲锋的办法，往野狼身上撞，掀翻野狼，用脚踏，用嘴撕扯。”

小艺站在银莲花身边，看着世子上药。世子说，老黑头上背上有好几个洞，爪子也流血了。幸好皮外伤，无大碍。

银莲花抓着小艺的手。给他壮胆。老黑的个头太高了，比小艺还高。他们远远看着世子上完药，老黑回猪舍，又带着猪娃出来尿尿。

小艺指着它们大声说：“猪娃娃出来啦。”

银莲花说：“猪妈妈挺讲卫生的，早晚和食后，都会带猪娃娃在固定的那个地方拉屎尿。”她指着那个阴暗的角落。

“像我们也要到茅房去尿尿，对不对？”小艺说。

“崽娃子，真聪明。”银莲花笑着。

世子搓着手上的猪食，看着这俩人，说：“你们赶紧回屋讲故事去，外头冷。”

小艺跑回家找图画书。银莲花一扭一扭地向家里走去。

世子看着老黑舒服地伸着懒腰，打滚消除疲劳。他自语：“你已经和陷阱里那头猪一样大啦。”

一群猪娃哼哼跑出来，抢食吃。世子摸着胡须，看着它们喧闹。

小艺跑出来，手里拿着一幅蜡笔画，说：“爷爷，你看像不像？”

世子把图画和老黑比一比，说：“像，像。你跟谁学会画画啦？”

小艺说：“图画书。”

世子说：“那图画书里都是家猪呀。”

小艺说：“我天天看老黑，早就印在脑子里啦。”

世子说：“我没白养老黑，我没白养老黑。”

让砖头飞

安顿好受伤的母羊，已经到了后半夜。

世子回屋，见小艺已经睡熟。他给小艺拉拉被子，躺下来。刚刚迷糊着，隐约听到牛叫声。想起前几日，他把自己喜欢抛着玩的砖头堆在了牛圈门口，心里有一种说不出的感觉。

这个时候，离他家三四里外的牛圈里，黄牛正嚼着草，一阵冷风从头顶刮过，随着这冷风落下的土和雪沫子一起飘到了黄牛背上，飘到那头怀孕母牛的身上。

恐怖的气息弥漫着，牛圈里的气氛有些怪异。母牛站起来，在有限的空间里，撩起后腿，甩着尾巴，“哞哞，哞哞”地叫着，抖动着身上的雪沫子。

母牛肚子里的牛娃娃，感应到母亲的不安情绪，一脚一脚地踢着母亲的肚皮。母牛慌乱啦，不受控地扎起尾巴，屙屎屙尿。就在它扎起尾巴的瞬间，猫在牛圈里的豺狗子，一下子弹射到母牛的屁股上，扯住大肠，吃、吃、吃。

“哞——哞哞——”随着撕心裂肺的惨叫声，一股温热的液体，顺着母牛的屁股流下来，流到后腿上。哞哞的声音炸响，在隆冬的雪夜，凄厉地传播着。

寒夜的风，淹没了牛的呼救。

一个钟头前，饲养员张维国提着马灯，刚把牛圈的窗户和门检查完，确认没问题，才回家睡觉。

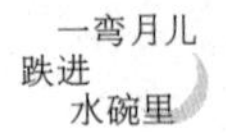

他躺到炕上，眼皮老跳，睡得很不踏实。迷瞪了一会儿，返回牛圈。走到半路，听到牛的惨叫声。连滚带爬地跑到圈门口，将圈门打开。

借着马灯的光，母牛冲出来，几只豺狗子跟着跑出来，逃走啦。

母牛大颗大颗地滴着泪。他拧亮马灯，在圈里找了一圈，没有豺狗子。于是关上门，赶紧找人帮忙。

早上，世子刚刚打开大门，张维国慌慌张张地冲进来，俩人差点撞在一起。

“世子爷，赶紧跟我去牛圈，把被豺狗子咬伤的牛给杀了，它受罪呢。”张维国喘着粗气，大声说。

张维国戴着一顶狗皮帽，一脸倦容。他痛楚地说：“昨儿晚上，我守了大半夜。天快亮的时候，刚回家打个盹。一袋烟工夫，豺狗子就把母牛的大肠给扯出来啦。母牛疼得直着嗓子叫，你快点随我解决了它，免得它遭罪。”

世子背上药箱和刀具，俩人气喘吁吁地跑到牛圈附近，听见牛的惨叫声。

俩人飞奔过去，打开圈门，几头黄牛冲出圈来，又一群豺狗子跟着。

“跑个屁，把人差点撞倒。”张维国骂着。

世子捡起牛圈门口的砖头，跑了几步，胳膊划圈聚力，甩出去。砖头凌空而起，形成一道虹般弧线。世子看着这弧线，嘴角上翘，这是他多年练就的功夫。

世子从小喜欢扔砖头，他弯腰捡起一块砖头，在手中握紧，上半身后仰，使身体弯成弓形，用力把手中的砖头向斜上方抛去。接着又捡起一块，抛出去的时候，沉声说：“你试一试，如果豺狗咬住牛的大肠。”说话的同时，手中的砖头已经向斜上方飞出。

嗖一声，抛飞的砖头，流星一样朝牛屁股上的豺狗子飞去，准确地落到豺狗子身上。

扑通一声，豺狗子落下来，并没有松口。牛跑着，硬是把肠子给扯了出来。一节红红的肠子落出体外，血肉模糊。

世子咬牙，一块块砖头呼啸而出，砸准那些豺狗子。豺狗子个头不大，趴吊在牛屁股上，远看像一只猫。挨了砖头的豺狗子，丢下美食，惨叫着，一瘸一拐地跑开。

牛的叫声凄惨的，母牛肚子里的牛娃娃被托出来，吃得只剩下一条腿。母牛的叫声，渐渐变低。

空气中飘散的血腥味，令世子头皮发麻。他们跑回圈里，发现还有几只豺狗子在牛圈顶上和横梁上，盯着牛屁股，等牛屙粪时掏肛。

张维国带着哭腔说："牛圈顶上开了好几个洞，这绝不是豺狗子一两天能完成的，它们早有预谋。我怎么没想到，只守着门窗。我、我……"

世子提着砖头，一块块地投着。一上一下，发出沉闷又巨大的声音，"砰——砰——"像鞭炮爆炸。

"嘭——嘭——"豺狗子瞬间消失。砖头划过的弧线，如彩虹一般映在天际。

一双忧伤的眼睛

早上，小艺一起来就找世子。

银莲花说世子去牛圈了。小艺要去，银莲花不让，说那里危险。

牛圈门口，母牛倒在雪地里，一双忧伤的眼睛里映着蓝天和白云。

世子想给它包扎伤口，将肠子缝好送回肚子里，可是没有麻药。

“杀了它、杀了它吧。”村民看着母牛受罪，伤感地说。

面对众人七嘴八舌地议论，世子迟疑啦。

队长抹抹眼泪：“肠子全都被托出来咬烂了，牛娃娃也没啦，肯定活不了。杀吧。”

有人拿出黑布，将母牛的眼睛蒙起来。几个强壮的男人，压住嚎叫的牛，将它绑住。世子的尖刀朝牛的脖子处捅进去，又深一点，来回搅动。

一股鲜红的血喷出来，染红了世子的手。牛的叫声，渐渐低啦。大家松了一口气。

牛腿在地上划动着，划出几条灰白混合的土沟来。鲜血汹涌着喷溅开来，咕噜噜，在雪地上滚动成猩红地一大片，格外扎眼。

鲜血汩汩地流着，流入雪地，发出嗞嗞声。殷红的血像梅花，盛开在冰冻的地里。人们吸溜着鼻子。

场里架起大锅，开始煮牛骨头。这香味儿在村子漫延，山上也能闻到香味儿。大家难受了一会儿，就兴奋起来。

有人带着一丝不安，谈论豺狗子；有人摇摇头，表示不吃牛肉。

啃完牛骨头，各自提着分到的生牛肉，回了家。

整个村子弥漫的肉香，招来了野猫、野狗，围着大锅台转圈圈。

从早到晚，银莲花一直坐在烛台前，捧着《中国神话故事》，不时祈祷着。她希望神话里的奇迹出现在现实中，二郎神能捉走豺狗子。

小艺听银莲花念叨着豺狗子、豺狗子的，一天也不吃不喝。他领着小白羊，给银莲花拿来一个馍馍，端来一碗水，银莲花还是不吃。

小艺歪着头，问："奶奶，你不吃东西，'豺狗子、豺狗子'地说啥呢？"

银莲花费力地站起来，把馍馍和开水放到餐桌上，又坐下了。

小艺跟在银莲花身后，学着她的莲花碎步，一颠一颠地走着，问："奶奶，你干啥呢？"

"喝水。"喝完水，银莲花干裂的嘴唇润湿了一些。她指着神话书说，这书里说豺狗子是二郎神的狗下凡。神狗离开天庭，碰上大雪封山，来村里偷吃东西呢。

小艺用脚碰碰小白羊，问："嗯，神狗会咬人吗？"

银莲花说："一般不会咬人，但谁打了神狗，会被报复。豺狗子体形瘦小，我和你爷爷结婚那年，碰见过。那年收成不好，遭了旱灾。我和你爷爷交公粮回来，到村口，天麻麻黑。路中间坐着一条比猫大点的狗。它昂着头，眼睛盯着我们看。我以为是普通狗，拿起竹竿驱赶。你爷爷说，别赶！豺狗子凶呢！那时，我才晓得豺狗子会咬人。”

世子拧亮马灯，周围亮了一片。豺狗子见光，慢腾腾地站起来，夹着尾巴，走出大路，向山上走去。

小白羊蹭着小艺的腿，小艺摸摸它的头，问：“奶奶，豺狗子个子不大，怎么把牛给吃了？”

“崽娃子，问得奶奶都不知怎么给你说。听说，单独一只豺狗子不可能吃牛，几只豺狗子结伴，吃牛吃人都有可能。不然今天怎么把娃娃伙都被关在家里？豺狗子掏肛的血腥场面，娃娃伙看了容易做噩梦。”

世子收拾完场地，把剥好的牛皮钉在队部的侧墙上，回家已是后半夜。

银莲花在大木缸里装好放草药的热水。世子泡着澡，竟然睡着啦。梦中，飘来一朵白云，一头黄牛站在上面向蓝天飘去，牛娃娃跟在黄牛身后，不停地撒欢。

银莲花说，牛皮风干后，要给火神庙里的五保户当褥子。你钉平了吧？世子已经发出了呼噜声。银莲花摇醒世子，让他上炕睡。

世子迷迷糊糊地爬到炕上，看见老黄从地里走回来，默默地叫着走过来，伸出舌头舔他的手，仿佛他的手是一束苜蓿。小牛跟在老黄后面，和小艺一起玩。一阵风过，小牛不见啦。这个时候，世子看见老黄一双忧伤的眼睛里，有像露珠一样的眼泪。他记住了一个词，忧伤。

多年后，有人说他的眼睛里有忧伤。他吓了一跳。

一千只发光的眼睛

红蚰蜒在墙上爬着，小艺举起一块石头，静静地盯着它越爬越高，心怦怦直跳，却不敢砸下去。一千多只眼睛到底长在哪里？他看见的只有红蚰蜒的无数条腿。

银莲花在外边转了一圈回来，见小艺迟迟打不死一只毛毛虫，大声说："崽娃子，胆子这么小，一只虫子有这么可怕吗？"

"哎呀，奶奶，你、你吓死我啦。"小艺尖叫着，差点哭啦。他的心不受控地狂跳着，脸色灰白，眼眶里满是泪水。他委屈地垂下眼帘，脑袋懵懵的，好像真有一千只发光的眼睛，死死地盯着，他头皮发麻，浑身难受。

小艺捂着耳朵，蹲在刚刚站过的凳子上，想起那日吃了红蚰蜒的大红公鸡将他扑倒，用利爪压着他，啄他的情景。

那时的大红公鸡睁着红红的眼睛，咯咯叫着，仿佛它的身体能发射出无数道光剑，刺穿他的脑壳。恍惚间，那些光剑似乎从四面八方齐齐地射过来。

"崽娃子，你怎么吓成这样？一只红蚰蜒，小爬虫嘛。不怕，我娃不怕，我娃不怕。"银莲花见小艺哆哆嗦嗦的，气笑啦。

小艺见银莲花笑着，不满地说："你笑啥呢？奶奶。讨厌。《西游记》中，大师兄都怕红蚰蜒呢。它身上一千多只会发光的眼睛，射出的金光都将大师兄困住了。大师兄翻筋斗云想冲出这光圈，都被撞晕啦。最后化成穿山甲，向地下挖了几十里深才出去求救的，是不是？奶奶。”小艺嘟囔着，噘着嘴。

银莲花摸摸小艺的头，搂着他的肩膀，低声说：“别怕，崽娃子，那是奶奶给你讲的故事。其实呢，红蚰蜒没那么厉害，只不过它体内的一种物质，让吃了它的大红公鸡兴奋起来。桥头啄伤你的那只大红公鸡就是吃多了这虫才变凶的，也是那男人专门给它吃的，而不是红蚰蜒本身多厉害。”

小艺抬头看着银莲花，咬着嘴唇，挣扎着站起来，带着小白羊出门了。

朝霞如火，发出纯红色的光，流动的云朵儿照得小艺眼睛疼。小艺看着流动的云，心怦怦狂跳。仿佛胸口打了一个绳结，这绳结慢慢在他胸腔中上升、上升，直到从他盈满泪水的眼眶里滚出来。

“奶奶讨厌，奶奶哄我，哼。”小艺生气地喊着，还是忍不住想起那些发光的眼睛盯着他的情景。一千只眼睛像夜空的星星，带着毒素，挺吓人。

小虹割草回来，看见小艺愣愣地站着，小白羊蹭着他的腿。小虹问：“小艺，你、你怎么哭啦？”

“谁哭啦？你胡说啥。明明是太阳光刺得，不信你看看那边。”小艺指着天边的火球，不好意思地破涕为笑。

“哦，你说得对。太阳真的很刺眼。”

两个娃娃伙笑着用青草逗小白羊玩。不一会儿，小虹听见喊她回家的声音。小虹走了，小白羊跟在小虹后面，扯着篮子里的青草。

小艺想着红蚰蜒的事儿，连肚子饿也没有觉察到。天黑了，想回家，却发现小白羊不在，“肯定跟小虹去吃青草啦。”

“我不能放任小白，绝对不。”小艺走了一段路，汩汩的水声隐约传进耳膜。

“小虹的家在桥对面，这个点大红公鸡应该在外面觅食。”小艺踏着桥下的裂石，去找小白。

他小心翼翼地迈着步，沿着河边往前走。每走一步都会犹豫一下。尽管他颤抖着，还是把双脚往下放，双手也紧紧地抓着河边的树枝。

小艺用脚试探了一下，水不深，于是就踏着裂石，往河对面挪去。

“喔喔喔——”大红公鸡的叫声在桥头响起，小艺放心啦。

过了河，上到河堤上，小艺看见小虹的妈妈莫默拿着长竹竿站在那里，小白羊和小虹站在她身后。大红公鸡站在院墙上，咯咯叫着，很响。

“小白，小白，过来。”小艺声音颤抖着，小白羊一颠一颠地跑过来。

莫默的头发像鸡窝，乱糟糟的。她有气无力地说：“娃娃伙，赶紧领着小白走。”

小艺刚转身，听见后面的声音。回头就看见一个男人一瘸一拐地从屋里走出来，二话不说，抓住莫默的头发，把她甩倒在地上。

莫默没说话，好一会儿才爬起来，蔫巴巴地回屋了。

小艺看见小虹的身子筛糠似的抖动着，也哆哆嗦嗦地回家了。

银莲花看见他，摸摸他的头说：“那男人以前是街溜子，30岁当兵打仗，打完仗，拖着一条残腿和光荣证复原，唯一要求是落户沙村，给小他16岁的莫默当上门女婿。大红公鸡是他训练的，每天守着莫默不准陌生人靠近。莫默一出门，它就站在房顶或院墙上打鸣报信，男人会将想出门的莫默暴打一顿。”

那夜，小艺梦见小虹母女俩被一千多只眼睛发射出的光组成的网缠绕着。他想找一把刀，割破网，可总也找不到，急醒啦。

水中的红裙子

早上的太阳犹如一颗大火球，熊熊燃烧着，不断地向大地倾泻着过量的光与热。树叶点点的缝隙间投射下一缕缕阳光，风过处，树影摇曳着，投下斑斑点点的阳光。

小艺和小虹坐在桥墩上，一边画画，一边看着天上的云朵儿。橙红色的云朵儿，一大片一大片地流动着。两个娃娃伙你一言我一语地说笑着，小虹说这些云像红布，她想叫妈妈莫默把红布扯下来，裁一条红裙子。

小艺说："才不行呢，云那么远，做不成裙子。"

小虹说："那云就是我喜欢的红裙子。等我到了上学年龄，那些云会变成红裙子，让我穿着上学呢。不像现在只能等哥哥小才放学回来。"

小艺说："好吧，那我就等着看你的红裙子哦。"

两个娃娃伙交换完画画书，分开后，小艺去磨坊找银莲花，小虹继续在桥头看那些一片片扩散开来的彩云，又用蜡笔画着。

磨完面，太阳西斜啦，如火的晚霞将村子照得橙红金黄，远远看去，火红的桥像条彩带，横搭在河的两岸。

小艺拿着摘来的瓢儿跟着银莲花回村，他远远看见小虹趴在桥边，身上涂抹了一层金色。小艺跑过去，送给她一把瓢儿，说："小虹，我奶奶说让你别趴在桥边，桥高，小心掉下去。赶紧回家吧。"说着又给了小虹几颗瓢儿。

小虹答应着，吃瓢儿。

银莲花看着小虹顶着跟莫默一样的鸡窝头，摇摇头，叹口气。她喊着让小虹赶紧回家，其实她想把小虹带回家或送回她家去。可想到小虹他爸的白眼，放弃了，她不敢。

小艺和小虹看着水里的云朵和他们融为一体，高兴地比画着，叽叽喳喳地说着什么。小虹指着水里的红云说："小艺，你看做红裙子的云落在水里，离我近啦，红裙子，对吧？我一直希望有这么一条红裙子，就这样的颜色。"

"哦。你这么喜欢，哪天我到镇上看见这样的红裙子，给你买一条。哈哈。"

"不用，不用。我让我妈妈扯这么一块红布，给我裁剪一条就行啦。买的太贵啦。"小虹指一指天上的霞光，又指着水里的云霞，笑着说。

银莲花听见两个娃娃伙有趣的对话，大声说："小虹，你早些回去哦，我得回家做饭啦。"说完银莲花走了，小艺玩了一会儿也回家啦。

小虹看着河水里橙色的云朵，想红裙子想得出神。她自语："哥哥怎么还不回来？"

这是开学的第一天，学校报名。早上，小才出门时，小虹还在睡觉。他在炕桌上，放了个馒头就上学去啦。

小虹醒来，啃着馒头，在桥上等哥哥。时间久啦，很无聊，趴在桥边，玩着手里的小石子。看到水中的娃娃伙学着她的样子。她摸摸脸、捏一捏鼻子，水里的娃娃伙也这样。

小虹觉得挺有趣，笑着对水里的娃娃伙说："那云像裙子，红红的，是我的裙子。"

"那云像裙子，红红的，是我的裙子。"水里的娃娃伙说。

小虹站起来，不满地说："那是我的红裙子。"

“那是我的红裙子。”

小虹有点郁闷：“明明是我的，怎么会是你的？”小虹想问问小艺，只见小艺的背影越来越小。

她无奈地摇摇头，高声说：“我哥哥还没回来，我再等一会儿。”

一个红色的大火球发着光，光里有好几条红裙子来回飘动着。那红裙子好像向小虹飘了过来。小虹有点困，有点迷糊。她想伸手摸摸红裙子，摸不着。她急啦，伸开双臂，踮起脚去摸，还是摸不到。她用力一跳，“咚——”一声响。小虹一头栽进了河里，头碰在一块石头上。

“小虹——小虹——”闻讯赶来的人抱起小虹时，鲜血从她的耳朵和鼻子里流了出来。她已经没有了气息，莫默哭得死去活来。

小艺看着莫默，把衣角抓得越来越紧，直到关节痛起来。

晚上，小艺睡得很不踏实。梦里，小白羊碰碰他的腿，示意他跟它走。他们一起走到河边，一朵白云飘过来，很快白云变成了穿着红裙子的小虹。小虹跳着舞，舞蹈中的红裙子变成了天边的一道彩虹，渐渐地，橙红的云儿漫天飞舞着，将天空照得亮亮的。

小艺看见穿着红裙子的小虹背着书包，从橙色的云朵里走出来，咯咯笑着，在教室里坐着，又跑向操场后的湖心亭里，她的红裙子舞动出粼粼波光。

蛇形黑痣

清明这天，春风拂面而来，微微的风，不干不燥地流转着，温暖得恰到好处。树上的早樱开得热烈，浅粉色的一簇簇拥抱着。大朵大朵的白玉兰开在粗壮的枝干上，舒展开的花片在一阵风儿的推搡下，落在地上，香气散落在空气中，地上的落叶和花瓣转着圈，你追我赶。

在这样温和美丽的春天，小艺回到了秦岭深处的老家。他站在南坡坡上，看着外婆坟上的那两棵缠绕在一起的树，挠挠右耳朵后的蛇形黑痣，思绪飞到了去年清明。他同样看见这两棵树，便找人砍了，怕它们破坏了外婆的老屋。不想今年这两棵树又长成原样，一棵藤蔓绕着另一棵直直的楸树，小艺决定留着他们，像记忆里的那条翠绿色小灵蛇，不时出现在梦里。

月儿高挂夜空，大地像镀了一层银光。

小艺和一群娃娃伙在竹垛子间藏猫猫，听到哨子声，大家从竹垛的缝隙里钻出来，聚在一起，点完人数说："大家都在。已经很晚了，解散。"

小艺回到外婆家的院子，推开大门，看见中厅放过长明灯的那地方，也是先前停放过外婆棺材的那个窗户附近，一条小小的翠绿色蛇闪着亮光游动着。它身上的鳞片发出的光泽，将黑黢黢的屋子照出一丝光亮。

小艺害怕地低下头，踮着脚尖，顺着另一边的墙绕过游动的小蛇，快步走进睡房。衣服都没有脱就钻进被窝，蒙着头，抱着枕头，缩成一团。心脏扑通扑通直跳着，吓得浑身是汗。

这条小蛇是那条大蛇的缩小版。它在黑暗里游动着，身形清晰可见。闪光的鳞片发出翠绿的光泽，将中厅照得不再那么黑。

外婆下葬的那天下午，小艺回家取书时，听见楼上一阵倒腾的声音，由东到西响着，从西窗冲向天空。小艺追过去，看见一团青烟，飞上天空，变成了一朵虫云，绕着房顶转了几圈，飞向了远山。

之前的那些晚上，梦中的小艺听见窸窸窣窣的声音，艰难地睁开眼睛，迷迷糊糊地坐起来，看见外婆脚下的被子上，盘着一条大大的绿蛇，这蛇盘成一个圆形，头在最中间安静地放着。小艺惊讶得很，想尖叫，无奈一阵沉沉的睡意袭来，没容他害怕，就困得闭上眼睛，呼呼大睡。

第二天，小艺说大蛇，外婆说那是小艺做的梦。然后递给小艺一个很好吃的月饼，小艺就出去和娃娃伙一起藏猫猫玩。外婆坐在那口空棺材前等他，她的旁边放着一盏清油灯，灯一直亮着。

小艺回来得晚，家人都睡啦，屋里黑乎乎的。外婆让他端着灯去睡房，睡房顿时亮堂堂的。

听说，从外婆来沙村帮女儿带孩子的那天起，没有雨的深夜，总会有一条大蛇进入外婆的卧室，那是一条翠绿色的大蛇，它盘在外婆脚下的被子上，鸡叫三遍后，那大蛇才从天窗离开。

想起在外婆呵护下生活的那几年，小艺笑啦。外婆的右耳朵后面，有一颗蛇形黑痣，晚上外婆搂着小艺睡觉，小艺的手就不停地摸着外婆耳后的那颗蛇形黑痣。后来小艺右耳后也长了一颗黑痣，样子像蛇，并且在同一位置。

外婆是母亲的养母。去年 8 月修高铁迁坟的时候，外婆的墓穴是空的，家人就把墓里的被褥迁到了新的山头上。

外婆过世，没留下一张照片或一件物器。那条小蛇是唯一与外婆有关联的东西。它身上的鳞片闪烁着，照亮了小艺童年的夜晚。现在，小艺遇到大麻烦时，摸一摸耳后的那颗蛇形黑痣，好像办什么事儿都顺手了。

瓜女子

冬夜，月儿高挂，寒风呼呼，世子从磨坊回来时已经是后半夜。月光下的河滩亮堂堂的，世子瞧着那块熟悉的大石头上，好像躺着一个人。

世子大喊：“哎，天这么冷，你躺那里干吗？”

喊了半天，没人应答，他心里嘀咕着，这人莫不是冻死了？他快步来到河滩，摸摸那人鼻口，还有一丝气息。摸摸额头，滚烫滚烫的。世子二话不说，脱下皮袄包裹着把这人背回了家。

银莲花赶紧给那人灌药，没见效。又扎针放血，那女子渐渐地醒过来，睁着一双大眼睛不说话。银莲花以为她有心事，不想开口。

第二天，邻居来串门子，认出她就是跟着她娘走街串巷卖绣品的那个女娃娃，是个哑巴，她娘喊她瓜女子。并说昨儿下午她娘就出村了，可能她病了没钱治，就被扔在河滩。反正是哑巴，怪不了谁。

银莲花叹了一声：“苦命的娃娃。”给她做好吃的，看她好得差不多了，就买来丝线和布，放在她的房间，让她随便玩。

瓜女子看见布和丝线，眼睛放光。她洗完布，比画着穿针引线，徒手而绣，连样子都不画。

银莲花看得入迷，觉得很有趣。于是就腾出一间光线好的房子做绣房，让瓜女子带着本家的几个女娃娃，在那里绣花花。

女娃娃们叽叽喳喳很热闹，在忙碌的日子里，瓜女子脸上出现了笑容。又穿上了银莲花让人给她做的几件上好的衣服，人也水灵了。

女大十八变，渐渐地，她的行为举止在大户人家的女子影响下，变得落落大方了。

银莲花乘着驴车或马车，走亲访友或收账的时候，也带着她，到亲戚家串门，瓜女子看到蚕宝宝，双眼放光，直直地盯着，不肯走。

银莲花让人家给瓜女子抓了几十条蚕。第二年，蚕宝宝的队伍壮大成几大蒲篮，抽了好多的丝线。

瓜女子有了一个小小的养蚕房，整天乐呵呵的。她把蚕房门前的风景，活灵活现地绣在布上。河边的银莲花和村子的灵秀浸染在一件件绣品里，山山水水竟然能分远近之趣，人物还有瞻眺生动之情，花鸟抱枕有亲昵之态。银莲花的小脚也被绣得真切。她的绣品在方圆百里，是数一数二的。

世子收养的男娃娃半语子，看见瓜女子就两眼放光，有时候看得都忘了干活。瓜女子看见半语子羞涩地低下头，红了脸。

银莲花看在眼里，高兴在心里，悄悄给他们准备了婚房。不久，举办了婚礼。两个人一起生活了七八年，生了个娃娃。依旧吃住在世子家，没有开火做饭，吃穿用度都是银莲花负责的。

瓜女子整天笑呵呵的，绣了不少村子的人和风景。

半语子也是世子在河边捡来的娃娃，说话咬字不清，身体不是很好，体力也不强，顶半个劳动力。

社教工作组遣送半语子回老家。瓜女子带着孩子不愿意离开银莲花，坚持要住在世子家。世子家成分高，只要瓜女子愿意，他们没说的。

大半年过后，半语子又回到村里。工作组把瓜女子和娃娃接了过去，安排在比较远的地方。银莲花常常开会，没顾上他们。来往少了。

后来听说瓜女子不行了，银莲花哭得很伤心。世子见老婆这样，也不怕挨斗，接来那娃娃，让银莲花养着。

银莲花看见那娃娃瘦得皮包骨头，又是一大波眼泪。

半语子比画着说，瓜女子不养蚕的时候，就不好好吃饭了，蚕宝宝被人连窝端了后，她绝食死了。

银莲花知道，瓜女子寄予最深的爱在绣布上，每一根线都是她的一丝情意，这种情透过绣品传递出来。想起她低眉捻线的姿态如云端仙子，千百种的情绪化为指尖的一缕缕芬芳。瓜女子不会说话，她的绣品说出了千言万语。

半语子看着世子带着奄奄一息的娃娃离开，他跟在世子后面，跟屁虫似的，不断喊着“爹爹”。

世子听见他的喊声，心软了。弄了些干粮，又把他送回四川老家。然而世子还没回家，半语子就先回家了。没办法，半语子就吃住在家里。

后来，银莲花看着家里的绣毯，那块以明丽的花朵映衬于暗淡的背景，村子的全貌就在这件绣品里。苦笑着说：“瓜女子，你的娃娃白白胖胖的，你放心去吧。”

收　徒

中午的阳光从头顶照射下来，世子和小艺的影子成了两个圆，跟在脚下，和他们一起向前。

来到街道中央，那两扇显眼的黑漆大门前，世子大声吆喝："鲁师傅，买席子喽，鲁师傅，买席子喽——"

小艺也学着世子，有模有样地喊着。

"哦，来了，来了——"

鲁拐拐答应的声音很洪亮，这声音在门内门外互动着，就是迟迟不见人出来。

世子站在外面又故意大声喊着，门里照样响当当地答应着，唱戏一般热闹，引得过路的村民不时笑着观看。大家习惯了这个场景。

约莫十来分钟后，那两扇沉重的黑漆大门，吱吱悠悠地响着，门闩拉开，门开了一条缝。一颗大大的脑袋从两扇门中间的缝隙里伸出来，一张笑呵呵的老脸抬起来，望着世子。

世子低头看着这颗大脑袋上的笑脸，说："鲁师傅，这是5块钱，能买一张席子吗？"

鲁拐拐接过钱，慢慢地后退，退到大门碰不到的墙根，靠墙数完这些零零碎碎的钱，确认是5元后，朗声说："小艺他爷，你自己推门进来挑席子吧。"

世子推开门，门吱悠悠地响着，门轴划出大半个圆。门很重，打开挺费劲，门上的木荷叶也已经变形。

世子的目光落在这位身高约一米二三、满脸胡须的大脑袋男人身上，看着他那双清澈透亮的眸子，世子捋着胡须向里走去。

鲁拐拐看着和他个头差不多高的小艺，从口袋里摸出一颗水果糖递过去。小艺说不要，睁大眼睛奇怪地看着这个头顶光光的男人。

鲁拐拐费劲地直起身子，世子想搀扶他。鲁拐拐笑呵呵地闪身，双手拄着拐杖，向库房挪去。他的肩膀一个高一个低，走起路来一颠一颠的。小艺摸着耳朵，觉得这个大伯伯很奇怪。

世子先到库房，看见各种各样的席子，不知道选哪张。

鲁拐拐一步步向库房挪过去，小艺好奇地跑来跑去地看稀奇。

“小艺他爷，你买席子干啥用？尺寸多少？”

正午的阳光洒在鲁拐拐脸上，跳跃着，和他灿烂的笑容融合在一起。鲁拐拐背驼，腿脚也不灵便，却总像孩子般乐呵呵的。大家叫他鲁拐拐，他笑着应承着。世子一直喊他鲁师傅，这是对他的尊敬。

鲁拐拐是五保户，吃住在这一套独门独院的黑漆大院内，乐呵呵地编席子、卖席子。卖来的钱多数交给队里。这院子里的房子奢华，门窗雕刻得很精细，是过去大户人家的四合院，现在是队里的三产工厂，住着流浪汉手艺人鲁拐拐。

他负责编席子，还做一些竹桌竹椅什么的。

半语子回来啦，世子在厨房一角盘了个单人炕后，来买铺炕的席子。

鲁拐拐听完用途，摸摸光亮的头皮，眼珠子一转，说：“小艺他爷，你帮我写副对联，对联必须提及编席子的内容。你的席子钱，我就还给你。”

世子歪着脑袋想了想，提笔写道：

竹席布衾迎远客仆仆风尘进鲁店
香茶热饭款嘉宾盈盈笑语上征途
家兴国旺

看着对联，鲁拐拐咧嘴笑着。纸和笔墨是他的，世子写字不收钱。

临走，鲁拐拐将几张红纸给世子，说："这些纸卖给你，晚上有空，来我这里干活，偿还纸钱。"

世子有点语塞，摸摸胡须，笑啦。鲁拐拐干活总关着大门，怕别人学会他的手艺，抢他饭碗。

晚上，世子拿着一包茉莉花茶，到鲁拐拐家帮忙。小艺看见鲁师傅编席子、鏊笼和背篓，连编花样也不避开他和世子。

连着一段时间，世子编好的物件有不合格的地方，鲁拐拐会帮他修一修。这样也编出了几样东西，看起来还不错，小艺在旁边，也模仿着他们弄竹篾。

鲁拐拐将卖竹器得来的钱给世子。世子也不推辞，给师傅买烟叶、苞米、小米等，剩下的钱，补贴家用，家人总算能吃个半饱。

一张大席子编好，少说也得大半个月。世子总会抽空去干一阵子。小艺常常跟着世子，带着小白羊，看得无聊的时候，就提着桶去提水。

明媚的太阳给村子抹上了淡淡的金辉，河面上，点点金光闪闪，为这村子增添了几分灵动。

小艺提着半桶水，摇摇晃晃地到鲁家时，煮茶的壶里冒着小泡泡。

小艺说水泉沟里有七个太阳。鲁拐拐笑着说："是的。有时间了，我给你做个竹笛。"小艺看着鲁拐拐比画着竹笛的样子，心里头快乐地冒着小泡泡。

半语子

银莲花正坐在门槛上梳头，斜阳照在她的身上。小艺正和小白羊玩。

一阵踢踢踏踏的声音从院外传进来，越来越近，在院子的东南角停下来。

银莲花抬起头，看着半语子拄着刚才敲打蜂箱的那根棒子，一扭一拐地朝她走了过来。还没有来得及说话。“咚咚咚，咚咚咚”，半语子就用棒子胡乱敲打着院子里的蜂箱。蜜蜂从蜜箱门里钻出来，乱飞着。有的飞到半语子的头上，有的照着他的头顶飞来飞去，有的绕着他转圈圈，也许蜜蜂被他敲晕了吧，一起蜇他。

银莲花抿着嘴，佯装生气：“你不好好地去地里干活，跑这儿来捣什么乱？弄得蜜蜂到处乱飞。你看你身上那么多蜜蜂，把你也蜇了吧？你疯啥呢？不好好进来。被蜜蜂蜇了，不疼吗？”

“干娘，我饿、饿。有没有吃的？瓜女子死啦，我不想活啦。大家都别活，蜜蜂也一样。”说着又要去敲打蜂箱。

“嗯，你说啥呢？不好好说话，尽瞎说。蜂儿蜇了疼不疼？痒不痒？干娘给你抹点药。”

“啊，嘎嘎，干娘，有、有吃的没有？我饿、饿！”半语子说话的时候，眼泪哗哗地流了下来，鼻涕流在了嘴巴上。随之大声哭起来，像几岁的小娃娃。

“看看你多大的人啦，鼻涕眼泪都过河啦。怎么还哭呢？再哭不给你吃的啦。”银莲花把头发随便挽在头顶，扒着门框，费力地站起来，一扭一拐地走向厨房。

她从灶膛里掏出那块压着火苗的炭，吹了几口气，松毛毛就燃烧起来。塞进灶膛放些劈柴，将火烧得旺旺的。又打了几个鸡蛋，下了些挂面。

半语子吃着一老碗面条，流着眼泪，吸着鼻子不停地哭，干娘干娘地叫着。

银莲花抹抹眼泪，想起瓜女子。“你哭啥嘞？干娘做的饭不好吃吗？再哭把饭端来给小艺吃，你别吃啦。”

“好，好，不哭，呜呜呜呜。”半语子哭笑啦。几口就把大老碗里的鸡蛋和面条都吃光了。

“从明天开始，你就跟着干爹，勤快点。他走哪里，你就跟到哪里。他挨斗的时候，你跟在后面。他从会场出来，你赶紧给他装烟点火，呃，把烟锅子送到他嘴边。他让你滚，你就跟着，给他捶捶背，帮他提鋬笼，知道吗？干爹回家，你赶紧给他倒水，嗯。要不然，干爹不养你。”

半语子跟屁虫似的跟在世子后面，献殷勤。

几天后，世子不再赶他走，同意他留下了。毕竟是自己养大的孩子，他让银莲花找匠人在厨房盘了炕。

半语子回来，世子上山给他弄各种吃的。开了一块荒地，种东北豆和洋姜，又多养了一只羊。半语子身材矮小，体质差，在队里干活，只能挣儿童工分，分的粮食就少。

世子偷偷地种洋姜，种红薯，这些东西村里没人种过。

过了半年，半语子开始偷懒。有时也不出去上工，哇啦哇啦地发脾气。世子也不怎么管他，反正就这么一口饭，这么一个人。有啥办法！那年，他把 8 岁的半语子从河里捡回来，就知道他脑瓜子不灵光。现在说啥没用咧，当亲儿子养着。

秋雨连着下了两个星期。

半夜，半语子到房后上厕所时，看见一道冲天白堤从上游席卷而来，呼啸着冲向村庄。

“水来啦，水来啦，大水来啦！快跑！”半语子大喊着，砸开世子的房门，又提着铜脸盆使劲敲着，在院子大喊。世子一手抱着银莲花，一手夹着小艺跑出院子，向高处的山坡上跑去。他们边跑边喊：“水来啦，水来啦！”

群狗狂吠着，闻声爬起来的人们，慌忙向高处逃命。

世子光脚爬到山梁上，看着一道冲天的白堤碾过村庄，家园瞬间被水淹没。

清点人数，左邻右舍都在。这夜，半语子吐字清楚，一点儿不结巴，以后半语子能正常说话啦。

寻找七个太阳

星期五早上，天气晴朗，快放学的时候，按照班主任的要求，小艺把一年级两个班的语文和算术作业收齐，摆在讲台上，准备迎接第二天县教育局的检查。

小艺回家后提上芹菜在河边洗的时候，碰到在河边等他的崔俊娃，俊娃要叫他去表姑家玩。

小艺说："不行。明儿要上课，教育局来检查，老师让我配合回答问题。"

俊娃说："七个太阳明早要出来，太阳的妈妈爸爸要带着五个娃娃出巡，这些大大小小的太阳错过了要等几百年才能再来。七个太阳大小不一，大的像雄狮、中的像老牛、小的像猫咪。太阳的样子很可爱：一个圆球样的脑袋上长着一张娃娃脸，一个方脸的太阳像匣子，一个圆脸的太阳像向日葵。太阳一家还要赛跑，落后的那个太阳被谁抓到，谁就是他的主人，可以差遣。天冷了，主人能命令它发热。天热了，能命令它吹凉风。"

"真的吗？俊娃哥哥。太神奇啦。"

"嗯，真的。"

小艺瞪大了眼睛，五年级学生崔俊娃晃一晃手里的白面馍馍，说："小艺，如果你和我一起去看七个太阳，这些馍馍分一半给你和你奶奶，我还带你去我表姑那里看梅花鹿。"

听俊娃这么说，小艺把县教育局来检查的事儿忘到爪哇国去了。他拿着几个白面馍馍跑回家，放进食盒，他家好久没有白面馍馍啦，正好给奶奶吃。

吃完荞面节节，小艺悄悄穿上过年才穿的那双绣花鞋，与俊娃一起连蹦带跳地向杏花村跑去。小艺没敢告诉银莲花，说了肯定不让去。

两个娃娃伙说说笑笑地跑到杏花村时，太阳已经西斜。

杏花村是秦岭腹地的小村子，花儿遍地。表姑养的蚕宝宝蠕动着胖胖的身子，吃桑叶的样子特别可爱。小艺看着绣品上的花朵叶儿与地里长的一样，他开心地哇哇叫着。

表姑绣花的丝线是蚕宝宝的丝制成的。枕套上，一对鸳鸯鱼在荷花下游动着，神态逼真，形态各异的梅花鹿色彩鲜艳。小艺看得眼睛都直啦，不停哇哇叫着。

循着“呦呦呦”的叫声，来到梅花鹿场，表姑说鹿母会救人呢，小艺支棱起耳朵，嘴巴张得老大。

俊娃说，小艺别光看鹿，河里的鱼儿随便抓随便玩。

小艺不信，表姑说：“真的，俊娃你带小艺去河边抓鱼，待会儿回来吃饭。”

他们下了几十个台阶，到河谷。河里的鱼儿好多，钢条、面鱼、鲤鱼等在水里游动着，密密麻麻。小艺没见过这么多的鱼儿，不停地叫着学着俊娃的样子抓鱼。

鱼儿不跑不躲，在他们手里玩。两个娃娃跟着鱼儿，沿着河岸跑着叫着大笑着。几条红鲤鱼灵活地钻进一块不大的石头下，小艺好奇地搬开石头，红鲤鱼在里边不动。几只刚刚成形的小螃蟹在沙里，还不太会爬行。

小艺伸手去抓红鲤鱼，脚下的石头上有绿苔，脚一滑，鞋尖湿啦。他把鞋子扔在一块石头上，光脚站在水里。一群群的鱼儿游向他——“这几条鱼儿舔我的脚指头，这几条舔我的腿。”小艺指着用嘴碰他的鱼儿，大喊着让俊娃看。

他的双手浸在水中，不同颜色的鱼儿在他的手心游来游去，像好朋友一样。一条、两条、七条……小小的彩色鱼儿，在斜阳里慢悠悠地游着。

“嗨，小艺，你最好像我这样把鞋子提在一只手里，另一只手和鱼儿玩。要不鞋子让别人捡走，就不好啦。”俊娃一只手扬起鞋子，一只手给小艺示范抓鱼玩。

小艺看了一眼俊娃，说：“我有办法，看我的。我把鞋子藏在这儿，走的时候来取。”小艺一溜烟跑到一块大石头跟前，把鞋子塞进石头下的缝隙里。

“好啊。待会儿来取。”俊娃说。

两个娃娃顺着河道追着鱼儿跑，霞光将水和鱼儿染成金色的，不知不觉跑远啦。听见表姑用小喇叭喊他们回家吃饭时，俊娃穿上鞋子，小艺的鞋却找不到了。

沿着河岸找了好几个来回，大石头缝隙都找遍啦，也没找到小艺的鞋子。

吃完饭，表姑打着手电筒帮忙，也没有找到。

第二天找了一会儿，还是没有。

这时的小艺想起了班主任的嘱托。当他赤脚跑回学校时，已经放了学。

几个娃娃问他怎么没来上课，他说去找七个太阳把鞋跑丢了。那些会舔腿的鱼儿金光闪闪的，每条鱼儿身边都有一个太阳。

娃娃们问东问西的，他磨破的脚心，这个时候又疼了起来。

静音师太

走出寨子，一股冷气扑来，凉飕飕的。太阳慢慢升起来，大如圆盘，色如咸蛋黄，不耀眼。丝丝暖流飘飘洒洒，随风轻舞，落到哪里，哪里就会温暖一点儿。

小艺深吸一口清新的空气，一股清凉流遍全身，沉睡的细胞被唤醒。在寨子里，模拟墙上的图修炼了一夜，没觉得有多累。

和俊娃向山下走，有一搭没一搭地说着话。光影下的山峦和云雾不断地变幻。他们碰上了鸡血藤，俊娃用随身带的斧子砍下鸡血藤，用绳子捆好背着走了一段路，在一片开满白花花的草坪上停下来。

俊娃指着几朵花儿，声音提高了："小艺，那儿是黄精，肖欢吃的那药。"

他说着放下鸡血藤，开始挖黄精。

小艺瞪大了眼睛，说："俊娃哥哥，肖欢吃了它，走路会很轻盈。"

俊娃乌黑的眸子里闪着亮光，嘴角不由自主地上翘。他用斧头的另一端刨黄精。

小艺手脚并用，财迷一样，有点儿贪婪。俊娃看见小艺的样子，笑着砍来一截木棍，将头削得尖尖，让小艺当工具。口袋里装满黄精后，他们不约而同地看着蜿蜒曲折的山路。

天幕幽蓝，枝条稀疏，画面极净。二人在下山路上，惬意极了。

群山接连起伏，秦岭山脉像一块五彩斑斓的绿锦，充满生机，村子宝石般镶嵌其上。朝阳慵懒地伸伸胳膊，俩人从寨子刚走出来的时候，光线转换让他们不敢抬头，正眼看太阳。现在抬起头来，到处都是耀眼的光晕，每条都是火镜的焦点，似乎一切将要燃烧。很快射出一缕缕光辉。

树顶岩石白亮亮一片，白里透着点红，从上到下像一面极大的火镜，光芒四射。

下到半山腰，一位二师傅坐在岩石下打坐，闭目养神（二师傅是内行对尼姑的尊称，直接称呼尼姑是带着贬义的）。

小艺从二师傅身边走过的时候，一阵熟悉的感觉瞬间传过来。

小艺从岩石下走过好几回，从未注意过石岩上是否有人住或有庙宇。借着朝阳，他看见石岩壁上的庙门。庙是依靠天然石洞建成的，简易整洁。“水月庵”几个篆字刻在石门上方。不知道是什么年代刻上去的，字体已经风化得淡了，不仔细看是看不见的。小艺想：“怪不得我以前没见过。这门和字只能在朝阳里看清。”

二师傅说：“我是灵玉，静音师太。”

小艺抱拳，做个福手，说：“我是小艺，他是俊娃哥。我们从寨子下来的。”小艺眯着眼睛，看见静音师太的眼睛清澈如水。

天空像大海一样蔚蓝，白云在风儿催动下，轻悠悠地飘荡着，林子里不时浮起鸟鸣和蛐蛐的鸣叫，一只小鹿跳过溪涧，向远方跑去。

“小艺。你记得我吗？我们见过面，你奶奶病重的时候，我去看过她。”静音师太语气平静。

“嗯，嗯。”小艺点头，隐隐想起见过静音师太的模糊印象。

静音师太看见小艺手腕上的玉手环，道了声“阿弥陀佛”，欠欠身，她让俊娃先下山。

小艺点头，俊娃慢悠悠地向山下走去。

小艺听银莲花说过，他有个姑奶奶在山里修行，应该就是眼前这位师傅。

待俊娃走远，小艺被带进水月庵。静音师太让小艺坐好，抓起他的手号脉。她眉头一皱，说：“任动二脉不通还修炼内功？不要命了你！”

静音师太让小艺坐正，她的手搭在他的背上，输入一丝丝真气。小艺的身体热乎啦，手脚不再冰凉。小艺很享受地闭上眼睛，从心里感到惬意和舒服，他想多治一会儿，可静音师太住手了。拿来一颗药丸让他吃下，右手按着小艺的头顶，将一丝真气源源不断地灌入。

气流在小艺体内穿行，小艺晕乎乎的。静音师太大汗淋漓地坐在石凳上，喘气。她已经将五分之一的真气灌入小艺体内，强行封印在小艺左臂内侧。小艺的身体现在不能化解它。

“你可以走啦，后会有期。”静音师太平静地说着，从烛台下拿出一个褡裢给小艺。“这里边有千年老参，关键时刻可以救命，收好。”说完进了里屋。

走出洞口，借着朝阳，小艺看见褡裢上的图案和他手环上的图案一样。打开褡裢，里面一棵千年老参、几根颜色怪异的香烛和五灵脂，“救命符箓呀，姑奶奶谢谢！”小艺面向石岩，施礼感谢。

从怀里取出从寨子里拿出来的金钱剑、《辟邪剑谱》，一并装进褡裢里。在晨光里，褡裢发出紫光的瞬间，缩小到可以放进手心的大小后，装进口袋里。

“这、这奇怪的褡裢，能变身。”小艺惊叫着。这褡裢是保安族特殊的盛物袋之一，小艺现在还不认识。

他把手从阴暗处伸向阳光，温暖四散，阳光的味道满满。

走了一段路，小艺看到在路口等他的俊娃。

俊娃看见阳光包裹着的小艺，如一粒饱满的麦粒，说：“没事吧？小艺，你的左胳膊和右胳膊，怎么一高一低的？”

“俊娃哥，我没事。”小艺看着俊娃浅笑着说。

下山后，他们分开走，一前一后各自回家。

小中医

在火车站前，小艺整理了一下俊娃送来的药材，将麝香、牛黄、熊胆等贵重药材，和党参、贝母、杜仲等普通药材分装进褡裢。借着朝阳，褡裢遇到手镯的一瞬，缩进小艺手心里，他再装入衣服的内侧的口袋，系好扣子。

拿上俊娃帮他买的回城火车票，让俊娃赶紧回。

夏收季，时间耽误不起。

晨雾淡了，颜色变白，如流动的透明体，东方发白啦。浮动的雾，轻纱般笼罩着村子，房屋树木若有若无，看不到整体轮廓。风过处，雾撕开一条开豁，露出房屋树木的部分轮廓，如海市蜃楼。

目送俊娃离开，小艺笑笑。从小到大，俊娃像亲哥一样呵护他。他有些不好意思，想到这里，小艺有些不舍。

“距离开车有两个小时，到火车站附近逛逛。一旦离开秦岭腹地，这潮湿的空气就闻不到啦。”这样想着小艺向站后的街道走去，秦岭深处的火车站如一幅青山绿水的油画。

到宽窄巷，不少人围了一圈，小艺凑过去，一个人倒在地上，面孔抽搐，口吐白沫，身子痛苦地蜷曲着。这面孔有点熟，“小中医，王进！”

“小中医，王进哥，你怎么啦？”小艺挤进里圈，大叫。王进眼睛直勾勾地看着他，没反应。

小艺在生产队的大院里玩的时候，小中医就坐在赤脚医生对面，免费诊脉，给大家开预防感冒的处方。

“王进哥是我们村的小中医，怎么会在这儿？”小艺问。

没人回答，小艺喊了几声后，一名围观者说：“一个黑衣老头说他是祖传神医，精通针灸治病。这个人要拜黑衣老头为师，还说自己胸口的穴位找不准，对，是大椎穴，黑衣老头给他示范，针刚扎下去，这人就打摆子。”

“黑衣老头呢？”小艺问。

“刚刚还在这儿，怎么不见了。”围观者发现黑衣老头已经不见踪影。

小中医大张着嘴，脸色紫青，裸露的上半身还扎着几根针，一副痛苦的表情。小艺喊：“小中医，王进哥哥。”他摇着王进的胳膊，王进没有反应，目光呆滞空洞。

小艺脑海里，回荡着静音大师的声音：“黑衣老头扎破了小中医胸腔的隔膜和脾脏，气压进入胸腹腔，使内脏出血。”

小艺不相信这幻觉，想把小中医送到县医院。他大声道：“送医院，谁帮我一把？”小艺根本搬不动王进，试了又试，还是不行。

一个穿月白色衬衣的男人把手放在小中医口鼻间探了探，又把了把脉后，摇摇头：“不用送啦，人已死。你看他脸色发黑，该是双侧肺脏破裂继发双侧气胸，导致呼吸功能障碍而死的。”

小艺拔出针，拉下小中医衣服时，从衣服内衬里掉出一个针袋，针袋上篆字绣着“九阳回魂针”，小艺震惊。

“啥情况？谁会救命？”小艺喊。

不远处河水流动的声音格外清晰。围观者已经散开。小艺看着月白色衬衣做了个比心的动作，说：“能不能帮忙看着？我去拍个电报。”

“去吧。我是车站卫生所的李医生，西医。所里的老中医回乡下老家啦。哎。这个针袋你收着，有机会给小中医的家人。我先看着他，你快去快回。”

李医生长叹一声，默不作声了。

小艺拍电报通知了小中医的家人后，和李医生把小中医送进了太平间，把火车票改签到第二天。

早上，小中医的家人亲戚和队里的拖拉机一起来啦。

小中医的父母哭得死去活来，哥嫂一边流泪，一边把小中医抬上了拖拉机。小艺把针袋递给小中医的父亲，他没接，沉声说：“小艺，它害了我儿！你拿着吧，说不定日后有用。我不想看到它啦。”

听完这话，小艺接过针袋，想起了静音师太的话：“凡是头、颈项、躯干、高级神经分布处和重要脏器对应区附近，用针要谨慎。风府、风池、哑门、人迎等更因小心，背腧穴操作不当会死人。去年，何村女子朱茵头痛，黑衣老头说可以治好她，针刺合谷、外关、风池和风府穴，捻右侧风池穴上的针柄摧气时，朱茵晕倒，当即死亡。”

“这个黑衣老头和那个黑衣老头不会是一个人吧？”

小艺想破脑袋，也没想出结果。

包包菜

星期日的早上，空气中带着一丝微寒。世子穿上夹袄，拆开篱笆墙，地里大大的包包菜，惊得他睁大了眼睛。他吆喝了一嗓子，大家闻讯赶来，乐滋滋地看着那些长得出奇大的包包菜。地里一下子热闹起来了。

小艺和银莲花到包包菜地时，世子正用长柄斧子砍着包包菜。包包菜滚落到铺撒了一层边叶的地上，大大的圆圆的如莲花，如动画片里一般满地滚。

小艺和一个娃娃伙抬着一个包包菜，慢慢向地边走去。脚下的边叶有点滑，没走几步就滑倒啦，两个娃娃伙爬起来，坐在包包菜上，哈哈大笑。

今年这片地里的包包菜长得大，完完整整的，没有爆顶。虫蛀少。小的少说有二三十斤，大的八九十斤，个个长得圆圆的，如白莲朵朵。

“叮铃铃、叮铃铃……”一阵清脆的自行车铃声响起，凤凰牌自行车的铃声洪亮。邮递员的自行车才这么高档。世子想着，手上的活儿不停。

小艺望望自行车，又看看砍得起劲的世子，继续抬包包菜。他学世子的模样，将几根长马莲草拧一拧，当绳子往腰里一扎，衣服紧称服帖了，隔风，干活利索。

一阵紧似一阵的铃声不停地响着。世子看了一眼打铃人，又低头干活。

“世子，世子，我是八中的校长。请你来收一下信，教育局给你的聘书，聘你当我们学校的老师，知识分子可以发挥作用啦。”

校长晃动着一个信封，没等世子回答，已经跨过碾渠，从篱笆墙的豁口，往地里走。

世子不大相信地站着，直直地盯着校长发呆。

银莲花捅了他一下，催他赶快去和校长说话。世子捋捋胡须，整理了一下衣服，大踏步走过去。打开信封，里边是聘书——秋季开学，他被聘到八中教英语和数学。

校长握着世子的手，激动地说：“你是老牌大学生，能干好这事儿。”说完，回到自行车跟前，从自行车后架上的背包里取出几本英语、数学书，备课本和蘸笔，递给跟着他的世子，让世子熟悉一下课本，备备课，开学到八中教初一年级的英语、数学两门课。

一时间，世子还没转换过思维，看到书有点迟疑。

银莲花见世子发呆，笑眯眯地挑出两个长相俊俏的包包菜，喊着小艺，捅一下世子，让他将这两个包包菜绑在自行车后架上，作为回礼。

校长推辞着客气地说：“这么大的包包菜，太稀奇啦。无功不受禄。”

世子说：“往年的包包菜长到十五六斤就得收。如果硬要留在地里，包包菜顶端会炸裂。裂缝要是灌入雨水，菜心会烂。今年菜地旁的碾渠通水了，包包菜吸足水分，才长得精神。”

银莲花笑着说：“世子，你成了今年的包包菜啦，收获满满。”

校长呵呵笑着：“像世子这样的包包菜，我非得驮回去啦。放到教职工的灶上，让大家一起分享这份包包菜的喜悦。”

小艺看着两个包包菜在自行车后游动，像两个调皮的娃娃，圆滚滚的脑袋随着远去的车子晃动，恍惚间如两朵漂移的白莲花，渐渐消失在路的尽头。

坟　羊

天色渐暗，河滩里吃饱了肚子的羊悠闲地向圈里走去。树上的鸟窝里，叽叽喳喳闹腾着。喧嚣的白天像一名洗净韶华的演员，悄然隐退在渐渐落下的夜幕之后，人们围坐在饭桌边，吃饭谝谎。

洗完澡，小艺把小白羊从大木缸里抱出来。小白羊甩甩身上的水，蹭蹭小艺的腿。小艺摸摸小白羊的脑袋，看到碗里的连锅搅团上，盖着一层灰白色的莴儿菜。

小艺问银莲花，莴儿菜是大包包菜做的吗？不像！包包菜颜色鲜亮，莴儿菜咋这么暗？

银莲花说："崽娃子，生的包包菜是活物，会吸收水分和阳光，颜色自然好。腌制后，包包菜变熟，成了莴儿菜，杀菌后，吃了不拉肚子。"

包包菜是做莴儿菜的原料，莴儿菜是酸菜的一种。把洗净、控完水的包包菜放入大木桶，一个个垒好，一层层撒上花椒、辣椒后，将大颗盐和紫苏煮的水晾凉，倒入后，用大石头压瓷实，过三五天就能吃。莴儿菜放的时间越长，酸味越浓。

银莲花说着从墙上取下钥匙，把小艺领进厨房隔壁的一间干净储物间。银莲花指着一个直径三四米、高四五米的大木桶说，这里盛的都是莴儿菜。

小艺站在凳子上，看着一个个圆滚滚的包包菜被石头压着，委委屈屈的。它们的上面浸着一层清清的水膜。小艺伸手想摸一摸，银莲花拉住他的手说，这水是包包菜本身的水分，今年碾渠疏通放水，专吃害虫的青蛙和水蛇都来啦，包包菜没蛀虫，水分足，长得大。

小艺爬到二楼上，帮世子刨开已经铡碎的包包菜根和边叶。世子说，这东西晾干后，留着冬季喂猪喂羊。

天黑了，小艺和娃娃伙们摸黑在院子外玩老鹰捉小鸡的游戏，银莲花喊他时才回家。

夜里，小艺梦见他走进一个灯火通明的世界，和包包菜娃娃玩游戏。一个个包包菜娃娃旋转着，开口说话。按照包包菜娃娃的要求，小艺去了一家灯光特别亮的店里，买一种特别好吃的食物。

小艺在店里转了一圈，几乎没有看到卖食物的店铺。店很大，分成若干小店。但人很少，几个私下兜售饰品和干花朵的人转悠着。走到店的最里边，“椒麻鸡”几个字，吸引了小艺的目光。

走进小店，小艺碰见一群包包菜娃娃，他们已经点了几道菜。一个包包菜老太太说：“不行不行，我从来不吃鸡。”可小艺刚刚在店门口，明明看见她将一只鸡吃光了。

识海里，小艺对这包包菜老太太吃鸡的样子很熟悉。小艺没说话，继续寻找。不知不觉来到舞台前，节目马上开始啦。许多包包菜娃娃穿着高档纱裙，登台了。小艺找不到适合的衣服，更衣室里的演出服太小了，小艺穿不上。在包包菜娃娃中间，小艺像一位巨人。

舞台上很热闹，包包菜娃娃激情演绎着寻找食物的戏曲。找呀找，一条平坦的路他们不走，让小艺带他们跨上一道高高的台阶，去那里找。

小艺跳上去，发现台阶其实是一堵高大的墙——古长城。小艺就从城墙上面，向外跳下去，很快跌入了一波波高大又快速车流里。

咕噜噜，咕噜噜，小艺滚到了车流之外的一片青草地里，地旁有一条清清的小河。包包菜娃娃用力吸着河里的水，他们逐渐变大、变大，最后变得圆滚滚的，如巨型地球仪。

河里的水汩汩地灌入包包菜娃娃的肚子里。饱满的包包菜娃娃一齐朝东滚了一小段路，又向西滚。他们的线路如篆字里的藏锋，声东击西，滚进了荒漠。

浅灰枯黄的骆驼草张大嘴吮吸着河水，半枯半荣的面容出现了绿意。

两个圆圆的大土包出现在荒漠，如古墓，又如两朵莲花。墓前有一道缝隙，“咩咩——咩咩——”一只如小猫般大小的羊，从缝隙里爬出来。

小艺呆呆地看着：“这土堆如古墓，怎么这么熟悉！貌似白莲花。哦，这不是八中校长自行车后的那两个大包包菜嘛！他们怎么逃进了荒漠？”

小艺嘀咕着，两朵莲花瞬间被沙砾淹没。

一座圆圆的小坟墓拱起来，又拱起一个，一个接一个快速复制着，连成片，大小不一。

一丛丛骆驼草里，一只只如小猫般大小的羊——坟羊，“咩咩”地出现在阳光里。他们舔着小艺的手，仿佛他的手是苜蓿。

风儿轻轻吹着，一阵阵特有的音乐，“咩咩——咩咩——”地演奏起来。坟羊的叫声和水声，和谐地鸣奏着，构成一曲独特的大漠奏鸣曲。

针 刑

下雨啦。在家待着无聊，夏雨便穿上雨衣，到街上逛。

雨像针一样落在她的胳膊上，湿漉漉的，滴答作响，吵得她有点烦。瓦窑的火映射得雨滴红红的，像血。一个惊雷划过天空，夏雨打了个激灵。“夭寿呦，怎么做了这孽！”

她搓搓手，来到院外，听着收音机里的读书声，又知道世子要当教师。夏雨有些冷，七月天，不该冷啊。

收音机里的讲课声，穿过空气如针戳破耳膜，刺得她脑仁疼。回家吃不好睡不好，那事儿电影一般出现在眼前。

雨透过会议室门帘，投下一片湿影。地中间的一个长板凳上，绑着世子，他的脚下塞了几块砖——架土飞机。

世子微微闭着眼睛，咬着牙，血从脊背断断续续流下一道道血印子。血从戳破的针眼里流出来，有的已结痂。

扎着两根大辫子的夏雨手里捏着一根长针，她每戳一下世子的脊背，就哈哈大笑着说：“你带回来的钱藏哪里了？老实交代，从宽处理！否则就得受苦。”

世子摇摇头，表示没啦。

夏雨胖乎乎的大手一挥，大喊着：再戳。

“好。”有人又在世子脊背上戳了几针。

绑在长凳子上的世子脸色煞白，额头上豆大的汗珠儿滚动着。

世子说："夏队长，我真的没钱啦！我带回来800元安家费都花啦。老张借了100元，小五手术借了200元，老李接骨借了20元，修路集资300元，买粮食100元，还有的都给你啦。"

没等世子说完，那人说："夏主任，不能再戳啦，要不然他会出问题的。"

夏雨没理会那人。对世子说："骗人的话，谁信？你继续交代。"说完，世子就不动了。

世子在土飞机上待了一天，没吃没喝，脊背红兮兮的，地上有摊血。

那人见世子晕倒，结结巴巴地问夏雨怎么办。夏雨让他用凉水把世子泼醒后，叫来半语子，把世子弄回家。

银莲花赶紧止血，处理伤口。脊背上的几十个小洞洞是纳鞋底的针锥戳的，涂上碘酒，伤口肯定疼。世子咬着自己的手，没吭一声。他说不疼不疼，怕银莲花操心。处理完伤口，世子趴在炕上吃蛋花粥。

类似剧情，妇女主任夏雨重复几次，放弃了。世子真没钱。

收音机里的读书声，将娃娃伙从梦中惊醒。他们一窝蜂似的跑到小艺家，摇头晃脑地跟读。不久，又对单调的声音失去兴趣，一前一后跟着房檐下的燕子或门口的麻雀、蜜蜂或狗狗跑开了。

夏雨看着世子写写画画地念英语，她坐立不安。几天后，想了个好办法。在她家摆桌子，免费让村里娃娃补课，请世子讲课，算工分。

夏雨准备好野果，请世子第二天去她家上课。

世子进门，见夏雨躺在炕上一动不动地翻白眼。她儿子说："我娘现在半身不遂，大夫让打活血的针。"

世子明白了。平时他义务给几个瘫痪老人打针，大家说他打针不疼，他也顺手给夏雨打了。快开学了，世子让他们重新找人打针。赤脚医生专门上门要收费，世子帮忙打针，不收钱。

一件半新不旧的衬衣、一件黑色的呢子中山装、一条皱巴巴的黑裤子，这是世子刚参加工作时买的，回乡没舍得穿，现在正好派上用场。

临去八中前，世子换了行头后，去瘫痪老人家告别，交代针的剂量和用法。到了夏雨家，一直吐字不清的夏雨，忽然能说话啦。她说："世子爷，你大人有大量，原谅我年轻时不懂事，用针戳你。我瘫痪后，我儿和老汉嫌我臭，不肯来炕前。而你不计前嫌，给我打针。本来我不想活啦。可我戳了你几十针，你现在也给我打了五六十针啦，虽然你打针不疼，这也算我自愿领了针刑。你别记恨啊，以后，好好教我孙子。"

世子说："没事没事。您老提那陈芝麻烂谷子的事儿干吗？您不说我都忘了。我现在全须全尾的，您也要好好的。"

鸡叫三遍，银莲花已擀好面，做好臊子。世子吃完臊子面，走了二十多里路，花了三个多小时，才到八中。

红砖瓦房的校园亮堂堂的，一条大河环绕着大半个校园，蜿蜒而过，河畔还有一片竹林。校园后是一个很大的果园，红彤彤的苹果、黄澄澄的梨儿，挂满了枝头。风过处，果香四溢。

第五天，世子收到银莲花的信。信里说，他离开村子的那天，夏雨含笑离世。世子叹了口气，从煮针盒里拿出注射器的针头，看了看。

小艺静静地看着，他说："爷爷，打针就是上针刑，对不对？"世子笑啦。从那以后，他们将打针叫针刑。针刑这名字，渐渐地在村里传播开了。

下雨了，雨脚密密麻麻，针一样落下来。小艺打了冷战，说起了夏雨收拾他的事儿。

夏 雨

走出校门，一片金黄色的阳光与欢快的风儿一起舞蹈。小艺背着书包和一群娃娃伙跑着去小桥附近，他们要像麦客那样做游戏。

阳光亲吻着娃娃伙，树叶儿发出点点亮光。岁数大的娃娃伙先跑到小桥上，大声唱："高高山上一堆灰，绿球在那儿塑一堆；高高山上一头牛，绿球在那儿单独就。"

哗啦啦，跟着跑来的娃娃伙，合唱着这歌，迅速站起来、蹲下去。多数娃娃伙的动作与歌的内容相反，一两个动作慢的娃娃伙，跟不上歌儿的节拍，撒腿就跑。别的娃娃伙在后面追，被抓住的要表演节目，有点像击鼓传花。

斜阳在娃娃伙的笑声里渐渐低了，黄昏变了形，暖暖的华光一会儿工夫就被洇上夜色，亮光悄然羽化成凉飕飕的风。

小艺和娃娃伙迎着风，蹲在小桥上唱歌，跳上跳下地做游戏。小桥忽然一沉，歌声戛然而止。娃娃伙"咚咚咚"下饺子似的跳到河滩的石头上，散开啦。他们远远地看着小艺。

小艺转身，夏雨胖乎乎的大脸映入他的眼帘。他闻到她身上的汗味儿，心想自己身上的味道可能也差不了多少。

夏雨骂着："小畜生，你刚才骂谁呢？你这个有人养没人教的狗东西，今天我替你父母管教你。"唾沫星子喷溅到小艺脸上。

小艺还没有反应过来，就被提溜到了半空。夏雨的大手揪着小艺的衣领，勒得他满脸通红，呼吸困难。

他说不出话来。胸口憋闷，头晕乎乎的。

夏雨不依不饶地叫骂着："哼，还说世子有文化，怎么教育出了你这么一个杂种？刚刚谁让你骂我的？世子吗？我去问问他怎么教育你这狗东西的。"

小艺想解释，可说不出话来。

夏雨叫嚣着："你这个没有教养的狗东西。敢骂老娘！老娘不收拾你才怪。"小艺想双脚落在地上，这样胸口就不会太难受。可是衣服领子勒得他满脸通红，眼泪都快流出来了，根本说不出话来。小艺在空中哆嗦着。

看见老余提着一根竹竿走过来，夏雨把小艺往面前一扔。小艺呼吸到了新鲜空气，可也看到了对准他脑袋的竹竿。拔腿就跑，一个字也没说出来。

老余骂着："小兔崽子，真能惹事。"她没有追。

天麻麻黑的时候，小艺从藏身的竹垛里探出头，想找些吃的。小白羊看见他，咩咩叫着跑过来。它的声音引来邻居阿姨的目光。邻居阿姨大声说："小艺来我家吃饭。"小艺示意她不要大声说话。

老余出来抱柴，见小艺站在那儿打手势，满身是土和竹叶，便跑过去，一把抓住小艺，将他拽回家。

小艺缩在灶前烧火，心狂跳着，虚汗直冒，哆哆嗦嗦的，连牙齿也打颤。小白羊走过去，蹭蹭他的腿，小艺拿一把草让小白羊吃，小白羊舔着他的手心，小艺好像不害怕啦。

老余用平时舍不得吃的鸡蛋给小艺炒米饭，小艺吃了一碗。老余让他洗洗睡觉，小艺乖乖地钻进被窝，沉沉睡去。梦中的他跌入万丈深渊，周围黑压压的，被狼群围着，野狼撕咬着他的脊背和腿脚，很疼。

疼醒的时候，老余正叫嚣着：“我让你跑，跑呀——我打断你的腿，看你往哪里跑。你如果死在外头，我怎么给世子交代？”

微弱的灯光扑闪扑闪，明暗不定。一根如大拇指粗细的竹竿一下下落在小艺身上，他浑身颤抖。老余举着的竹竿，一下下落在他身上。小艺脑海里冒出一个念头：逃，逃走！

爬起来，小艺发现衣服、被子和鞋子不见啦！被老余藏了。他逃不出去。老余边打边骂，尖叫声在夜幕上回荡：“长记性了吧？碎怂，下次再跑，打你的就是劈柴，而不是竹竿。”

竹子打断啦，打碎啦。小艺已经哭不出来，身子一颤一颤的。

老余的左手揉揉疼痛的右胳膊右手腕，又甩甩双臂。咬牙切齿地说：“我的胳膊都打疼了，碎怂害得我担心半天。”

小艺迷迷糊糊地昏睡过去。他睁不开眼睛，恍恍惚惚间觉得野狼咬得他浑身酸疼，无法呼吸了，两个肺好似被野狼给吃了。他不停地喘息着，打着嗝。气息卡在喉咙里，有些上气不接下气，耳朵嗡嗡响着。睡到第四天，小艺能下炕了。他跛着腿，挪到学校。

小艺蔫头耷脑地趴在课桌上，班主任张虎问他怎么了，他也不回答。

嗓子哑，说不出话来。小艺除了头和手外，脊背、四肢皮开肉绽。张虎叹了口气，把小艺背到卫生所处理伤口。腿弯处伤口深，裹上纱布。过了两天，又带小艺换药。

伤好后，小艺总梦见一群野狼围着深坑转圈圈。他在深坑里，被一只狼咬住了。那时，世子陪银莲花伺候病重的老丈人，把小艺托付给了老余。世子和银莲花回来，小艺没提挨打的事。

山客儿

世子随着李厚成的副业队，走了四五个小时的山路，到秦岭梁顶时，天已大亮。满山的竹林绿得晃眼，碧绿中不留一点儿缝隙。

放下行李，世子和大家一起搭安棚。人手多，七手八脚地干着，很快搭建好安棚。

他想，这是团结的力量。今冬，山客愿意带他上山，他想，明年在八中校园前建一座钢筋混凝土桥的事儿，有着落了。

浅蓝的天空，阳光细细碎碎，清淡明亮。秦岭梁上的这一大片青翠挺拔的天然竹林长势好，没有人工松土、施肥、浇水、治虫，也是生机勃勃的，在白雪皑皑、寒风呼啸的腊月，格外迎人。

世子抡起砍刀，学着李厚成的样子，从根部砍倒一根竹子又一根竹子。一根根老竹被砍断后，堆在竹林外的空地上，每个人都有堆放竹子的地方。

李厚成是山客的首领，每年腊月，他都会带着一群结过婚的、体格健壮的男人到深山老林，安营扎寨——住在安棚里，谈天说地论女人，无拘无束地住上一两个月，他们割竹子、扎扫把，自称“山客”，渐渐大家也这样称呼他们。

世子学着李厚成的样子，被子、袜子和衣裤也随便扔在床铺上，几天不洗脸不刷牙。吃饱肚子后，全力干活。李厚成笑着说："你现在成了真正的山客啦。"

人字形安棚是山客的住处，分为两层，上层住人，下层堆杂物。安棚靠近门口的地方，煨着一盆冒烟的暗火，昼夜不息，作为防野兽袭击和做饭用的兼守火种。这火是李厚成点着的。

刚来的时候，李厚成从铺盖卷子里摸出两个小白石头，一碰一碰的。火苗就在碰撞的石头间窜出来，将一把松毛毛点燃，再点燃做饭的灶。

按惯例，开第一顿饭前，要敬山神。吃完饭，红红的火苗被移到安棚门外的一个浅坑，火焰被压下去，煨成暗火。一缕青烟袅袅上升，昼夜不灭。

风声乱喊着穿过丛竹，山客抡起斧子，来回走动。李厚成说："世子真成山客啦。不过，割竹子有讲究，成年竹和来年竹不能一次砍光。把太密的砍稀，把品种不好的毛竹砍来扎扫把。遇到蜂窝或熊窝必须绕过去，不能破坏。谁破坏规矩，就逐出竹林。清一色男人世界里，就没有他了。"

"靠山吃山养山育山护山"是山客信守的宗旨，除了轮到做饭的那天，其他人不能随意动火。即便数九寒天，下着大雪，同样也不例外，山客只能在专用火炉前取暖。

割竹子最要小心观察的是脚下的竹茬，稍不留意，就会戳伤脚心。世子踩在雪和竹叶铺成的厚厚的地毯上，"刷——刷——唰——"的声音如竹叶的交响曲，听着这声音欢快地流过耳朵和心田，他咧嘴笑了。

这次，世子被吸收到最强壮的那支山客的队伍里，有的山客帮他砍竹子运竹子，他们的目标明确，要在学校前修座水泥大桥，方便出入。多数娃娃伙的家在河东，而学校是建在河西的，因此有一座结实的桥是很有必要的。

小年一到，就该回家了。山客们拉着装满竹子、扫把和檩子

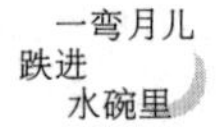

的架子车，一趟趟来回装卸。

世子的架子车冲下一个大下坡，冲上大上坡时，卡在了两坡之间的V形底部，他的手心也被撞破。李厚成和几个山客熟练地把他车上的竹子卸下来，重新装了。

架子车里捆绑的竹子比人高。装车有诀窍，稍不慎，就会在山路上出事故。山客凭着对山路、架子车和竹子的熟悉情况，控制方向和速度。

不几天，村里麦场堆起了几十米高的竹垛子、檩子堆。竹垛子由成捆的竹子和扫把垒成，空心，通风。

记分员登记完竹子数量，和山客确认无误后，真正意义上的年，到来啦。

正月初一到十七，绑着红气球的大卡车陆续进村，把竹子、扫把和檩子拉走，顺带将村里的鸡羊猪买走。世子和山客排队装车，挣装车费。

拿着钱，外加几个月工资，世子买了建桥的原料。桥，在夏风中开建起来。一丝风儿笑嘻嘻地跑过竹林，与娃娃伙捉迷藏。

没有课的时候，世子在修桥工地，指指点点。

月朗风清，世子和小艺在校门外的竹林里散步。夜风放开歌喉，和竹叶儿一起弹奏催眠曲。世子说："秋季暴雨来临前，桥就修好了。河东的娃娃伙不用担心涨水后，来不了学校了。"

小艺拿出一幅画问："爷爷，我画的竹子安棚和梁顶像吗？"世子说："安棚和梁顶的很像，只是竹子缺了风骨和团结的力量，其他都好。"

夜风不停，竹影阵阵。

割耳朵

中秋之夜，小艺看着银莲花拜完月亮后，将一个带着红点点的小圆饼给他。这时，月亮恰好从云层后露出来，如银盘如白玉，皎洁明亮。

微风翻动着树叶，空气中浮动着的清香，不知道是来自桂花，还是来自月亮。小艺指着月亮，兴奋地说："奶奶，月亮出来啦。"

银莲花赶紧拉住小艺的手说："崽娃子，不要指月亮娘娘，要不然会被天兵割耳朵的。"小艺放下手，一直担心耳朵被割。早上起来，摸一摸耳朵，还在，心里放心啦。

吃过晚饭，娃娃伙喊小艺藏猫猫。

半山腰的场里，堆放着一捆捆竹子和扫把垒成的空心垛，状如山。这样堆放，通风，防馊。娃娃伙就在这些空心垛里，钻出钻进地玩。

风儿吹动着无数树木，得意地晃着半山腰上的松树，也绿得酣畅。小艺看着那些松树，又看看竹垛子，不能确定他要找的娃娃伙藏在哪个垛子里。

天黑了，月儿升起来，夜风扑面而来，树叶摩擦的声音在耳边回响着。树木摇摇晃晃，仿佛下一秒会被连根拔起，松林也变得黑漆漆的，小艺有些害怕，不知所措，幸好几个高年级的娃娃伙和他一组，帮着他找藏起来的娃娃伙。

小艺从一垛竹子下面的缝隙里爬出来，看见一双布鞋就抓住那人的腿。那人笑着说："我找到你啦，割耳朵。"

说话的同时，那人拿出一串银光闪闪的刀子，托着小艺耳朵，故意弄出稀稀疏疏的声响来。那人大喊着：“准备盆子，我要割耳朵啦。几天没吃肉，正好凉拌。”

小艺吓得哇哇大叫，用双手去护着耳朵。看场的大人走过来，呵呵大笑着，看着小艺东躲西藏。

月亮当头照着，银光满山，娃娃伙热热闹闹地藏猫猫。胡长义来到竹垛附近，乐呵呵地逗娃娃伙玩。摸摸这个娃娃伙的头，摸摸那个娃娃伙的耳朵，怎么不见啦？他故意磨叽着，嚷嚷着，慢腾腾地从口袋里掏出一串带着小刀和指甲刀的钥匙。摇摇晃晃地将钥匙捏在手心，露出一点点刀刃。捉住娃娃伙的耳朵，大叫：“割耳朵、割耳朵啦！”

娃娃伙吓得捂着耳朵，挣扎着大喊救命，东藏西躲乱跑，看场人哈哈大笑。镀烙的小刀和指甲刀很亮，大人都没见过，更不要说娃娃伙。他们以为亮晃晃的刀子是锋利的匕首。

胡长义故意板着脸，娃娃伙吓坏了，以为他是月亮娘娘派来的天兵，负责割耳朵。

住在村里的干部陆续提前回城，年过半百的胡长义是转业军人，一定要待够时间才回家。他一个人住着无聊，经常到场里和娃娃伙玩。

个别娃娃藏猫猫时，耳朵被竹子刮破，胡长义就说是月亮娘娘割破的。村里娃娃老实，没人敢指月亮啦。

小艺摸了一段时间耳朵，放心了。他问银莲花，你说月亮娘娘割耳朵？真的吗？

银莲花说，日月星三光普照世间万物，我们受到恩惠，当然要有敬仰之心。中秋节，村里家家拜月亮娘娘就是这个道理。

草在滋滋地生长，树叶在柔柔的风中舞蹈。小艺和银莲花坐在月光下，靠在藤椅上吃着野果，说着话，剥着豆子。

鸡血藤树

斟灌菊在白家岭支教学校，领着娃娃伙做早操。

阳光照在校园里，在按个头由小到大排列的队伍最前面，站着两个五年级娃娃。一年级娃娃都排在他们后面，但他们的个头仍偏矮偏瘦。

斟灌菊看着心急，托朋友从城里寄来锌片，吃了，没见效。她总想着如何帮两个娃娃长高。这想法，折磨得她好多个晚上没睡好觉。

这晚斟灌菊好不容易迷糊着。梦见小时候的事儿，小时候的她是小豆丁，又矮又瘦。奶奶给她熬药喝了后，才发变起来。梦里，奶奶一手端着中药碗，一手拿着装白砂糖的调羹，走向她，让她喝药。

奶奶说："崽娃子，喝完这碗药就长高了。你太瘦太小了，娘胎里营养不足，鸡血藤是补药，喝完就长高了。张嘴，吃糖，啊——"

斟灌菊笑醒啦。天亮，打电话给奶奶。奶奶说："是的，你喝过长个子的中药，村里的小小孩也喝过。早些年，小小孩家里穷，自幼放牛，15 岁了却只有五六岁的样子，是放牛受寒造成的四肢僵硬，人们叫他小小孩。

"一年夏天，小小孩在山里放牛，累了，把头和腿伸进一堆粗壮的藤里睡觉。月亮出来了，他还在做梦。梦里，一只大红公鸡用嘴往他嘴里喷血，一股股的血灌得他肚子越来越大，大得像球。这球从坡上滚了下去。

“小小孩吓醒啦，眼见天已大亮。他抹了一下嘴，手上血糊糊的。他发现自己睡觉时压断了藤条，藤条断裂处滴着血。他肚子圆圆的，腿不疼了。

“小小孩每天用一段藤子煮水喝。喝了几个月，人精神了。一年后，个子也长高了。村民听了他的故事，有血有树，就把这树叫作鸡血藤树了。”

奶奶说完，又将熬鸡血藤的方法说给了她。

次日放学，斟灌菊就约上白会计，周末上山找鸡血藤。

阳光暖暖的，他们上山了。

来到埄上，白会计说：“咱这山里树多。流血的树、吃人的树都是神树，也是药。这埄是白家岭的风水宝地。埄下水田，碎娃娃从小到大在水田里滚爬、插秧。埄上最醒目的是那两棵鸡血藤树了，也叫树屋。”

斟灌菊迎风站着，闻见一股野草的清香，她说：“埄是这长堤，对不对?”

白会计擦擦脖子里的汗说：“是的，是古战场的遗迹或防御工事。经历几千年风雨，长满树木。但整体结构能看出来，历史上死了好多人，人血把埄染红了，埄上的大树都流着血。远处看，这埄如一只昂着头的大公鸡。”

斟灌菊指着两个绿色的圆房子说：“那里可以住人吗?”

白会计说：“可以。那是公鸡鸡冠，是两棵陈年鸡血藤树。攀缘的枝条缠绕在一起，长成两个大圆球，中间被一代代人掏空做房子，用来避雨乘凉。”

树屋看起来并不远，他们爬了两小时才到。

两棵大藤树如圆形小屋，枝繁叶茂的墙上，一串串紫红色花儿蝴蝶似的悬挂着，紫的红的白的蝶形花儿两边都对称，上部如蝴蝶脑袋，里边如蝶尾。水桶粗的枝丫缠绕在一起，几根砍开的枝条断面，有成年男子胳膊粗。

斟灌菊闻着香味儿，忍不住折了个小枝条，她没看见血。正犹豫着，白会计指着砍断的粗枝断裂处："这里有血渗出来。"

斟灌菊大叫："血，真的有血！"

俩人大笑着，白会计喝了口矿泉水。斟灌菊捏住鼻子，捂着眼睛，舔了一下断面处的血，吐吐舌头，皱眉道："苦、涩。但得弄些回去一些，给俩碎娃煮水喝，兴许他们会长高。"

白会计嘻嘻笑着："行，好事。"

断面处从开始渗血到流，他们接了半矿泉水瓶子，就用布条把砍断的枝条面裹住，缠上保鲜膜扎紧，止了血。

斟灌菊煮好药，试喝了两天，没什么不适后，让两个碎娃娃喝。

几个月后，两个碎娃娃长胖了，脸红扑扑的。这天，他们开始流鼻血。斟灌菊紧张得不行，白会计有点怕。

斟灌菊赶紧找奶奶，奶奶在视频里说："菊子，别怕，没事儿。补药是热性，出点血正常。你当年都吓哭了。"

三年支教期满，斟灌菊离开白家岭的那天早上，哨子一响，娃娃伙排队做早操，她看见那两个碎娃娃站在队伍中间，不再是前排，笑了。

白会计送来一盆鸡血藤苗，让她带回学校养着。

娃娃鱼的歌声

半夜，世子翻了个身，哭声还是断断续续地钻进耳膜。这哭声一直持续到天亮，凄凄惨惨的余音，吵得世子心烦。

早晨，世子穿好衣服，套上结实的雨衣雨鞋雨裤后，戴上斗笠，背着大麻袋，扛着钢枪，出门了。小艺领着妹妹小棠屁颠屁颠地跟在后面，一前一后，向河道汇聚处跑去。

雨停啦，浑水翻滚着，涌向下游。大浪拍打着河岸。轰隆隆的声音，震得人耳膜疼。这声音里，夹着一阵阵婴儿的哭啼声，从三河交界处传来。

这叫声碰在石岩上，又回弹到村子上空，充满了无限悲凉。

小艺和小棠有些怕。他们一前一后地跑过去，一左一右拉住世子的手。世子笑着说："你们怕了吗？这是娃娃鱼的叫声。"

"没有，没怕。"小艺哆嗦着说，他忽然听见身后有脚步声。转头就见几个娃娃伙也跟着来了。

空气里弥漫着发霉的怪味儿，河面上漂浮的动物，有的已经死去，有的在水里翻滚着挣扎着，企图游到岸上，很快，被一个接一个的浪头打翻后，打着旋，随前进的旋涡远去，歪歪斜斜地向下游翻滚。一只野鸡或是一只山羊或一头猪狼狈地在水里转圈圈，对滔滔洪水毫无办法。

世子一行走向三河交汇处，到了那块巨石附近，婴儿的哭声更响，几乎成了哀号。

巡着声源，小艺看见一群黑麻麻的东西在巨石上蠕动着，大的小的貌似一个逃难的大家族，无奈地聚集在那儿，相互挤压着、埋怨着。有一条大的有两米多长，浑身血糊糊的。它的两条腿已不知去向，肚子下面有一大摊鲜血，红艳艳的。哀号声是从它嘴里发出来的。世子叹了一口气，说："也许是疼吧，它叫得这么凄惨。它们在深山老林里生活了好多年，这场罕见的暴雨引发泥石流才把它们卷到了这儿。我们挖个坑，净化些水，好让他们正常呼吸。"

连绵的秋雨下了一个多月。山洪暴发，洪流夹带着泥沙、石块冲蚀河谷，吞噬良田，破坏公路，横冲直撞地涌到峪口，极少一部分沉积后，继续向前奔涌。一个接一个的白浪，翻起几十米高。白浪里不时飘浮起一只死鸡或死鸭或死鱼或死兔，或树木瓦块。

世子在距离河道交汇处的一个台地，挖了个坑，搬来几块石头，建成适合娃娃鱼住的水潭。又将沉淀后的河水引进去，把受伤轻的娃娃鱼放进去。

经过几个小时的折腾，叫得最响的那条娃娃鱼已经不动了，两天过去了，它还像死了一样。世子安顿好别的娃娃鱼，把那只死娃娃鱼装进麻袋，背回家，倒在房檐下的地上，浇上清水冲洗，娃娃鱼直挺挺地躺着，没有任何反应。再浇水，还是纹丝不动。浇了几次，一点反应也没有。

世子搓搓手，摇摇头，惋惜地说："它已经几百岁了，可惜了。总之又不能浪费，不如给咱们改善一下生活，而且它的皮可以治疗烧伤。"

几个来串门子的大人帮忙把娃娃鱼吊到房檐下，做剥皮的准备工作。世子拿着刀，在娃娃鱼面前比画着，研究从哪里开始剥皮。

娃娃鱼纹丝不动，但当刀子接近它的颈部时，它忽然伸出头，狠狠地咬住了世子大拇手指，而后不动了，像用尽了全身力气。

大家七手八脚地撬开娃娃鱼的嘴，世子的大拇手指早被咬破了。

小艺惊叫着跑进屋，拿来药和纱布，给世子包扎了血糊糊的大拇指。过了少许时间，世子开始剥皮了。

这娃娃鱼有一百多公斤，剥完皮，在房檐下支起吊锅，烧水时，有人说他看见娃娃鱼肉咕噜噜动着。

世子长叹一声，把熟肉分给了各家。小棠吃了一小碗，还要，世子就把自己那一份匀了一些给她。

小棠吃完不久，就开始恶心呕吐、腹痛腹泻，渐渐意识也模糊了。银莲花这个时候发现，家里藏着的打虫宝塔药糖不见了，一定是被小棠偷偷吃了。宝塔糖药和娃娃鱼肉起了反应，才会中毒。

世子连夜把小棠送到县医院，抢救无效。看着小棠乌青的脸，银莲花一边流泪，一边念叨着什么一命抵一命、超度之类的话。

小艺听着怪怪的。摸着耳朵问："奶奶，为啥娃娃鱼的叫唤声和小棠的叫唤声一样？你说的一命抵一命啥意思？"

银莲花苦着脸，抹着眼泪说："崽娃子，挺有心的。娃娃鱼叫唤是和魔鬼搏斗呢！据说娃娃鱼是神人，人们吃了它的肉，就要有人抵命。小棠生日恰是大伙儿吃娃娃鱼的那天。她当大将了，以后咱们谁都不要吃娃娃鱼肉了，要爱护它。"

"什么大将？"

银莲花说："娃娃鱼是送子娘娘给神龙送的看山门的大将。如果没有大将守护，龙宫会不安宁的。神龙修成正果成为真武大帝后，来到天宫。他首先感谢神龙的相救，然后他问神龙有啥要求。

“曾经到人间旅游过的一条神龙，对秦岭的山水很满意。他请真武大帝在秦岭深处给他赐个龙潭，又请送子娘娘给他送几个守门的娃娃解闷。

“送子娘娘抱着娃娃到龙潭，将娃娃往水里一扔。娃娃见水就‘哧溜溜’钻入鱼腹，这鱼产子后，有几条就是娃娃鱼。以后，谁看见嬉戏的娃娃鱼，顺着潭水就能找到龙宫和神龙。神龙能保佑村子风调雨顺，家家安康。”

小艺听得眼冒星星，也不难受了，他说：“我得好好看看娃娃鱼有没有手脚。”

银莲花笑了。小艺跟着世子看娃娃鱼，和娃娃鱼说话。

世子的伤好了，背着水潭里的娃娃鱼进山。小艺提着装有几条小娃娃鱼的小木桶，跟到了深山老林。将娃娃鱼倒进大水潭后，娃娃鱼昂头看了一下他们，唱着歌，钻入大石头下。

晚上，小艺梦见小棠和几个娃娃在水里游戏，他们的歌声貌似孩子的歌声。

鹿 鸣

绵绵白雪装点的早上，村庄一片银白。小艺端着饭碗，到大核桃树下去凑热闹，听大人们谝谎儿。

他走着走着，忽然看见对面阳坡上，一群鹿低头啃着露出半寸绿意的麦苗儿。麦苗儿上还盖了一层白雪，只有很少的地方露出绿色。

小艺指着阳坡，大喊："看，那里，鹿，好看。"

大核桃树下的目光齐刷刷望过去。一群鹿一边低头啃着麦苗儿，一边急匆匆地走着，从北向南跑去，在蓝天白云映衬下，美得像一幅画。看着这幅画，人们啧啧称奇，忘了吃饭。

鹿们低头吃、吃、吃。大核桃树下的人们忘了咀嚼，平日里吃饭的吸溜声也没了。大家直勾勾地盯着鹿群，像看戏一样。鹿是吉祥物，是村庄的骄傲，人人脸上溢满笑容。

咚咚——咚咚——几声闷响。

一头鹿栽倒了，鹿群迅速逃向高处的松林。转眼就没了踪影。两只受伤的鹿，一瘸一拐地落在后面，艰难地向山顶走着。

大核桃树下的人们，你望望我，我望望你。"谁？谁手里有枪？"大家相互望望，人人手里只有吃饭的大老碗。

"谁开的枪？这么缺德！"有人不满地质问着，开始爆粗口。大家纷纷猜测，也没猜出个头绪来。

这个时候，一个半大娃娃伙，气喘吁吁地跑到大核桃树下，传递情报。他说：“一只大鹿被抬到学校，两只受伤的鹿被藏在教室后的苞谷秆子堆里。王西开枪打鹿，两个外地来的碎怂帮他弄回来的。现在正割香囊，喝鹿血呢。”

“呸，呸呸。”有人吐了几口吐沫，有人捏紧拳头。世子把大老碗往树墩上一搁，撒腿就跑，小艺在后面追。

教室前，一堆人围着一棵大核桃树，叽叽喳喳地说着话。核桃树上吊着一只鹿，王西的婆娘端着一大碗冒着热气的鲜血，皱着眉，小口吮吸着。

校长王西举起红兮兮的空碗，用手背抹了抹嘴角残留的血迹。喜滋滋地说：“快喝，老婆。鹿血大补。你喝了对你肚里的娃好处多多。”

顿了一下，他又举起沾满鲜血的碗，大喊：“哎，鹿血养胃，谁还喝？”

没人说话，一片沉默。等来等去，还是没人应答。王西说：“没人喝算啦。剩下的鹿血，我明儿再喝。我有胃病，鹿血补胃，这可是以前皇宫用来延年益寿的好药。”

有人眼睛通红，有人摇着手，就是没人接茬，气氛有点说不出的怪异。冷风飕飕地刮着，空气里弥漫着血腥味儿。

王西抹抹嘴上的血，擦得满脸都是，见状有人摇摇头。王西看见大家吃惊的表情，他自豪地说：“我枪法特别准，一枪毙命。我在土枪里装了沙蛋，自行车轴承的弹子，杀伤力强。沙弹还伤了另外两只小鹿……”

有人咬着嘴唇，有人摇摇头，有人打着哈哈慢腾腾地离开。多数人的眼眸里，冒着火，拳头紧握在袖筒里，但谁都不吭气。

世子看看天，叹了一口气，和小艺对望了一眼，说：“小艺，咱们回家。鹿没救了。”

第二天凌晨，世子还在睡觉。嗵嗵嗵，沉闷而连续的敲门声把他吵醒了。打开门，王西一脸懊丧地说："我婆娘肚子疼得厉害，您马上帮我去看看，这是怎么啦？"

小艺不满地说："鹿血大补呢！喝了鹿血怎么会肚子疼？"

王西瞪了小艺一眼，世子说："怀孕期间不能喝鹿血。鹿血性寒，喝多会腹痛、流产。"

王西拿出麝香囊，说："你救救我儿和我婆娘，我把这个给你。"

世子摇摇头。一阵臭烘烘的味道扑鼻而来，小艺揉了一下鼻子，打了个喷嚏，带着小白羊向教室后面的苞谷秆子堆跑去。

到了哪里，他抽出几片苞谷叶子，苞谷秆子顺势倒了。他看见木桩上拴着两只鹿，小鹿和母鹿。小艺扶起苞谷秆子，去找世子。

世子给小鹿和母鹿上了药，悄悄地离开了。半夜，他用架子车把它们送到鹿群出没的地方。

过了几天，世子不时叹气。小艺问："爷爷，您这是怎么啦？"世子说："我保住了王西他老婆的命，她的娃儿没有保住。我尽力了。他老婆以后不能生娃娃了。他们不敢去医院，怕公安。"

春季开学，小艺来到学校没有看到王西。听说换了校长，王西不会来了。

呦——呦——鹿鸣声在村里回响着。小艺揉揉眼睛，看见河里的云朵鹿，一个猛子扎进了水芹菜里。小艺拍拍小白羊的头说："鹿在做游戏呢。"

"咩咩——"小白羊叫着。夜里，小艺梦见一只浑身是血的大鹿站在窗前，呦呦叫着。小艺想抓住它，给它涂点药，可大鹿却像提线木偶一般，没有表情地瞪着他。大鹿想要说什么，却说不出来，形同雕塑。小艺向前一步，它往后退一步。不论小艺怎么努力，也不能靠近它。远处的小鹿呦呦叫着，总也赶追不上大鹿。

多年后，小艺梦里总有空灵的鹿鸣声回荡。

他常常梦见和娃娃伙在河边做游戏。咩咩，咩咩——小白羊叫着。他顺着小白羊的叫声望过去，就看见几云朵儿鹿赶趟儿似的向河里涌去，貌似大鹿和小鹿，而大鹿跑着，小鹿在后面追着。

几十年后，小艺回村，还能听见呦呦呦的鹿鸣声。

鹿　母

睁开眼睛，身上的衣服已经被露水打湿啦，怀里的小娃儿睡得正香。罗佳揉揉酸痛的腰，把小娃儿放在草上，钻出苞米秆子搭的安棚。

怀孕5个多月，已经显怀。罗佳习惯性地领着三个女子，出去找吃的。90岁的公爹瘫痪6年，吊着一口气，等男孙出世。一连三胎是孙女，他不能瞑目。三代单传，怕到了那边无法向先祖交代。家里四壁空空，缝纫机、猪牛羊鸡都没有。她如果回去，公爹会背过气去。

鹿家湾的早晨，阳光明媚，蜜蜂、蝴蝶在花间飞来飞去。看着蜂蝶，罗佳对肚子里的娃是男是女没感觉。“如果是男娃就好啦，公爹就能瞑目。”罗佳笑了。

鹿家湾的各种野果野菜够他们吃到初冬。天凉了，半山腰的鹿母洞能住，比家里暖和。岩壁上的洞子是公爹的爷爷锉的，爷爷曾在那救过一只梅花鹿。

洞子里，简单的生活用品是有的。罗佳拿着蜡烛走在前，三个女子揪着衣襟，排成队，跟在后。肚里的娃娃不停踢打着肚皮，罗佳叹了口气。娘几个吃了点干粮睡啦。

晚上，罗佳梦见一只大梅花鹿来到石床前，给她带来了野果，并让她天明去鹿母寺，说那里还有更多好吃的。

罗佳问：“为什么？”

梅花鹿说："你是陆游的后人。陆游救过我女儿，你的三个女子，很像陆游。"说完，扔下一幅画，腾云驾雾而去。

早上，罗佳看见石桌上划了一幅画，人物都穿古装，标注这是陆游。此外，她还发现了几个野果："这应该是梅花鹿送来的。能吃。"

三个女子齐声说："我们刚进来，就看见石桌上有这幅画。"

罗佳说她梦里的梅花鹿有情有义，还说女儿们是陆游后人，长得像陆游。

上古时期，农夫陆游在大山里砍柴，一条巨蟒追着一只小梅花鹿跑过来。陆游见梅花鹿很可爱，想救下它，于是挥起扁担，朝巨蟒砸去。巨蟒受到袭击，扑向陆游，将陆游缠着，并在他腿上咬了一口。

陆游不动了。

天黑了，陆游还没有回来。他老婆挺着大肚子去村口找，就碰见几个村民抬着陆游尸体回来。她伤心过度，早产下一个女娃娃后过世。

村民给她办丧事时，一只大梅花鹿趁人不备，叼起女娃娃跑到洞里。它用鹿奶哺养，女娃娃渐渐长大，和鹿母最亲，人们叫她鹿女。鹿女在鹿群中逍遥自在，只是巨蟒不时暗算小鹿，让她很生气。

一天，鹿女听到小鹿呦呦呦地急叫着，忙起身去看，就见一群人骑马飞奔而来。为首的少年头戴野雉翎，身穿虎皮袄，正张弓放箭，要射小鹿。

鹿女飘然而至，打落了少年的弓。

少年见一位如花似玉的女子出现在眼前，他大吃了一惊。刚要开口，鹿女呵斥道："天生万物，皆有生存权利，你，为什么要射杀我妹妹？"

少年听罢，摇摇头说："我是小哆啰王，今儿出来游猎，追射一只小鹿，怎么是你妹妹？如果真是，我不射就是了。"

鹿女见小哆啰王通情达理，她语气缓和地说："我叫鹿女，自幼在鹿群中长大。小鹿如我的兄弟姐妹，我们从不害人，你也不能伤害我们。真有本事，你去除暴安良，方显英雄本色。"

小哆啰王问："有何暴要除？"

"跟我走。"说完，鹿女带着一队人马来到巨蟒藏身的深山险谷。这里冷风飕飕，阴气阵阵。一条巨蟒正扬着脑袋，睁着灯笼似的大眼睛，吐着信子，从悬崖峭壁上的洞里往外爬。

小哆啰王搭弓射箭，一箭射中巨蟒左眼，又一箭射中右眼。巨蟒疼得张开血盆大口，窜出洞来，扑向众人。小哆啰王挥剑斩下了巨蟒脑袋。

鹿女见小哆啰王英武过人，直接提出要嫁给他。

小哆啰王沉默半晌，见鹿母点头同意。他说："等我回宫，请示父王王后，他们同意后，我再大礼相迎。"不久，小哆啰王派亲信将鹿女、鹿母接到了宫里，和鹿女举行了婚礼。

几年后，老哆啰王仙逝。小哆啰王继位，鹿女被封为后。夫妻俩恩恩爱爱，生了一男一女，日子过得很开心。他们对鹿母也很孝顺，只是鹿母年事已高，终离他们而去。

鹿女伤心过度，重病缠身。弥留之际，拉着哆啰王的手说："我一生多灾多难，幸得鹿母哺养，王子青睐。承蒙上天恩赐，咱们结为夫妻。不料，我先你而走。我死后，你把我和鹿母埋在咱们相遇的那个山谷里。"

说完，闭上了眼睛。

哆啰王选吉日，率文武百官将鹿女葬在谷中。葬礼刚完，电闪雷鸣，山谷左侧长出了千朵奇花，右侧长出万枝青莲，一个个花蕊貌似佛像。

哆啰王说："此乃千千诸佛，万万菩萨也。"于是，他命人在山谷里建起了鹿母寺，用于王庭祭祀。从此，便不时有人送吃的到寺里。

罗佳揉揉眼睛，闻见香味儿更浓了，她们循着香味儿走进鹿母寺，那里有馍馍和水果。在寺里，二师傅说昨晚她听见小孩子的哭声，就往鹿母洞送了吃的和水果，今天还专门准备了馒头。

白衣少年

晌午，罗佳带着三个女儿上白家岭。

呼啸的风，从头顶吹过。三个女儿兴奋地叫着，问东问西。连绵的山脊之上，朵朵白云，组成了一条龙图腾。

三个女儿一路叫着。脚下的田野、平川、大树、小草、河流和群山，如一幅多彩的画，摇摇荡荡，从他们脚下飘过。

三个女儿一路闹腾着，这会儿却蔫头耷脑地不走啦，嚷嚷着累。

罗佳看着三个不满十岁的女娃娃，她们的脚程已经和大人一样，翻山越岭。她内疚地摇摇头。摘下一片牛蒡叶子，舀来河水，和她们一起就着吃了几个烤洋芋。

三个女儿吃完东西，精神多了。罗佳笑着说："前面有座白蟒寺，寺里有好吃的，有咱们好久都没有吃过的蛋糕。"

三个女儿顺着罗佳指的方向看，远处有一座庙，庙前一条白蟒盘在龙柱上，在绿色山峦中，特别显眼。

罗佳说："你们看见半山上的那两个山洞，从前住着两条蟒蛇，一黑一白。黑蟒常常将过路的人吃了，尤其行动慢的娃娃和老人，很难逃出它的魔口。

"那年，几个精壮的小伙子去杀它，都被吃啦。族长没办法，只好规定每家轮流给黑蟒送食物。家家户户的鸡鸭羊牛送光了，没有什么可以送的时候，黑蟒就开始吃人。因此村里的人越来越少。”

碎女子问：“它会不会吃我们？”

“不会。因为后来白蟒化成白衣少年郎，用匕首把它的兄弟黑蟒给杀啦。这里太平了。村民建了白蟒寺，纪念那少年郎。那里有贡品，我们也可以吃点。”

白蟒和黑蟒是亲兄弟，兄弟俩从龙宫里溜出来玩耍。可黑蟒玩性大，无意中吃了一个人，就觉得人肉好吃，吃上了瘾，不愿意回去了。

一天，村里来了个白衣少年，他让族长给他准备两把匕首，他要刺杀黑蟒。那天，一切准备就绪。白衣少年将匕首藏进袖筒，去黑蟒洞口等着。

火红的骄阳照得大地热烘烘的。黑蟒吐着信子，从洞里爬出来，当他看到白衣少年时，眼露凶光，扑上去想吃了他。

白衣少年甩着袖子，径直走过去，和黑蟒对视。黑蟒仰头，怒目盯着白衣少年，施压。

白衣少年装出害怕的样子，故意浑身发抖。黑蟒吐着信子，扑过去，将白衣少年吞进了口里。白衣少年迅速缩成一团，一骨碌滚入黑蟒嗓眼，躲过毒牙袭击。

就在他滚入黑蟒肚子的时候，将两把匕首掏了出来，刺穿了黑蟒肚皮。

黑蟒疼得在地上不停地打滚，哀号翻滚三天三夜才死去。白衣少年累得奄奄一息。

族长让人端来好吃的，白衣少年却咽不下了。就在郎中给白衣少年医治针灸的时候，一阵风过，白衣少年随风化成了一缕青烟，在空中盘旋了几圈后，飘向远天。在对面的山脊上，形成了一条雾状白蟒，它时而升起，时而满身金色鳞片，盘旋在岭上，久久不散。

眼尖的人发现，黑蟒死后，白蟒也不见啦。有人说他看见白蟒化成了白衣少年。听了这话，村民就将这个村子就叫白蟒村，白蟒住过的岭叫白家岭。

三个女儿齐声说："白衣少年是白蟒变的？对不对？妈妈。"

"对。"看着三个女儿，又看看怀里吃奶的男婴，罗佳笑了。

他们继续上山，去白家岭借粮食。那里山高水远，陌生人去得少，肯定能借到粮食，还能吃碗面条。

三个女儿咂咂嘴，咽口唾液，想着白面馍馍的香味儿，似乎口水在嘴里转圈圈。河滩里，冒起一缕缕青烟，袅袅飘向空中。罗佳将婴儿绑在背上下河抓鱼，烤好后，分给三个女儿。

接过黑乎乎的鱼，三个女儿放在石头上，说："让白蟒闻一闻味道，就算吃啦。"

罗佳说："白蟒吃完了。你们快吃，吃完赶路去你们太奶奶家。"

连衣裙

世子带着小艺去学校，河水涨了，过不了河，他们在旅馆住了一晚上。

半夜，小艺梦见自己走到了河边，正要从独木桥上过去。河水涨了起来，一层层透明的水膜涌动着，漫过独木桥，独木桥慢慢地晃悠着，水膜越来越厚，小艺不敢过去，后退了几步。

没有风，天空蓝得透明。青山绿水的河川，鸟儿不时歌唱着，形成一幅和谐的阳春图。小艺站在河滩里，欣赏着对面山上的那些树，它们颜色身姿，都有差异。

河两岸，好多人，小艺不急不躁地看着清清的河水，蓝蓝的天空里。那些自由飞翔的云儿，在半山腰的绿草上荡秋千。忽然从草地上走来两个熟悉的人，比别人都走得快。他们朝着河边走来，小艺心急得不行，要阻止他们靠近河岸。

对面半山上，有一条路通向了河边。靠近河岸有个悬崖，坡度很陡。没有台阶，是一条断头路，那俩人根本下不来。更主要的是悬崖上，长了带刺的小树和花草，他们走不上桥。

小艺摆手让他们止步，可是他们视而不见，继续走过来。灰沉沉的天空，能见度很低。小艺半天才看清那俩人是母亲和哥哥大鱼，他们用力地喊着：小艺、小艺。

小艺犯嘀咕："我在这儿好好地，你们这么慌张做什么，不是惹麻烦吗？"

小艺心里焦急，也有点生气，可也不能不管他们的安危。提起一口气，小艺飞了起来，飞到河对面，就见母亲正从悬崖上往下坠落。

小艺冲过去，来不及用手接，匆忙中伸出双脚顶在靠近地面的石岩上，用身体当肉垫保护母亲。

大鱼在石岩上，看着石岩下的花草和抢救母亲的小艺摇摇头。

小艺的腿一阵钻心地疼，他顾不上自己的腿，低头看着怀里的母亲，母亲完好无损。又一阵剧疼，他以为自己的双腿废啦。

他放下母亲，想看看腿伤得如何。

母亲嘻嘻嘻地笑着说："你没有事儿吧？"说完，竟然如小孩子一样，一蹦一跳地跑到河边，去玩花花草草。

小艺揉揉腿，伸手摘来几朵云儿，揉了揉，好像不怎么痛了。走了几步，竟然如常。看着母亲跑前跑后快乐的样子，小艺叹了一口气，看看石崖上的大鱼，摇摇头。

一川河水，清亮亮的，蓝天白云在水里，和天空遥相呼应。风儿吹得母亲的长裙子飘飘的。

忽然间，小艺见母亲竟然变小了许多。后面的那几个人跟上来，小艺见他们的衣服上都绣着一条长裙子，正是母亲的那件。

小艺大喊着："你们怎么可以把我母亲的长裙子绣在衣服上，是不是偷偷绣上去的？我母亲长裙子的腰部有几朵白莲花，是我母亲自己绣的，你们怎么可以这样模仿？"

那几个人看着小艺，指指他的胸口和腰部。小艺低头，看见自己的衣服上也出现了一条长裙，和那几个人的一模一样。

小艺瞠目结舌，看着那些人，有点眩晕。恍惚间，他看着河水里的自己，也和那几个人一样成了绿树间的小人儿，随风摆动着。而所有人的脑壳上，都站着一个小小的人，透明的。小艺也不例外。

小艺发现那小小人和母亲有几分神似，以透明的紫雾模样出现的小小人，他们腰和胸部都文着一条母亲的连衣裙。

一群鱼儿游过来，弄碎了水面和影子。小艺伸手去抓，抓住一条大鱼。仔细一看，竟是站在石崖上的哥哥。他松开手，大鱼儿游向一株水草，别的鱼儿也跟着游去。

听见鸟叫声，小艺醒来了。睁开眼睛，世子吹着一片叶笛，喊他快快起床，摆渡的船来了。

白腕儿

斟灌菊走进村子，细细碎碎的阳光将斑驳的影子投在路上，别有一番意境。斟灌菊大喊：“白家岭，我回来啦。”

春树下，一个白胡子老汉走了过来。朗声笑着说：“稀客、稀客。菊子愿意到山里教娃娃。好，好。怪不得早上喜鹊喳喳叫呢，稀客来啦。我是斟灌渠，来接你的。”

斟灌菊望着白胡子老汉，嘻嘻地笑着说：“老爷爷，我是斟灌菊，要在白家岭村待一年。请多多关照。”她鞠了个躬。

白胡子老汉要提她的行李，斟灌菊躲了，她说：“老爷爷，我能提动，请您前面带路。”

“菊子别逞强。村里路没有城里平，不好走，还是给我吧。”

斟灌菊笑笑地说：“老人家能掐会算吧？要不能这么巧遇？没到村子就碰上了您？我们还都姓斟灌。”

“哦，对啦，菊子，你就叫我巴巴爷，我多年没遇见和我同姓的人了。”

斟灌菊看着白胡子老汉，又鞠了个躬，说：“巴巴爷好。”

两个人一路走着，有一搭没一搭地说着话。到了窑背上，一丛丛细细的枝条伸出来，搭在路边。枝条上长着小小的白叶子，嫩嫩的。

斟灌菊忍不住问着：“巴巴爷，这是什么植物，长白叶子？”

“这是白蛇的皮，叫白腕儿。”

半山梁梁上，几棵细细的藤蔓树枝，叶交叉着，软软的枝条上，月牙儿似的白叶子微微卷曲着，蚕一样爬满枝头，青灰色秆子和叶背上，有一层细细碎碎的绒毛。

斟灌渠看着那些蚕一样的叶子，薅了一把，说：“薅些白腕儿回去，煮上吃。”

“好的。”斟灌菊跑前跑后，一把把薅着。俩人很快薅了半篮子，斟灌菊学着巴巴爷的样子，把几片小叶子放进嘴里嚼着，酸酸的味儿在口腔弥漫。

斟灌渠朗声笑着，指着不远处的小河，说：“这条河里水清。从前，白蛇青蛇和乌龟都在这河里修炼，希望化成人形。白蛇修炼是要报恩。有一回，火雷追着她劈，追得紧。眼看就要烧到她时，她吓晕了。正好，一名进京赶考的书生看见了，把她带进庙内，放在佛像下，保了命。她就想嫁给书生，来报救命之恩。

“她苦练修行，初具人形。有了灵智。每天吐出内胆，吸收天地精华。有一次吐出内胆后，那内胆说话了，‘妈妈、妈妈’地叫着，在浪上跳着玩。

“内胆着实可爱，白蛇见它那么淘气。用刀劈开胎衣后，露出了一个霞光脑袋。哪里能料到，潜在水底的乌龟伸长脖子，咕咕噜一声，霞光滚入了乌龟喉咙。一个大浪过来，乌龟乘浪逃离。

“白蛇身体虚弱，眼睁睁地看着乌龟吞噬了内胆。泪珠滴落在水里，打起一圈浪花，浪花飞溅到附近藤蔓植物叶子上，形成了白点，这植物的叶子就长成白色蚕样。

“白蛇丢了内胆后，成了普通蛇。看到叶子上的白点儿，就觉得是她的内胆片儿，它忍不住呼叫着：‘白娃儿——白腕儿——’

“白叶子听见喊声，如小虫卷起来又展开，不断抽芽，越长越高，越爬越远，像给白蛇回答。

“白蛇一直吃着白腕儿，很快化成美人，她皮肤嫩得能掐出水来，成了白家岭的第一个女子。后来，一赶考的书生迷路误入白家岭，他们成家后，一直生活在这里。”

斟灌菊嚼着白腕儿，听得入迷。她说：“那白家岭的祖先是白蛇后代？”

斟灌渠说：“是的。回头你到我家看看那本书，就知道白腕儿是什么了。”

斟灌菊吐吐舌头，把口中的白腕儿咽了。她咂咂嘴，说：“巴巴爷，白腕儿属于食药同源的植物吧！”

拿出手机，用图比对，竟然没有这种植物。

斟灌渠拿出一本发黄的线装书，书里的插图和刚薅回来的一样，不过说明是古体字。斟灌菊不认识，用手机查，当看见长江源头这几个字时，就知道白腕儿就是嘉陵江的代名词。

小鱼儿

老田氏迈着碎步，一扭一扭地在门前的山地边走着，不时揭起凳子盖，坐在木头凳子上，歇歇小脚。雨后的沙葱，脆生生的，特别有朝气。

老田氏干瘪的嘴，笑得合不拢。坐上凳子，看着凳子上的盖子，笑着。这盖子是老田专门做的，让雨雪和太阳触摸不到凳面，啥时候坐着都舒服。

远山的雪白茫茫的，山脚下的旧沟村受雪水滋润，苞谷长得精神，白菜萝卜也长得旺。老田氏在这老房子，生活了七十来年。她十三岁嫁到旧沟村时，老田还是小田，大她七岁。见她饺子似的小脚，小田笑得前仰后合。有了第一个孩子后，小田给她做了好几个凳子，每个凳子上都有盖子。这些凳子从家门口，一直延伸到了自留地边。

不经意间，他们的孙子都到城里打工啦。老田氏和老田还住在这里。老房子翻新了几次，格局没变，家具是结婚时做的，土漆上色，颜色没退。

老田氏弓着腰拔沙葱的时候，一个中年汉子快步走过来，和她有一搭没一搭地说着话，并说给她盖个新房，让她和老田住到镇子里头。

老田氏的头摇得如拨浪鼓："不行不行，这里住惯了，我和菜园子有感情。"

中年汉子哼哼着，悻悻地走了。

晚饭时，老田氏说了中年汉子让他们搬到镇里集体居住的意思。老田抖着胡须，生气地说：“这老屋是我爷爷造的，我爸妈住过，我住惯啦，哪里也不去。”

过了几天，老田远远看见中年汉子，就想躲开。中年汉子撵过来，黑着脸说：“村子集体推进，每家都要搬到村里，谁也不落下，你们得搬。”

老田急眼了，提高音量：“书记，行行好。我的房子每年翻新呢，住惯了。书记，你行行好，让我和老太婆老死在这吧。我们和老屋有感情，住了七八十年哩。”

“这由不得你，集体大还是你个人大？你要翻天哩！胡闹！”

看着中年男人气势汹汹的样子，老田的心乱跳着，生硬硬地说：“不搬。”

中年汉子黑着脸，吼了声：“你敢！你敢不搬，我让你们没有好果子吃。哼！”说完，气势汹汹地走了。

这会儿老田看着雪山有点冷，他心里乱哄哄的。草还没割多少，就急急地回家，摸摸这摸摸那，像触摸他的娃娃。

老田氏端来一碗面片子放在老田的面前，两个人瞪眼看着，同时笑啦。

天刚麻麻黑，老田在院子外开三轮车，车压碎泡沫板后，栽进了一个大坑，摔断了锁骨和肋骨。在家休息三个月后，又能割草喂牛了，他还是坚持不搬。

开春，老田拉牛粪时，三轮车碰到一块忽然而至的大石头上，腿了断。他拄着拐杖搬入新楼，住进宽敞的暖气房，一个多月了，老田一直圪蹴在沙发上，还没有上床，就过世了。

老田氏每天坐在新居前，看着前面，等儿媳妇从地里回来做饭。她的脚小，跑不动，没有办法挣钱买菜买电。新居做饭烧水只能用电饭锅、电磁炉、电热壶。这样的费用，平时用不起。儿媳出门前锁了电源，她只能等到晚上，一家人才吃一顿热乎乎的饭菜。

这晚她梦见了战争，梦里她和老田都是小鱼儿。两条小鱼儿住在新编的笼子里，想弄些天然气回来。她悄悄地进入被军队包围的天然气罐区，听到咕咕的气流声，笑啦。

小田打头阵，很快潜入了炮楼。楼上有两对门的宿舍，形似苏式古建筑。她猫腰进去，发现刚冲上来的小田在和敌兵的头领搏斗。为尽快找到图纸，她走向斜对门的屋子。刚到门口，敌首领的血流出来，漫过通道。

她被什么绊了一下，仰绊跌倒在血泊里，血浸湿了背心。

小田低声喊着："小鱼儿，脱掉背心，快走。"

她摇摇头。背心脱了，是光身子，多羞。风吹来一条鱼儿抱着的一件月白衬衣，她将衬衣套上，向河边跑去。

河上一艘船由西向东行驶着，一晃而过。船中间装着一台设备，两边是银色液化气大罐，罐径有五六十米。

小鱼儿走近河边，船早没了踪影，河水已半枯。她蹚过浅水，在几棵大垂柳屏障处发现了一条窄河。河水很深，船从这里开走了。

一片云飘过，柳树变成沙岸，貌似湖心岛。站在岛上，她看见几条艳丽的银鲨、红鲤、金鲳，和水一起涌过来。

小田不见了，小鱼儿身边多了个小娃娃。她努力辨认鱼的品种，想抓住一条。恍惚间，水猛涨起来。

小田和小娃娃已到远处的坝上。她喊："小田，快抓条鱼，让咱娃玩。"水疯涨着，几条鱼儿托起了她。河里的水满满的，孩子长大了。

小鱼儿踩着水，走向岸。她要和小田汇合，离开军事基地。

手机铃声惊醒了老田氏，睁开眼睛看见自家老屋里圈着一群牛，自留地边荒了，她当即就流泪了。再看看她的小脚，摇摇头。

早上她用老田藏在枕头里的钱，打车到老屋后拔沙葱，不知不觉地躺在地边睡着了。

独　眼

午饭后，漆洋走出安棚去收漆。再过俩月就 30 岁了，还是光棍一条。

漆洋是割漆好手，平时爱管闲事。帮这人帮那人，卖漆得来的钱全花光了。这次他想存点钱，说个媳妇。

在秦岭梁上割漆一个多月，挺顺溜的。这天，漆洋检查完漆树口，天热，头晕得很，就好像迷路了，顺势坐在半山腰的一块大石头上休息。大石头后有条小溪，头晕的他没注意到。

一头在溪边吃鱼的棕熊，闻见陌生气味，警觉地竖起耳朵。这头棕熊眼睛小小的，身体胖胖的，由于视力不好，离它几十米的漆洋它也看不见。但它听力好，正仔细听着的时候，一束光划过水面，照在了附近。

棕熊循着光源冲过去，扑向漆洋放在石头上的弯月刀。漆洋感到一阵风扑面而来，抬头就见棕熊碾压过来。

他本能地冲进棕熊怀里，紧紧抱住棕熊肚子，将脑袋抵在棕熊的脖子下。多年自保的习惯，让他顺手带上了弯月刀。由于惯性，一人一熊轰隆隆滚下石头，沿着石岩和山坡朝下滚去，滚到半空，落在了一棵大树杈上。

树枝戳破了漆洋手臂，他疼得松开了手。在树的缓冲下，一人一熊分开滚落到了谷底里。

棕熊站起来，在漆洋身边晃悠了几圈，见他不动，飞快地逃走了。

漆洋醒来的时候，太阳已经偏西。他发现自己躺在树丛中，一颗眼珠子还吊在眼眶外。试了试，塞不回去。他慢慢地坐起来，拔了一些刺芥，揉碎后敷在伤口上，消炎止血。

刺芥水刺激得伤口疼痛加剧，他看着空无一人的山谷，绝望地闭上了眼睛。

在半醒半睡中，他听见了一阵窸窣的脚步声朝他走来。他没力气说话，更没力气睁开眼睛，寻思着听天由命吧。

“哗哗，哗啦啦。”这是斟灌容踩踏枯叶发出的声音。斟灌容顺着昨儿耙细辛的河沟，朝沟里走着。她边走边耙，看到一层薄水膜浸着绿叶的河滩时，停住了，这儿的细辛味更浓。

男人去世，孤儿寡母，留下妻子斟灌容和儿子熊娃。熊娃酷爱学习，他寒窗苦读，两耳不闻窗外事，打算将来参加高考。斟灌容操持家务，种地刨药，日子还算过得去。

斟灌容弯腰，用巴掌大的耙子在沙土里耙着捡着，看着半篮子细辛白胖胖的根、活鲜鲜的绿叶儿，嘴角浮起一丝笑意，半篮子细辛晾干有一大把呢。

斟灌容站起来，捋捋眼前的碎发，用皮筋扎紧。捶捶腰，走到河道的高处，想找一块平石头坐下来吃干粮。忽然发现远处树丛里，有个黑乎乎的东西，“狗熊？”她随即捂住了嘴。

斟灌容的心怦怦直跳，她躺在地上，屏住呼吸，闭上眼。“对，装死！熊对死人不感兴趣。”

过了一会儿，没听见动静。她壮了壮胆，走过去，就见一个浑身是血的男人躺在那里，眼珠子吊在鼻梁上，脸上五麻六怪的，有几种说不出清的颜色。

“这人死了吗？”斟灌容观察了一会儿，见这人的手指动了一下。她探了探口鼻，有微弱呼吸，摇晃了几下，没摇醒。

“看来失血过多，有点儿危险。”斟灌容用牛蒡叶子舀来水，滴在那人嘴唇上。那人嘴动了动，还有意识。

斟灌容将揉碎的刺芥，嚼成刺芥泥敷在他的伤口上，背着男人下山。幸好斟灌容人高马大，才把男人背回了家。

熊娃看到斟灌容背回一个浑身是血，左眼珠已碎的人，有些担心。斟灌容说："好歹是一条命。死马当活马医吧。"

抹完碘酒，斟灌容想把眼珠子塞回去，可眼球瘪了，只能熬了草药，喂他喝。第二天，人醒啦。

漆洋在镜子里看到脸上的碎眼珠子，就剪了下来，放在窗户上像种子一样晾晒着。在屋里扫了一圈，当看见斟灌容家简陋的家具时，哼了一声，却发不出声来。他发现自己哑了，不能说话，用笔写了一段话：

"我是漆洋，四川的漆客，在秦岭梁上割漆遭遇了棕熊，和棕熊一起滚了半座山成了独眼。不过，我也没吃亏，割伤了棕熊舌头，它也不好过。我已毁容，如不介意，我和你一起养熊娃。感谢你救我。我早听说了你。"

斟灌容点点头，又摇摇头。

过了一段时间，漆洋的伤好了，脖子和脸上留下了好多疤痕和爪印。他渐渐能说话了，有村民喊他"独眼"，他嗯嗯答应着，并不介意，大家干脆叫他独眼了。

有一天，他进山把晒干的眼珠子埋在了漆树下，想让漆树长满眼睛。

阳光照进院子里，给院子镀了一层亮光。漆洋成了斟灌容家的男主人。他的空眼壳子长成了一条缝，他成了真正的独眼，得空，独眼就到种了眼珠子的漆林看看，他认为漆叶上的光点和杆子上的开口都是漆树长出的眼睛。

他给自己的生漆起名"独眼"。亲手做的几件家具，也上了自己的生漆，很好看。村里人做老房和家具都用他的"独眼"，他给村里人的价格，比外面卖给村民的低。

漆客儿

漆洋站在漆树上，阳光被层层叠叠的树叶过滤后，落到他身上，变成淡淡的圆圆的光晕。这时的他和漆树融为一体。

漆洋看着旁边那棵漆树，眼睛都不敢眨一下。无数只闪烁的眼睛包裹着一个小娃儿，漆树叶在风儿的吹拂下，发出啪啪啪的欢快声，如小娃儿在拍手。

漆洋眨巴了一下独眼："没错，漆树上有个小娃儿。"一阵风过，小娃儿似乎在动，和光晕融在一起。再看，小娃儿在拨出苪里的漆——在收漆呀。

被无数只眼睛包围中的一个存在，不动声色地拔出苪儿，往小罐子里倒。这两棵紧挨的树干上，都开有指头宽的口子，左一道，右一道，错落匀称。这些眼睛似的口子，是漆洋用半月形弯刀割开的取漆口，口下是他插入了接漆的半月形勺状蚌壳，也叫苪。

漆洋看着漆汁从开始的白，渐变成褐黑后，慢慢往蚌壳里流。再看看对面树上的小娃儿，他的心提到了嗓子眼里，他不敢声张。慢慢地顺着木棍儿旋梯，一步步从树顶下来。腰间绑着的罐子和弯月刀，一晃一晃的。

两棵漆树挨得近，一梯二用。漆洋搭建的木棍儿梯子，上到两棵树上都方便。他的双脚落地后，还是有点不真实的感觉。当他抬头看见小娃儿趴在树干上时，小娃儿黑溜溜的眼睛也盯着他，那小身子像被钉住了。

漆洋忽然停住脚步。八九岁的小娃儿见他这模样，一定吓坏了才在树上发呆!

漆洋放低声音，说："小娃儿，莫怕。我脸受过伤，这是疤痕。我不是坏人或魔怪，不会伤你。倒是你一个小娃儿在树上多危险，站稳哦。"

小娃儿颤抖着声音："你、你是毛野人?"

"不是。我是漆洋，我这里有好吃的。"他蹲在地上，扬扬手里的八月瓜。

闻见香味儿，小娃儿咽了口唾沫，盯着八月瓜看。

漆洋讨好地说："小娃儿，这个给你，这个留给熊娃哥。我是好人，别怕。熊娃是我儿子。"

过了一会儿，小娃儿见漆洋蹲着没动，八月瓜也放在了石头上。他慢慢地下来，怯怯地向石头走去。见怪叔叔比他矮，胆子大了些。一趟子跑过去，拿上八月瓜，撒腿就跑。跑了几步，见漆洋没动，他也站住了。

一丝甜香入口，小娃儿眼睛都笑了。他说："叔叔，我是小七。我跟爸爸和哥哥出来割漆，他们开口，我收漆。"

漆洋看着小七吃得满嘴都是黄糊糊，不由得咽了一口唾沫，他舔舔嘴唇说："小七，你太小了，怎么不上学，跑来收漆?"

"嗯，我们没吃的。爸妈就带我和几个哥哥来割漆。"

漆洋答应着："哦，我回家了。"他迅速离开。他这模样没得到小七认可前，不敢久留。

阳光在树梢上跳着，漆洋忙着给漆树开口。割漆口要赶在太阳出来之前。割完漆口，他又"巧遇"小七，把好吃的给他，又给他的小罐子里倒了点漆，小七哼着儿歌走了。

老漆树的漆汁黏稠，流到茧里形成一层膜，倒不出来。漆洋靠双脚维持身体平衡。一条腿绕住树干，一条腿站在木棍儿上。离开树干的双手，一只拿着茧，一只拿着竹片儿剥离茧里的漆。

收完这老漆树，又到一棵年轻漆树上。这树初次开口，漆稀漆旺。密密麻麻的漆茧像叶子一样层层叠叠，漆洋把茧一片片摘下来，把漆汁收进罐子里，又将茧插进去，一天要收好几次。

几天没见小七，他有些分神。取茧的时候，打翻了茧。漆溅在胳膊和手上，发烧发烫。他赶紧将溅漆的部位浸入河水里，又用毛石头搓搓，直搓到皮肤上的漆没了，胳膊和手也脱了皮。

忽然，听见了一声惨叫。他循声跑过去，见小七躺在漆树下，漆罐子扣在身上，漆倒在了衣服脖子和脸上。小七身子抽搐着，眼睛肿得睁不开了，双手不停地抓挠着，看得漆洋浑身痒痒。

“漆毒厉害!”漆洋唠叨着，吓得魂灵出窍。他利索地剥下小七的衣服，把自己的外衣套在小七身上，背着他往山下跑。他心存侥幸，希望小七经得住漆毒考验。

“醒醒小七，醒醒！就到卫生所了。”一路上，漆洋一直叫着。背上的小七，渐渐不动了。雾在头顶萦绕、涌荡，一会儿在这棵树上，一会儿在那棵树上。“在茂密的森林，兴许小七的父母在找他呢。”漆洋想到这，抹抹眼泪。

从卫生院出来，阳光穿过树叶的空隙，洒在漆洋的泪珠上。泪珠儿跌进山坡上的新土堆里，消失了。坐在新土堆旁边的漆洋打了个盹，他看见小七从安篷里走出来，笑着跟着他爸妈回家了。

跳舞的岩蒜

休息天，白会计领着支教的斟灌菊爬到半山腰，已经出了不少汗。风一吹，冷飕飕的。白会计说前面的岩蒜好，翁旗常在那里给他奶奶拔岩蒜。

深山密林里，食药同源的花草很多，岩蒜也算一种，它长在石岩边的背阴处，白家岭主峰上有很多。风儿吹着，白会计一路走着，有一搭没一搭地说着山里的趣事儿。

斟灌菊听得入迷，她对什么都感兴趣。她隐约听见有什么东西滚下了山坡，仔细听，好像又没有。

走了一会儿，白会计指着一棵大树的影子，并点着树杈上那圆圆的东西，示意刚要开口的斟灌菊闭嘴，向她摆手做了个噤声的动作，斟灌菊点头配合着。白会计顺手放下一个苹果，他们一起踮起脚尖，走远了一些。

斟灌菊见白会计正常行走的时候，忍不住低声问："白会计，刚才是个啥情况?"

白会计指着石岩下的土蜂箱和蜂儿，神秘地说："狗熊常在那里吃蜂蜜，吃完就在树杈上晒太阳打盹睡觉，你没看见吗?"

斟灌菊提高音量说："那个圆影子是熊！你刚咋不说？我还能多看看熊睡觉是个啥样子。"

白会计说："如果我们惊动了熊，就成漆洋那样了。"说着，他拿出两个空心竹筒，指着来路，哈哈笑着。

斟灌菊接过竹筒，学着白会计的样子，站在大石头上，看熊。竹筒里，一只膀粗腰圆的棕熊摇摇摆摆地走着，毛和肉一起颤动着，毛茸茸的小尾巴，摆来摆去，鼻子小小的，水晶球似的眼睛眨巴着，它的脑袋貌似绒球。斟灌菊看到兴奋处，说："白会计，这熊咋就像穿了皮袄的人呢?"

远处的熊也许听见了动静，竖起一对半圆形的耳朵，警觉地听着，一双蓝黑的眼睛圆溜溜地转着，它的尾巴夹在两条肥胖的大腿缝里。忽然，它发现了石头上的一个苹果，狼吞虎咽地吞了进去。苹果到它嘴里，像进了山洞，很快不见了踪影。

少顷，它慢腾腾地走向河边。河里有条大鱼正带着一群小鱼儿游着，熊的爪子伸过去，大鱼劲大，熊抓不着，还被弄得满头是水。它就用脚掌压上去，大鱼又溜走了。

斟灌菊咯咯笑着，好半天没听见白会计答应，从石头上滑溜下来，才发现白会计在不远处的岩上拔岩蒜。

斟灌菊走到岩下，看见一丛矮树上挂着一把岩蒜。她拿起来，看见下面还有几根，顺着矮树向下走了几步，视线开阔了不少，隐约见沟底躺着一个人，太远了，看得不太清。

"该不会是熊吧?"她有些紧张，指着坡下，喊："白会计，坡坡下面好像有个人。"

"你看清楚了吗?"

斟灌菊用竹筒看过去，说："是躺了个人。"

白会计下来，将岩蒜口袋放到斟灌菊跟前，让她在这里等着，他下去看看。

白会计走到沟底，看见满身是土和草叶的翁旗，就知道他从岩上摔了下来。白会计喊着："翁旗，翁旗，你醒醒。你怎么躺在这儿？翁旗，听见我说话吗？醒一醒。"

翁旗慢慢地睁开了眼睛，看见白会计，他说："我看见半岩上有一丛岩蒜，长得特别好，就上去拔。谁知刚把那岩蒜拔出来，脚下那块石头就松动了。滚下了坡，把我也带下来了。哎呀，我的脑袋，咋这么疼！”

白会计扶他坐起来，问：“你感觉咋样？能不能走？”

翁旗说：“没事儿，就是脑壳疼，回家不成问题。”

“真的行吗？要不要找人，抬你回去？”

翁旗说：“不用。你看我拔的这把岩蒜最好啦，我奶奶一定高兴。我从来没拔过这么带劲的岩蒜，风一吹，这岩蒜如仙子一样翩翩起舞呢。你看，好像它们现在也在那里翻滚着，像在跳舞。”

白会计说：“翁旗，你真的没事儿吧？半岩上没有岩蒜啊。”

翁旗摇摇头，笑着站起来，摇晃了几下才站稳了，但他说自己没大碍。

他们三个一起下山。

风吹着，鸟儿在头顶飞来飞去。走到村口，翁旗的奶奶等在那儿。她远远看见翁旗，笑着说：“崽娃子，回来就好。中午我打了个盹，梦见你拿着开了花的岩蒜跳舞呢，你的耳朵和鼻子里有血，不说话，脸色苍白苍白的。看了我一眼，转身走了，像是告别。我心里毛烘烘的，慌得很，就早早来村口等你。”

白会计脸色煞白。斟灌菊揭开翁旗的长发，发现他的左耳朵里有血和黄色的液体渗出来，鼻子里也有血。便不由分说地拉着翁旗去卫生所。

翁旗说：“没事儿，我哪里也不疼。只是困，就想睡觉。”他躺在卫生所的床上睡着了，手里捏着那把会跳舞的岩蒜，却一直没有醒来。

此后，斟灌菊常常梦见一把岩蒜在晃悠地山坡上跳舞。

撵 熊

天刚麻麻黑，人们大声说话的声音灌进了斟灌菊的耳朵。她跑出去，就见几位老人在议熊瞎子糟蹋苞米的事儿。

斟灌渠说："苞米棒子散落了一地，把坡地的苞米糟蹋得差不多了，明春又得挨饿。"

一位拄着拐杖的老爷爷说："这还了得？去年熊瞎子带着娃娃把咱们口粮弄没了。今年还要翻天哩。"

斟灌渠背着手，在院子里走来走去地转圈圈。走了几个来回后，说："咱队组织人放空枪，把他们撵到山上，吓唬吓唬就行了。"

那位拄着拐杖的老爷爷说："行。过几天，它们如果再来，咱就上报大队。大队同意后，再收拾它们也不迟。"

斟灌菊学着斟灌渠的样子，背着手转圈圈，惹得大家哈哈大笑。

晚饭后，天空渐暗，人们陆陆续续地从地里回来了。忽然有人大喊："熊瞎子又掰苞米了！"

斟灌菊跟着几个娃娃伙爬到高处去看。就见一只大熊带着两只小熊在掰苞米，大熊掰下一个棒子，丢在地上，又掰另一个。小熊动作较慢，光是踩倒的苞谷秆子就有好些个。

"咚咚咚——啪啪——"几声枪响，三头熊迅速地逃走了。没过几天，大熊又到另一块苞米地里糟蹋苞米棒子了。男人们又

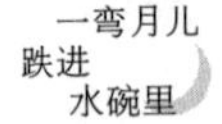

用枪声吓走它们。

斟灌菊刚从教室出来，正好太阳落山，山的轮廓隐隐约约。皎洁的月光照在河水上，银光闪闪。水很静，微风吹起了几个细细的波纹。

“熊瞎子来了，熊瞎子来了——”斟灌菊听到这喊声，心想这次村里要动真格啦。

二十几个青壮年组成突击队，他们带上干粮，背上土枪，追！连续追了七天七夜，翻过四座大山，打伤了那头惹祸的大熊。那头大熊实在跑不动了，跑到了一座大岩石上，一巴掌把一棵大树拦腰拍断后，“咚”一声跳下悬崖，摔在悬下的石头上，它不跑了，流着泪，把自己胸腹部的皮往烂里撕。也许那里疼，撕着撕着，就不动了。

撵熊的人绕到悬崖下，见大熊的皮都破了。据传，大熊怕人类穿着它的皮袄去祸害它的孩子，就把皮袄撕碎了。

疲惫不堪的突击队员在大熊身上并没有找到致命的伤口，大熊选择跳崖，应该是在耗尽最后的力气，保护它的娃。

第二天中午，斟灌菊望着碗里的熊肉，吃不下。她问：“这熊肉每户都分点。是不是往后熊就不会来地里捣乱了？”

斟灌渠说：“对。教训一次，能管十来年。白家岭距太白山近，冰雪覆盖的山顶住着大熊的家族。几千年来，人和熊和平共处。有时候，个别顽皮的家伙会不断下山捣乱，人们只好教训一下，大熊聪明，记性好，以后的十几年就不会下山了。”

晚上，斟灌菊看到萤火虫飞到后院，她追到苞米地里。密密麻麻的萤火虫，一闪一闪的。闻到苞米花的香味儿，她想起了大熊，于是模仿大熊的样子，胳膊窝里夹了本书，慢悠悠地走着，惹得斟灌渠大笑。

斟灌渠把一个刚抓的萤火虫给斟灌菊，让她拿着苞米棒子，去灶上烤熟吃。

看着天上的月儿和星星，斟灌菊问：“巴巴爷，如果熊在地里先吃饱肚子，就不会掰苞米了，对不对?”

斟灌渠说：“对，也不对。它们很聪明，以为咱们拿它们没办法，就会得寸进尺。教训一次，害怕了，才会乖乖在沟吃青草、动物和死人骨骸等。熊掰苞米棒子也算是一种爱好，像娃娃伙捉迷藏一样。有时候，熊掰的苞米并不吃，只拿着玩。”

斟灌菊听到死人骨骸，把嘴里的肉吐出来，歪着头问：“这肉里……”

斟灌渠笑着说：“别怕，菊子。我们每天吃的菜就长在埋人的坟地里。尤其老坟地里的菜，长势好。那营养高啊，物质循环嘛，你懂的。”

斟灌菊摸摸耳朵，笑眯眯地吃完饭，学着熊瞎子摇摇晃晃地去教室了。

青莲籽

回到宿舍，斟灌菊困得不行，倒头就睡。

梦里，她飘飘然从床上爬起来，似乎成了一个青雾组成的人，轻飘飘地随风向远山飞去。太阳出来啦，她被晒得缩小成一个大圆球，大圆球里传出脆生生的歌声。这时的她似乎天生就有缩骨术，可变大变小，而且变化过程中，不痛不痒。

大圆球“叮铃铃、叮铃铃”地有节奏地滚动着，滚到了海上，变成了一辆车船。这时，斟灌菊从车船上分离出来，又变回成了青雾人，坐在大圆球里。

通体透明的车船行驶着，坐在车船里，斟灌菊看不见车船的整体状况。

车船飞速前行。她在里面发现了一个装着碎石的葫芦，仔细一看，这是上古时期的一块天然能源石——女娲娘娘补天掉下来的碎石渣，能量无限。

斟灌菊在车船里，来回走着。几十个长着六条腿的青雾人，形似外星人，正在海里打捞，也像在找能源石。

上了车船后，斟灌菊失去了语言功能，不能说话了，只能眼睁睁地看着外星人不停地打捞。

一条貌似锦鲤的红鱼，在车船下游着。斟灌菊轻轻地抓住锦鲤，啊，这锦鲤怎么是透明的固体，如卵形花冠折叠在葫芦里，葫芦外部湿湿的。

“大红鱼——”几个青雾人，轻飘飘地唏嘘着，碰撞着车船。车船驾驶室里，机器人发出高亢的指令：“变身！”

斟灌菊的脚刚踏上绿地，就雷鸣电闪，似乎她碰触到了某个关键的开关。她抬头望见一条橙红色的龙，游动着、盘旋着、飞舞着、鸣叫着，朝远处飞去。

轰隆隆，轰隆隆，几条黑龙疾速而来，瞬间暴雨如注。

“古屋可以避雨的。”斟灌菊的脑海里突然出现这个念头的时候，古屋方位图也出现了。斟灌菊飘向古屋，这是她曾经的居所。

古香古色的大门很重，斟灌菊费力地推开一条缝，侧身进入。屋内很大，室友青莲籽在里面当值。青莲籽面黄肌瘦，面部毫无表情，提线木偶一般。

当他看到斟灌菊包里的红鱼时，眼冒金星，指指点点说着话。斟灌菊只看见他的嘴在动，却听不见声音。难道耳朵也失聪了？她一急，赶忙按下一个按钮，这才发现他们根本不在一个时空。

青莲籽木讷的表情活络啦，身上的那套古装动了起来，貌似有灵智。斟灌菊不知道怎么和他交流。彼此看得见，却不能用语言沟通。

红鱼游过去和青莲籽并排坐着。红鱼乐呵呵的表情进入斟灌菊的眼眸，她的心像被针扎了一般疼，转身离开了。

走到门口，天空忽然开满了白莲花，对面墙上也开着白莲。这和敦煌莫高窟第229洞窟的藻井和斜坡墙的图案如出一辙。

斟灌菊眯缝着眼，见墙体上镶着一幅水墨画，又发现自己就在画里，成了画的一部分，被当成了展品。凌空一面古镜将藻井图反射到古屋周围，将古屋紧紧包裹。

密密麻麻的白莲花挤压得斟灌菊几乎喘不过气来，几乎要令她窒息。她转身将门拉开一条缝，示意红鱼跟她一起离开。

红鱼摇摇头，一脸喜色地坐在青莲籽的身边，把玩着一个蓝宝石坠子。斟灌菊明白了，红鱼想留在莲池，跟青莲籽做伴。

斟灌菊眨了一下眼睛。怀着五味杂陈的心情走出门。忍不住回头望，就见红鱼摇头晃脑地玩着蓝坠子。

一条金龙在天空盘旋着鸣叫着。斟灌菊出来的瞬间，金龙快速飞向远山。它飞行的轨迹漂亮得让黛墨色的天空，惊艳无比。

几条黑龙扑过来，雨滴哗啦啦地砸下来。湿漉漉的地面成了湖泊，恍惚间，青莲盛开，一朵朵貌似青莲籽的脸。红鱼消失了。

斟灌菊大喊："青莲籽——青莲籽——"

雨更大了。一辆青雾组成的车船，从金龙消失的地方飘过来。车船变成了月牙儿，将黑龙全部吸了进去，追过来的黑雾人，消失了。

斟灌菊看见月牙儿里的青莲籽一闪而过。"那亮晶晶的东西，不是古镜，还有谁！"斟灌菊的车船复原了，一条红鱼出现在了船底。

"交出红鱼。"一阵轻风迎面吹来，将她唤醒。听到这声音，她睁开眼睛，窗外雨丝飘飘。放眼望去，先前填平的莲池，在她和娃娃伙的努力下复原。朵朵莲花盛开着，几条红鲤在莲池里，游来游去。她哼着歌给娃娃伙上课去了。

死亡谷

早早起床，斟灌渠带着斟灌菊上山。他们要去飞鼠的窝，也就是金庸小说里的“死亡谷”。

爬到半山腰，朦胧的远山如笼罩了一层轻纱，影影绰绰。云烟忽远忽近，若即若离，如淡墨涂在天边。鸟叫声变成一阵类似小娃娃啼哭声“姨哩、唔、嘟罗——”

斟灌菊吹了一声口哨，学鸟儿叫：“得过且过，快活快活，凤凰比不上我。”

斟灌渠看着斟灌菊兴奋的样儿，问：“娃娃伙，你知道这是什么鸟在叫？”

白岫烟的话在斟灌菊脑海里响起来：“寒号鸟的叫声像娃娃的叫声，寒号鸟白天睡觉，饿了就在窝边觅食，你走近它的窝就听得到叫声了。”

斟灌菊用纸巾擦擦汗，看着捋胡须的斟灌渠笑着说：“巴巴爷，我给你梳一下胡子，您的胡须乱啦。”

斟灌渠摇摇头，捋捋胡须，指着撒满阳光的悬崖说：“看，前面悬崖上就有个飞鼠的窝，也叫死亡谷，金庸小说里常这样说。飞鼠就是寒号鸟，和老鼠长得差不多，不过比老鼠多了一对翅膀。白天，它们用脚走路。晚上，用脚之间的膜飞着抓虫吃。它们的粪便是贵重药材，我国中医叫它五灵脂。短时间想发横财的人，会冒险去采摘，十有八九丧生在那里。”

“死亡谷，这么可怕！”斟灌菊叫着，听见斟灌渠急促的喘息声，她递过去水壶，说：“巴巴爷，咱们歇歇脚。”

斟灌渠喝了一口热水，两个人并排坐在石头上，吃干粮。缓了一会儿，斟灌渠的喘息声小了。

斟灌菊望着一座座连绵起伏，望不到头的群山，叹了口气，说：“巴巴爷，听我的学生说赵奕欢的爸爸的腿是在死亡谷摔断的，是不是？”

“是的。结完婚，他老婆怀孕了。他去采五灵脂，想还清欠款，被困在了洞里。那天，我需要一点五灵脂配药，正好在洞里碰上他，把他带了出来。五灵脂是飞鼠的屎尿混合物夹带少许砂石的凝固块，能活血化瘀呢。”

斟灌菊瞪大了眼睛，问：“巴巴爷，采五灵脂这么危险！咱不采了。”

哈哈，斟灌渠朗声笑着说，“少采一点儿，装衣服口袋里，上得来。”说完，他利索地爬上悬崖，看得斟灌菊的心一颤一颤的。

风儿吹过石岩，斟灌渠和大树间连接的绳子，一晃一晃的。绳子一头绑在斟灌渠的腰上，另一头拴在岩上面的一棵大树上。斟灌渠慢腾腾地往岩石缝里滑跳。

随着绳子一寸寸地拉直，斟灌菊紧张得心都快提到嗓子眼啦。一阵大风吹来一阵凉意，她盯着石缝的眼睛都不敢眨一下。

密林浓郁，沟壑幽深。纵横交错的树木和岩石，像在太阳之上，稍有不慎，就会跌入死亡谷。斟灌菊打了个寒战。

眼睛瞅疼了，眼泪直流。不知道等了多长时间，感觉时间都静止了的时候，绳子又开始动了。

她屏住呼吸，盯着绳子，斟灌渠的脑袋冒出来了。

斟灌菊吸溜着鼻涕，眼睛也红了。她跑过去给巴巴爷送干粮，心还在狂跳。

回到村，斟灌菊的全身还是酸软的。

晚上，她梦见自己站在石岩上，拽着那根晃悠悠的绳子，下到几百米深的洞穴里，一群飞鼠呼啦啦飞上来。谷底一层胶状物，发着亮光。

水围城

斟灌渠背着手，在洋芋地边走着，见洋芋苗大半已枯，说：“该挖了。”

斜阳将他的影子投在地上，和蓝天白云组成了一幅画，画里多了一个端着一碗洋芋搅团的白姑娘，她一勺勺给他喂着吃。

斟灌渠有点纳闷，最近看啥都像白姑娘的影子，白姑娘像还活着似的。七十年前，白姑娘的一碗“水围城”，也就是洋芋搅团，救了他的命。

好久没到洋芋地来了。他弯腰拔出一窝洋芋，带出几个洋芋蛋蛋，窝里还有，他用手将窝里的洋芋扒拉出来。扒干净后，坐在地埂上歇气。

斟灌渠累了，想歇一歇，竟睡着了。月光里，他仿佛看见沟里的水围绕着小石山转了大半圈后，流走了。那年，20 岁的他浑身湿湿的，又渴又饿，晕倒了。醒来时，一个姑娘正端着一碗洋芋搅团，给他喂呢。

夜空深邃依旧，几颗璀璨的星辰挂在夜幕上，一闪一闪的。斟灌渠听到蛙声，咽了口吐沫。那碗热乎乎的洋芋搅团似乎被送到了唇边。

白姑娘说，这是诸葛孔明给咱们发明的“水围城”，也叫洋芋搅团。斟灌渠咽了一口吐沫，想站起来，就见斟灌菊和白会计走过来了，跟他打招呼。之后，他们合计着周末打洋芋搅团。按照老规矩，家家有份。

白会计洗完石兑窝，晾着。斟灌菊和大家一起趁热给刚蒸好的洋芋剥皮。等热洋芋温了，往石兑窝里倒了二三十个，用木槌压成块状，碾压得有黏性后，开始打。洋芋搅团的劲道，就在这个打和摔里。

白会计和斟灌菊站在石兑窝两边，用蘸了水的双手，轮换着拨拉粘在木槌上的大圆团，防止甩出去。

大木槌一次次举过头顶，一次次再砸下来。如此反复打着。直到大圆团紧紧地黏在一起，全部融为一体后，就开始摔了。有劲的高个子男人，将大团举过头顶，往兑窝里猛摔，一次两次……十次、二十次，来回摔打着，七八十次后，大圆团里的硬核全部贱出来，就算搅团打好啦。

刚摔的时候，硬核很密集，渐渐地变少了。硬核如小石子般，打在脸上隐隐作痛。斟灌菊捡起一个看看，是洋芋里的芽眼。

光光滑滑的大圆团，放到洒了一层水膜的案板上，分割成很多份。品相好的，留给长辈。零零散散的碎块儿，分给在附近围观的娃娃伙，让他们先蘸新鲜蜂蜜吃。

娃娃伙端着洋芋搅团，喊着要多点蜂蜜。他们大口吃着。“洋芋搅团比凉粉筋道。”不知道谁说了一句。接着，就有人大喊：“来碗‘水围城’。”

斟灌菊听到“水围城”，瞪大眼睛。白会计说：“干吃的洋芋搅团叫另锅搅团，也叫‘水围城’。连锅的搅团是要划开的。”

斟灌渠说，这名字是诸葛孔明起的。“来碗‘水围城’——来碗‘水围城’——”不时有人念叨着。蘸着新蜂蜜的洋芋搅团，吃得娃娃伙眉开眼笑。

斟灌渠看着眼前的场景，陌生又熟悉，似乎是白姑娘在烛光下给他喂着洋芋搅团。看着她离开的修长身影，他的心跳漏了半拍。

“你醒啦。你这样给我吸蛇毒，很危险，幸好中毒不深。”斟灌渠拍了拍自己的胸口，嘴角淡漠地勾起一个弧度，语气波澜不惊。

“哦。”白姑娘抬起头，望向深邃的星空，淡淡地应了一声。

救回他的那天，白姑娘家吃的是洋芋搅团。白姑娘说：“诸葛孔明当年在西岐屯兵，久攻不下中原，又不想撤兵，就率领士兵垦荒种地，补充军粮。为缓解士兵思家的情绪，他发明了这道挺复杂的饭——‘水围城’。”

吃完这顿饭，斟灌渠成了白姑娘的上门女婿，在白家岭一住就是七八十年。

谳 牍

小艺沿着蜿蜒的山路，转过一个山头，这里的景色变了。大河分了叉，朝南流的河分出支流向东漫延，眼看就要将他脚下的路淹没。西面山坡上有一座古寺，小艺借宿在那里。

安顿好后，小艺摸摸耳朵，自言自语地说：“这河道怎么变宽啦？河水也变浅啦。就这也依旧过不了河，难得一个假期，想出去旅游，看样子只能滞留在这里了。”

说话的当儿，一层水膜横流着，从小艺的脚下流过去。清澈的河水，如一面明镜，在阳光照耀下，熠熠生辉。

微风乍起，细浪涌动，搅起满河碎金。小艺顾不得看眼前的景色，匆匆离开山路，想试着蹚水过河，到对岸去。

他轻车熟路地过了河，站在河对面回望的时候，清澈的水里倒映着蓝天白云、山峰和几块独特的石头，水把山水云雾和天空融合成了一体。

小艺走了几步，来到集散中心接待室，这里没有一个人。“水患造成的萧条，影响很大。”小艺担心回去的路被水冲断。

他从后门出去，打算去古寺。不料却撞在一个匆匆行走的人身上，差点被撞倒。他刚要说话，那人大声地说：“赶紧离开，近日不发车去黄陵，更大的洪水将要来啦，注意安全！”

听见熟悉的声音，小艺看清楚说话的人是高大挺拔的周不山。

周不山看着一群群散客陆陆续续地来，又匆匆忙忙地走。他们大声地谈论着水灾导致景点关闭引的恐慌。这些人是从景点撤回来的游客。

小艺转身，见水冲蚀过的河道里，长出了一棵树，树上开着花。他忍不住跑过去，摘下了那朵花，又很快发现，附近还有几朵更漂亮的。这花是石头花，在风里，还微微颤着，花瓣轻摇。

小艺摘了两朵，拿在手里，朝前走去。在拐弯处，又碰到了周不山。周不山笑着说："你这几朵花不是很好看，我手里的这朵是北国之神玄武，更好。"

周不山举起石头花，晃了晃。

小艺把花递过去。问周不山："你愿意和我交换花朵吗？"

"行。"接过小艺手里的花，周不山把两朵花放在一起。瞬间，一只完完整整的乌龟成形了，接合得天衣无缝。

更为奇怪的是乌龟壳发出了呵呵的笑声："小艺，你从前面那个古香古色的院子出去，沿着靠山小路走，那儿是仙境。去那里，有新资源。"这是玄武大帝的声音，这个念头从小艺的脑海里冒出来。

周不山带路，小艺跟着走。走到一个古香古色的院子前，只见院子大门的门额上挂着一块"旅游接待中心"的匾额。周不山把他的石花递给小艺后，走了。

周不山走进远处的一道门里。近处的侧门，"吱呀"一声开了。门里走出来一个妖艳的女子。女子看见小艺手里的石花就说："这是我男人周不山的东西，不准你拿，也不准你们在一起。这花上的纹理是用我男人骨头刻的，你不能带走。"

小艺正要把花给女子。周不山出来了，叫上他俩，一起进入一间宽大的办公室。办公室里放着一张香樟木的原木大桌子，桌子上雕刻着上古文字，看得小艺瞠目结舌。他寻思着，这石花和女子有关吗？

女子看着小艺手里的完整的石头花，嘀咕道："这东西很值钱!"她冲上来抢，小艺本能地躲闪了一下。奇迹出现了，随着香樟木的气息蔓延，石头花变成了一只真正的乌龟。乌龟壳上的上古文字，成了金色符文，就像天生的花纹似的，龟壳左侧的花纹是周不山那朵花上的。

小艺看着龟纹，咧嘴笑着。他想这东西该不会是这女子的吧？以小艺的个性，不会夺人所爱。

周不山看见女子强势地去抢夺，他慢腾腾地说："我跟这石头花没关系，是小艺的。我只是替他保管了一阵子，你不要抢啦。"

女子一听，眼睛红红的，开始大哭。

周不山说："你哭也没用。别摸龟壳，粉脂会让谳牍老化。谳牍是记录天地万物、河流山川变化的本源之花。"

女子眼圈更红了，泪珠儿涌出眼眶，豆子一样滚落下来。

周不山打开后院的门，让小艺戴上花出去。

一条河上，轻纱笼罩的水雾温柔、清澈。霞光好像等不到白纱散尽，就把光注入水中。山的碧绿和胭脂般的霞光，交融着，如诗如画。

小艺走着，看着石头花。心想这可是祖先的宝贝，要不要放回河道？经过一阵天人交战的思想斗争后，他决定把记录了千万年中，秦岭天地物种和人类神变的谳牍，安置在一个好地方。他想到了静音师太的密室。

邂逅古谳牍，遇见象征民族图腾的证物，他笑啦。很快把石花送进古寺下的秘密石屋。周不山听他说静音师太的时候，不再担心谳牍的去向和安全了。

海　红

星期六早上，邵杰早早地出门，刚到西苑，妹妹邵莉打电话让等等她，说他们一起进家，给父亲一个惊喜。

邵杰停好车，看见满园的海红果，笑得嘴都合不拢。捡起一个，用手擦擦，咬一口，味道酸酸甜甜，真好吃，他连果核也舍不得扔，珍宝般塞进口袋。

父亲复职回城，在他所住的西园移植了两棵海红树苗。如今扩大到了整个园区。

一场秋雨过后，满地的海红，红亮亮的。如秦岭梁上，记忆里的那片红海。

煤沟的麦地距离村子最远，要走六十八道弯的山路，才能到。8 岁的邵杰本不想去拾麦穗，可听说煤沟的麦地边有海红的时候，他就去了。

他和一帮小朋友，各自提着篮子，走走停停地捡着麦穗，很快到休息时间。哨子一响，呼啦啦，一群男人转眼就没了踪影。他们跑向山顶，去打海红了。打海红要走很远的山路，娃娃伙走不动，就在麦地边玩耍。

“呼啦啦——噼里啪啦——”随着一阵阵狂风暴雨般地交响曲，一个个体力健壮的男人，已经站在树上，用力地摇啊摇。

熟透了的海红，在树的剧烈晃动中，噼里啪啦落下来。密密麻麻的山林，顷刻间下起了海红雨。一地红艳，惹得大家一阵欢呼和争抢。这声音传到麦地，引来一阵唏嘘声。似乎每个人嘴里、空气里都充满了酸酸甜甜的味道。

哨声再次响起的时候，该复工啦。男人们兜满、手满地跑回地里，放下衣服，开始割麦了。

娃娃伙咂着嘴，有的偷偷从父母的衣服口袋里摸出几个海红，分给其他娃娃伙，一人一个或两人一个，含着酸酸甜甜的海红渣，娃娃伙又开始拾麦了。

放工回家后，邵杰把自己舍不得吃的海红给妹妹邵莉。邵莉吃了，还嫌不过瘾，缠着父亲要。父亲拗不过女儿，答应第二天带海红回来。

大学教授的父亲戴着高度近视镜，自从下放到村里干农活，总不得力，体力和技巧不如常年干活的农民。

第二天的休息时间一到，父亲跟着人群跑到海红树下，那一刻，海红雨下得正欢。满地的海红如红海。父亲捡起一个，细细看着。一个海红落下来，不偏不正，正好砸在他的鼻梁上，眼镜梁子断了、镜片碎了。

父亲摸索着，在地上摸到了眼镜架和镜片，碎得不能戴了。他把眼镜装好，又在地上摸了几个海红，塞进口袋后，慢慢地朝麦地走去。

一天的劳动结束了。大家已经陆续回家。夜深了，父亲还没回来。邵杰和邵莉提着马灯去找。走在弯弯的坡路上，月光钻出云层倾泻下来，轻笼着山峦，昏暗而静谧。

他们壮着胆子走着，走到第二十一道拐弯处，看见父亲正猫着腰，摸索着下山。"爸爸，爸爸。"他们齐声叫着。听见俩人的声音，父亲掏出了几个海红，笑啦。

拿着带着父亲体味的海红，他们咬得吱吱响，那是世上最美的味道。

吃完海红，父亲让他们把果核装在口袋里，回家晾干后，埋进后院的空地。两人闹着，一前一后跑着，抢果核。

第二年，父亲缠着白胶布的眼镜换成了新的，院后的海红苗也长出来了。不久，父亲回城，上了讲台，海红苗就被移到了城里的屋后。直到一棵棵拓展开来。

那天，看到父亲在朋友圈晒海红，他们相约回家。西园绿化带栽上了海红树，都是他们育的苗。

想到这里，邵杰用手机拍照，亮晶晶的水珠儿在海红叶上滚动着。

邵莉来了，看见邵杰，笑眯眯地说："这么喜欢海红？摘几颗拿回去吃。"

没等邵杰回答，邵莉就将一大大的海红，递了过去。这一串海红少说也有六七个，个个饱满，品相极好。

兄妹俩一起进门。父亲盯着那串海红，不惜眼珠子似的，一眨不眨地看着。邵杰把海红给父亲，父亲一边吃一边说："好吃、好吃。大个儿海红就是甜。二十多年了，是咱秦岭的味道。"

去停车场的路上，邵杰神秘地摸摸口袋。他要把海红核拿回家，跟儿子一起种在门前的花园里。

邵莉板着脸，说："哥，你拿的啥？明知园区的海红打了药，为什么还给父亲吃？想害他吗？"

"啥时候打的药？我怎么不知道！"邵杰笑着回答，又摸摸口袋里的果核。

"装！前儿打的农药，你敢说不知道！"见邵杰鬼鬼祟祟的样子，她故意这么说。

"昨晚下雨了，不会有事。看，这是什么？"他掏出海红核，让邵莉看。

"给我！"邵莉嚷嚷着，冲过去抢。邵杰不给，朝前跑去。两人一前一后地追着，像极了小时候抢种果核的场景。

麦李儿

村民习惯于把亲朋好友的照片压在玻璃板下面，秦怡的那张照片，就一直压在我家写字台的玻璃板下。那位置，放着一束麦李儿，那束麦李儿常年盖着她的照片，就像是盖着一件隐私，无法丢弃，也不愿暴露。

我们有我们庸常而烦冗的生活，谁会无端地想起一个逃走的人呢？我们几乎把秦怡遗忘了。直到村子整体迁移那天，我清理玻璃台板下面的照片时，才看见了秦怡在麦李儿树下的照片。秦怡笑得很开心。

秦怡是我表姐，大我八岁，个子高高的，是我们村的村花。她喜欢吃麦李儿，也常带我去摘麦李儿。她逃走的事，在我的童年记忆里，过电影一样。

那天放学，听见吵吵嚷嚷的声音，我追过去，看见一群人围了个大圈，向村外的方向涌去。

我背着书包追上去，挤进人群，就看见秦怡被放在一个大筐子里，一伙人抬着大筐子，快速走着。

秦怡仰面朝天，外衣被扒了，外裤裤腿被扥断，一条裤腿卷在腿弯处，一只鞋被绑在胸前。那伙人一会儿将大筐子蹾在地上，一会儿抬在空中，不停地大幅度摇摆着。

秦怡瑟瑟发抖。听说秦怡和相好的跑了，跑到半路，她的未婚夫带着几个伯叔兄弟，把她抓了回来。

抓她回来的那伙人将大筐子一上一下地蹲在地上，大喊：“快来看啊！秦怡是破鞋……”

村里的大人孩子跟着跑，想阻拦这伙人往前冲。这伙人抬着筐子往村外走去，不断地喊：“秦怡，你跑呀！你跑呀。”

秦怡咬着牙，瞪着一双大眼睛，一句话也不说。

未婚夫急躁地说：“秦怡，我在锅台上放了麦李儿，是你爱吃的。我对你这么好，你为什么要跟人跑？”

秦怡大喊：“放了我！我奶定的娃娃亲，我不认。我一直不认的！你家的东西，我早托人退回去了，是你们不收，别怪我！放下，放开我！”

未婚夫一行人都是方脸，个子矮小，很瘦，走路有点罗圈腿。他们齐声喊：“秦怡，你给我死嘴硬！煮熟的鸭子还能飞了？想得美！”

一行人不停地辱骂着。声音听起来很恐怖，伴随着空旷的回声，隔着很远，也能听见他们粗暴的辱骂声：“秦怡，你个破鞋，跟我回去！”

这伙人抬着筐子已经到村口了。队长气喘吁吁地追上来。大喊：“放手！你们在村里出出气就行啦。想把人弄出村，没门！这是违法的！秦家用你们的钱，算上利息，给你们了。事情到此为止！婚约解除。社会稳定很重要，由不得你们胡闹。”

队长掏出八万元钱，递给秦怡的未婚夫。那人没接，掏出一个小本子看了看，笑了。昏黄的太阳照在村口，混战了半天的一行人声音低了。

一抹斜阳照在秦怡的未婚夫的方脸和塌鼻梁上，他神情激动，双手环胸、慵懒地走过去，接过钱，数完后，说：“这怎么行！秦怡，你这破鞋，跟我走。”

队长黑了脸，双手叉腰，沉声说：“闹得差不多了，吓唬一下行了。扰乱社会治安，要判刑哩！”

出乎预料的是，先前气势汹汹的一行人，蔫了。队长的钱数和小本子里的数字比对后，还多出五千元。八万元连给秦家买针头线脑的钱和利息都算上了。

一行人一喜，有点像骗小孩子一样，说起了他们家的优越条件。最后，抬着秦怡往回走。她未婚夫嘴角上扬，微笑着。

秦怡被抬起来放下去，颠簸到家门口后，她未婚夫说：“秦怡，这些钱都给你。锅台上的麦李儿，是我给你摘的。你跟我走吧。”

“拿着钱，滚！”秦怡大吼。

一伙人提着锅台上的麦李儿，一边走，一边骂着。

秦怡跟着队长出去了。

后来，听说她跟队长到队部后，就和等在那儿的相好拿着队长给弄来的结婚证明走了。

我看着照片，想起秦怡，就想起了麦李儿。收拾完东西出门，见一个熟悉的人在麦李儿树下拍照。我走过去，看清那人是秦怡，秦怡也认出了我。激动地说：“当年我跟一名帅气的林场工人结婚，生了一对双胞胎儿子。今年双双考上清华大学。”

她翻出手机里的录取通知书让我看。

我闻惯了麦李儿的气味，想到那两个孩子，摇摇头。如果他们是秦怡和村里的那人结婚生的，孩子会长成啥样？

小　白

蓝色的天幕上，风儿吹着半山上的羊群奔跑。羊在山上，山川河流跟着一起跑。草地上，小白羊在这里闻闻，那边嗅嗅，不时看看头顶的“羊群”，空气里散发着青草的气息。

“小白，小白，过来。”小艺喊着，小白羊屁颠屁颠地跑过来，蹭蹭他的腿。

小白羊头上长着两只弯曲的小犄角，尖尖的，呈淡黑色，很威武。它的嘴上宽下窄；浑身的白色细毛洁白、柔软，像搽过油似的发亮；四只轻巧的小蹄子，走起路来，欢蹦乱跳的，尾巴左右摇晃。

世子看着他们的互动，笑啦。小艺来镇上后一直寡言少语，今儿看到羊，欢实起来。

“叮铃铃，叮铃铃——”手机响啦。世子接完电话，说：“小艺，回家吧，饭做好啦。”

“咩咩。”小白羊的叫声如歌声一样动听。小艺领着小白羊，跟着世子一前一后地跑着，回到家时，两大碗玉米糁子已经放在桌上，还有小艺喜欢吃的土豆丝。

银莲花见爷孙俩进门，笑着说：“今儿的磨糁子放了红薯，好吃。这次磨的糁子比小米小，香。”

吃完饭，小艺跟着世子去街上卖羊奶。

这些年，小艺一直跟着爷爷奶奶过。爸爸妈妈在城里的工作不稳定，一会儿在建筑工地，一会儿送快递，一会儿擦玻璃。小艺一生下来，就被放在老家。世子和银莲花不太管他，任他跟村里的小朋友玩。

村里执行退耕还林的政策时，小艺不到7岁，跟着世子住进了镇上的安置房里。

刚开始，羊没有住的地方，住在乡里。小艺整天嘟噜着嘴，直到这天世子专门腾出一间房，让羊住进来。小白羊屁颠屁颠地跟着小艺，咩咩叫着。小艺笑啦。

“小白小白，过来，快点。”小艺带着欢乐的口吻。邻居以为“小白”是一个小朋友，后来才渐渐明白，跟着小艺的是只小白羊。

小艺结交了新朋友小雨，小雨也喜欢小白小白地叫。晚上，小艺正在睡觉，小白羊也睡了。小白羊睡觉的样子很独特，前腿跪着，后腿卧着，睁着眼睛睡。外面稍微有一点声音，小白羊就咩咩地叫着，像个哨兵。

一放学，小白羊就从世子身后，跑到小艺跟前，蹭着他的腿。

小艺和小雨带着小白羊一起回家，小白羊边走边啃青草。它的小嘴窄而尖，上唇中央有一唇裂，像兔唇一样，让上唇灵活了不少，能啃食很低的草和枯草根茎。小艺给小雨介绍着，小白咩咩叫着。

小雨的妈妈看见他们，骂小雨不讲卫生，把小雨拽走了。老师对小艺也爱搭不理的，小艺不愿意去学校了。

银莲花在小艺的面前蹲下来，悄悄地说：“我最疼的人就是你，小艺。知道吗？你要好好上学。不过，现在你可以在家歇几天。”接着她伸出手指，放在嘴唇上，轻声说：“别让你的堂哥知道。”

小白羊吃的草是世子骑着电动车从乡里割来的。住到镇上，没地种。世子就养羊卖羊奶。每次看见端着盆和锅的人们笑着离开的背影，他挑挑眉，微笑着把胡子捋起来，让它自然垂落。

镇上的孩子有滑板车，他们滑得很好，小艺眼睛都看直了。

银莲花看在眼里，她卖了银梳子和银镯子，买了滑板车和新书包。

镇上不能烧炕，怕污染环境。冬天，小艺头疼，银莲花用银针扎了几个穴位，小艺的病就好了。风寒感冒，可以通过针灸放出体内寒气。

这天，银莲花磨好面，蒸好馍，说头晕，吃了药，又擀了臊子面，看着小艺吃下臊子面后，她说困啦，睡会儿。

小艺吃着面条，不时挑起一两根放到小白羊的嘴边。

第二天早上，银莲花再也没有起来。小艺哭得满脸是泪。

小艺坐着世子的电动车，来到早市，卖完羊奶，世子领他去吃臊子面。一看见臊子面，小艺不停地抹眼泪。

世子说："你一大早的哭啥？"

"爷爷，我什么时候去上学？"小艺问。

"崽娃子终于不怕同学笑话，肯上学啦？"

几个来家里买羊奶的娃娃伙，用草逗着母羊玩。母羊不开口。小白羊咩咩叫着，娃娃伙说："哑巴羊，吃草。"

他们拿着青草在母羊嘴边晃悠，母羊躲了躲，还是把青草吃了。

"吃了哑巴羊的奶，会成哑巴吗？"

小艺拿出羊奶给娃娃伙喝，娃娃伙你看看我，我看看你。小艺带头作出示范，一口气喝了一碗羊奶，还学了一声羊叫，大家都笑了。

天上的白云飘着，河边有肥肥的草儿。小白羊喝着清清的河水，吃着草。娃娃伙看着小白羊吃草，追着玩。

李　德

一大早，老中医李德在麦场边刚刚打完一套太极拳，就望见一道淡青色的身影由远及近，看走路的姿势像是小艺。而随着那身影的靠近，一把镰刀在初升的朝阳里，闪着寒光，带着噬血的气息。

李德被光扰得双眼发花，他不由自主地眨巴了一下眼睛。沙村的夏，繁花朵朵，一朵朵盛开的银莲花煞是好看。水芹菜和垂柳，傲岸的线条，充满了柔美，和这耀眼的光，一起倒映在麦场边的河水里，如一幅画，将沙村衬托的灵动万分。

小艺哼着歌，抄近路踩着踏脚石过河，像画中人一样，朝着麦场走来。路过麦场后，向麦田走去。

路过麦场的时候，李德看清了真是小艺后，喊："长这么俊、这么高了。你是小艺吗？我差点认不你出来啦。"

已经走过麦场的小艺，笑着跑回去，恭敬地说："李爷爷好，我是小艺。"

李德接过小艺手里的镰刀，用手试了试刃片子，说："刃片怎么磨得这么利？谁给你磨的？娃娃伙的刃片子不能这样磨。你先去地里割麦子吧，我在家门口等你。"

小艺不解地嘀咕着："李爷爷，刀刃利了，割得快哩。"

"你慢慢割。"李德叹了口气，摇摇头走开了。

到了麦田，小艺和娃娃比赛割麦。男娃娃伙割得挺快，和大人进度几乎一样。小艺的镰刀架和刃片之间夹了几根麦杆子，刃片子松了，他想尽快装进槽里。

试了几次，刃片子镶嵌不进去，心一急，用蛮力猛推，脚下的小石头被踩踏翻了，身子不由得失去平衡，差点摔倒。顷刻间，右手心一阵钻心地疼。他赶紧用左手按住伤口，跟大家打了声招呼后，将镰刀夹在胳膊下，向山下走去。

走了一个多小时才到场里。李德远远地站在家门口，挡着看门的大红公鸡。看见小艺，李德怜爱地说："崽娃子，我等你好一阵子啦。你比我想象中坚持的时间久，好样的。"

李德一边说，一边扬手吆喝着赶走了看门的大红公鸡，领着小艺去换药房。他们刚刚进屋，晓丽就进来了，她脖子里围着一条淡蓝色的纱巾。

李德递给晓丽药方，晓丽抓好药，研磨好，装进小碗里，几种药粉搅匀后，又装进小瓷葫芦里，加入蒸馏水，密封、摇匀，加热后，再把小碗里的那几样药粉搅匀，一并倒入大瓷葫芦里。摇匀，备用。自始至终，晓丽都没说一句话。

按李德的要求，小艺松开按压伤口的左手后，一股子血腥味儿直冲鼻孔。他疼得眼泪在眼眶里转圈圈，血流到了地上。

李德呵呵笑着，开始唱歌，并将他脚上的布鞋脱下来，在炕沿的木板上磕了三下后，一直唱着，歌词里都带着小艺的名字。他喝了一口小碗里的水，"呸呸——噗噗——"将水喷到小艺右手心的伤口上，血瞬间不流了。

"噗噗——噗噗——"又有几口水喷到手心里，冲干净了手心，伤口已凝结了血痂。

上完药，小艺的手像没受过伤一样，能抓耳挠腮，还能拿镰刀。看着这样的治疗，小艺眼睛瞪得老大，一脸不可置信地说："口水止血！厉害！"上了药，裹上纱布。

看着手上缠绕的纱布，他兴奋得连痛都忘啦，也许伤口真不疼了。回家走进厨房，看见竹节就说："竹节姨，李德爷爷用唾沫给我止血哩！太神奇啦。"

他扬起手给竹节看。还用左手捏住伤口处，给竹节演示。

竹节翻了个白眼，瞪着小艺说："胡说啥哩！唾沫止血，你说笑话哩。"

"竹节姨，这是真的！不信，等后天，李爷爷来家给我换药的时候你就知道啦。"

"行了，小艺，你整天神神叨叨地糊弄谁，唾沫止血？哄谁，手受伤，脑袋也傻啦？"

小艺看着竹节，委屈地说："真的，竹节姨。"

竹节搓搓手，想起了什么，语气缓和地说："在李爷爷家，你看见晓丽姨脖子上有疤痕了吗？那是四十九只大红公鸡的命——换命痕。我不信，可你奶奶说大红公鸡是她张罗买的，你爷爷送的。你怎么和你奶一样玄乎？神神叨叨的，尽瞎说。"

小艺噘着嘴，不说话。

竹节说："对啦，李家是中医世家，精通玄黄术。重病的人都深夜找他治病，白天不敢来。"

小艺赶紧插话："晓丽姨脖子上系了一条浅蓝色丝巾，好看。"

竹节呵呵笑着说："听说，中医世家选儿媳很有讲究。晓丽的娘家也是中医世家，两家门当户对，联姻。不过，结婚三年了，晓丽没怀上娃娃，她男人李畅想纳妾，晓丽不同意。但胳膊拧不过大腿，李畅纳妾了。

"纳妾那晚，月儿高悬，贺喜的人还没走。'咚'一声巨响，似有重物在后院坠落。一朵云儿遮住了月轮。众人提着马灯，赶到后院，就见晓丽倒在了血泊里，脖子里鲜血喷涌。一把寒光闪闪的菜刀，扔在旁边。

“李德赶紧将晓丽的头按在脖子上，命俩壮汉扶着坐正。输入真气，施针止血、上药后，把鞋子在树上磕了几下后，在大红公鸡上方绕几圈。大红公鸡不动啦，眼睛发直时，就将大红公鸡破膛。将大红公鸡热乎乎的肚子紧紧地贴在晓丽脖子上，盖住伤口，让大红公鸡的体温，一一传导给晓丽。

“夜，静静流淌着。七天七夜，七盏灯亮着。几十个壮汉昼夜轮换按压大红公鸡。一只大红公鸡身体变冷了，又续一只。第四十八只大红公鸡变冷后，晓丽的体温上升。当第四十九只大红公鸡破膛后，李德施针时，晓丽睁开了眼睛，泪水涟涟。

“晓丽醒来后，失忆的同时，发不出声音来，成了哑巴。

“李德救治晓丽时，脉象还是处子之身，但他也不点破。在晓丽痊愈的庆祝宴上，往茶水中加了药。当晚李畅与晓丽圆房，他们先后生了七个儿子。”

小艺正听得起劲，想起晓丽研磨中药时，一句话也没有说。小艺眼前浮现着晓丽熟练碾药、提水的样子。没听清竹节的话，问：“你说啥？”

“今天，你见到李爷爷几次？”

“嗯，两次。去地里的时候，路过麦场，李爷爷看了我的镰刀，说他在家里等我。”

“哦，这就对啦。你小时候，体弱多病，你奶奶和李爷爷给你治好病，定了娃娃亲。你这伤奇怪，割在了手心，怕是缘分尽啦。”

“嗯？还有这事儿？”

第三天，小艺家。李德换药前，从怀里掏出几个精致的瓷葫芦，放在桌子上后，开始拆纱布。揭开纱布，最里一层黏在了伤口上，不好揭。

“呸呸——呸呸——”李德喝了两口水，喷在纱布上，鞋子又在伤口上方画圈圈，然后磕着桌子腿，纱布自行脱落。

李德用嘴喷水洗干净后，小艺的伤口没有结疤，也没有鲜血渗出来，干干净净的。手心里裂开一道宽宽的口子，鱼嘴一样大张着，掌骨清晰可见。

李德不紧不慢地用第一个葫芦里的水擦拭完伤口，依次上了几种药，包好。他说：“小艺伤得挺重，痊愈需要一段时间。不过，不影响干活。”

竹节倒吸了一口冷气，窗门外来看稀奇的几十双眼睛，齐刷刷望着治疗现场，高低错落有致。

竹节和小艺把李德送到河边时，满河滩的银莲花开得正旺。

苞谷浆粑

一放假，斟灌菊就去大山里的白家岭村支教。

白家岭在靠近峰顶的一块平地上，当地人将那儿叫堂，住着100来户白姓人家。村子离河道要走1个多小时的坡路，村里有两眼泉，泉水从地里冒出来，冬暖夏凉，青烟不断。泉眼在两户人家后院，院墙、房顶和地面是用青石板砌的。

白家院子住着97岁的白岫烟，一年四季穿着白底绣花绸缎满襟衣服。白家大院住着96岁的斟灌渠，一身黑底绣花对襟衣服，他不姓白，他过世的老婆姓白，儿孙姓白。白家岭的中青年下山打工，老人和孩子守着村子。

斟灌菊一到村里就教娃娃识字，这让白家岭炸开了锅。斟灌渠高兴。多年没碰到斟灌家人，耄耋之年遇见斟灌菊，高兴地让她叫巴巴爷。

斟灌菊甜甜地喊："巴巴爷。"

"哎。"斟灌渠答应着，让人请白岫烟来，做苞谷浆粑，招待贵客。

白岫烟听到消息，笑得嘴角弯到眼睛上了。她将白玉龙带上，进门就镶入底座，底座上还站着玉雕少年郎。白岫烟将两个海红给斟灌菊。斟灌菊咬一口，酸酸甜甜，她说："好吃，谢谢巴巴婆。"

白岫烟说："我娃真聪明，巴巴婆给你做苞谷浆粑，吃不？"

斟灌菊笑着说："苞谷浆粑是啥？我没吃过。嘻嘻，想吃。"

白岫烟对着桌上的玉雕，念念有词，大意是期望白龙保佑白家岭风调雨顺。祈祷过程漫长，斟灌菊不断打着哈欠。斟灌渠知道从城里来的斟灌菊对古老的开锅仪式不感兴趣，便叫她去地里掰苞谷。晚饭后，桌上的双龙灯亮了。

大家在院子里，将苞谷外壳和棒子剥离，把苞谷棒子上的苞谷粒儿一粒粒剥到大木盆里。木盆是一截整木掏成的，圆圆的，很大。完整的苞谷壳叠起来，放好。

月亮挂在天空，院子里的大锅如月亮，圆圆的，大锅正对玉雕少年和白龙。

斟灌渠搬出一块厚木板，卡到大锅上，把手推磨放上去。白岫烟一手拿着勺子，把苞谷粒儿往磨眼里灌，一手推磨。随着磨盘的转动，黏稠状的苞米浆，顺着磨子接合的外边缘淌出来。

斟灌渠和白岫烟换着推磨，嘴里念念有词。先前不让斟灌菊插手，过了一个多小时，不念的时候，斟灌菊可以推磨了。

推了一会儿，斟灌菊见锅里的苞谷浆和橡皮泥差不多，黄亮亮的。她心里痒痒的，想舀出来，捏个动物玩。又不敢。

白岫烟见她那小心的样儿，用大老碗盛了半碗出来，端到案板上，让斟灌菊捏造型。斟灌菊先做月亮，头顶上的月儿圆圆。她满手沾浆，怎么也捏不到一起。

白岫烟让她撒些面粉，把浆弄稠，这样黏度高了，月亮很快做出来。把捏好的月亮，放在苞谷叶子上，用马莲绑好，又捏小兔子、小猪等十二属相。

捏好后，白岫烟把做好的各种动物，放锅里蒸。苞谷叶子不够，白岫烟把剩下的苞谷浆，在小锅里煎黄、定型后，再蒸。蒸好的苞谷浆粑，耗干水分，炕得两面金黄，按属相恭敬地摆在桌上。

夜深了，斟灌菊在凳子上打盹，白岫烟让她到屋里睡。她睡得很香，哈喇子都流到了枕头上。

白岫烟见她梦里的吃相，就把浆粑放到她嘴边，让她闻。

斟灌菊闻到香味儿，醒了。接过浆粑，双手互换着用嘴吹。咬一口。烫。吹一吹，吐吐舌头。

斟灌渠“抢”过苞米浆粑，咬了一口，斟灌菊问：“巴巴爷，你不烫吗？”

“跟我来。”斟灌渠边走边咬。斟灌菊跟着老人来到偏房，翻出古书，指着书上一男子说：“这是伍子胥将军，浆粑发明者。春秋战国时期，守卫楚国的将军伍子胥建城时，将糯米蒸熟压成砖块放凉，作城墙的基石，也是储备的荒粮。后来，谷物挂浆时，白家岭的人就互送浆粑，寓意风调雨顺。”

斟灌菊满嘴塞着浆粑，盯着伍子胥看。白岫烟不满地瞪了斟灌渠一眼：“娃娃吃个东西，你让伍将军出来干啥？”

斟灌渠笑着。太阳在朝霞的迎接中，露出了红彤彤的面庞。

白岫烟提着装有浆粑的食盒，出门。万道金光透过树梢染上了一层胭脂色。斟灌菊拿着浆粑去教室，霞光给她涂上了金色。

名家点评

附录

从另一个视角，
品读梦幻与现实的故事，
从不同时代与文化背景中，
映射出小小说的人物魅力。

谢志强点评：
湛社琴小小说创作的两种重要转变

社琴的小小说探索风格和表现体裁多样化，魔幻、幻想和写实都有涉及。《一弯月儿跌进水碗里》这本小小说集，内容丰富，多有梦幻的色彩，其作品注重人物，让人物与细节配套。

《大雪球和小雪人》把天和地、雪球和爷爷形成了一种联系，建立起魔幻的世界。但光这还不够，顺口一句“爷爷说过，有些东西只有小孩儿能看见”，让小说合理了，活络了。《小龟人》贴着人物运动中的细节，嵌入人生内在的、微妙的人性。这种故事情节性比较强，耐看。

《小小复仇》淡化了时代背景，紧扣报复的意向。因杜新元没有达成报复，结尾手拉手转入另一种更高的境界。把梦里的一些元素，提炼了出来，改装成了小说。保留了核心的情感、小元素和人物，这样更精彩。《另一个杜新元》有明显的时代感，延续了《小小复仇》的魔幻，时空交错，是关于百年穿越时空的故事，结尾手拉手走向虚空，语言气氛妥帖。

《九眼桥》《供养》《红珠子》都是儿童小说。《九眼桥》套用神话元素，取消现实和幻想的界限。《开元盛世》写一幅画的欣赏与丢失过程，还将画中的贵妃与现实的无名少女形成一种关系。就是说，在昊天朦胧的意念里，是贵妃出画，还是少女入画，社琴把这个很微妙的东西写出来了。梦与画形成一种映照，写出画丢失了，那个少女消失了，其中玄妙，就是两者之间的关系。发现画中眼熟的贵妃，原来是梦中少女，梦中的少女原型来自何处，他以为是现实当中的呢。其实是画中的，这就微妙了。少女身上的衣服是现实当中的，画中贵妃却是唐朝衣服。这种很微妙的东西写出来后，这个故事丢画的过程，就有意思了。

《那个男人》《老娇娘》和《塞上曲》这三篇有个共同的特点，就是在过去和现在、历史和当下的关系中写人物，映衬社会发展的某一方面。《那个男人》是冬姑到娘家，给她娘过了大寿后，晚上，她娘梦见了过去那个男人。历史上那个男人已经不存在，却影响着人物的当下，这样写很好。其实我们可以看到老人在历史上，是做了贡献的。主题在隐秘中提炼，有深层含义。《老娇娘》这篇小说好，好在哪里？那个“娇”字扣得比较好，这一个“娇”字把人写活了，是不是老了，还撒娇？娇了一辈子，娇滴滴了一辈子。从这个“娇”字看出两个老夫老妻过得很和睦，很幸福哦。

《蛇形黑痣》中的一个蛇形就有意思了，让文章活络起来。《红裙子》扣住红裙子和云朵写，红裙子一样的云落在水里，她叫她妈把天上的红布割下来，裁一条红裙子。她妈没空。她被诱惑，跳到水里死了。这很好，她一直希望自己有条红裙子嘛。《不一样》里的世子，觉得自己像落进陷阱里的野猪，出了一身冷汗。后来，村里人都悄悄来买他家的猪。那个放猎猪架的人看出黑子像野猪，这猪肉味道特别。这个村的猪好销，一验就过关。这个情节好。

《一弯月儿跌进水碗里》这本小小说集的书名有意思，涵盖了天上、地下和奶奶孙女等人物，往事今事都跌进这一碗水里，溅起波光一片，融入了标题中。恰如陕西民歌《泪蛋蛋掉在酒杯杯里》，这题目有点民歌的意味在里头。书名罩住了全书。如

《朝霞》中的主人翁有个意向，获救后，老是喜欢看朝霞。朝霞是生命的升起嘛。生死，死过一回，看朝霞就别有意味。《吆喝》写的是一个好人好事，一个少年碰到一个不相识老头，替他吆喝。在一老一少两个不相识的人物关系中，聂小雨这个弃儿，有耳疾。耳朵不好的人嗓子特别响，生怕别人听不到他的话。“那老头一听他这样吆喝，就说，哎呀，你这个嗓子可以喊山啦。”这样很有趣，把小说盘活啦！这个特点和人物细节很配套。

《婉柔》这篇以组织情节为主的小小说，两个情节，一个是抢包包有军人的情节。另一个是婉柔的父亲是军人，从小在父亲身边长大，受熏染。这样她把自己的命运，放在一个坐轮椅的男人身上，很有说服力。《玉凤买房》是一个惊悚故事，有悬念有气氛。结尾反转，让我们看到了温暖：“每季度，他的工资要汇一部分给九个贫困家庭的孩子，当生活费和学费。”《老黑》结尾一段提升了主题。爷爷说，那图画书里都是家猪。小艺说她天天看老黑，老黑早印在脑子里。世子说，他没白养老黑。有意思了。

社琴走在她熟悉的生活的土地上，其小小说散发出特有的风土人情和时代特征，而且，擅长安置梦幻元素。就像《一弯月儿跌进水碗里》《风拂银须》《独眼》，有诗意，有温暖。甚至，可一鱼两吃，即同一个素材，可为两种表达，改变的是时代背景，可见文学含探寻永恒的人性。

我翻阅了私人档案，从 2020 年至 2022 年，近三年，我陆陆续续阅读过湛社琴的小小说初稿，现在她的这部小小说集，主体作品均为我过眼、大多数提过修改的意见后的，记得《一弯月儿跌进水碗里》原来的标题过于写实，我是一个细节主义者，分析作品注重细节，这由小小说这种文体的特性所决定。

我曾给湛社琴小小说做过评价，其小小说探索风格、题材多样化，魔幻、幻想、惊悚元素很显著。她的创作有两个重要转变：一是在编织故事，由编织故事转为注重人物；二是由幻想转为写实，每一篇小小说都有一个细节，但是如果将人物与细节紧密相连，生成意象，她已有了渐悟，值得欣慰的是，她有了解决创作瓶颈的意识。

此文是我在三年里点评其小小做的口述实录，由湛社琴汇编，保持了当时即兴的口语的调子，点到为止，在此说明。

谢志强，中国作家协会会员，中国文艺评论家协会会员。出版小说和文学评论集36部。在国内发表小小说近3000篇，多部作品被译介至国外，部分作品入选大、中、小学语文教材和考题。曾获多届中国微型小说年度奖、中国小小说金麻雀奖（两次）、中国小说学会年度排行榜（小小说）、《小说选刊》双年奖等奖项，两次获浙江优秀文学作品奖。

蔡楠点评：
湛社琴的小小说想象丰富　现代感十足

社琴的小小说是现实与神幻相结合的产物，其小小说体现了作者丰富的想象力和驾驭语言的能力，片段化，碎片式，丰富多彩。

《龙树湾》写得很现代，一堵背景墙隔开了两个世界，这创意不错。小说里人物集中，开头就紧紧围绕小七和楠木的关系展开。在虚与实的变幻中，展现两人的关系，实是楠木，虚是轻伤者和龙树。《游来游去的鱼》的可贵之处就在于模糊了现实与梦幻的界限，现代感十足，充满了丰富的想象力。作者总是在丰富的意象当中，隐藏着好多不为人知的意义和东西。《子悠》写得含蓄丰满，梦幻与现实交织，文字背后，看到的是大男孩爱小男孩，圈在地窖或杀害的故事。后半部分的梦境写得迷离又深奥。《霍婵》这篇神思飞扬，借酒醉写了一段半醉半梦的故事，亦真亦幻。现实和梦境两条线索，现实的故事双重叙事，互相映衬，意义得到了升华。《罐壁风铃》虚实结合，现实与梦境的穿插，让小说有了一股强烈的现代气息。一分为四，四而合一，小说的构思巧妙。工业题材的小说比较枯燥，《洋瓷缸子》这篇写得还有些灵动。回忆与现实交叉，刻画了李虎这样一个普通劳动者的坚韧形象。《唱歌的睡莲》写了劳动的忙碌与快乐的场景，戏剧冲突和更惊险的场面，在人物个性中展开。《沥青》写出了人心的复杂与小青的单纯和真实。对比法。题目沥青，赋予其象征意义。结尾再反转，小姚私下里给小青道歉，彰显正能量。《棕熊》的意象丰厚，小说有着互文的味道，引入了王进喜的故事，而压在防空洞中的情节，让文章丰满了。《油仙儿》语言精美细致，场面描写精当。《会飞的羽绒》，梦境、荒诞、象征，诸多意义都有了。开头写小七做梦灵验，其实中间是一个长梦，最后梦醒。《交换》结构上由 10 部分组成，10 个不同的故事。叙述上具有现代意识。10 个侧面，展现了不同的生活场景，揭示了 10 种不同意义的人生，凸显了多重的交换的丰富内涵。在小说写作上，作者表现了极强烈的探索精神。《蓝天》里的司法人员盐三帮吸烟的女孩渺渺从困境中走出来，帮她找到了工作，使渺渺看到了一片蓝天。这个寓意的具体意向是盐三帮着渺渺戒了烟，干了自己力所能及的事儿，使她的生活有了好转。还帮助贫困户，促进了经济发展。蓝天上日月同辉，给意象穿上了合适的外衣，天空很蓝。《放歌秦岭》语言很顺，有韵味。

社琴的小小说多是片段结构，有点托卡尔丘克的味道。我认为社琴一直坚定地行走在现代主义道路上的作品，是小小的残雪。作者在丰富的意象当中，隐藏着好多不为人知的意义和东西。

蔡楠，中国作协会员、河北作协理事、河北小小说沙龙主席。曾获《人民文学》优秀作品奖、冰心图书奖、中国小小说金麻雀奖、扬辉小小说奖成就奖等奖项。

奚同发点评：
湛社琴的小小说表达多维化　处理角度很独特

湛社琴对文本的认识有自己的想法，加之以往的创作经验。对生活现实的处理，形成了一套明显的个人化的表达。这是一个具有良好的职业修养及本能的作者，这是她极大的优势。从她的小小说中可以看出来，密集的信息量，切合的生活感情，特别的处理角度，都是难能可贵的。

《墨子舞台》充分展示了作者丰富的想象力和对传统文化古为今用的能力。由梦境进入四方神灵的一个新的拼力角杀现场，写得风生水起，活力四射。这篇小说，可以说从结构到语言均可圈可点。而如此的云腾雾雨，都是写书法艺术的多种可能性，巧妙而精彩。这类小小说，受到网刊的喜欢。

《醒夜》情节在集中的一段展开，且有以往的穿插。小说情节中，以高潮打动了阅读者。当然，就目前来看，后半部分处理得十分好。《老娇娘》写的人物很特别，角度占先，沿着这条思路，让人物的生活更有趣。这个军医领导因为被老院长赏识，继承了医院，又娶了他的闺女。工作之余，能在闲暇做家务多年。知恩图报。这篇小说，整体来看，有趣且温暖，人物鲜明。

《塞上曲》这篇小小说，从人物到情节，均呈现出别样的叙事。尤其是复杂的人物关系，能借助想象与他人的插叙，给予厘清，写出一个少女人生飞翔的关键，虽然纠结，敢于选择。《那个男人》人物与情节比较集中，并且通过一个具体细节进入人物的另一种生活，并揭示到我们生活中的隐秘。小小说的主题，需要在这种隐秘中有所提炼。写作，不仅仅是展示，还需要一种属于自己的表达。而这种表达又需要与更多的人，比如社会，比如时代，相打通。否则，其展示的意义就缺乏关注度。好在《那个男人》这篇小小说被作者放在了一个特定的社会背景下，为迷惑敌方，取得革命胜利，她做的那件事，就有深层含义。

《唐三彩》作者以平和的叙述，不断把情节的变化交给读者，结构走的是线型中有所穿插。《羊和狼》小说以三个男女之间的矛盾展开情节，人物命运呈现出不同的脉络。

湛社琴对文本有自己清醒的认识，对生活现实的处理则形成了具有明显个人化的表达。她的小小说中密集的信息量、切合的生活感情、特别的处理角度，都是难能可贵的。

奚同发，中国作家协会会员，中国文艺学会法治文艺创研部副主任，河南省小说研究会副会长，曾获全国年度微型小说评奖一等奖、河南省文学奖、首届河南省文学期刊奖等。

后　记

梦的记忆从6岁开始，那时梦见表姑结婚，婚车侧翻，表姑和姑老爷满身的血。我给表姑说了梦境，让表姑结婚别走那条路。表姑没听，结婚那天，果真在那地方出状况，和梦境一样。姑老爷受了重伤，截肢。表姑如能提前预防就好了。《一弯月儿跌进水碗里》就是梦和现实结合的产物。

《一弯月儿跌进水碗里》这部小小说集，分为三辑：第一辑是梦境的转换，第二辑是现实生活的再现，第三辑是回归大自然，寻根到出生地秦岭腹地沙村的故事，附录是名家点评。

第一辑“寄养灵魂”的梦，写的是梦境，我把梦境称为第六空间。在第六空间里，不论是国内国外、城市乡村、他乡故乡，似乎都不受时空、人物和故事限制，所有的都是率性地自由流动，一不留神就飞翔了。在这里似乎什么都很自然，不铺垫，不交代，不渲染，不追究，不疑惑。

主人公在梦里进入陌生的地方，在生与死、大与小（年龄）、虚与实间，来去自如，转变自由，生者或死者都是混合的。突转、中断、暂停、并置。每一个片段，就是一个梦的场景。片段与片段之间，不衔接，不可知，不可料。这就是碎片化生活的写真集。第六空间的小说，表达的是虚拟世界的生活。这样的生活落进现实里头，就跟现实的意义有关了，如当下我们行走在烟火巷，用一颗平常的心自在地生活，构成烟火人间。

第二辑“行走的烟云”，我们行走在烟火人间，每一个片段就是一段生活，许多片段组合在一起，如同无数沙粒组成沙漠，无数叶片构成树林，无数水珠聚成河流，还能构成规模不同的文本，这视何种容器而定，需要在容器上标出种类，这本标注的就是小小说。

远方吹来的风，给城市带来不同寻常的礼物。少数敏感体质的人会感觉到花粉的浓烈，这些人闻到其他方的花粉会打喷嚏。哪怕是在一平方米的土地上，都会有高楼，街道和车辆散发出炊烟的味道。在路的最低处看钢筋混凝土覆盖的烟筒，像高原，高低起伏，错落消失，余下的就是家乡的味道。秦岭，一座现实又虚幻的存在，大自然赐给人类的宝库。

第三辑“放歌秦岭”里的沙村，位于秦岭腹地的三河交汇处。如果你的步子迈得够快，从南到北走过沙村，需要一盏茶的工夫，从东到西也需要同样时间。如果你迈着徐缓的步子，仔细观察沿途所有的事物，且用脑思考，以这样的速度绕沙村走一圈，得花一天时间。从清晨到傍晚。而秦岭罩住了小说中的人物故事，但故事是单列的，一个个人物、一个个细节都是活着的，有灵性的。沙村的生活，似乎包括了一切有生命的东西，有意识或无意识地参与其中。透过沙村的人物，可以看见半个多世纪的时代印记。

附录“名家点评”，是谢志强老师、蔡楠老师和奚同发老师对拙作的点评，特此感谢。还要感谢澳门大学教授朱寿桐题写书名，另外感谢李素华老师的校对，感谢编辑书小语。

（本书故事纯属虚构，如有雷同，纯属巧合。）

2023 年 12 月于西安